神を統べる者（三）

上宮聖徳法王誕生篇

荒山　徹

中央公論新社

目次

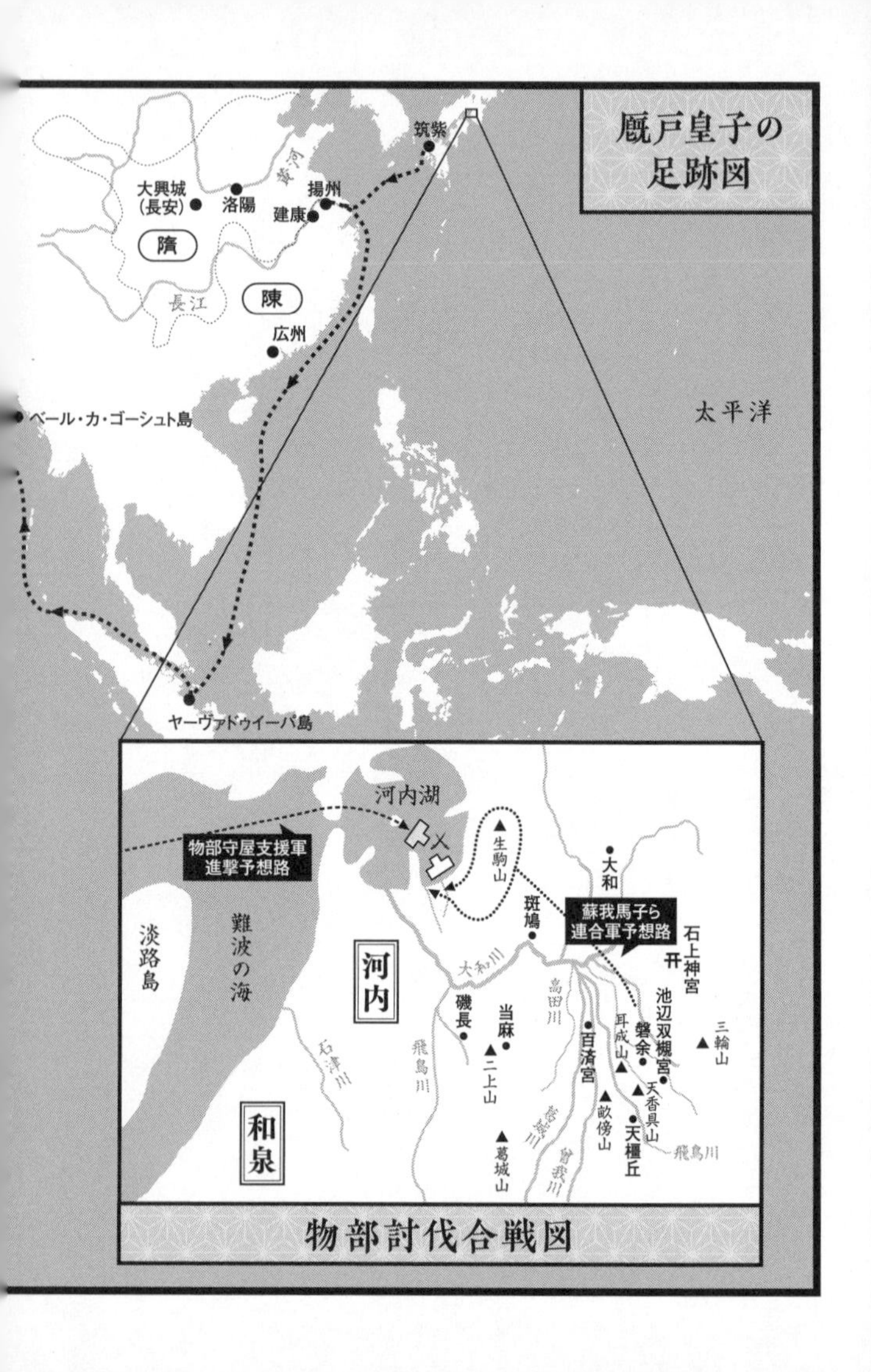
厩戸皇子の
足跡図
筑紫
黄河
大興城
(長安)
洛陽
揚州
建康
隋
陳
長江
広州
ベール・カ・ゴーシュト島
太平洋
ヤーヴァドゥイーパ島
河内湖
生駒山
物部守屋支援軍
進撃予想路
大和
蘇我馬子ら
連合軍予想路
斑鳩
石上神宮
淡路島
難波の海
河内
大和川
高田川
池辺双槻宮
磯長
当麻
百済宮
耳成山
磐余
三輪山
石津川
飛鳥川
二上山
天香具山
和泉
畝傍山
葛城山
曽我川
天橿丘
飛鳥川
物部討伐合戦図

年表

日本

552年 百済王が仏像、経典を献じる。
574年 厩戸皇子誕生。
585年 物部守屋、仏像を投棄。
敏達天皇崩御。用明天皇即位。
587年 用明天皇崩御。
皇位継承をめぐり争いが起こる。
蘇我馬子を始め
諸豪族連合軍と物部氏争う。
守屋、迹見赤檮によって殺される。
物部氏滅ぶ。崇峻天皇即位。
593年 推古天皇即位。
622年 厩戸皇子薨去。

中国

557年 南に陳建国、北に北周建国。
574年 北周で仏教弾圧。
577年 北周、北斉を滅ぼす。
581年 北周を滅ぼして隋建国。
589年 隋、陳を滅ぼす（中国統一）。

天皇家系図

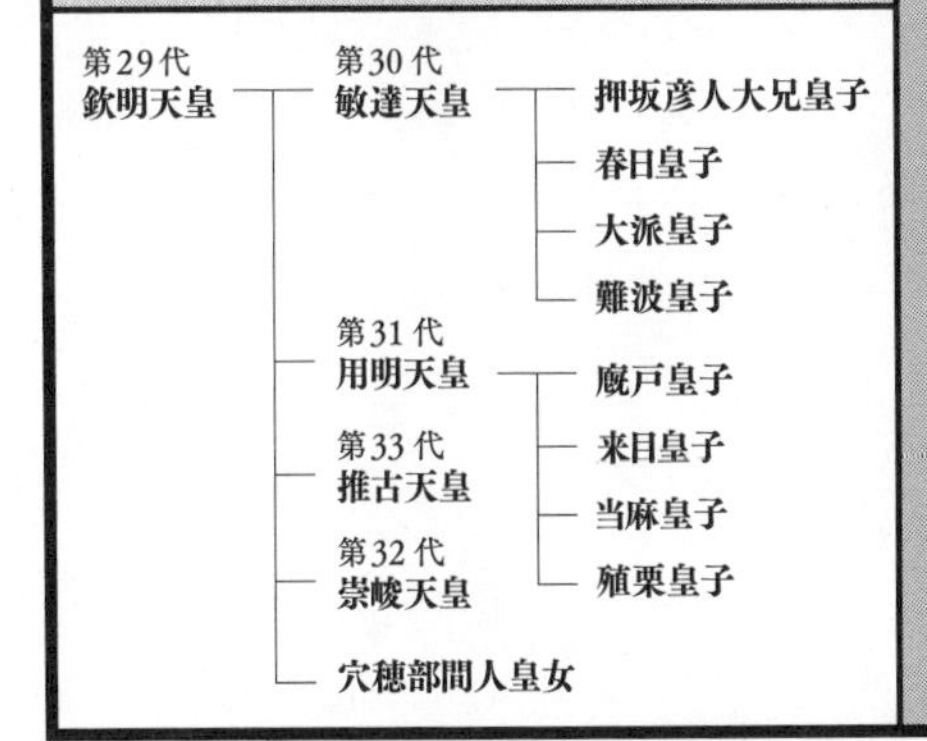

インダス河
ガンジス河
パータリプトラ
ナーランダー
タームラリプティ
ベンガル湾
インド洋

主な登場人物

厩戸皇子(うまやとのみこ)（アシュヴァ）　尋常ならざる力を持つ少年。伯父の敏達(びだつ)天皇により倭国を追われ、インドに渡り流転輪廻の末、覚醒しブッダとなった。

虎杖(いたどり)　厩戸を護衛する蘇我(そが)の剣士。別名サールドゥーラ（サンスクリット語で虎の意味）。

柚蔓(ゆづる)　同じく物部の女性剣士。ナーランダー僧院で尼僧となる。

ムレーサエール侯爵　タームラリプティの大貴族。十三人委員会の一人。

ラクーマ・グン　ムレーサエールの護衛隊長。

ダムカル・ヴィバーグ公爵　十三人委員会の委員長。

ブールヴ・ウーバル　十三人委員会事務局長。

ジャラッドザール　元クックドゥ海賊団。虎杖の義兄弟。

黒旋風(くろつむじ)**のモンガペペ**　元クックドゥ海賊団。虎杖の義兄弟。

イタカ長老　仏教の一派、トライローキヤム教団を率いて、タームラリプティを襲撃する。

カウストゥバ　教団の幹部。ブッダとなった厩戸誘拐を実行。

マートリシューラ　教団の幹部。カウストゥバの弟弟子。

《皇族関係》

用明天皇（ようめい）　厩戸の父。敏達（びたつ）天皇が崩御し即位。仏教導入に理解を示す。

穴穂部間人皇女（あなほべのはしひとひめみこ）　厩戸の母。

田目皇子（ためのみこ）　厩戸の異母兄で、よき理解者。

額田部皇女（ぬかたべのひめみこ）　先帝・敏達天皇の妃。用明天皇崩御後、馬子と共に泊瀬部皇子を即位させるべく物部氏と対立。後の推古（すいこ）天皇。

穴穂部皇子　敏達天皇の異母弟。物部守屋が天皇に即位させようとする。

泊瀬部皇子（はつせべのみこ）　敏達天皇の異母弟。蘇我馬子らが天皇に即位させようとする。

竹田皇子（たけだのみこ）　敏達天皇の子。

難波皇子（なにわのみこ）　敏達天皇の子。

春日皇子（かすがのみこ）　敏達天皇の子。難波皇子の同母弟。

押坂彦皇子（おしさかのひこのみこ）　敏達天皇の第一皇子。蘇我、物部両陣営に属さず、頑なに皇位継承を辞退する。

迹見赤檮（とみのいちい）　押坂彦皇子の舎人。凄腕の剣士。

《蘇我氏陣営》

蘇我馬子（そがのうまこ）　仏教導入派の筆頭。厩戸の大叔父。

蘇我刀自古（とじこ）　馬子の娘。

境部摩理勢（さかいべのまりせ）　馬子の弟。

大伴毗羅夫（おおとものひらふ）　物部氏に次ぐ軍事有力氏族。

紀男麻呂（きのおまろ）　水軍を持つ有力氏族。

巨勢比良夫（こせのひらぶ）　有力氏族。

大伴嚙（おおとものくい）　馬子と共に河内湖の物部討伐に臨む。

阿倍人（あべのひと）　同じく討伐に参加した豪族。

平群神手（へぐりのかむて）　同じく討伐に参加した豪族。

坂本糠手（さかもとのあらて）　同じく討伐に参加した豪族。

春日犬比古（かすがのいぬひこ）　同じく討伐に参加した豪族。

《物部氏陣営》

物部守屋（もののべのもりや）　排仏派の首魁。馬子と対立しているが、共同で厩戸を国外へ逃がした。

物部布都姫（もののべのふつひめ）　守屋の娘。霊力が強い。

物部胆弓姫（もののべのいゆみひめ）　石上神宮の斎宮。守屋の四代前から斎宮。

中臣勝海　守屋と共に排仏派の重鎮。かつて敏達天皇の命令により、厩戸の命を狙ったが失敗した。

楊広　北周の楊堅将軍の息子。かつて九叔道士に誘拐され、厩戸と一緒に幽閉されていた。後の隋の煬帝。

裴世清　楊広の腹心。

シーラバドラ　厩戸のナーランダー僧院での師匠。厩戸がブッダとなったことを悟る。

図版　瀬戸内デザイン

神を統べる者㈢

上宮聖徳法王誕生篇

第五部　タームラリプティ（承前）

「──何たる愚(おろ)か者(もの)」

自分を罵(ののし)る言葉だ。ムレーサエール侯爵は自らの迂闊(うかつ)さに歯がみする。カウストゥバがかくも迅速(じんそく)に動こうとは。

　彼はアグニスーリヤの死体を見おろしていた。異変を告げる報(しら)せはすぐに屋敷へもたらされ、とるものもとりあえず駆けつけたところだ。寝衣の上に外套をはおっただけの姿で。夜明けにはまだ時間があった。配下の者が手にする灯火(ランプ)の明かりで、室内は明るい。女主人は奥の壁に両脚を掲げるような不自然な姿勢でこときれていた。血の跡をたどれば、戸口近くで斬られ、鞠(まり)のような肥満体は床を転がり、壁にぶつかって止まったのだろう。女主人は厩戸(うまやと)に急を告げに来たに違いない。

「可哀そうなアグニスーリヤよ」

　手を伸ばし、見開かれた彼女のまぶたをおろしてやった。

　娼館の惨状はすでに報告されていた。押し入った覆面の一団は、正確な人数は不明ながら十人前後であったらしく、抵抗した使用人が三人斬殺され、ふたりが重傷、四人が軽傷とのことだった。娼婦、男娼に被害は出ていない。行方不明の厩戸をのぞけば、だが。

「侯爵」ラクーマ・グンが口を開いた。「もしや、さきほどのお話にあったカウストゥバなる者のしわざなのでは？」

「間違いなかろう。やわか先手を打たれようとは」

厩戸のもとから帰宅してムレーサエールがラクーマ・グンに与えた指示は、明早朝より配下の者をしてナーガの館の警備にあたらせよ、というものだった。本心をいえば、それとてもあくまで予備的なもので、カウストゥバが再訪するのを待ってからでも遅くはないと踏んでいた。まさに油断。ここまで素早く、大胆不敵な動きをみせたことから察するに、カウストゥバなる僧侶は相当の策士だ。厩戸に拒否されることを見越し、強硬手段に出ることも織りこみずみだったに違いない。厩戸を、その檀那であるムレーサエールを油断させるべく、また来るなどと嘘を口にしたのだ。

「ご自分をそうお責めあるな、侯爵。そもそも僧侶がこんな荒っぽい手段に出ようとは、お釈迦さまでも想像できますまい」

「ラクーマ！　冗談を弄している場合ではないのだぞ」

「ひるがえっていえば、さまでして白い王子を手に入れたかったということ。危害を加えるようなことはありますまい。直ちに捕り方を組織して探索にあたります。タームラリプティの地理にはこちらのほうがよほど通じておりますれば、すぐに探し出してごらんに」

「ラクーマ」出てゆこうとする護衛隊長をムレーサエールは引きとめた。「頼んだぞ。必ずあのお方を取り戻してくれ」

「あのお方?」

「いや……ともかく、あの子の無事な姿を」

ラクーマ・グンは一礼して退出した。

ナーガの館の後始末は配下の者にまかせ、侯爵は娼館を出た。空にはまだ星がまたたいていた。歓楽街もほとんど闇に沈んでいる。馬車に乗りこもうとした時、闇の一角が疾風(はやて)となって動いた。星明かりをのせた一条の金属光がきらめいたかと思うと、ぱっと血煙(ちけむり)が噴いて、身をふたつにして転がったのは侯爵の護衛のひとりだった。職務に忠実な彼がとっさに主人をかばっていなければ、死の運命を甘受していたのはムレーサエールだったはずである。

刺客はすばやく第二撃を、今度こそは侯爵に向けてふるおうとしたが、そのときにはラクーマ・グンによって厳しく鍛え上げられた護衛剣士たちが抜き合わせていた。時ならぬ剣戟(けんげき)の音が響き、刺客はすぐに不利を悟ったか、剣さばきに、ひるみが見えた。護衛官は四人、ムレーサエールはその背後にかばわれている。対するに刺客はひとり。

「何者だ」

ムレーサエールは叫び、馬車の駁者が龕燈を刺客に向けた。

とっさに刺客は光の輪の外に逃れたが、わずか一瞬の間に、侯爵は刺客の顔を目に焼きつけた。驚愕の思いとともに。

「曲者だ」

「曲者だぞ」

護衛たちが大声を張り上げる。

「退け」

刺客の背後の暗がりから、声がかかった。刺客は身をひるがえして闇に溶け込んだ。

「手を引け、ムレーサエール。これは警告だ。命が惜しくば、白いブッダのことは忘れろ」

同じ声で脅しの言葉が闇の中から発せられ、駆け去ってゆく二人の足音がすぐに遠くなった。

「者ども、追え」

侯爵は命じた。護衛官は従わなかった。警護を手薄にして、第二の刺客が襲うという手はずであるやも。

「ひとまず娼館にお戻りください、侯爵。お屋敷に使いをやり、員数を呼びます」

そう云ったのは、ラクーマ・グンの副官のひとりであるローガーヌ・ナーシャクだった。

港湾都市タームラリプティは、四囲すべて港であるといっても過言ではない。ムレーサエール襲撃に失敗した刺客と、その監察官の任務をおびたマートリシューラが向かったのは、外洋航路の船が発着する東部の波止場だった。

桟橋のいちばん先に、堅固な作りの中型船が停泊していた。

「急げ」

桟橋に立っていた僧侶がうながした。

ふたりが飛び移ると、舫い綱が解かれ、櫂が一斉に動きだした。船は外洋に向かってガンジスの河口を出発した。星を頼りにすれば夜間航行は可能だが、危険であることに変わりはない。それを敢えてしなければならないのは、手に入れた獲物を奪還されないため、一刻も早くタームラリプティを離れるに如かずだからだ。船の外観は何の変哲もない商船ふうだが、さまざまな武器が積みこまれ、ハリネズミのように武装していることは、乗り手にしかわからぬことだった。武装の目的は、主として海賊対策ではあったのだが。

マートリシューラと刺客が船倉に降りると、襲撃者から僧侶の姿に戻ったカウストゥバと、弟子の武僧たちが円座をくんでいた。天井から吊りさげられた灯火が照らし出す武僧の一群は、僧衣をつけていても盛りあがった筋肉がわかるほど屈強な身体つきの男たちであった。

「首尾は？」カウストゥバが訊いた。

「残念ながら討ち洩らしました」マートリシューラが経緯を説明した。「――深追いするなとのことでしたので、そのまま引きあげて参りました。いちおう警告はしておきましたが」

「それでいい。ムレーサエールも臆したことだろう」

カウストゥバはとがめなかった。侯爵を襲う計画をたてたのは、白いブッダの行方を追跡する捜索網の攪乱を狙ってのこと。タームラリプティの治安をあずかる高職のひとりが襲撃されたとなれば、そちらにも人手を割かざるを得ないだろう。あわよくば侯爵の命を、とは考えていたが、そこまでの高望みに執着するほどのこともない。警告になれば、それでよい。目的は達せられた。

カウストゥバは娼館で厩戸に縷々説明したが、省いたこと、詐ったことがあった。仏説を語る白い男娼の噂を耳にしたのは半月前と告げたが、実は三か月も前のことだった。それだけの月日を費やし、白い男娼に関して調べを進めていった。彼を買ったという者をさがしだし、詳細な容貌、年齢を訊きだし、ナーランダー僧院でと同じく娼館でもアシュヴァの名で呼ばれていることを知り、ヤーヴァドゥイーパ島で出会った白い肌の異国の少年に間違いないと確信した。くわしい事情は不明ながら、タームラリプティの有力者であるムレーサエール侯爵から特別の寵愛を受けているらしいこともわかった。ナーランダーを出た彼がどのようにしてムレーサエールと接触を持ったのか、そしてなぜ娼館にいるのかということまでは探り出すことが叶わなかった。さまでの情報を入手したからには、あとはその白い男娼と接触すればいいだけだ。少年は彼の訴えに耳を傾けるだろうか。請いを容れるであろうか。実際にやってみなければわからないが、可能性は高からず――と客観的に断じるだけの冷静さを彼はそなえていた。そうなったが最後、彼カウストゥバの存在はタームラリプティで警戒対象となるだろうことも予想がついた。トライローキヤム教団は過激思想を説く一派として各地で軋轢を生じさせ、目を付けられているからである。となれば二度と少年に近づくことはできなくなる。次善の手段を用意しなければならない。拉致、である。それも時間をおかず。少年が彼の要請を拒絶したら、時を移さず身柄を強奪する必要がある。

そこまで考えをおよぼすと、カウストゥバはベール・カ・ゴーシュト島にいったん戻り、イタカ長老に計画を奏上した。長老が決行を命じ、教団の全面的な支援の下、今回の襲撃団が編制され、あらためてタームラリプティに乗り込んだのだった。彼をふくめて全員が船に寝泊まりした。宿から足がつくおそれはない。あとは獲物の白いブッダをイタカ長老に献上すればよいだけだった。

「――あれは、何だ」

うっそりとした声に、マートリシューラがぎくりとしてふりかえった。訊いたのは刺客の男だった。腕を伸ばし、船室の奥を指差している。

祭壇が設けられ、さまざまな形態の呪具や法具が配置されていたが、刺客の指は、前面に置かれた棺とも櫃とも見える長方体の匣に向けられていた。

「あんなもの、前にはなかったはずだが」

「おまえには関係のないことだ。下へ降りていろ」

カウストゥバが冷ややかな声で命じた。

「しかし――」

「ゆけ」

刺客はびくりと身をふるわせ、カウストゥバに敬礼すると、階段を降りていった。

「どうしたというのでしょうか、兄弟子」マートリシューラが首をひねった。「いまの態度、反抗とまではいえぬまでも、ムディターの術にかかった者があのような反応を見せるなど、ついぞなかったこと」

「感応したのだろう」カウストゥバは感じ入った口ぶりで応じた。「棺の中身に。それだけ白いブッダの霊力が強いということか。あの男はムディターを施術される前、白いブッダの従者だったのだよ。――それはともかく、われわれのくわだては成功した。諸君の協力に感謝する。われらがトライローキヤム教団に栄光あれ」

「栄光あれ！」

「栄光あれ！」

武僧たちが次々に唱和する。

カウストゥバは酔ったようにも聞こえる声で宣した。「全インドがシャーキャの教えに戻る日は近い」

事件から数日が経過した。

ムレーサエール侯爵の眉間にきざまれたしわは、日を追って数と深さを増していった。厩戸を拉致した一団の行方は杳としてつかめない。市内全域にくまなく捜索はつづけられていたが、見つかる可能性は時間の経過とともに低くなっていった。カウストゥバとその一味は、警戒網が張られるよりも先にタームラリプティを脱出したとラクーマ・グンは主張し、侯爵も同意せざるを得なかった。侯爵の護衛隊の隊長であるラクーマ・グンは、捜索隊の指揮を任されていた。

脱出したのなら船である。タームラリプティに寄港する船は、すべて港湾当局に出入りを届けねばならない決まりだ。記録を調べると、果たせるかな、事件当夜、許可を得ずに出航した船があった。入港時に届けられた船名は「カウストゥバ号」と人をくったもので、所属は「アヌラーダプラのイタカ商会」と、さらに挑発的だった。

アヌラーダプラはトライローキヤム教団発祥の地なのである。イタカ長老は、この地で教団を創始し、海を渡ってインド亜大陸に上陸、激烈な布教を開始したのだ。しかし本拠地の所在は知られておらず、デカン高原の巨大地下洞窟にあるとも、ヒマラヤ山中であるとも、人によってさまざまだ。本部を隠すため偽装工作を行なっているにちがいなかった。

当初の案に相違して、ムレーサエール侯爵は捜索に公権力を必要以上に用いることをはばかった。たしかに由々しい問題だ。ブッダが拉致されたのだから。それも怪しげな過激新興教団に。だが、厩戸が成道（じょうどう）してブッダになったことを知る者は侯爵ひとり。侯爵が捜索に血眼（ちまなこ）になっているのを客観的に見れば、寵愛する男娼をうばわれて逆上しているだけでしかない。私的な、しかも下半身がかった事情に公然と権力を行使できないのは当然であった。

さらにいえば、トライローキヤム教団が関与したという明確な証拠もないのだ。厩戸の証言があるのみで、それを聞いたのも侯爵だけ。カウストゥバ一味は何の痕跡も残してはいなかった。無許可で出航してしまった船も、その行方がつかめないのでは、何の証拠にもなりえない。

タームラリプティでの捜索は徒爾（とじ）と断じられ、そうそうに打ち切られた。だがそれは侯爵が厩戸奪還の意志を放棄したことを意味するものではなかった。捜索は次の段階に進んだ。拉致された厩戸はトライローキヤム教団の本部に連れ去られたと見て間違いはない。教団本部の場所を探り出すことが第一歩となる。

――トライローキヤム教団の本拠地を探せ。

侯爵の密命をうけた密偵たちがインド各地に派遣された。ナーランダー僧院を辞した柚蔓が、侯爵の使者に先導されてタームラリプティに到着したのは、そんな大騒動の渦中だった。

ガンジスをくだる船旅で、侯爵の使者は多くを語らなかった。白い王子アシュヴァは侯爵の庇護下にあるゆえ、どうぞご安心ありたい――そう繰り返すばかりで、托鉢修行に出たはずの御子がなぜ侯爵のところにいるのか、仏道修行はどうなっているのかなど、具体的なことになると、黙して語らずだった。柚蔓は強制しなかった。焦れそうになる自分をなんとか抑制した。ムレーサエールの屋敷へゆけば、すべてわかることである。使者がちらりと洩らしたところによれば、厩戸は帰国の意向を表明したということだ。ほんとうだろうか。ほんとうなら、どんなにうれしいことか。前途が見えなかったこの逃避行も、ようやく終わりが近づいているということなのだから。

倭国に戻る。思えば思うほど、胸がときめく。なつかしさがあふれ、知らずしらずのうちに涙となって頰をつたう。ナーランダーでの修行はなかばで終わらざるを得ない。しかし修行は僧院でしかできないということはない。倭国に戻ってからも続けられる。そこまで考えて、柚蔓ははっとした。倭国を出て七年。母国の情勢はどうなっているだろう。天皇は相変わらず仏教抑圧政策をとりつづけているのだろうか。彼女は何も知らないのだ。物部巫女団出身の柚蔓が仏教徒になって帰ってきたら、守屋はどんな顔をするか。それらを勘案すれば、手放しで喜んでばかりはいられない。その不安も、胸のときめきを消すまでではなかった。帰路は、どんな冒険が自分たちを待っているのであろう。ナーランダー僧院での生活が単調だった反動もあり、血のざわめくのを覚えた。

タームラリプティに上陸した柚蔓は、厩戸が拉致されたとの報せに呆然自失した。すぐに自分を取り戻し、ムレーサエール侯爵の話に耳を傾けた。

厩戸の境遇は適当に端折り、事件の前後に話をしぼって語り終えた侯爵は、柚蔓が捜索者の顔になっているのに気づき、驚嘆した。いまにも厩戸をさがしに飛び出してゆきかねない闘志を発散させている。

「カウストゥバという僧侶——ええ、憶えています」

「どのような男でした？」

侯爵はていねいな言葉づかいをした。相手は尼僧なのである。腰に剣を佩いた尼僧というのも変なものだが、ともかく尼僧であるからにはそれなりの礼はとらねばならない。

「高い鼻、琥珀色の目の——というより琥珀そのものを眼窩にはめこんだ妖しい眼光の、まだ若い僧侶でした。どことなく高貴な生まれという印象を受けました」

「ご記憶なのですな」

　侯爵は勢いこんで訊ねた。

「はっきりと」

「いま見ても？」

「ええ」自信のある口調で柚蔓は応える。

「それはありがたい。誰もカウストゥバの顔を見た者はいないのです。女主人のアグニスーリヤは殺されてしまった。娼館の使用人たちの記憶もあやふやだ。港湾当局の役人も書類の処理に追われて、提出者の顔など憶えていないという。憶えていたとしても、それがカウストゥバであるとは限らない。なにしろ一味は十数人と推定されているのだから。貴女がヤーヴァドゥイーパ島でやつを見たのはもう何年も前のはず。そこまで確信をもっていえるのはなぜです？」

「あの時、わたしたちは――わたしたちというのは、虎杖とわたしのことですが、ともかく怪しい者が御子に近づかないようにすることに神経を尖らせていました」

　虎杖の名前が出た時、侯爵の片眉がはねあがったが、柚蔓は気づくことなく話をつづけた。

「あの男は御子に異常な執着を見せていました。わたしたちの船に乗り込もうと、僧侶でありながら船長を買収にかかったのです」

「アシュヴァが——いいえ、貴女が奉戴(ほうたい)する御子が倭国を放逐された事情は、前にお目にかかった時にうかがった。カウストゥバはインドの、インド圏の人間です。倭国の刺客であるはずがない。そうまでして警戒する必要が？」

ややためらったが、柚蔓は揚州(ようしゅう)での一件を侯爵に明かした。あらましを語るうちに、今回の事件とのおそるべき相似形があらためて認識され、柚蔓の不安はつのった。

「なるほど、チーナ国での誘拐と同じことが、このインドでも起きたというわけですな。白い王子の霊力とは、それがわかる者にとっては、犯罪に手を染めてでも手に入れたいものであるらしい」

「捜索状況は？」

「教団の本部が判明しさえすれば、攻撃部隊を投入して奪還をはかるのみ。もうしばらくお待ちください」

「わたしにできることは？」

「解決は時間の問題です。しばらくのあいだ当屋敷にご滞在いただきましょう」

「無鉄砲に飛び出して、やみくもに御子の行方を探して回る、そうご案じなのですね。いくら何でも、そんな無茶なことをするつもりはありません。知己はナーランダーにしかいないのですし——ただ、これからすぐナーランダーに引き返し、トライローキヤム教団に関する情報を得てくるということはできます」

その申し出を、侯爵は時間をかけて検討し、首を横にふった。「わたしたち商人の流通網の方が情報収集には長けている。心静かにお待ちください。わたしはアシュヴァに誓いました、無事に帰国させると。今回のことは、庇護者として、大檀那として、このムレーサエールが全面的な責任を負うものです。かならずや貴女の大切な御子をとりもどしてみせましょう」

「そこまでおっしゃるのでしたら」柚蔓は首肯し、「御子はどのようにして侯爵のもとに身を寄せることに？」

「彼がナーランダーを出ることになった事情について、貴女は何か」

「複雑な事情があるのですか」柚蔓は驚き、顔を引きしめた。「御子は何もそのようなことは……自分には外の世界の知識が足りない、人はどうして生きるのかを知りたい。人の営みを知りたい――そう仰って旅立ってゆかれたのです。シーラバドラ師からも、それらしいことは何も……」

侯爵はすべてを語った。厩戸が娼館で悟りを得て、ブッダになったことも隠さず打ち明けた。白い王子のおぞましい性的冒険の結末が、悟りを得ることであった――ということを明かさなければ、彼の護衛者である尼僧はぜったいに納得するまいと思われたからだ。危険をともなう告知、告白であった。客観的に見れば彼は十二歳の少年と性交渉をもった変質者なのであり、みずからの性的嗜好のため盗賊団から人間を買うという犯罪者であるのみならず、厩戸から懇願されて不可抗力であったとはいえ彼を男娼にした破廉恥漢なのである。侯爵が弁解口調にもならず、いっそ淡々と事実だけを冷静に告げることができたのは、厩戸というブッダの初転法輪を受けたのは自分であるという自信のようなものがあったからだ。ブッダの指導を得て修行に励んでおり、過去の経緯はどうであれ今は正しい道を歩んでいるという確信があったればこそである。彼の語りは——自分ではまったく意識しないことながら——一種のブッダチャリタ、仏伝文学のごとき趣を呈したが、それも当然であろう、彼はブッダを語っていたのだから。

対する柚蔓の反応は、侯爵が想像してもいないものであった。彼女は涙を流しつづけながら耳を傾けた。涙の意味は語らなかったが、厩戸がなめた苦しみに自分を見ていたのである。性欲との戦いという苦しみに。柚蔓は煩悩の祓除を説く仏の教えに触れてナーランダーで尼僧となったのだが、厩戸は僧院を出て性地獄に身を落とすことにより再生した、ブッダに生まれかわった——というブッダチャリタは、彼女の心を動かさずにはおかなかった。

柚蔓の胸に、厩戸の教えを乞いたい、厩戸について仏道修行にはげみたいという、ものぐるおしい衝動がこみあげてきた。それにしても、娼館で悟りを得るとは何という逆説だろうか。シッダールタのブッダにしてからが王子の地位を投げ捨てたことによって悟ったのだから、ブッダになるとは逆説的な所為なのかもしれない——柚蔓はそう思い、気がついた時にはムレーサエールに向かって合掌していた。

その姿に心を打たれ、侯爵も合掌を返すと、「このムレーサエールがいかにブッダの身を案じているか、何卒お察し願いたい。いま一つ、貴女にお話し申しあげておかねばならぬことがある。もう一人の護衛者のことだが――あの男に危うく殺されるところだった」


ガンジスの河口から海に乗り出し、東に向かって航行すれば、インドシナ半島の西岸となる。南下すること二日、群島が現われる。目立たぬ島、ベール・カ・ゴーシュト島にトライローキヤム教団は本拠地を移していた。発祥の地アヌラーダプラはスリランカ島で、もとより島との相性がいい。カウストゥバがヤーヴァドゥイーパ島で布教していたように、インド亜大陸内部よりも周辺の島嶼部で教勢の拡大をはかろうというのが、教団の創始者であり信者からは長老と呼ばれるイタカ師の戦略であった。島に本部を設置するのは理に適ったことだったのである。

ムレーサエールがタームラリプティでの探索をあきらめていなかったころ、カウストゥバ一味の中型船は、途中、海賊に襲われることもなくベンガル湾を航行し、ベール・カ・ゴーシュト島の南側入り江に入った。腕のように長く湾曲した岬は、入り江を天然の良港にしている。桟橋は三つ。十数隻を数える布教船が舫い綱につながれ、穏やかな波に帆柱を上下させている。

船型でカウストゥバの乗船と知ったか、船が接岸するころには、一団の僧侶が僧衣のすそを潮風に吹きなびかせながら桟橋に立って、彼の下船を心待ちにしている様子だった。カウストゥバは先頭にトルザータン師の顔を見出した。いかめしい表情をたやさぬ実務家然とした顔。トルザータンはイタカ長老の副官のひとりとして教団の運営面で重きをなしている。

「ご苦労だった、カウストゥバ。して――」

トルザータンは敬礼もそこそこに、首尾を訊いた。

「完遂いたしてございます」

得意の色をかくさずカウストゥバは、降りてきたばかりの船をふりあおいだ。櫃のような木匣が、武僧たちの肩に担がれて、下ろされてくるところだった。

「さぞかし長老もお喜びになろう。拙僧はただちに教院に戻る。吉報をお耳に入れ、迎え入れの準備をいたす」

トルザータンは喜色を刷いてうなずくと、僧侶たちをしたがえて桟橋を去った。

遅れてカウストゥバたちも出発した。

申しわけ程度の浜辺の先、大密林の中に分け入る。インド亜大陸と同じ植生で、巨木が天を摩し、巻きついた蔦が葉をのばす。昼でもなお薄暗い。ところどころに木洩れ日が射し、色鮮やかな鳥が翼をひろげて横ぎると、宝石が飛んでいるかのような美しさだ。猿が鳴き、動く蔦かとみれば蛇であり、時折り吹く風は草と土のにおいを含んで生ぐさかった。そんな中、時としてくすんだオレンジ色が目に映ずるのは、糞掃衣(ふんぞうえ)をまとった修行僧が巨木の根元で瞑想(めいそう)にふけっているのである。濃緑の大密林を縫うように小川が流れ、それに沿って幅のある道が踏み固められていた。一行は歩きなれた足どりで進んだ。

小一時間も歩いたころ、密林が消失して、一気に眺望がひらけた。彼らの前に、円形状の大空間が現出した。その周囲はやはり密林なのだから、これは巨木を切り倒し、はびこる下草を刈って、人工的に造り出された空間なのであろう。燦々(さんさん)と降りそそぐ亜熱帯の陽光が、カウストゥバたちの目を射た。陽光に照らされて立っているのは、レンガを積み上げて造成された複雑な形状の巨大寺院である。インド本土に見られる仏教寺院の清雅(せいが)簡素さは微塵(みじん)もなく、原初インドの渾沌(こんとん)をほうふつさせる圧倒的な宗教的熱情の表出とでもいうべき複雑怪奇な装飾がほどこされた建築物だ。バラモンの寺院もここまでではあるまい。

これが――これこそが、ムレーサエール侯爵が血眼(ちまなこ)で探すことになるトライローキヤム教団の本部であった。

トルザータンの先触れが行き届いているとみえ、寺院の前には大勢の僧侶が奉迎の儀式のごとく整然とならび、合掌している。彼らは声をそろえて経を誦(じゅ)し、頌歌(しょうか)を合唱した。武僧の肩に担がれた木匣が目の前を通り過ぎると、感極まってその場に身を投げ出す僧侶が続出した。

カウストゥバは寺院の中に足を踏み入れた。吹き抜けの巨大広間。採光窓が壁のあちこちに開けられ、屋外と変わらぬ明るさだ。

「おまえはここまでだ。宿舎に戻って、待機しておれ」

殿を歩んでいたマートリシューラが刺客の男に言いわたした。刺客は僧体ではなかった。頭は剃っておらず、薄汚れたターバンを巻きつけている。僧衣の代わりに一般人が着る衣装を身につけ、腰に細身の剣を佩いていた。およそ生気にとぼしい顔には表情がなく、直立歩行する等身大の人形といった感じであった。マートリシューラの命に従順に身を引きかけたが、武僧たちにかつがれた木匣に目を向け、なおもついてくる気配を見せた。

「云うとおりにしろ」

マートリシューラが今度は強い口調で云い、刺客の足は止まった。木匣を慕って後を群れ従ってくる僧侶たちの波に呑まれ、すぐに見えなくなった。

奥へと進むにつれて廊下はせまくなってゆき、後をついてくる僧侶の数も次々と減っていった。修行の階梯に応じ、入っていい区画が定められているのである。奥へゆくほど、高位の者しか踏みこめない領域となる。窓は消え、廊下を照らす明かりは壁の炬火架に燃える炎だけとなった。彼らは葬列のように進んだ。マートリシューラは後ろをふりかえった。ついてきているのは、十指で数えられるだけの高僧であった。

やがて廊下はつきた。穹窿の門をくぐると、大広間になっていた。壁には数十の炬火が炎を伸ばしていたが、それだけではまかないきれない闇の濃さであった。すぐにも目が慣れ、一団の僧侶たちが立ち並んでいることが見てとれた。

「カウストゥバが帰還いたしました、長老」と告げたのはトルザータンである。

「これへ」

しゃがれた、重々しい声がひびいた。

大広間の中央に長方形の卓が置かれてあった。カウストゥバは武僧たちに指示し、木匣を卓上に下ろさせた。一同は整列し、中央のカウストゥバのみが一歩前に出て、一礼した。

「お求めのもの、手に入れてまいりました」

奥の暗闇がうごき、右手に杖をにぎった人物が姿を現わした。糞掃衣をまとった長身の老人で、細長い顔、爛々と光る眼、頰は削げ、唇は薄く、肌には渦状のしわが幾つも刻まれている。かなりの高齢であろうに背筋は索条の如く伸び、体格はよく、若々しい闘気を発散していた。杖は、あくまでも形ばかりのものであるらしい。

「見せよ」イタカ長老は短く命じた。

カウストゥバの目配せに応じて武僧がふたり進み出た。木匣の蓋を取り去ると、素早く元の位置に戻った。長老のつく杖のコツコツという音が、静まりかえった広間内にこだました。彼はわずかに身を屈め、木匣の中をのぞきこんだ。白い肌の全裸の少年がこんこんと眠りに落ちていた。

「この者か――」

次の瞬間、長老の目がかっと見開かれた。よろめくようにあとずさった。手から杖が離れ、音高く石の床をころがった。

「何と、ブッダではないか！」

僧侶の間に驚きが走った。彼らはわらわらと木匣のまわりに群がり寄った。はっと息を呑み、いちように目を瞠り、斉しく敬虔な声をあげて、我先にその場で合掌した。

カウストゥバは杖を拾いあげ、恭しい仕種でイタカ長老に捧げた。「さように。わたしも、それと知った時は、呆然自失、息が止まるほど驚きました。ヤーヴァドゥイーパ島で出会った時、いずれ必ずブッダになる逸材、そう思っておりましたが、まさかこんなに早くとは」

入手するまでの経緯を手短に物語った。娼館の男娼だったという件りでは、驚きのざわめきがひろがった。イタカが受け取った杖の先で床をひとつ打ち鳴らすと、すぐに静まりかえり、カウストゥバの報告の声のみ流れた。

「では、ブッダは我らにお力添えなさると仰せあそばされなんだのだな」

「残念ながら」カウストゥバは首を横にふり、「帰国せねばの一点張りでして。わたしには、ブラフマンの役はつとまりませんでした。そこでやむなく――」

「それでこそブッダじゃ」イタカは讃嘆の声を放った。「かのブッダとて、ブラフマンの勧請あって、はじめて法輪を回すことを肯んじられたのだ。みずから積極的に教えを説くのは似非ブッダの証なり」一歩、木匣に近づき、意識のない少年の白い裸身をじいっと見つめ、「奇蹟を見ているようじゃ。この齢になって、初めてブッダを拝する機会を得ようとは。是非ともわがトライローキヤム教団をご指導いただきたきもの。されば、このイタカも一介の修行者に戻って、修行に邁進せん――。ブッダはそれをお拒みあそばすと仰せであるか。むべなり。そして、今日のインド圏の趨勢もまた、わが望みをば叶わしめず。似非仏教のマハーヤーナが栄え、ブッダの真理を伝承するわれらテーラヴァーダは衰えた、この現状を糺すに必要なのは、しかし新たなブッダの登場ではない。ブッダになれるほどの聖性を裏打ちする天性の霊力なのだ。何とも皮肉なことだとは思わぬか、そなたらも」

「御意――」

「げに――」

うべなう声が口々に発せられる。

「このわしも、若いころは単純に思いこんでいた。真理を伝えているのは、我がテーラヴアーダであるからには、いずれマハーヤーナは滅び、ブッダの教えは再興すると。ところが、そうはならなかった。憎むべき捏造者どもは仏説経典を次々と偽作し、菩薩などという、ブッダの説かなかったものを、あたかもブッダが説いたものの如くこしらえあげ、さらには修行によって自力で悟りに達するというのがブッダの教えであったのに、あろうことか、ブッダそのものまで変造して神格化した。神の如きブッダが迷える衆生を導き、その力によって救済されるという嘘まみれの教理を編み出した。そんなマハーヤーナの教えが人々に浸透し、ブッダの真の教えは見向きもされぬ。

壮年に達したわしは独力での活動に限界を感じ、志を同じくする者を募った。トライローキヤム教団を組織して、シャーキャに帰れと訴えつづけた。だが耳を傾ける者は多くない。少数の共鳴者を得ただけであった。そこで、わしは逆説に想到したのだ。ブッダの教えは、畢竟個人を悟りに導くためのものである。それ以上でもなければそれ以下でもない、と。

マハーヤーナ優位の現状をくつがえすには、ブッダの教えではなく、別の方法を以てせねばならぬ、ということだ。わしは今まで方法を間違えてきたのだ。ブッダの教えがすべてに万能であると、それこそマハーヤーナ的な考えに蝕まれていたのだ。今のわしは、ブッダの教えで現状に挑もうとは思わぬ。何度も繰り返すが、ブッダの教えはあくまで個人的なもので、個人を悟りに導く手段である。社会を変革する手段ではない。それは同志諸君、そなたらも斉しく同意してくれるところだ。よってわしは戦略を改めた。霊性の強い者を得て、彼の霊力を――ある意味、武力として用いることを企てるに到った」

イタカは回想的な長広舌を打ち切り、感極まったように沈黙してから、ふたたび口を開いた。「我らは今、望みのものを手に入れた。意わざりき、それがブッダであったとは。

しかし、わしの考えは揺るがぬ。こうして、眼前にブッダを拝していても、いささかの揺るぎもない。我らが必要とするのは、ブッダの——この者の、ブッダとしての仏性ではなく、強大な霊力だという考えに変わりはない。誰ぞ反対する者はおるか？」

イタカは眼光鋭く弟子たちを見回した。

「イタカの考えは間違っている、そう云うものはおらぬか？　せっかく得たブッダだ、教えを乞い、指導を受け、修行に励みたい。それでこそ仏道に入った本懐(ほんかい)である——そう反論する者はおらぬか？」

声は上がらなかった。ややあって、

「——拙僧は、イタカ師に従いまする」と、トルザータンが確信に満ちた声でいい、「わたしも同じく。師の御意のままに」カウストゥバがそれにつづき、全員が同調した。

「よろしい」イタカは満足そうにうなずいた。「されば、この眠れる少年がブッダであるという真実には目をつぶるといたそう。ふと迷いが生じて、ブッダを慕う心が生じてはいかぬからな。この者は、あくまでも霊力の根源、霊力源とのみ見なす」

イタカは左手に杖をもちかえ、右手を木匣の中にかざした。「おお、感じる、感じる、何という強い霊力だ。これほどの力には、さすがのこのわしも、いまだかつて出会ったことがない。カウストゥバ、あらためて礼を申す。よくぞ探し当ててくれた」

「身に余るお言葉。光栄至極に存じます。長老のご指導あったればこそ」

「ただちにはじめよう」

イタカは四人を指名し、霊力源を木匣から出すよう命じた。三人はトルザータン以上の地位にある高弟で、四人目にはカウストゥバが指名された。カウストゥバが少年の両腋を抱え、三人は足や腰を支えた。少年は目をさまさない。

イタカは部屋の奥に歩を進めた。壁から炬火を取ってトルザータンが後に続く。奥壁に祭壇が設けられていた。四本の燭台にトルザータンが火を移すと、伸びあがる蠟燭の炎に祭壇があかるく浮かびあがった。呪具と法具が配置された祭壇の中央に、白い布ですっぽりと覆われたものがある。イタカは布を取り去った。

僧侶たちから驚きの声があがった。布の下から現われたのは、等身大の仏像だった。結跏趺坐した金銅仏。修行中の姿を形象したものらしく、頬はこけ、手足と首筋は痩せて細く、着衣から透けて見える脇腹は、肋骨が浮き出していた。

「我が故郷アヌラーダプラにて、瞑想中お告げを受けて発掘したものだ。イタカよ、おまえにとって大切なものとなる仏像を授けよう。その声がして、場所を教えられた。古くに廃院となった地下石窟であった――。これまでは長く秘仏としてきたので、そなたらがこれを見るのは今が初めてということになる。もったいぶって見せなかったのではない。なぜ、秘仏としてきたか、その理由は一目見てわかったであろう」

イタカは含み笑いをした。発掘仏像には一個所、他のブッダ像には絶対にないものがあった。あってはならぬものがあった。結跏趺坐した金銅のブッダは、糞掃衣の左右を大胆にはだけて、何と、直立した陰茎を剝き出しにしているのである。

「リンガのある仏像」

イタカは云った。リンガとは男根のこと、古来インドでは崇拝の対象である。

祭壇の上に並んだ多くの法具の中からイタカは小型の容器を取り上げた。秘油を入れた小さな壺で、コブラを象った注ぎ口が取り付けられている。金銅仏の上に傾け、秘油を注ぎかけた――リンガの上に。まんべんなく塗りこめるために、イタカは老いさらばえた手で金銅の男根をにぎり、全面に秘油をゆきわたらせた。あたかもブッダの陰茎をしごいている行為にも見え、僧侶たちは声にならぬ声をあげた。

「これを発掘した時の驚きといったら、わしとしても相当なものがあった。ありがたいお告げの結果がこれなのだから。リンガ仏――勃起せしブッダ、いったい誰が何の目的でこんなものを作ったのか。ブッダを罵るバラモンの悪意であろうか。最初はそう考え、人目に触れる前に打ち壊してやらんかと思った。なれど、まがりなりにも瞑想の中で発掘を指示されたもの、何がしか意味があるに違いないと思い直し、今日まで秘仏として保管して参ったのだが――」視線を金銅仏の陰茎から、運ばれてくる少年の裸身に移し、「先ほどのカウストゥバの話に、我らが霊力源が男娼であったと聞いて、なるほどと、ようやく腑に落ちた。わしがリンガ仏を発掘したのも、この少年が男娼に堕ちたのも、すべては因果、今日この時のためであったのか、と。——載せよ」

　カウストゥバら四人は、指示されるがまま、眠れる少年を金銅仏の上に抱き合うように載せた。秘油を塗られた仏像の男根は、少年の肛門にするりと挿入された。剣が鞘に斂まる如く、所定の位置ででもあったかのように。少年は目覚めない。安らかな顔は金銅仏の肩にもたれ、両腕は金銅仏のひじに載せられ、両脚は金銅仏の腰に生々しく絡んだ。

「金銅像のブッダと生身のブッダ、交合せり！」イタカが昂った声をあげた。「見よや！」

　指差す先を見やって、僧侶たちはどよめきをあげた。少年は眠ったままだが、金銅仏に秘所をつらぬかれたからか、生身の陰茎が力を得て、天を衝かんばかりに雄渾となっている。

「イタカ師よ！」我を忘れてカウストゥバが叫ぶ。「これなるが霊力でございましょうか！」

「さなり。子をなす力、すなわち人間を太古、根源から未来へと連綿と続かしむる力、あらゆるものの大本の力、肉を超越した霊の力が、この肉の霊塔リンガからは強力に発信されているのじゃ！」

　金銅像のブッダと、生身のブッダが交合する大広間は封印された。いわば〝動力室〟となったからには、何人たりとも立ち入りが禁じられる道理であった。イタカ長老を先頭とする教団幹部の一行は、大広間を後にすると、炬火の明かりを頼りに暗い廊下を進んだ。来た道を引き返すのではなかった。次々と角を曲がり、階段を降り、地下の廊下を進み、さらに階段を降りた。いつしか壁はレンガではなくなり、剝き出しの岩肌に代わっていた。床も同じで、それまでは平らに切り出された石が敷きつめられていたのが、凹凸（おうとつ）のある岩道となり、地下ではなく地底という言葉を想起させる。

方向もわからない。カウストゥバはここまで来るのは初めてであった。マートリシューラ以下の実働部隊の武僧たちにとっても。地下に、かくも長大な洞窟が掘られていようとは思いもしなかった。ここここそトライローキヤム教団の聖域であり、禁足の地なのであろうか。

炬火の炎がなびきはじめた。風が吹いているのだ。風は潮の匂いを孕（はら）んでいた。イタカが足を止め、高僧たちも停止した。彼らは虚空（こくう）をふり仰いだ。カウストゥバも彼らに倣（なら）って視線をあげた。炬火の明かりがとどかぬ暗闇がひろがるばかりだったが、目が慣れてくると、ふたつの蒼白い光が見えた。天空に輝く星のごとく――いや、一対の眼光のように、彼らを見おろしていた。

「見よ」イタカのおごそかな声がひびいた。「一号機が目を開けておる。これも、かの者の霊力を動力源としてのことじゃ」

「二号機――長老、二号機はいかがでございます？」

トルザータンの声。高僧たちが、せわしなく頭をめぐらせ、あちこちと視線を移す。夜空に星を見つけようとする人の群れのように。

「二号機までは動かせぬようじゃ」イタカは云ったが、落胆した調子は毫もなく、「一号機で充分であろう。我らはかつて何人も持つことのなかった強大な破壊力を手に入れたのだ」

「いずこ、いずこを」乞うような口調で高僧たちが口々に問う。

「それじゃ。グプタの王朝が健在なりせば、王都パータリプトラを狙わましを。しかしグプタ朝は滅び、王都は王都ならず、昔日のおもかげを失い廃都と化しておる。目下インドは分裂状態にあり、中心地がない。ここを押さえれば、インドをわがトライローキヤム教団のものにできるという都がない。統一権力が衰退した今のこの時期、インドを動かしているのは何かといえば、商業であろう。もっと正確にいえば、交易じゃ。よって交易によって富み栄える都市を狙うに如かず」

「交易都市を？　して師よ、いずこの交易都市を？」

イタカは杖を振りおろし、間髪を容れず答えた。「いざ、進撃せん――タームラリプティへ」

瞬間、一対の目の輝きが強くなり、辺りが昼のごとく明るくなった。一号機の全貌が瞭らかとなり、目の当たりにしたカウストゥバは恐怖の叫びをあげた。

教団本部の壮麗な建物とは独立して、密林との際(きわ)に木造の粗末な屋舎(おくしゃ)の立ち並ぶ一画があった。労働力を以て教団に奉仕する下人(げにん)たちの寝起きする住まいである。教団に入るための修行期間中の者や、インド各地で喰いつめたあげく住食衣を保証されて徴募に応じた者が大半であったが、自らの意志に反して労働を強いられている者たちもいた。モンガペペもその一人だ。かつては黒旋風(くろつむじ)の異名(いみょう)で鳴らした海賊だった。一年前に捕虜となってベール・カ・ゴーシュト島に連行され、下人として働かされている。奴隷も同然だが、監視の目が厳しいことを別にすれば待遇は過酷ではない。モンガペペが太っちょの体形を維持しているのが何よりの証であった。

モンガペペは尿意をおぼえて目覚めた。厠(かわや)は屋舎の外にある。空には星々が燦然(さんぜん)と輝いていた。教団本部の窓から明かりが洩れ、荘重な読経(どきょう)の声が響いている。いつにないことである。この日、何か重要なものが本部に運び込まれたらしい。それがためか僧侶たちの動きときたら、傍目(はため)に見ても有頂天という言葉につきた。よほどの慶事らしく、下人たちにも酒が振舞われた。尿意の原因だ。どんよりとした夜風に吹かれ、厠の扉に手をかけようとした時、

「おい、黒旋風」

通称を呼ばれ、モンガペペははっとして辺りを見回した。

けた」

彼を見上げていた。モンガペペは腰をおろして対坐した。「ジャラッドザール、いつ戻ってきた」

「今日だ。カウストゥバって野郎の船に櫓手として乗り込んだ」

「坊主たちにとっては大切なものを運んできたらしいな」

「よっぽどのものらしい。警戒が厳重で、常に武僧が見張っていた。虎杖もその船に乗っていたぜ」

「何てことだ！」

「しっ、声が高い。タームラリプティで、ひと仕事させられたらしい。あわよくば、と思ったが、おれは船から離れられない。で、結局、この島に来ちまったんだ」

「例のものは手に入ったのかい」

ジャラッドザールは腰紐にさげた革袋の中から、布に巻かれた細長いものを取り出した。

「できれば今夜のうちにやってしまいたい」

「よし、虎杖の兄貴を誘い出してくる。ここで待っていてくれ」

「慎重にやってくれよ、黒旋風」

「まかしておけって」

その時、地を踏む足音が聞こえ、ふたりは口をつぐんだ。茂みの隙間から目を凝らすと、屋舎のひとつから出てきた長身の男が厠に向かって歩いてゆくのが目に入った。左手に剣を握っている。ふたりはそれを見送り、男が厠の中に消えるのを待って、驚きの声を放った。

「虎杖の兄貴じゃないか」

「これぞ天佑。ブッダのお導きにちがいない」

「どうする」

「どうするも何も、今ここでやってしまおう」

ジャラッドザールは、手にしたものから布を剥いだ。陶製の矢筒と、小さな壺が現われた。壺のふたを開けると、蓮の花の芳香を思わせる匂いが流れ出た。眠気をもよおすような甘い香りである。ジャラッドザールは壺に指を入れ、どろりとした液体をゆっくりかきまぜるようにさぐった。長さは小指ほど、細さは針ほどのものをつまみあげた。――吹き矢である。

それを筒先に装填し終えたとき、用を足した虎杖が厠から出てきた。そのまま屋舎に引き返すかと見えて、背中に何かの気配を感じたのか、茂みを振り返ると、透かし見るように視線を注いだ。およそ表情らしい表情が失われた人形のような顔の中で、目だけが鈍い輝きを放っている。剣士としての本能の光。

「——誰だっ」

虎杖は平板な声を放った。一本調子なだけに不気味な声を。同時に剣を抜こうと右手を柄に走らせた。

ジャラッドザールが吹き矢をふいたのはその瞬間である。

虎杖は柄から離した手を首筋に当てた。突き刺さった矢を抜き、表情のない顔で見つめると、その場に投げ捨て、剣を抜いた。星明かりを浴びて金属の刀身が蒼白く反射した。茂みに足を踏み入れようとした途端、身体は糸の切れた操り人形のようにくずれた。強力睡眠薬としての精製蓮華毒(れんげどく)の効果を云々(うんぬん)している余裕など、ジャラッドザールとモンガペペにはない。茂みを出ると、ジャラッドザールが虎杖を背負いあげ、モンガペペが剣を鞘におさめて手にした。再び茂みの中へと入る。教団本部の敷地を横切るのは危険だ。密林をしばらく進み、あとは道に出て、一気に港へと——。

背に感じる虎杖の身体の重みは、ジャラッドザールにとっては至上の歓びだった。命の恩人にして無二の親友をついに奪還できたという歓喜を味わいながら、港へと足をいそがせる。

ことの起こりは一年前にさかのぼる。その頃までにはジャラッドザールも虎杖も、大海賊クックドゥ船長に働きぶりを認められ、幹部階級の海賊にとりたてられていた。当局の捕吏に襲われていたクックドゥの苦境を救ったという、およそ僥倖的な出会いではあったが、怜悧で欲深なクックドゥがそれだけで新参者に気を許すはずもなく、それなりの働きをして引きたてられたのだった。黒旋風のモンガペペ、サマラとザマラの兄弟、それにジャラッドザールと虎杖の五人は、海賊クックドゥ団の五天王としてベンガル湾に勇名をはせた。もちろん虎杖の名前はインド風にサールドゥーラではあったけれど、仲間内では倭名の虎杖で呼ばれていた。虎杖の剣技こそは恐怖の的であった。クックドゥ海賊団はベンガル湾の鯱と呼ばれて恐れられた。——一年前までは。

　最初は、恰好の獲物に思えたのである。襲ってくださいといわんばかりの中型商船、赤子をひねるが如くに見えた。思ってもみないことだった、商船に擬装したトライローキヤム教団の船であったとは。乗り移った海賊たちは、武僧——武術に長じた戦闘僧侶たちによって次々に殺された。武僧たちは海賊船にまで乗り移ってきた。海賊が一転、襲撃される立場となった。乱戦の中で、サマラが斬られ、ザマラがすぐ後を追わされ、クックドゥは海に投げ込まれた。十数人の手負いの海賊たちが放り出され、血のにおいをかいで集まってきた鮫の背びれが群れなす真っ赤な海に。残るは虎杖、ジャラッドザール、そして黒旋風のモンガペペの三人となった。ジャラッドザールとモンガペペは手負いとなって力つき、ふたりを守って虎杖がただひとり勇戦していた。虎杖は全身に敵の返り血を浴び、全身から噴き出す汗でその血を流し落とす。また血を浴び、汗で流し去る。その繰り返しだった。殺気に凝り固まった彼の顔は、名前の通り虎の如く、海賊行為で鍛え上げられた筋肉は鋼鉄のようで、腕から繰り出される絶妙の剣技は魔神の化身かと思われた。強力なインド武術を縦横(じゅうおう)に駆使する、さしもの武僧団も、たったひとりの敵に手も足も出なかった。徒(いたずら)に死者と負傷者の数をふやしてゆくばかり。

その時、武僧たちが左右に割れ、杖をついた老僧が出現した。トライローキヤム教団の組織者イタカ長老と、ジャラッドザールとモンガペペが知ったのは後のこと、虎杖の背に守られ息もたえだえの状態で、ついに死神が出現したかと錯覚した。

「勇敢なる剣士よ」イタカは舌なめずりするような声で云った。「その類いまれなる力、天賦(てんぷ)の才を、我がトライローキヤムのため奉げる気はないか。おまえの剣の技倆をもってすれば、インド制圧の大いなる礎(いしずえ)となるであろう。我らはおまえを得んがため罠(わな)を張っていたのじゃ」

狙いが自分だったと知って、虎杖は憤怒(ふんぬ)のあまり眦(まなじり)を裂いた。「断る！　くそ坊主めが！」

野獣のように咆哮(ほうこう)すると、くるぶしまで浸かる血の池となった甲板を踏んで前進した。剣を大上段に振りかぶって、イタカを頭からまっぷたつに斬りさげようとした。

イタカの口から黒い霧状のものが噴き出した。それを顔に浴びた。虎杖の剣尖(けんせん)が中天を指して止まった。精悍な筋肉も塑像と化したように静止し、顔から表情が失われ、猛獣じみた両眼の輝きも鈍くなった。汗だけはあいかわらず滝のように噴き出しつづけ、返り血を洗い流している。

「剣を引け」

イタカが命ずると、虎杖はぎくしゃくとした動きで構えを解き、だらりと剣尖を下にした。

「捨てよ」虎杖の手が柄を放した。剣は横倒しになって、足元の血の池に没した。「跪け」

血のしぶきが、ふたつあがった。

「わしを仰げ」虎杖は跪坐の姿勢で顔をあげた。「口を開け」

親鳥に餌をねだる鶵のように口が開かれた。

イタカはふたたび黒い霧を口から噴き出した。それは帯状の流れとなって、虎杖の口に注ぎ込まれていった。人が息を詰めていられる長さの間、それは続いた。

「立て」虎杖は立ちあがった。イタカは杖の先で、トライローキヤム教団の船を指示した。

「おまえの船はあれだ。ゆけ」

虎杖はうなずき、夢遊病者のような足どりで甲板を歩いていった。

イタカは武僧に命じた。「船を焼き払え」

「こいつらは、いかがいたしましょう」武僧の一人が訊いた。

イタカの視線は、無抵抗のジャラッドザールとモンガペペに向けられもしなかった。

「徴用せよ」

三人は同じ船室に閉じ込められた。虎杖は魂を失ったようで、どんな呼びかけにも応じなかった。

「あの薄気味の悪い坊主に、魔術をかけられたに違いない」

それがふたりの出した結論だった。

かくして三人はベール・カ・ゴーシュト島に囚われの身となったのである。それが一年前のことだ。ジャラッドザールとモンガペペは、密林を切り開いたり、農作物用の畑を耕したりと、肉体労働に駆り出されたが、虎杖は剣の技倆を買われただけあって、島を不在にすることが多かった。剣を必要とする任務を遂行するためだろうが、それが何であるのか、帰ってきても虎杖は語ろうとしなかった。

ふたりは脱出を考えた。海賊としての誇りは、この奴隷的境遇に耐えうるものではなかった。支障になるのは虎杖の存在だ。イタカの秘術の虜となった虎杖が応じるはずもない。相談すらできかねた。虎杖を置いて逃げ出すしかないが、心情的に不可能というものであった。ジャラッドザールにとって虎杖は怪物ヌ・マーンダーリカの魔手から自分を救ってくれた命の恩人、無二の親友である。モンガペペにしても兄貴と慕う男。最後までふたりをかばって奮戦してくれた虎杖を見捨てて逃げることなどできやしない——ふたりの意見は一致した。

ならばどうする。どうやって虎杖を制御すればいい。虎杖の抵抗を封じて島から逃げ出すには、どんな方法がある。頭を悩ましたあげく、蓮の花を精製して得られるという催眠薬の存在に想到した。バラモンの異端の一派に伝わり、一滴でも血管に入ると効果覿面、どんな人間も半月は昏睡すると聞く。巨象や猛虎を制圧するため開発された薬とのことだった。これが手に入れば望みが叶うかもしれぬ。ふたりはくじをひき、ジャラッドザールがその入手役となった。脱走する十日ほど前から、ふたりは派手な喧嘩を演じ、争い事で憎み合う仲となったように周囲に見せかけ、ジャラッドザールが島抜けした後、モンガぺぺに累が及ばぬよう工夫することも忘れなかった。

半年かけてジャラッドザールは待望のものを入手した。ベール・カ・ゴーシュト島にとって返すべくタームラリプティで船を探しているとき、偶然にもカウストゥバの顔を見た。若いのに教団の中で大きな顔をしている僧侶として記憶に残っていた。港には、余人は知らず、忘れようとしても忘れられないトライローキヤム教団の船が停泊していた。勝手知った船。櫓手として潜入するのはさして困難なことではなかった。カウストゥバや武僧たちに顔を知られていないという確信はあったし、櫓手とはいわば牛馬のような存在で、彼らが目をくれるはずもない。待つこと数日、カウストゥバとその弟弟子のマートリシューラ、武僧たちは細長い木匣のようなものを運び入れ、船は錨をあげた。
かくしてジャラッドザールはベール・カ・ゴーシュト島へと戻った。目論見通り精製蓮華毒と吹き矢をたずさえて。今、星空の下、ジャラッドザールとモンガペペは密林を出て道をひた走る。ジャラッドザールの背には昏睡におちいった虎杖。港で船を奪い、夜が明けきらぬうちに海に乗り出さねばならない。


港湾都市タームラリプティは、一種の自治都市である。行政、立法、司法の三権を握っているのは、少数の富豪たちからなる「十三人委員会」であった。ムレーサエールは委員の一人で、しかも五指に入る有力者であったが、拉致されたアシュヴァの捜索に全力を注ぎこんでいたため、週に一度開催される定例会議にはこのところ代理の者を派遣していた。

その日、代理の者が出かけていったと思ったら、すぐに戻ってきて、「緊急の案件につき、侯爵ご本人にお越し願いたいとのことでございます」という。ムレーサエールは馬を引かせた。

十三人委員会の定例会議は、港に臨んだ税関の建物の一室で開かれる。侯爵が遅れて入室すると、残る十二人は全員が顔を揃えていた。

「かけてくれ、侯爵」

その日の司会役のダムカル・ヴィバーグ公爵が困惑と緊張の口ぶりで云った。ヒマラヤの万年雪を思わせる目のさめるような白髪をいただいたヴィバーグは、齢七十になろうかという最古参の委員で、グプタ朝の王家につながる名門としてタームラリプティで広く尊敬を集めている。

開け放たれた窓からさわやかな風が吹きこみ、きらめく海と、帆走する船が見える。

会釈して自席に腰をおろしたムレーサエールは、見慣れた顔ぶれの中に、初めて見る顔を見出した。誰かの代理出席ということはありえない。数はきちんと揃っているのだし、よもや僧侶を、それもうすぎたない糞掃衣をまとった若い僧侶を代理に出す愚か者は十三人の中にいるはずがない。

「わたしのいない間に、十四人委員会へと？」

「きみの軽口に取り合っている余裕はない。この者の述べた話が本当ならば、タームラリプティの浮沈にかかわる由々しき問題だ。直接意見を聞きたいので、来てもらったのだ、ムレーサエール」

ヴィバーグ公が、見知らぬ出席者をちらと見やって云った。

「何者です？」ムレーサエールは訊いた。

僧侶は口を閉じたままだ。ヴィバーグ公がやむなくといった態で応える。

「トライローキヤム教団のイタカ長老なる者が派遣した使者、名はカウストゥバというそうだ」

僧侶は立ちあがると、ムレーサエールに顔を向け、なれなれしい笑みをうかべて一礼した。

「…………」

侯爵は衝撃を顔に出さないようにつとめた――驚きが大きすぎ、まだピンとこないといったほうが正確か。意いきや、探し求めていた相手が自分のほうから現われてくれようとは。しばらくのあいだ言葉を失い、若い僧侶をまじまじと見やるばかりであった。

ヴィバーグ公が語を継ぐ。「トライローキヤム教団のイタカ長老は、タームラリプティの……その、割譲を要求するというのだ」

「割譲?」

聞き間違えたかと、ムレーサエールはおうむ返しに声に出した。

ヴィバーグ公がうなずく。残る十一人の顔も一斉にふられた。いや、斉しくうなずいたとはいえ個々の反応は一様ではない。肩をすくめた者、冷笑を浮かべた者は真剣に取り合っていないのであり、困惑の表情の者は話を解しかねているのであり、おびえの表情を隠さぬ二、三人は、話を真に受けているらしい――とムレーサエールは見てとった。

「割譲ではありません」カウストゥバが慇懃な声でいった。「正確には、すべての譲渡を、です。イタカ猊下は、タームラリプティ市における支配権の全面的な委譲を求めておいでです。それが、我らトライローキヤム教団の総意とお心得ください。一言で申しあげれば、降伏です」

「——ということなのだ」ヴィバーグ公爵がムレーサエールを見やり、ため息とともに云った。顔色から察するに、ヴィバーグ公は困惑派に属しているようだ。「これをどう考えるべきか。腐れ坊主ばらの戯言か、考慮に値するとすべきか——」

「考慮ですと？」ムレーサエールは失笑した。タームラリプティの全権を譲渡せよ——そのどこに考慮する価値があるというのか。彼の心は、一刻も早くカウストゥバに厩戸の一件を問いただしたいという個人的な欲求に支配されていた。かかる与太話に付き合っている時間はない。「わたしの意見は簡単です。この頭のねじの二本も三本も抜けた妄人僧を、即刻この部屋から叩き出すことだ」

叩き出し、身柄を確保し、口を割らせてやる。

「その通りだ、侯爵」賛同する声がいくつもあがった。真剣に取り合っていない派に属する委員たちからだ。

またもヴィバーグ公がため息をついた。「こういうわけなのだ——カウストゥバ師よ、あなたの口からもう一度、ムレーサエール侯爵にお話しいただけないかね」

「いいでしょう。降伏を割譲などと都合よく解釈されてはたまりませんからね」カウストゥバはムレーサエールに向き直って合掌してから、「交易都市タームラリプティ市を司る十三人委員会が、われわれの要求を拒んだ場合、当市に甚大な災厄がもたらされることは確実です。なぜというに、災厄はわれらの手中にあり、災厄をとどめておくも、聞きわけのないタームラリプティ市に向けて解き放つも、イタカ猊下の一存に委ねられているからなのです」

「侯爵、聞き捨てにしてはならん」

真に受けている派の委員のひとりが、重苦しい声で云った。「わたしはトライローキヤム教団の噂はいろいろと聞いているが、イタカ長老とはバラモンの大魔道師をはるかにしのぐ恐るべき人物とのことだ。性急に結論を出すのではなく、彼らの話にもっと耳を傾け、話し合いを続けて、双方にとって最善の道を探るべきだと思う」

「聞き分けのよい方もいらっしゃる。タームラリプティ市の繁栄の、なるほど、これが秘訣ですかな」カウストゥバが余裕の表情で云った。

ムレーサエールは深呼吸して自分をまず落ち着かせた。気が急くあまり、公事――タームラリプティに突きつけられている途方もない要求と、私事――ブッダの奪還とをくれぐれも混同してはならぬ。「ふたつばかりお訊ねしよう。トライローキヤム教団は何のためにタームラリプティを欲するのか」

「布教の拠点とせんがため。人と物の往来がひんぱんな交易都市を基盤とすれば、布教はより進むはずでしょう。全インドを見わたしたところ、交易都市としては当市がいちばん繁栄しています」

「わが町タームラリプティをそこまでおほめくださるとは、礼を申しあげねばならぬようだ。しかし、もっと穏健なやりかたがあるのでは？　あなたがたは僧侶だ。これはブッダの教えに背くように思われるが」

「個人の修行によって悟りに至る、ブッダの教えはこれにつきます。都市の争奪は、ブッダの教えとは異なる次元の問題です」

「ブッダが生きていたら、とてもお認めになるとは思えないが」

「ブッダは死にました。仮想の話は無意味です。ただし、ブッダの教えは脈々と生きている。ところが、この教えが誤解され、曲解され、人々はまがいものの教えを真に受けているのです。イタカ猊下はじめわたしたちは、それを糺そうとしています。繁栄する交易都市タームラリプティがわれわれの傘下に入れば、教団も繁栄し、ブッダの正しい教えが広まるでしょう。仏教は――」カウストゥバは言葉を切り、ムレーサエールだけでなく全員を見まわしてから続けた。「再興されるのです」

ムレーサエールは内心、うなり声をあげた。何と、厩戸に語ったという言葉と同じではないか。

「仏教再興のための災厄とは――いったい何だね、災厄とは」

「具体的なことは申せません。何千、何万と人が死に、建物は潰されることになりましょう。タームラリプティの繁栄の、終わりです」

「ただの脅しに聞こえるが」

「その時になって泣いても遅いのですよ、侯爵」

ふたりは睨み合った。

ムレーサエールのほうから視線を外し、ヴィバーグ公爵を見やる。「真に受けることはない、というのがわたしの意見です。こんな戯言の脅しに屈しては、自由都市タームラリプティの名が泣くというもの。ただし、不審の条がいくつかありますゆえ、この仏僧の身柄をお預けいただけますまいか」

「それはならぬ。カウストゥバ師は、かりそめにも仏僧団の使者としてつかわされてきたのだ。手荒なあつかいなどしては、それこそ自由都市タームラリプティの名が泣こう」

「手荒なあつかいをすると申してはおりませぬが」

「きみのその顔に、そう書いてある」ヴィバーグ公は、カウストゥバよりもムレーサエールを警戒するように云った。「カウストゥバ師は我がヴィバーグ家の客として遇される。回答期限は七日後だそうだ。見ての通り、わたしたちの議論は割れている。時間の許すかぎり、話し合おうではないか。それが商人都市の流儀というものだ」

「正気ですか、侯爵？」ラクーマ・グンは唖然(あぜん)とした顔になった。

「訊いているのはわたしだ、ラクーマ。できるのかできないのか？」

「お待ちください。今はもう、ただ驚いておりますので。——こともあろうにヴィバーグ公爵の屋敷に押し入り、カウストゥバを奪ってくる、などと」

「だから、できるのかできないのか？」

ムレーサエールは広い執務室の中を苛々（いらいら）と歩きまわった。

護衛隊の隊長は驚愕から覚めた。「君命とあれば、やるしかありませぬ」

「その言葉を待っていた」

「しばらく。続きがございます。侯爵は、これがどのような甚大な結果を引き起こすか、おわかりのうえでお命じなのですな」

「なればこそ、極秘裏にと」

「やれと言われればやってみせましょう。力にものを言わせて奪ってくることならば。しかし、極秘裏にとなると——だいいち、屋敷のどこにいるのかも不明です」

「それはわたしのほうで探り出す」

「万が一失敗に帰し、いや、カウストゥバの身柄は奪えたものの、侯爵の下命によるものと露見（ろけん）した場合は、どうなります」

「云うまでもない。その場合は——」侯爵は声を詰まらせた。十三人委員会から頭に血をのぼらせて帰ってきた彼も、ようやくことの重大性に気づいた。「よくて十三人委員会から除名、悪くすればタームラリプティからの放逐（ほうちく）だな。自治の掟（おきて）とはそのようなものだ」

ムレーサエールは弱々しく云った。

「殿の心情をお察しできぬこのわたしではございませぬ。あの白い王子をそれほどのものと思い召されればこそ、身命を賭してとご決意なされたのでございましょう。さすがのお覚悟、お仕えし甲斐のある殿さまと、感激しております」

　胸の思いをラクーマ・グンに代弁され、さらにムレーサエールは冷静になる。

「幸いにも時間がございます。十三人委員会が結論をくだすまで七日の猶予があるとか。今日明日のうちにもヴィバーグ公爵の屋敷に忍びこむのではなく、入念に情報を集め、カウストゥバの部屋をしかと突きとめたそのうえで、決行に及ばんとするものです」

「うむ」

「ヴィバーグ公は、侯爵をご警戒の様子であったとか。侯爵がかような挙に出ることも想定して、それなりの手を打っていることも考えられます」

「それなりの手とは？」

「屋敷の警備をいつにまして厳重にしておくことでございます」

「そうなってはまずい」

「警備につきましても、充分なさぐりを入れて決行におよびますので、どうかご安心を」

ものは云いようだ。はっきりとしたことがわからない限り、実行に移さないということである。

「侯爵の配下である我らがことを起こしますと、見破られる懸念がつきまといますからには、ここはひとつ、ムレーサエール家と何ら関係のない者をお使いになってはいかがでしょうや」

「外部の者を雇うというのだな。だが、金で働く者はもろい。その者が捕らえられ、わたしに雇われたと、つまりムレーサエールの息のかかった者に仕事を持ちかけられたと自白したら、同じことではないか」

「金で雇うのではございませぬ」

「何で請け負わせると？」

「侯爵と同じく、あの白い王子の奪還のためなら命など惜しくないと情熱を燃やしている者に、この仕事をやらせるのです」

「さような者やある」ムレーサエールは舌打ちした。「ヴィバーグ公の屋敷にしのびこみ、人ひとりを拉致してくるのだぞ。そんな腕の立つ者がざらにいるはずがない」

「おります。余人はだませても、この剣客ラクーマ・グンの目はごまかされませぬ。その者、相当の手練と看破いたしました」ラクーマ・グンは確信に満ちた声で云い、こう付け加えた。「ただし、女ですが」

　柚蔓は毎日のようにタームラリプティの雑踏を歩き回った。そうしたからといって厩戸につながる手がかりが得られるというものでもなかったが、屋敷にじっとしているよりはましだった。彼女は今なお尼僧のすがたで、頭も毎日剃刀をあてている。ナーランダー僧院から持ち出した長剣は、布を巻いて剣とわからぬようにし、常にたずさえていた。

その日――ムレーサエールとラクーマ・グンが密談していた頃、柚蔓は歓楽街の一角を歩いていた。日は高く夕暮れにはまだ時間があったが、通りには夜の娯しみを待ちきれない男たちが繰り出していた。前方からやってくる男に、ふと目がとまった。誰も彼もが淫らな欲望を剝き出しにして眼光をギラつかせている中で、彼だけが悩み事をかかえたような表情を隠そうともせず、うつむきがちに歩を進めていた。柚蔓の気を引いたのは、見覚えがある気がしたからだ。見上げるばかりの大男で、硬い岩を鑿で彫りあげたような精悍な顔立ち。どこかで見たことがある。たしかに見覚えがある。間違いない。

立ちどまって、大男を凝視した。大男のほうでは、そんな柚蔓に気づいたふうもなく、深刻な顔でゆきすぎていった。柚蔓は振り返り、遠ざかってゆく広い背中を見つめた。誰だろうか。向こうも自分を知っているはずだ。そう思った瞬間、柚蔓は走りだしていた。思いきってその背に声をかける。

「卒爾ながら――」

大男は歩みつづける。柚蔓は大男を追い越し、前に立ちふさがった。大男の足が止まった。目をあげて柚蔓を見た。「尼僧か。喜捨なら、ほかを当たるんだな」

不機嫌そうに云い、柚蔓を押しのけようと腕を伸ばしたが、「やっ、あんた――」何かを思い出そうとする遠い目になった。すぐに頭を横にふって、「似ちゃあいるが、まさかそんな――」ぶつぶつ何ごとかつぶやき、「だが待てよ、虎杖はナーランダーにいたはず。ということは……」

その瞬間、柚蔓は大男が誰かを思い出した。名前までも。

「ジャラッドザールさん！」

「そういうあんたは、もしや虎杖の――」

「柚蔓です」

「そうだ、そうだぜ。思い出した。ウルヴァシー号の客だった人だな。虎杖と一緒に貴人の子供を衛(まも)って――」言葉の途中で、あっと叫ぶと、「これぞブッダのお導き。来てくれ」柚蔓の手首をむんずとつかんで走り出した。

「どこへ？」

「来りゃわかる」

連れていかれたのは、歓楽街のはずれにある妓楼(ぎろう)だった。さすがに柚蔓は抵抗した。ジャラッドザールがうなり声をあげたのは、それまでなすがままに引きずってきた柚蔓が足を止めたからだ。いくら引いても、柚蔓がその場を動かず、かえって自分のほうが柚蔓に引き寄せられかけた。

「自分の意志で入ります」

「いや、これはご無礼を」

ジャラッドザールは手を放し、柚蔓に向かって深く腰を折った。

柚蔓は妓楼に向かって合掌すると、今の言葉通りいかにも自分の意志らしい足どりを見せて、妓楼の入口をくぐった。

「いらっしゃ――」美しい女が主人然として奥から現われ、柚蔓の僧形を見て絶句した。柚蔓の後から入ってきたジャラッドザールを認めるや、「ちょいと、おまえさん！　いったいこれはどういうことだい。尼僧を娼婦にしたら、何て云われるか――」

「スメーダー、ちがうんだ。この人は、あいつの存じよりのお方なんだ」

ジャラッドザールは階段をのぼって柚蔓を手招きする。

二階の一室に、ふたりの男がいた。ひとりは風の吹きこむ窓辺の寝台に横たわり、もうひとりは枕頭に椅子をよせて腰かけ、昏々と眠る男を心配そうに見つめている。丸々と太った男で、柚蔓の見知らぬ顔だったが、寝台で眠る男のほうは、そうではなかった。

「……あなた、こんなところにいたのね」

ふうっとため息をつくように柚蔓は云った。

次の瞬間、よろこびが胸に湧いた。厩戸を探すのに援軍を得られたという歓喜と安堵がないまぜになった感情だけではなく――。

「起きて、虎杖。こんなところで眠りこけている場合じゃないのよ。御子が大変なの」

久しぶりに倭国の言葉が口を衝いて出た。例によって虎杖は酔って眠りこけているのだ、と思った。でなければ、真昼間から寝台にのびているはずがない。見たところ、病気でもなさそうだ。「起きなさい」

倭国語で云い、インドの言葉で繰り返す。

「目覚めないんだ。半月以上、この調子だ」背後でジャラッドザールの声がした。

「何ですって？」

太った男が割って入った。「ジャラッドザール、この尼さんは何者だい」

ジャラッドザールは手短にふたりを引き合わせた。「モンガぺぺだ。黒旋風の仇名(あだな)をもつ海賊。モンガぺぺ、こちらは虎杖と倭国から来た――」

「柚蔓と申します」自ら名のり、ジャラッドザールに向き直ると、「説明してくださるわね」

「もちろんだ。そのために来てもらったんだからな。ことの起こりは、ナーランダーを飛び出したあいつが、おれを訪ねてきたことなんだが――」

ジャラッドザールは話し始めた。長い物語になった。虎杖とふたりで海賊を志願したこと。首尾よくクックドゥ船長の配下になれたこと。モンガぺぺらと交誼(こうぎ)を結んだこと。虎杖に目をつけたトライローキヤム教団の罠にかかり、その隷属化におかれたこと。ジャラッドザールがいったん島を脱出し、蓮華毒を入手して戻ったこと——。途中、夕暮れになり、スメーダーがやって来て、灯火を置いてまた出ていった。語り終えた時、窓の外では星が幾つも瞬いていた。

「……蓮華毒の薬効で眠らせた虎杖をやつらの島から——それこそ荷物も同然に運び出したんだが、薬の効果は長くて半月と聞いていたのに、いっこうに目覚める気配がない。このまま永久に目を覚まさないんじゃないかと心配になるぐらいだ。医者にも見せたが、役立たずだ。さっきも薬屋をたずねてまわって、はかばかしい答えを得られずに戻ってくる途中、あんたに声をかけられた。ブッダのお導きだって叫んだわけが、これでわかったろう」

柚蔓には僥倖としか思えない。妓楼の二階という思ってもみなかった場所で、トライローキヤム教団の本部の所在地が判明した。侯爵が血眼になって捜し、にもかかわらず今なお手がかりひとつつかめていない所在地が。そこに厩戸が監禁されているのは間違いなかろう。カウストゥバが運びこんだというもの、それが厩戸なのだ。日付もほぼ合致する。ムレーサエール侯爵を襲った刺客が虎杖そっくりだったという話は、真実だったのか。

柚蔓はジャラッドザールとモンガペペを謝意をこめた目で見やった。なんて勇敢な男たち。このことを一刻も早くムレーサエール侯爵に伝えねばならない。

「起きなさい、虎杖。御子が危ないのよ。助けに行かないでどうするの。あなた、御子の衛士なのよ。その使命をわたしだけに押しつける気？　いつも二人でやってきたじゃない、わたしたち」

　声を荒らげ、倭国語とインド語で二度、そう呼びかけた。——反応はない。床を蹴り、虎杖の上に馬乗りになった。ジャラッドザールとモンガペペが目を丸くする。寝衣の襟をつかみ、上体を引き起こすと、両頰を掌で張った。肉が肉を打つ音が何度も連続した。

「お、おい、あんまり手荒な真似は……」

　ジャラッドザールがおそるおそる声をかけた。柚蔓は鬼神に変じたようで、下手をすると、その矛先が自分のほうにまで向きかねない気魄を全身から発散していたからだが、ジャラッドザールは無視された。

　左頰に二十五発、右頰に同じく二十五発、合わせて五十発のびんたをくらわせても虎杖は目を覚まさない。やつれた頰が無惨に赤く腫れあがっただけだ。いったん寝台から降りると、無造作に虎杖の右腕をとった。左手で手首を、右手で二の腕をつかみ、肩に担ぎあげるようにして床に投げ出した。

「兄貴に何てことしやがるんだ、この尼！」

　モンガペペがつかみかかろうとした。

　伸びてきた右腕をつかみ、同じ要領で柚蔓は投げ飛ばした。太ったモンガペペはあざやかに宙を舞って、ぶざまに床に大の字に伸びた。

「邪魔をしないで」

その声にジャラッドザールは金縛りにあったように身体を動かすことができなくなった。柚蔓が細長い布包みを解き、中から剣が現われ、鞘走らせるのを見ているだけだった。

柚蔓は片ひざ立ちになった。床につけた左ひざは虎杖の脚の間にすすめ、曲げた右脚は彼の左大腿部をまたいだ。その姿勢で剣を大きく振りかぶった。そのまま振りおろせば、虎杖の顔をまっぷたつにできる。真っ向上段から剣を振りおろした。

次の瞬間、ジャラッドザールは奇蹟を見た——のちのちまで彼はそれを語り草にした。

虎杖がさっと頭を起こし、柚蔓に向かって合掌したのだ。刃風に搏たれて彼は意識を取り戻したのである。柚蔓が振りおろした剣は、虎杖の合掌の中に挟みこまれていた。

「柚蔓じゃないか」虎杖は目をしばたたき、声だけはまだ半眠半覚の状態にあるようにこう云った。「柚蔓がわたしの前に……これは夢か」

「おれのほうが夢を見ているようだぜ」ジャラッドザールはつぶやいた。

虎杖はなおもおぼつかなげな声で続けた。「いったいきみ、ここで何を……ここ？　やっ、ここはどこだ？」

「アシュヴァが建物のどこにいるかは、きみたちにはわからないのだね」

ムレーサエールは訊いた。

円卓をはさんで向かい側には柚蔓、虎杖、ジャラッドザール、モンガペペの四人が顔をならべ、侯爵の背後にはラクーマ・グンが長剣をかたえに立つ。客間の燭台にはすべて火がともされ、深夜であるにもかかわらず、複雑な陰翳（いんえい）に彩られた六人の顔は互いに表情がよくわかった。

円卓の上には地図が広げられている。地図というよりも航海図といったほうが正確だ。真ん中のベンガル湾をはさんで、左側はインド亜大陸の東岸、右側はインドシナ半島の西岸である。赤色の旗が立っているのがトライローキヤム教団の本拠地ベール・カ・ゴーシュト島だ。

厩戸の所在を問う侯爵の問いに、モンガペペが云った。「わからねえが、かまやしねえ。誰か高僧をひとりとっ捕まえて聞き出しゃいいだけのことですから」

「そうたやすくことが運ぶものかな」

「あっしにお任せを。なにしろ一年間もあの島にいたんだ。ちったあ事情に通じております」

ラクーマ・グンが背後から口添えした。「侯爵、この者たちの存在は大きゅうございます。案内役がいるといないとでは、作戦の成否にかかわってくることですから」

ジャラッドザールが口を開いた。「おれたちを信用なさってください、侯爵さま。モンガペペとおれは、クックドゥ船長や仲間の仇討（あだう）ちをしなけりゃあならねえ。虎杖を道具に使ったやつらに落とし前もつけさせなきゃなんねえ。それに加えて、おれたちを奴隷も同然にコキ使いやがった恨みもはらしてえんだ。あのくそ教団には三重の恨みがある。絶対に襲撃を成功させてみせます」

「船はわたしのほうで用意する」侯爵は昂りを抑えきれない声でラクーマ・グンに命じた。「ただちに剣士団の編制に取りかかりたまえ」


厩戸を奪還すべく襲撃部隊がタームラリプティを出航したのは三日後だった。その日までムレーサエール侯爵は準備に忙殺されたが、ベール・カ・ゴーシュト島に向かう船を見送った後は、市政の有力者としてカウストゥバ問題に向き合わざるを得なくなった。約束の期日は四日後に迫っていた。

十三人委員会は連日会議を開いた。討議を重ねるうちに方向が定まってきた。前代未聞の申し入れにせよ、拒絶の代償が災厄という抽象的なものでは、真剣に考慮できぬという方向に大勢は流れつつあった。カウストゥバが呼ばれ、災厄の具体的内容について問われたが、彼は曖昧(あいまい)な答えを繰り返すのみだった。それがために、もとより数の少なかった〝真に受けた派〟の委員たちも立場を変えたのである。とりあえずは様子見、と。

衆議は一決し、災厄なるものを見極めようではないか、ということになった。カウストゥバを叩き出せ、トライローキヤム教団を問責せよ、今後は教団僧侶の出入りを禁止せよ

——そう息巻く強硬派の委員たちは不満顔であったが、まずは妥当な決定というところだった。

タームラリプティは傭兵を備えていた。自治都市は自力で自らを防衛しなければならない。武力を自前で保持しなければならない。潤沢な資金にものをいわせ、十三人委員会の統帥下、傭兵によって編制された常備軍がおかれている。彼らを市内の要所に配置して、警戒にあたらせた。傭兵たちは従ったが、どの顔にも当惑の色があった。敵の正体は不明、具体性を欠く〝災厄〟とだけでは、雲をつかむような話だった。

「ご回答をお聞かせいただきたい」約束の期日を迎え、トライローキヤム教団の若い僧侶は、尊大な調子で委員を見まわして云った。「本日、イタカ長老が当地沖に船でお見えになる。わたしは長老に、当市の最終回答を伝える役割を帯びております」

委員たちはざわめいた。イタカその人が乗り込んでくる——かかる積極的な姿勢は予想外であった。

「ほんとうに来るのかね？」

ヴィバーグ公爵が訊いた。カウストゥバを屋敷に泊めている彼にとっても初耳だったようだ。

「まもなくでしょう」カウストゥバはうなずいた。

「では、イタカ師との話し合いを要求しよう」

「それは長老のお望みに非ず。だから全権使節としてわたしが当市に派遣されたのです。受諾か拒絶か――さあ、ご回答を」

扉が開かれた。委員会の事務局長を務めるブールヴ・ウーバルが入室した。

「会議中のところ、恐れ入ります。議題にもかかわることと存じ、お伝えにまいった次第です」

そう前置きして、タームラリプティ港湾局の巡視艇が沖合いに不審船を発見したとの報告を読み上げた。

「不審船だと?」ヴィバーグ公が訊いた。

「沖合いに停泊し、タームラリプティをうかがっている態にて、船籍を示すいかなる旗も掲げてはいないとのことです」

「接触は試みたのだろうね」

「巡視艇の保安官が乗り込み、事情を聴取しました。不審船に乗っていたのはいずれも僧侶たちで、これはトライローキヤム教団のイタカ長老の御座船であると回答し、タームラリプティに遣わした使者の帰りを待っているのだ、と答えた由にございます。その時になって初めて帆柱に教団旗らしきものを掲げたとのこと」

全員の目がカウストゥバに集中した。若い僧侶は不敵な笑みを浮かべ、瞑想するかのように目を閉じている。

「こちらからも使者を出そう。イタカ長老にここへお越し願うよう伝えるのだ。カウストゥバ師よ、同行してもらえるだろうね」

「お断り申しあげる」カウストゥバは首を横に振った。「拙僧の任務は、あくまで当市の最終回答を長老に伝達することにあり」

「わたしがその役を務めましょう。合わせて彼らの様子も探ってまいります」ブールヴ・ウーバルが申し出た。

「行ってくれるか、ウーバル。かなわぬとあれば、せめてイタカ長老に面会し、今回の要求の真意を問いただしてくれ」

「かしこまりました」

ウーバルが戻ってくるまで会議は休会となり、ムレーサエールは委員たちと連れだって屋上に登った。屋上からは四方を眺望することができた。

「あれではないか」

委員の一人が東の沖合いを指差した。光る海、白い浪頭、多くの船が行き交っているが、その中に一隻、船足をとめて、波間に漂っている中型船あり。まわりを四隻の巡視艇が取り巻いている。帆柱にひるがえる旗は、遠すぎて図案がよく見てとれない。眼下の海を、ブールヴ・ウーバルを乗せた船であろう、港湾局の公船が沖合いの船に向かって矢のように漕ぎ進んでゆく。

長老のイタカ自身が乗り出してくるなど、ムレーサエールには予想もしないことだった。トライローキヤム教団は本腰を入れてかかっているらしい。災厄、というこれまで一笑に付してきたカウストゥバの言葉が、一気に現実味を帯びて重くのしかかってくる。災厄とは、いったいどのような災厄なのか。


ブールヴ・ウーバルが戻り、会議は再開された。

イタカ長老は、タームラリプティ市への上陸を肯(がえ)んぜず、あくまでカウストゥバをして任務を完遂せしめよと主張した――というのが報告内容だった。

ウーバルは色蒼ざめた顔色で云った。「噂にたがわぬ、恐るべき宗教者とお見受けいたしました。わたしのような者にさえ、師のもつ霊的な力がひしひしと伝わってくる、とでも申しましょうか。あのような人物にはこれまで会ったことがございません」

「ご回答を」カウストゥバが薄笑いを浮かべて迫る。

「こうなっては致し方あるまい」ヴィバーグ公爵がため息をついて云った。「このわたしが直接交渉におもむこう。イタカ長老と会見して、真意を探り、妥協点を見出そうと思うが、どうであろう」

ムレーサエールをはじめ、反対する者が多数を占めた。それが敵の狙いやも。公爵を虜にし、屈服させ、タームラリプティ市を従わせることが、と。

委員たちが口々に発言し、紛糾がおさまるのを辛抱強く待って、ウーバルが恐るおそる云った。

「実はその点も、わたしの独断で訊ねてみました。イタカ師の答えは、交渉者の来訪は拒絶の回答とみなす——というものでした」

「莫迦(ばか)なっ」

憤激の声が満ちた。タームラリプティ市の全権をトライローキヤム教団に譲渡する、さまでの重要な決断を、相手方の最高位者とさしで話し合わずして下せるものではない。イタカが身をひそめて姿を見せないならともかく、今この瞬間、タームラリプティの目と鼻の先に船で乗りつけながらも会見を拒むとは何事だと、穏健派の委員までもが息巻いた。

「イタカ師と直接に話し合うのが筋であろうと思うが、これに関しては異存はあるまいか」

ヴィバーグ公が問い、全員がうなずいた。

「イタカ師は、こちらから交渉に出向くという提案を拒否した。ならば、われらのほうで師をお迎えする以外あるまい」

異論は出なかった。

「イタカ長老が」カウストゥバが小馬鹿にしたような顔で云った。「タームラリプティの地を踏むのは、当市が降伏してからです」

「言葉を慎みたまえ、カウストゥバ師」ヴィバーグ公爵が、もはや憤激を抑えかねるといわんばかりに声を荒らげた。「以後、きみは使者として無用の存在となった。余計な口出しをすると、部屋からつまみだすからそのつもりで」

十二人の委員を見回し、「この旨を教団船に伝えるとしよう。ご無理を願って入港いただきたいとな。ウーバル」

「かしこまりました。いま一度参りましょう」

「巡視艇を増援しようか」

「いま四隻出ております。それで充分かと」

カウストゥバは港湾局の地下に監禁された。ヴィバーグ公爵は委員全員を引き連れ、屋上にあがった。交渉の次第を遠望するためだった。


再びブールヴ・ウーバルは快速艇の上の人となった。ターバンから滴り落ちる汗を幾度もぬぐう。またイタカ長老に会うのだと思うと、恐怖に慄えそうだ。いや、それよりも恐ろしいのは、心のどこかでイタカに見えることに歓喜と恍惚とをおぼえていることだった。

現場海域の状況は変わっていなかった。トライローキヤム教団の船を四方から港湾当局の巡視艇が囲み、睨み合いが続いている。ウーバルは巡視艇を次々と回って、今後の対応を打ち合わせた。教団船が抵抗するならば、武力を用いても制圧し、港へと曳航するための算段を練った。それがすむと、教団船へと向かう。今度も接舷は許可された。

先ほどと同じ若い僧侶――マートリシューラが対応に出た。

「タームラリプティ市十三人委員会の回答をお伝えする」

「わたしが」マートリシューラは合掌した。「承りましょう」

「十三人委員会は全員一致して、イタカ師の表敬訪問を歓迎する」年若い僧侶の顔に、さげすみの笑いがひらめくのを見つつ、ウーバルは語を継ぐ。「ただちにわたしの船の先導により、ご入港あらせられたい」

「そのような言葉、回答に非ず。イタカ長老がお求めあそばすは、降伏か否かのどちらかのみ。長老に伝えることはかないません」

「そこを枉げて――」

「マートリシューラよ」

その声とともに、若い僧侶は退いた。

船尾楼閣の扉が開き、武僧を前後左右に従えたイタカが現われた。魔道僧の姿を目にするや、ウーバルは恐怖と恍惚の相反する感情がせめぎ合い、どっと汗が流れ落ちた。

「話は承った」イタカは冷ややかに云った。

「タームラリプティにおいでくださいますや」

ウーバルは安堵のため息を洩らしかけたが、イタカの首は横に振られた。

「十三人委員会はトライローキヤム教団の要請を拒絶した――と受け取ったが、それで宜しいな」

「さよう性急に、一方的なお振舞いとあっては、委員の方々が困惑しております。お願いでございます、どうか当市にお越しを。ヴィバーグ公爵をはじめ有力者たちとお話しになってくださいませ」

イタカは周囲を見回し、「者ども、聞いたか。タームラリプティは災厄を望んでおる」と厳粛に告げた。僧侶たちはウーバルに向かって合掌した。

ウーバルは恐怖を感じて震えあがった。敵意や憎悪を向けられたのであれば、こちらとしても反発の余地がある。僧侶たちがウーバルを見やる目にはひとつの色しかなかった。憐憫の色である。僧侶たちは憐れんでいた――何を？　タームラリプティの命運を。恐怖を振り払うようにウーバルは声を励ました。

「そういうことであれば、残念ながら当方としても実力を行使せざるを得ませぬ」

「ほほう、どうすると？」

「入港し、下船していただきます」

「このイタカが船を降りるのは、タームラリプティ市が降伏した後である――全権使節のカウストゥバがそう申し伝えたはずじゃが」

「問答は無用のようですな。自発的にご入港なさっていただけないとあれば――」

「その時は？」

「その時は――ご覧のように、貴船は当市の巡視艇によって包囲されております。この船に乗り込む保安官に、一時的に航行権をご譲渡していただかねばなりません」

ウーバルは視線をめぐらした。四隻の巡視艇の甲板には、武装した海上保安官たちがこの交渉の成り行きを見守っている。ウーバルが合図しさえすれば、彼らは包囲の輪を縮め、断乎として乗船を開始するだろう。

「これはしたり。譲渡を要請したのは、わがトライローキヤム教団ではないか。タームラリプティ市の全権の譲渡をな。それには応じず、今度はそちらがわれらに譲渡を求めてくるとは笑止千万なり」

ウーバルは歯を食いしばった。交渉は決裂した。彼は右手をあげた。左手をあげれば、現状を維持して待機せよ、右手なら、教団船を制圧せよ、の合図だ。巡視艇の櫂がいっせいに動きはじめた。みるみるうちに四方から接近してくる。

「災厄の出番じゃな」イタカが粛然たる声音でいい、甲板を横切って、右側の舷側に立った。手にした杖を海面に差し向け、「一号機、発進！」と、命令するように云った。

ウーバルははっとしてイタカの横顔を見やり、ついでタームラリプティを遠望した。母なるガンジスの河口に浮かぶ緑の海上都市。インドで最も繁栄する交易都市。まぶしいほど白い雲の下に、陽光に輝くレンガ造りの建物群。往来する船舶――特に変わった様子は見られない。

目を凝らす。災厄とは何だ。いったいタームラリプティに何が起きるというのか。

叫び声を耳にした。

教団船に接近しつつあった巡視艇の一隻が後退していた。ウーバルは目を見張った。後退といっても、櫂はまったく動いていない。にもかかわらず、巡視艇は後進し、尋常ではない速度で教団船から離れてゆくのである。叫び声は、その船の甲板上で保安官たちがあげる声であった。

けし粒のように小さく見えるまで後退し、今度は突き進んできた。教団船の手前まで迫った時、ウーバルの目に映じたのは、保安官たちの恐怖の形相だった。船は再度後退し、再度前進した。そしてウバールの目の前で、いきなり沈没し始めた。尋常の沈没ではない。横波を喰らって横倒しになったのでもなければ、舳先、あるいは艫から倒立して沈んでゆくのでもなかった。船底に均等に穴が空けられたみたいに喫水線を水平に保ったまま沈んでゆくのだ。

甲板が波をかぶり、帆柱の先端が没し去った。船が消えた海上には、投げ出された保安官たちが救いを求めて泳いでいる。三隻の巡視艇は任務の遂行どころではなくなった。僚友を救出すべく舳先を転じた。

と、そのうちの一隻に異常が起きた。波しぶきをあげて回頭すると、船首をタームラリプティに向け猛速度で航行する。折りしも港から大型商船が出てきた。巡視艇は狙いを定めたように商船に向かってゆく。潮風が保安官たちの恐怖の声を運んできた。巡視艇は商船のどてっぱらに舳先から突っ込んだ。巡視艇の速度がおよそ非現実的なものだっただけに、双方ともひとたまりもなかった。建造物が倒壊するように、二隻の船はばらばらに砕け散った。

ウーバルは酩酊感に襲われた。悪夢を見ているようだった。あり得ないことが起きている……あり得ない惨劇が……惨劇……災厄！

「あれが災厄なのですか、イタカ師！」

ウーバルは妖僧にとりすがろうとし、警護の武僧たちにさえぎられた。

「さよう――いや、まだ手はじめにすぎぬ」

盾となった武僧の背中ごしに、イタカの声がした。

手はじめ、手はじめ、手はじめ……その言葉がウーバルの頭の中でぐるぐると渦を巻く。

残り二隻となった巡視艇が、教団船から離れつつあった。先の二隻のような不可解な動きではない。櫂を必死に動かしている。教団船にただならぬものを感じ、僚船と同じ運命をたどるかもしれない危険を回避すべく、自主的に退避しているのだ。救出作業をも中断して。二隻が停船した。櫂は力強く海をかいてはいるのだが、船体はいっこうに動こうとはしない。

いきなり海中から躍りあがるようにして、それは現われた。水面から伸びあがって帆柱にまで達する長さがあり、巨大な海蛇のように見えた。太く、ずんぐりとして、柔軟で、よくしなる蛇体の一部のように。色は灰色。鱗はなく、輪状のしわが寄っている。高々と直立したかと見るや、水しぶきをあげて二、三度、不気味なしなりを見せつけ、一隻の巡視艇に襲いかかった。丸太を五、六本たばねたような太さの一撃を浴びて船体は、たちどころに真っ二つになった。肥満した海蛇のような物体は、それで満足することなく、伸びあがっては叩きつけ、また伸びあがっては身体を振りおろした。幾度も幾度も執拗に繰返した。船は原形をとどめぬ残骸となり、こまかな木切れにすぎなくなった。海に投げ出された保安官、櫓手たちも生きていられるはずがなかった。

「ウーバルどの、ウーバルどの」

呼ばれて彼はふりかえった。

教団船まで彼を乗せてきた快速艇から、船員たちが呼ばわり、手招きしていた。彼らのほうでも、目を疑う怪異に心奪われ、ようやくウーバルのことを思い出したものらしい。快速艇は教団船に接舷したままであった。

「早くお戻りを」

ウーバルは舷側に駆け寄り、彼らに叫んだ。「この船を離れては命が危ない。見たであろう、逃げても無駄だ。おまえたちも、この船に移ってきなさい。いちばん安全なのはこの船だ。イタカさまのおそばにいれば大丈夫だ」

　それだけ告げて舷側を離れると、イタカを守る武僧たちの前に身を投げ出し、額を甲板にこすりつけた。「なにとぞ、なにとぞ、わが船の者どもをお救いくださいませ、イタカさま」

「トライローキヤム教団に帰依（きえ）すると申すのだな」

「帰依いたします、帰依いたしまする」

「帰依する者は救われる。さしゆるそう」

「ありがとうございます、ありがとうございます」身を起こし、ふたたび舷側に立って叫んだ。「イタカさまのお許しが出たぞ。教団に帰依する者は、この船に乗り込んでもよいとのことだ。このわたしは、ブールヴ・ウーバルは、いまをもってトライローキヤム教団に帰依したぞ。おまえたちも命が惜しくば改宗するのだ」

　ウーバルの変節に啞然とした表情を浮かべた船員たちは、わずかだった。

「イタカさま！」

「帰依いたします！　教団に帰依いたします！」

「ナーム・トライローキヤム！」

　大半の者は口々にそう叫びながら教団船に乗り移り、たった今ウーバルがそうした如く、イタカの前にひれ伏した。

　ウーバルはうつろな目でそれを見やり、視線を海に戻した。最後に残った巡視艇に対する災厄が始まろうとしていた。船足は止まっていたが、喫水線が徐々に下がりはじめた。何と巡視艇は海から浮きあがろうとしているのである。

　船底が海中から現われた時、ウーバルは一目で了解した。一隻目、二隻目の巡視艇がなぜ、あのような不可解な動きをしたのかが。

　海面から浮きあがった巡視艇の船底は、巨大な手によってがっしりとつかまれていた。巡視艇は上昇した。完全に空中に浮きあがり、さらに高く、高く。それにつれて、巨大な手も海中を抜け出した。手首が見え、二の腕が見え、ひじが見えた。上膊部の半ばまで露わになった時、やや離れたところに丸い物体が出現した。それが手の主の頭頂であるとウーバルの目に明らかになるまでに、さほど時間は要しなかった。波しぶきをあげて巨大な頭部が出現した。象の顔をした頭部。大きな吊り目は蒼白い光に輝き、小さな口の両側から湾曲した牙が――象牙がのぞいている。第三の巡視艇を粉微塵にした海蛇と見えたものは、実に象の長い鼻であった。首が、胸が、腰が、次々と海中から抜け出してきた。ひざが現われ、足が出た。足の裏で海面に立っている。波が足首を洗う。ウーバルは見上げていた。全身を完全に海から抜きあげたそれは、象頭人身の巨神であった。

「ガネーシャ……」

　ウーバルは戦慄のつぶやきをもらした。

ガネーシャとは「眷属（けんぞく）の支配者」の意味で、シヴァ神の妻であるパールヴァティーが人形に命を吹き込んで生み出した神である。インド古来の多神教バラモンの神々のひとりであって、仏教とは本来、関係がない。仏教団、それも原理的な「シャーキャの教えに帰れ」を呼号するトライローキヤム教団が、なぜ何ゆえにガネーシャの巨神像を操っているのか——。

　イタカ長老が本拠地としたベール・カ・ゴーシュト島は、もとはバラモン教団の一派の基地であった。イタカが島に目をつけた時には、島主のバラモン教団は数百年も前に滅んで、無人島と化していた。トライローキヤム教団の建物が古代インドの伝統を強烈に表わしているのは、打ち捨てられていたこのバラモン教団の本部をそっくりそのまま接収、使用しているからなのである。ベール・カ・ゴーシュト島の地底洞窟で、イタカは二体の巨大神像を発見した。偶然に、ではない。彼がこの島を本拠地とすべく選んだのは、巨大神像が目当てだった。

　ベール・カ・ゴーシュト島には伝承があった。この島を本部としたバラモン教団は、ふたつの巨神像を自由自在に動かし、敵を倒し、彼らの教えを広め、教勢を拡大していった。ある日、巨神像を動かす霊的動力源が涸渇（こかつ）し、神像は無用の長物と化した。巨神像の威力を畏れて従っていた仮面信者たちは次々に離反し、教団は分裂、抗争を繰り返して衰退した、という伝承が。

この伝承にイタカは目をつけた。島を手に入れ、巨神像を見つけだし、霊力を供給してやれば、かつてのバラモン教団のように巨神像を操ることができる。大がかりな探索の末、地底洞窟に神像を発見した。伝承どおり巨神像は二体あり、一号機、二号機と命名した。これを動かすことのできる霊的動力源の持ち主を探すよう、配下の宣教師たちに命じた。期待に応えたのがカウストゥバであり、かくして今、イタカは一号機を駆ってタームラリプティの制圧に乗りだしたのである。

「パオオオーッ」

一号機が雄叫(おたけ)びを放った。その左手に空高くかかげられていた巡視艇が握り潰され、バラバラの木片となって海面に降りそそがれた。

「ゆけ、一号機」

イタカは杖を振り、先端でタームラリプティを指し示した。

「パオオオオオーッ」

またも雄叫びをあげると、象頭人身の巨神像は、その重さをすこしも感じさせぬ動きで海面をすべるように歩み、タームラリプティへと向かった。

災厄――の出現は、港湾局庁舎の屋上にいた十三人委員会の全員が目にした。彼らは顔色を失い、言葉を失い、魂までも失ってしまったかに見えた。

「こちらに来るぞ」

叫んだのはムレーサエールだった。その声で、全員が口々にわめきたてた。

「上陸させてはならぬ」

「海軍を出動させろ」

海軍というのは、海上警備を担当する傭兵集団だ。彼らを出動させるべく、担当の委員が急ぎ下に降りてゆく。

「あの者と――カウストゥバと話をしなければ」

ヴィバーグ公爵が、光明を見出したような声をあげた。

委員たちが屋内に戻ると、沖合いの怪異はすでに港湾局職員たちの知るところとなっていて、庁舎内は大騒ぎだった。

「進展があり次第、報告せよ」

公爵は事務局に伝え、委員たちと会議室にこもった。そこへカウストゥバが監禁を解かれて連れてこられた。

「災厄があいうものだと、なぜ前もって話してくれなかったのだね？」

ヴィバーグ公爵はなじるようにいったが、その言葉づかいは今まで以上に丁寧だった。

「話したとして、お信じになったでしょうか？」カウストゥバは落ち着きはらった態度で公爵を見かえし、さらに他の委員たちを見まわした。「腐れ坊主あつかいされるのがオチだったでしょう。ですから、わたしは具体的なことは語らなかったのです。そのようにイタカ長老から指示を受けてもおりましたので。あらかじめ災厄がどのようなものかわかられてしまったら、効果も半減ですからね」

「おのれ、よくもヌケヌケと」

強硬派の委員たちがこぶしをかためた。

「軽挙妄動は慎みたまえ、諸君」公爵が制した。「カウストゥバ師の立場は、あくまで使者である。使者に危害をくわえるなど、交渉の仁義に反する」

カウストゥバは慇懃に頭をさげた。「ようやくわたしをご理解いただき、感謝申しあげます、公爵」

「改めてご使者にお訊ねしよう」公爵は言った。「あの災厄——ガネーシャ神像は、きみたちの教団が操っているのだね」

「その通りです」

「これからどうなるのか」

「どうなるも、こうなるも、予測がつくのではありませんか。あれがタームラリプティに上陸したら、どのような惨禍(さんか)がもたらされるか、容易に想像できるでしょう」

「それを避けたいと思っているのだ——」

「ならば、われらトライローキヤム教団の要求に応じていただくよりほかにありませぬ。

何度も申しあげていることです」

「きみたちの提示する条件の緩和を求めることはできないかね？　タームラリプティの全権を譲渡するのではなく、たとえばの話だが、この十三人委員会の枠を拡充し、イタカ長老以下の教団幹部を委員として迎え入れ、わが商人連合と教団が合同して会議を運営し、市政にあたる――というのはどうであろう」

「受け容れられません。イタカ長老によれば、これは交渉事ではない。条件をそちらが呑むか否か、ただそれだけである、と。みなさんに勘違いしていただきたくないのは、タームラリプティが災厄に見舞われるのは我々とて望んでいないということです。当市を選んだのは、それだけの魅力がタームラリプティにはあるから。その繁栄、その商業力、その貿易量、その伝播力(でんぱりょく)、その影響力――それらが布教の後ろ盾になると考えたからこそ、当市を第一候補の地に選定したのです。タームラリプティは、トライローキヤム教団によって選ばれたのですよ。選定基準が、いま申しあげたとおり当市の魅力にあるからには、教団としても引きつづきそれを温存したく思っております。全権は教団が接収しますが、商業活動はこれまでどおり営むことができる」

「十三人委員会はどうなるのだね」穏健派の委員が訊いた。

「なるほど、それがご心配でしたか。ならばお答えいたしましょう。これまでのように市政の決定機関、最高権力機関ではなくなりますが、教団の意志決定を市民に伝達する連絡機関としての役割は保証されます」

「連絡機関――つまり、教団と市民の間の存在ということだね」念を押すように、別の委員が訊いた。

「そういうことになりましょう」

「さような話、保証の限りではない」

「噴飯ものだ」

反対派の委員が声を荒らげた。

「拒めば」カウストゥバは、彼らを見やり、「タームラリプティはガネーシャ神像によって焦土となります。その場合、第二の候補地に要求を向けるのみです。タームラリプティの惨状を知った第二の候補地は、もろ手をあげて我らの要求に応じることでしょう」

「………」

「あなたたちには、ふたつの道がある。ひとつは、トライローキヤム教団に全権を委譲してタームラリプティの繁栄を引きつづき維持してゆくか。いまひとつは、ガネーシャ神像によって跡形もなく破壊され、インド随一の繁栄の座を他都市に奪われるか――どちらかひとつです」

「ということだ、諸君」ヴィバーグ公爵は委員の顔を順ぐりに見やった。「状況は変わった。その一、災厄は存在することが明らかになった。その二、災厄は恐るべきものだということが明らかになった。この二点を踏まえ、カウストゥバ師の言葉は検討に値するものと評価して、諸君と新たに討議したい。トライローキヤム教団からの要請を呑むべきであろうか」

侃々諤々(かんかんがくがく)の議論となった。

その間にも、事務局から頻繁に報告が入る。タームラリプティに向かって海上を進撃する象頭人身の巨神像と、それを迎え撃つべく出撃した海軍艦船との間で展開される戦闘の状況が、刻々と伝えられる。融和派の委員は数が増えた。——かくなるうえはイタカ長老の要請に応ずる以外にない。これは是非を超越した問題である。現実を直視せよ。教団支配のもとではあれタームラリプティの繁栄が今後も保証されるならば、それでよいではないか、と。カウストゥバに帰依を申し出た委員もふたりいた。

報告が続けざまに入る——。

「——軍艦が、ガネーシャ神像を海上包囲しました。盛んに弓矢を射かけています。まるで矢の豪雨です。下から上に向かう豪雨です。壮観としかいいようがありません」

報告のたびに議論は一時中断となる。彼らとてその情景を目にしたいのはやまやまだが、今は議論することが自分たちの使命であると、己の本分を弁(わきま)えていた。

「——報告します！　矢はまったく神像に歯が立ちません！　石でできているのでしょうか、一本も突き刺さらないのです。海軍は攻めあぐねています」

「──報告します！　矢数が尽きました。神像は軍艦を睥睨しています。撤退する軍艦も出ています」

強硬派の委員も譲らなかった。彼らの反論は、多岐にわたっていた。このような形で屈服させられるのは、いかなる君主も手出しできなかった自由都市、自治都市の誇りと伝統にかんがみて、とても耐えうるところではない、徹底抗戦すべし、と叫ぶ最強硬派。高いお金を出して傭兵を備えてきたのは、この時のためである。彼らの奮闘に期待しようと、傭兵に一縷の望みを託す者。十三人委員会の存続を保証せよ、それが明確であれば容認してもいいとカウストゥバに迫る者。

「──報告します！　神像が、神像が、逆襲を開始しました！　軍艦を次々に踏みつぶしています！　海に浮かぶ軍艦が踏みつぶされるなど、およそ信じがたいことです。逃げる軍艦にも容赦がありません。波間を踏んで追いかけてゆきます。巨大な足裏を踏みおろされたら、もうそれで終わりです！」

「──報告します！　第一艦隊、全滅！　目下、第二艦隊が──最後の艦隊が出港しました！　ガネーシャ神像は接近をつづけています！」

議論も白熱していた。委員同士が、ほとんどつかみかかり、殴り合いにならんばかりの剣幕だ。

「ムレーサエール侯爵、きみの意見はどうなのだね」ヴィバーグ公爵が訊いた。

ムレーサエールは物思いに沈んで、まだ何も発言してはいなかった。彼はベール・カ・ゴーシュト島に派遣した攻撃部隊のことを考えていた。トライローキヤム教団が巨大ガネーシャ像を操っている力の根源は、ブッダに絡むものではないか、との推論に侯爵は到達していた。

――彼らは今、何をしている。作戦は順調に進展中であろうか。たとえ敵の島に潜入できたとして、白い王子の居所を探り当てられるだろうか。

「侯爵？」

ヴィバーグ公に促され、ムレーサエールは臍（ほぞ）を固めた。ここは時間を稼がねば。

「見極めるための時間が必要かと」

「見極める？　屋上で侯爵も見ただろう、あの巨大ガネーシャ神像が、こちらの巡視艇四隻をまたたくまに壊滅させたのを。このうえ何を見極めるというのかね」

公爵の立場は恭順派に傾きつつあるらしい。

「……わたしたちが目にしたのは、巨神像が海で猛威をふるう姿です」

「だから？」

「陸上でも同じとは限りません。それを見極めるべきだと申しあげているのです」

たちまち恭順派の委員たちからの激しい突きあげの嵐が襲った。

「あれを上陸させると？」

「我がタームラリプティに、どれだけの惨状が引き起こされると思っているのだ」

「想像力がないのか」

「海上に於いてすらなおかくの如し。しかるを、いわんや陸上においてをや、だ」

ここでまた、第二次の戦局をつたえるべく、事務局の人間が次々に入室し、そのたびごとに議論は中断された。

「――報告します！　第二艦隊が接敵しました！　ガネーシャ神像と対峙しています！　場所は、港のすぐ外です！」

「――報告します！　市民が事態に気づきました。人の波が港に向かっています。港も市街も大騒ぎになっています。あちこちで混乱が発生しています！」

「――報告します！　軍艦から神像に向かって縄が投げられています。兵士たちが縄をつたって神像に登ってゆきます。手にしているのは、武器ではなく工具です。槌や鑿です。神像にとりついて、工具で破壊しようとする目論見のようです」

「――報告します！　神像とりつき作戦は順調です。神像の頭に、肩に、鼻に、全身に、びっしりととりついて、盛んに工具をふるっています。カーン、カーンという音が海を渡って聞こえてきます」

委員たちは議論を中断して、耳を傾けた。港のざわめきの中、たしかにその音は聞こえた。

「――報告します！　神像は動きを止めております。傭兵たちに工具攻撃されるがままになっております」

もしや、いまこのとき敵の島ではブッダが救出されたのではあるまいか――ムレーサエールの脳裏に希望の明かりが射した時、事態は急展開した。

「――報告します！　神像が！　神像が！　し、沈みはじめました！　海に沈んでゆきます。神像に取りついていた兵士たちは、ああっ、次々と海に投げ出されています。神像が沈むので大波が起きています。大渦も起きています。兵士たちが波にさらわれ、渦に引きずり込まれてゆきます！　地獄です！　じ、地獄のような光景です！」

悲鳴、怒号が近くでわきおこった。港で、その情景を目の当たりにした群衆があげた声であろう。

「――報告します！　神像が再び海中から出現しました！　目を怒らせています。おおっ、今度は軍艦を踏みつぶしにかかっています」

パオーッ、パオーッというガネーシャの雄叫びが大きく聞こえた。

「――報告します！　港を守っている陸軍の兵士たちが弓を捨てて逃げだしました。これを見て、市民も浮足立っています」

「――報告します！　海軍全滅、海軍全滅！　我が方には、一隻の軍艦も残っておりません。ガネーシャ神像がこちらに向かっています。あっ、入り江の中に入りました……今、灯台を破壊しています。こぶしを連続して打ちつけています。足で蹴りあげています……灯台が崩れ出しました……崩壊しました。残っているのは、瓦礫、瓦礫の山です！」

巨大なるガネーシャ神像がタームラリプティに上陸を果たした。

市内は恐慌に陥った。神像は建築物を破壊し、逃げまどう人々を容赦なく踏みつぶして進撃する。まさにわがもの顔の快進撃であり、向かうところ敵なしとはこのことであった。巨像の通過した一帯は瓦礫の山と化した。砂ぼこりがたちこめ、潮風に巻きあげられ、靄となって空を薄暗くした。巨大な脚が振りあげられるたびに建物が崩れ落ち、振りおろされるごとに悲鳴がわいて、骨が砕け、肉のつぶれる音とともに鮮血が飛び散った。

巨像の圧倒的な力の前には、都市防衛隊もなすすべがなかった。兵士たちは弓を捨てて逃げ出した。弓を放ったところで矢じりは巨像の石肌にむなしくはじき返されるばかりであり、まったく無駄なことでしかなかった。兵士には瓦礫の下敷きになるか、踏みつぶされるかの運命が待っているだけなのだ。各派宗教の僧侶たちによる必死の祈りも、秘伝の呪法も、何もかもが効き目なしだった。

ガネーシャ神像は小一時間ほども市内を荒らしまわった後、上陸地点である港湾に戻ってきた。

「思い知ったか、われらトライローキヤム教団の力を」

神像が口をあけると、声が響き渡った。高所からのその声は、さながら天の声、神の啓示の如く人々の耳を搏った。

「イタカ長老の声なり」

カウストゥバが勝ち誇ったように叫ぶのを、ムレーサエールはうつろに聞いた。彼をはじめ十三人委員会の面々は会議室を動かなかった。今やこの部屋がガネーシャ神像のもたらす災厄への対策本部と化していた。市政の運営責任者として彼らは指示をくださねばならなかった。

神像は、十三人委員会の入る税関の建物には手を出さなかった。すぐ近くに上陸し、しばらくの間、威嚇するように睨みすえていたにもかかわらず、何もせずに横を通過し、市内攻撃に出発したのだ。そして今また税関の前に戻ってきたのだが、それでも手にかけようとはしなかった。

理由は単純明快であろう。ここは市政の中枢部だ。中枢部を破壊しては、タームラリプティ市は渾沌におちいる。無秩序状態となる。トライローキヤム教団のイタカ長老は、市政の機能を完全に温存して接収することを狙っているのだ。市内を破壊したことは、破壊それ自体が目的ではなく、あくまでも示威行動であったに違いない。示威というには甚大な被害だが。

いかなる魔法か、神像の口を通じてイタカ長老の声が先をつづける。

「われらの申し出を拒むとあれば、この災厄を上回る大災厄がタームラリプティを見舞うことを覚悟せよ。これ以上の災厄を望まぬなら、われらの申し出を受けよ。期限は日没までとする。それまでに回答せよ」

神像が動き出した。波の上に足を振りおろした。神像は海に沈まない。その巨体からは考えられないことだが、まるで床を歩くように海上を踏み渡り、距離をおいて振り返ると、腕組みし、タームラリプティ市を監視するかの如く屹立(きつりつ)した。

剣士団の船がトライローキヤム教団の本拠地であるベール・カ・ゴーシュト島に着いたのは、タームラリプティ市に神像が出現した当日未明のことだった。ラクーマ・グンが手飼いの百人剣士団を率い、虎杖と柚蔓が与力。黒旋風モンガペペとジャラッドザールは案内役だ。救出作戦は、三つの点で難関が予想された。第一に停泊地、第二に島内走破、第三に教団本部での戦闘である。モンガペペの言によれば、停泊地は教団が利用している入り江以外にはない、という。島は断崖絶壁に囲まれ、その入り江が唯一、船を乗り入れられる場所だった。教団本部まで、長い道のりをゆかなければならない不便さは、島のそんな自然条件が理由なのである。

「断崖をよじ登ることはできないかね」ラクーマ・グンが訊いた。「最初の数人が登攀(とうはん)に成功すれば、あとは綱をつたって登ることができる」

「そいつができれば話は簡単でさあ」モンガペペは首を振った。「本部を搦め手から奇襲して、不意を衝ける。けれど、万に一つも見込みはない。断崖はどこも垂直で、ところによっては、そっくりかえっている個所もあるんですからね」

道はひとつ。ラクーマ・グンは虎杖と柚蔓を見てから、云った。「殴り込もう」

上陸作戦は真夜中に行なわれた。夜陰に乗じて入り江に乗り入れた船は、桟橋のはるか手前で停泊すると、小舟を降ろした。剣士団全員が上陸を果たしたのは、東の空が白みはじめる頃であった。

入り江の監視小屋には、五人の僧侶が詰めていたが、全員が眠りこけ、苦もなく制圧することができた。彼らを訊問した結果、重要なことが判明した。イタカ長老をはじめとする僧侶団が、タームラリプティを手に入れるため出発したというのである。その日時を問えば、ちょうど剣士団が出発した頃合いだった。

「敵も今日あたり、タームラリプティに姿を見せることだろう」ラクーマ・グンが云った。「今日が予言の当日だからな。予告された災厄が実現するとは思われないが、よもやということもある。我らも行動をいそがねば。問題は、教団主不在のこの島が、厳戒態勢にあるか否かだ」

「監視小屋のていたらくを見れば」虎杖が即座に応じた。「留守をあずかる僧侶たちが特別に警戒しているとは思えない。ここは、風のように進撃して、嵐のように教団本部を襲うに如かず」

「風と嵐のように――素敵ね」

柚蔓が短く賛意を表明した。

縛りあげた僧侶を監視小屋に残し、剣士団はただちに出発する。モンガペペと虎杖、柚蔓の三人が斥候として先行し、前方から道を歩いてくる僧侶を見つけては、あるいは剣で脅し、あるいは殴り倒して彼らの抵抗を瞬時に封じた。虎杖は剣で脅し、柚蔓は問答無用で殴り倒し、抵抗する気力を失った〝捕虜〟を訊問するのはモンガペペの役割だった。

行程の八割まで進んだところで、縛りあげた僧侶の累計は六人を数えたが、階層が下の一般僧ばかり。引き出したい有益な情報を持っている者は誰もいなかった。教団本部の奥に運び込まれた厩戸の所在――知りたいのは、ただそれだけなのだが。

「そろそろ目的地ですぜ」

モンガペペがそう云ったとき、前方にちらと人影が見えた。

「待て」走りだそうとする柚蔓の手首を虎杖はつかんだ。

彼の云わんとするところにすぐ気づいて柚蔓はうなずく。「そうね、後退しましょう」

モンガペペはわけもわからず二人に倣って身を低くし、来た道を素早く引き返した。道が鋭角で曲がっているところまで戻ると、足を止め、顔をのぞかせて人影を視認した。手に剣を持った武僧の一団。十人前後と見える。

「おかしいな」モンガペペが首を傾げる。「僧兵の定時巡視は半年前に廃止されたはずなのに。イタカが不在だからか」

虎杖と柚蔓は視線を交えた。無言のうちに言葉をかわし、互いの意思が同じであることを見てとった。その目の色には、こうあった。

――倒せない数じゃないわ。

――同感。だが、一人でも逃げられたら、奇襲は不発に終わる。

――だったら取るべきは一つよ。

「黒旋風」虎杖はモンガペペに顔を向けた。「至急このことをラクーマ・グンに告げてくれ」

「合点承知。兄貴たちは？」

「ここで隠れて、やつらをやりすごす」

「やりすごす？」モンガペペは首をひねったが、すぐに手を打ち鳴らした。「よしきた。じゃ、ひとっ走り行ってくるぜ」

モンガペペが走りだし、虎杖と柚蔓はそれぞれ道の両側の茂みの中に身を投じた。枝葉を透かして様子をうかがう。まもなく武僧の一団が目の前を通り過ぎていった。足音が聞こえなくなると、周囲はまた南国特有のべったりした静寂に戻った。

柚蔓が茂みを出てきた。虎杖も道に戻る。柚蔓がすらりと剣を抜きあげ、一瞬おくれて虎杖もそれにつづいた。敵は得物を手にしている。脅しとこぶしで制圧できる相手ではないのだ。ふたりは剣をひっさげて道に仁王立ちになった。

「あなたは行く先を注意していて」

「何だって？」

「他にもまだ誰か来るかも」

「ああ、そうだな」

虎杖はうなずいた。柚蔓はいつも冷静だ。双方向に備えていなければ。道の角を曲がり、進行方向に視線を凝らした。「誰も来る気配がないな。今のところは、だが」

背中越しに柚蔓にそう報告した時、突如として、背後から金属の響き合う音が聞こえた。ラクーマ・グンの一隊と武僧の一団による遭遇戦が始まったのだ。狡知(こうち)に長けたラクーマ・グンのことだ、モンガペペから報せを聞くや、配下の剣士たちをただちに茂みに隠し、前後左右から挟み撃ちにかけるぐらいはするだろう。武僧たちは袋の鼠(ねずみ)。それでなくとも数ではこちらが優る。柚蔓と彼が剣を抜いたのも、あくまで念のためという以上の意味はなかった。

予想は当たったらしい、剣戟(けんげき)の響きはすぐに熄(や)んだ。そして足裏に大地の震動が伝わった。それまで忍び足で行軍していたラクーマ・グンの部隊が、隠密行動をかなぐり捨てて走りだしたようだ。

　虎杖はすぐに事情を察した。取り逃がしたのだ。剣士団はそれを追撃している。

「驚いた。逃げてくるわ――ひとりだけど」

「手を貸そうか」

「だいじょうぶ。慌てふためいている。剣は持っていない。戦闘中に落としたのね。あなたは引き続きそちらを見張っていて」

「わかった」

　柚蔓に任せておけば間違いはない。虎杖がそう答えてすぐ、柚蔓の驚き声が聞こえた。

「どうした？」

　振り返った虎杖の目と鼻の先に、武僧が着地した。息せききって角を曲がってきたのではなく、まさに空から降ってきたのだ。僧衣が斬り裂かれて半裸の状態だ。腕と脛に血が流れている。柚蔓の報告どおり武器は何も手にしていない。細長い腕、細長い脚、細長い顔、目は左右に開いている。

　虎杖が剣を突きつけるのと、着地したばかりで両脚をたわめていた武僧が大きく跳躍したのとは同時だった。

「あっ」

　虎杖は間の抜けた声をあげた。武僧が中空に高々と躍りあがった。頭上に枝葉を伸ばした樹木に達せんばかりに高く。目を疑わんばかりの跳躍力だった。とっさに虎杖は白刃をふるったものの、その切っ先は武僧の右足裏をわずかにかすめただけに終わった。武僧ははるか彼方(かなた)に着地すると、すぐにまた再跳躍し、みるみる遠ざかってゆく。まるで黒い飛蝗(ばった)を見るようだった。

「何をしてるのっ」

角を曲がってきた柚蔓が叱咤(しった)の声を浴びせて後を追う。虎杖も走りだした。

「くそっ」

追いつけない。差は縮まるどころか、引き離されるいっぽうだ。何という脚力、跳躍力だろう。おそらく仲間内では韋駄天(いだてん)と呼ばれているに違いない。

虎杖は背後を振り返った。ラクーマ・グンとその部隊が土ぼこりをあげて懸命に駆けてくる。

「逃がしたのかっ」ラクーマ・グンが大声で叫ぶ。

「すまない」虎杖は叫びかえした。

急に視界が開けた。ついに道が終わったのだ。思わず虎杖は目を顰めた。空をさえぎっていた両側の密林も尽き、陽光の照り映える南国の蒼穹(そうきゅう)の下、広々とした空間が目の前に迫った。その中央に建っている奇怪な建造物こそは、噂に聞くトライローキヤム教団の本部であろう。

柚蔓が立ちどまっていた。

「どうしたんだ」

「見て。もう間に合わない」

驚異の跳躍力を有した武僧は、教団本部の敷地内に到達したところだった。その場にばったりと倒れたのは、さすがに体力を使い果たしたか、逃げきった安心感で気力が失せたからか、すぐにも上体を起こすと、その姿勢で大声をあげ、何かをわめき散らしながら、しきりとこちらを指差しつづける。

前庭には幾人かの僧侶が歩いていた。何事ならんと武僧に駆け寄る者あり、その指差す方向に顔を向ける者あり。

「やんぬるかな」

ラクーマ・グンが追いついた。状況を一目で把握して、その言葉を絞りだした。息を弾ませた剣士たち、そしてモンガペぺも足を止める。

その間にも、教団本部に向かって駆けだす僧侶が幾人もある。武僧の話を聞いて、上位者に注進に及ぼうというのだろう。

「どうする？」

虎杖はラクーマ・グンを見やって訊いた。

「この期におよんで、どうするもこうするもないわ」

答えたのは柚蔓だった。答えると同時に、剣をふりかざして駆けだしていた。

「者ども、つづけっ」

ラクーマ・グンは叫ぶと柚蔓の後を追い、彼に率いられた百人の剣士団が怒濤(どとう)となって虎杖の目の前を走りすぎてゆく。その中にはジャラッドザールの姿もあった。

「兄貴、遅れをとったな」

モンガペペがニヤリと笑った。

虎杖は舌打ちした。奇襲作戦はふいになった。今さら戦術を練り直している余裕はない。強行突破あるのみ。

「行こう、黒旋風」

「おう！」

一隊が教団本部の敷地に入ると同時に、神殿の入口から武僧たちが飛び出してきた。手にする剣が陽光を反射してギラリと光る。巣をつつかれ猛然と飛び立つ蜂(はち)の群れ——それを虎杖は連想した。橙色(だいだいいろ)の糞掃衣に、武僧であることをしめす幅広の黒布を横筋ふうに巻きつけた彼らの扮身(いでたち)は、なるほど、それ自体が蜂に見立てられないこともない。

剣戟が幕を開けた。そこかしこで叫喚があがり、稲妻にも似た剣光がきらめき、鋼鉄と鋼鉄が打ち鳴らされる金属音が連続的に重奏した。怒号と悲鳴がわく。幾筋もの血流が縦横にほとばしる。断たれた腕が宙を舞うかと思えば、斬り落とされた足が鞠の如くに転がる。

武僧の力量は、虎杖が事前に想像した通りだった。つまり、手ごわい。なにしろ、日がな一日武術の鍛錬にばかり費やしているやつらなのである。数ではラクーマ・グンの剣士団に劣ったが、剽悍にも彼らは互角に戦った。

ただし、虎杖の倭国剣法の敵ではない。襲いかかってくる武僧を彼は的確に斬り伏せていった。戦闘の合間に柚蔓を目で追えば、同じく彼女も乱戦の最中とは思えないほど冷静に剣をふるい、確実に敵の数を減らしつつあった。恐れをなした武僧たちは柚蔓を遠巻きにし、それをいいことに彼女は悠然と神殿の入口へと近づいてゆくのだった。

虎杖は頭上に殺気を感じてとっさに身を横に投げだした。敵の剣はわずかに彼に届かなかった。危いところだった。あの跳躍力自慢の武僧が彼を狙って垂直降下してきたのだ。虎杖を頭上からまっぷたつにするはずだった剣は、むなしく大地にめりこんでいた。

武僧は剣の柄から手を放した。賢明な処置だ。剣にこだわっていては、体勢を立て直した虎杖の必殺の斬撃を頭から浴びるのは必至であろうから。

次の瞬間、驚異の脚力を秘めた武僧は筋肉をたわめ、瞬発的に空へ飛びあがった。その驚嘆すべき能力を今回も遺憾なく見せつけた――かのようであった。

ほぼ時を同じくして虎杖も姿勢を整えつつあった。初めて遭遇した時は、驚きのあまり跳躍逃走を許してしまったが、相手の特技を知った以上、同じ過ちを二度と繰り返す虎杖ではない。姿勢が万全に整わぬまでも大きく伸びあがって頭上に剣光の弧を描いた。

光弧に、二条の血の虹が重なった。

くるぶしから切断された左右の足が降ってきた。

武僧は痛苦に絶叫し、空中で体勢を崩したが、それで推進力を削がれたわけでなく、二筋の血流を乱気流のごとくほとばしらせ、虚空に深紅の霧幕を張りながら上昇し、そして落下した。両足を失ってぶざまな着地となった彼に、ラクーマ・グン配下の剣士たちがよってたかってとどめを刺したときには、虎杖は次の敵と剣を交えていた。

奮闘する武僧たちであったが、さすがに多勢に無勢、時間の経過とともに数を減らしてゆき、劣勢は覆うべくもない。ラクーマ・グンの剣士団がこうむった被害も甚大で、半数近くが手傷を負って沈黙するか、うめき声をあげているというありさまであった。

総勢で十人そこそことなった武僧たちは、抵抗をあきらめたか、剣を投げ出し、次に逃れていった。

「追うな」ラクーマ・グンは命じた。追撃の勢いにあった剣士たちが、下知に足を止める。

「逃げる者は放っておけ。われわれの任務はそんなことではない」

ラクーマ・グンは血の滴る剣をひっさげ、きびきびとした足取りで教団本部の正面扉に足を運んだ。鉄扉の前に一番乗りしていたのは柚蔓だった。

両開きの扉は固く閉ざされていた。柚蔓は少し前から取っ手を押しては引き、扉に肩を当てて押していたが、いっかな開こうとはしなかった。柚蔓はラクーマ・グンを振り返ると、硬い表情で首を横に振った。

ラクーマ・グンの指示で剣士たちが力を貸し、同じことを大勢の力で繰り返し、挙句の果てには体当たりまでしたが、扉はびくともしない。

「破壊するしかない」ジャラッドザールがうなり声をあげる。

ラクーマ・グンがうなずいた。「手間はかかるが、木を切り出そう。なるべく大木をだ。そいつを撞木（しゅもく）にして扉を叩き割るんだ」

周囲は鬱蒼（うっそう）たる密林だ。大木などいくらでも手に入る。

「しかし隊長、切り出すといっても、どうやって？」

「そいつはおれにまかせてくれ」ジャラッドザールが胸を叩いた。「作業小屋に案内しよう。斧（おの）だろうが鋸（のこぎり）だろうが、あらゆる道具がなんでも揃ってるぜ」

その時、彼らは何かが崩壊する凄まじい音を聞いた。実をいえば、それ以前からも怪奇な音が連続していたのだが、扉に神経を集中していた彼らの耳にはおよんでいなかったのである。

虎杖は逃げ去った武僧たちへ注意を向けていた。退却はしたものの、反撃してこないとも限らないからだ。一般僧侶たちの動きも懸念される。

武僧たちはいったん散り散りになったが、追撃されないと知るや、集合して何やら相談している気配だった。

「何するつもりだ、やつら」虎杖のかたわらでモンガペペも監視の目を注ぎながら云った。

「おっ、駆けだしやがった。どこへ行くんだ……あの建物は……」

武僧たちは、石造りの堅固な建築物に向かった。虎杖とモンガペペは顔を見合わせた。

ベール・カ・ゴーシュト島で一年間の虜囚生活を余儀なくされた二人にとっても、謎めいた建物であった。教団本部の横手にほとんど接続して建てられながら近づく者は誰もいない。噂によれば教団の守り神である魔物が建物の地下に棲んでいて、というか飼われていて、不用意に接近すれば、食べられてしまうのだとか。それが証拠に、ときおり管理僧たちが牛や豚などを引いて建物の中に入ってゆき、手ぶらで出てくる。扉が開かれ、閉ざされるまでの短い時間、動物たちの狂ったような悲鳴が聞こえる。それとともに、シュルシユル、シュウシュウという唸り声とも鳴き声ともつかぬ不気味な音声と、地の底をずるずると這いずりまわるようなおぞましい音響が外に洩れ出すのだった。

半催眠状態に陥っていた虎杖は聞いたことがなかったが、モンガペペは何度も耳にしているという。

「やつら……」モンガペペは顔をこわばらせた。「守り神の魔物を解き放とうっていうんじゃ」

「魔物など」

「兄貴は、あの声を聞いちゃいねえ」

「それはそうだが」

虎杖は背後を振り返った。神殿の扉を開けようと剣士たちが体当たりを試みている。今のところ自分の出る幕はなさそうだ。

「やつらを片づけよう」

虎杖は決断した。駆け出した彼の後に、モンガペペがつづく。

だが時すでに遅し。半ばまでゆかぬうち、武僧の残党たちは石造建築物の扉を開け放っていた。

虎杖とモンガペペは足を止めた。石扉が開かれた瞬間、シュウシュウという奇怪きわまりない音が一陣の魔風のごとくに吹き出してきた。実際に風が吹きつけてきた。吐き気を催すほどの生臭さをふくんだ風。それなる音と臭いとが予感させるまがまがしい何かが、二人の足を止めさせたのである。

開扉を果たした武僧たちは、すぐさま建物の周囲に散らばって、両手を高くあげ、呪文のようなものを一心不乱に唱えはじめた。シュルシュルという怪音と、生臭い風とは、やむどころか、ますます強まってゆく。石造建築物が揺れだした。地震が起こったのではない。建物の内部から揺れているようであった。ドーン、ドーンという何かを打ちつけているような音が新たに加わった。武僧たちの声が高潮のように大きくなる。何物かの来臨を寿(ことほ)ぐかのように朗々と。

開かれた扉の向こうは黒々とわだかまる闇。窓ひとつない建物だから当然である。その闇に、ふっと光がともった。炯々(けいけい)たり、妖々(ようよう)たり。闇に浮かぶ怪光ふたつ——と、つぎの瞬間、その光が前方に進んだかと思うと、建物の揺れが激しさを増し、凄まじい倒壊音をともないつつ一気に四囲に崩落したのは、まさに瞬時の出来事であった。虎杖は凝然と目を剝いた。崩れ落ちた建物の跡には異形のものが出現していた。蛇——コブラである。

コブラ科最大の毒蛇であるキングコブラは体長六メートル以上にもなるが、虎杖が目にしているコブラは頭部だけで二メートルはありそうだった。ということは全長がどれほどになるか、はかりしれない。それほど巨大だと、コブラの特徴である頭巾状になった頭部後方のふくらみようも尋常ではなく、蛇というより異世界、異次元から侵入してきた怪物を思わせた。

陽光の降りそそぐ中でも、コブラの両眼の妖しい輝きは減じなかった。コブラはゆっくりと顔を左に向け、ついで右に向けた。かたわらのモンガペペが、無言で虎杖の腕をぎゅっとつかんだ。武僧たちの呪文は、今や最高潮に達していた。その奇怪な音声にうながされるように、コブラの身体が迫(せ)りあがってきた。大木が一気に地面から生え出すのを見るかのようだった。

麻痺(まひ)していた虎杖の頭脳が少しずつ動きだす。途方もない。こんな化け物を飼っていたのか、イタカ長老は、トライローキヤム教団は。建物の地下深くに飼育用の穴が掘られ、その中で育てられていたものにちがいない。

　巨大コブラは大木の如く佇立(ちょりつ)した。その高さは十メートル以上あろうかと思われた。コブラは体長の三分の一を地上から直立させることができる、という程度の知識なら、インド暮らしが短いとはいえなくなった虎杖も持っている。とすると、残りの三分の二はまだ地下にあり、全長は三十メートルを超すことになる。およそ信じがたい大蛇というしかないが、ただの大蛇ではない。コブラの大蛇なのだ。

　大蛇コブラは、直立させていた頭部をしなわせると、地表すれすれにまで低めた。倒壊した建物の残骸が蛇体に押しのけられ、濛々(もうもう)と砂ぼこりが舞いあがる。頭部が前進してくるにつれて、穴の中から残りの身体が引きあげられてきた。体色は褐色だが、蛇鱗(じゃりん)は銀色めいたつやをおび、陽光を反射して妖しくきらめく。きらめき、うねり、きらめき、うねる。うねくる巨大蛇体のさらなる出現。その光景は、まさしく狂気の奔流であり、周囲の空気を圧縮して、虎杖をふたたび昏迷(こんめい)に陥らせかけた。

　全身を穴から抜ききった巨大コブラはその場にとぐろを巻いた。小山が盛りあがったかのようだった。小山の頂で直立した頭部が、微妙に左右に揺れている。蛇頭の揺れが、武僧たちの呪文の唱和の周期律と一致していることに、虎杖はかろうじて気づいた。彼はインドに来てから、芸を仕込まれたコブラを見飽きるほど見た。たいていは雑沓(ざっとう)する四つ辻、祝祭日の大通りなどで演じられる。壺の中のコブラは、大道芸人の奏でる笛の音に操られ、壺から首を伸ばしたり引っこめたり、曲に合わせて蛇体をくねらせてみせるのだ。では、大道芸人が飼いならした見世物用コブラを操るように、武僧たちも呪文の唱和という手段によって巨大コブラを意のままにすることができるというのだろうか。虎杖の全身に、ドッと冷たい汗が流れ出た。恐怖によるものではあれ、発汗作用は虎杖が我に返るきっかけを与えてくれた。彼はそのままの姿勢でそろりと後退した。「こ、黒旋風」

「………」モンガペペは硬直していた。

「おい、黒旋風」虎杖は彼の腕を取った。

「動けるか」

「あ、あ、兄貴……おれたち、ゆ、ゆ、夢を見ているんだよな」

酔って呂律（ろれつ）の回らなくなったような声。恐怖のあまり舌が引（ひ）き攣（つ）っているに違いない。

「夢だ」

虎杖は肯定してやった。モンガペペの腕をゆっくりと引いた。「夢の中だ。背中を見せるんじゃないぞ。このまま後ろ歩きで、そろそろと離れていくんだ。いいな、黒旋風」

振り返ってはならない。それは虎杖自身の戒めである。振り返ったが最後、足は意志を裏切って一目散に駆けだそうとするだろう。蛇の習性として、そんな獲物に飛びかかるものなのだ。

「あ、ああ」

モンガペペの身体から震えが伝わってくる。

「だいじょうぶだ。おれは伝説の大蛸ヌ・マーンダーリカを撃退した男だからな。その話はジャラッドザールから聞いているだろう」

ふるえがピタリと止まった。「そ、そうだったな。頼もしいぜ、兄貴」

云った本人は複雑な気分だ。思い返すまでもなく大蛸退治は無我夢中の僥倖だったに過ぎない。それに蛸は軟体動物だが、蛇には骨があり硬い鱗におおわれている。あの暴虐の神、素戔嗚尊でさえ、八岐大蛇には正々堂々と立ち向かえず、酒で酔いつぶすなどという姑息な手段を取らざるを得なかった。素戔嗚尊ならざる自分に何ができるというのだろう。

武僧たちの呪文唱和がひときわ高まった。巨大コブラが自分たちの制御下にあることを確認したうえで、いよいよ出撃させるのだろうか。虎杖はまばたきを忘れた目で見やった、巨大コブラの頭巾がこれ以上はないほどに大きく開かれてゆくのを。次の瞬間、巨大コブラの蛇体が一閃し、その口に武僧の一人が咥えられていた。僧侶は悲鳴をあげる間もなく呑みこまれた。

唱和が途絶した。

不思議な静寂の中、人間大の瘤が蛇腹に盛りあがり、咽喉のあたりから腹部に向けて滑り落ちてゆく——と見るまに、蛇頭はまた宙を走って二人目の武僧を咥えた。今度の僧侶は悲鳴をあげた。咥えられる寸前、自分の運命を悟ってあげた絶叫だった。巨大コブラは彼を顎にかけた後、鼻っつらを天に向けて、ぱっと口を開いた。オレンジ色の糞掃衣に黒の横筋——蜂が、開花した花弁の中に吸いこまれてゆくように、僧侶の姿も悲鳴もろともコブラの口腔に消え去った。蛇腹に二つ目の瘤が出現した。武僧たちがわっとばかりに逃げ出した。それをコブラは蛇身をしなわせて追い、一人また一人と餌食にしてゆく。

なぜ、こんなことになったのか。コブラ自身以外には知る由もないことながら、答えは餓えであった。イタカ長老ら教団幹部がタームラリプティ征伐に出発すると、残留組に規律のゆるみが出た。たがゆるんだのであり、ある意味、どんな組織にも避けられないことだが、仕事をさぼった僧侶の中には、巨大コブラに餌を与える飼育係もいた。コブラは腹を空かせていたのである。最初のうちこそ、武僧たちの唱える呪文に操られていたものの、そこは動物のあさましさ、まずは手近の獲物から手をつけるのに何のためらいもなかった。

虎杖はモンガペペの手を引いて、回れ右した。こうなったからには後ろ歩きでそろりそろり、などと悠長なことはしていられない。

教団本部の前では、ラクーマ・グンら剣士たちが呆然自失の態に陥っていた。驚異と脅威、恐怖で金縛りにあったように、およそ表情の失せた顔で巨大コブラが僧侶たちを食ら

うのを見つめている。神殿の扉を開くどころではない。モンガペぺと駆け戻ってきた虎杖に、

「あれは何なんだっ」

ジャラッドザールが動転した声をかけた。

おれが知るか。虎杖がそう答える前に柚蔓が叫んだ。「来るわ！」

虎杖は振り向いた。そして見た。十人ばかりの武僧――手近の餌をまたたくまに食べつくした巨大コブラが、巨体に似合わぬ優雅さでとぐろを解き、三十メートル余りの蛇体をうねらせながら、こちらに向かってくるのを。

一連の騒ぎがはじまる前、広い敷地内には一般僧侶の姿も散見されたが、今はどこへ逃げ去ったものか影も形もない。次なる餌が自分たち自身であることを否定する材料は、虎杖には持ち合わせがなかった。巨大コブラは教団本部の正面に迫ると、悠然ととぐろを巻いた。剣士たちの眼前に小山が出現した。コブラは首を高く伸ばし、左右にふって、剣士たちを睥睨する。尖端の二股に分かれた黄色い舌をチロチロとのぞかせるのは、獲物を選り好みする余裕かとも思われた。シュウ、シュウと巨大コブラは激しい呼気音をたてた。顔をそむけたくなる生臭いにおいが吹きつけてくると同時に、素早く首が動いたかと思った時には、口に剣士の一人が咥えられていた。

「逃げろ！」

ラクーマ・グンは絶叫したが、自分はその場に踏みとどまった。蜘蛛の子を散らすように逃げ出す剣士たち。巨大コブラはとぐろを解くと、蛇体で長い城壁を築いた。剣士たちは行く手を遮られた。〝長城〟に囲い込まれたも同然で、逃げ場を失った。乗り越えようとする者は、うねる胴体に弾き飛ばされ、踏みつぶされた。蛇身に手をかけ、起てた鱗に指をパラパラと切り落とされる剣士もいた。尾部は鞭となって容赦なく剣士たちを薙ぎ倒した。そうしながらもコブラは、二人、三人と剣士を顎にかけてゆく。巨体からは想像もつかない俊敏さであり、動けば誰かが必ず咥えられる、実に無駄のない動きで。コブラの首が初めて空を切ったのは、七人目の獲物と見定めたモンガペペを虎杖が突き飛ばして救った時だった。

　コブラはいったん首を引くと、中空に高々と振りあげ、シュウシュウと威嚇的な呼気音をたてた。威嚇というより怒りの表明であることは、頭部後方が頭巾状に広がったのを見れば一目瞭然だ。コブラの鎌首は、明確に虎杖を狙って襲いかかってきた。虎杖はコブラの動きを読んでいた。コブラが武僧を次々と丸呑みしてゆく早技を眼前で見続けた彼にして初めてできることだった。後ろ歩きで後退している間もコブラの動きを凝視し、その軌道を目測し、自分に迫った場合の動きを剣士の本能で無意識のうちに先読みしていたのだ。大きく開いたコブラの口が迫った。上顎骨に長々と剣の如く生えた二本の毒牙、堵列する牙、それ自体がもう一匹の蛇のようにうねくる舌、不気味な色をした口腔の肉質――

横に飛んでコブラの攻撃をかわした。軌道を読んでいたればこそ可能な身のこなし。それでなくてもコブラの動きには無駄がなく、無駄がないとは単純だということだ。コブラは勢い余って教団の建物に鼻先を激突させた。三十メートルの長さの巨大な槍でついたようなものだ。凄まじい震動音がして、積みあげられたレンガがバラバラと落ちてきた。

落下したレンガに頭を直撃されて昏倒した剣士を見るや、踏みとどまっていたラクーマ・グンも駆け出した。駆けながら指示し続ける。「建物から離れろ」

「虎杖」剣士たちの混乱の渦を抜け出して柚蔓が駆け寄った。

「逃げるんだ」虎杖は怒鳴った。「ここはおれが引きつけるから」

コブラは身体の前部を直立させた。陽光に負けない眼光を妖しく輝かせ、虎杖をねめつける。シュウシュウと呼気をさらに荒くさせ、黄色い舌を鞭のように翻した。虎杖の企図した効果は早くも顕われた。コブラが直立したことで蛇体の長城が姿を消し、その機をついて剣士たちは遠くへ逃れることができた。

「早く」

虎杖が柚蔓を促した時、コブラが再度、鎌首をふるった。虎杖は地を蹴った。一瞬後、素早くその左目に斬りつけた。蛇頭の迫る軌道と速度を正確に予測し、自身それに対応する瞬発力がなければなしえぬこと。大蛸ヌ・マーンダーリカを撃退した剣の技倆はここでも発揮された。虎杖の剣は目論見通りコブラの左目を斬った。

誤算だったのは、斬り下げるはずが、眼球に剣が喰いこんでしまったことである。コブラが痛みに身を大きくくねらせた時、柄から手を離すのが遅れた。蛇体のうねりに身をまかせることになり、手を離した時には身体は砲弾のごとく空中を飛んでいた。

「虎杖！」

柚蔓の絶叫は途絶する。巨大コブラは破壊獣と化した。ゴロゴロと転がり、無意味に身体をくねらせた。巨大な蛇体が教団本部の建物にぶつかるたびに崩落したレンガが降ってきた。衝撃により、あれほどびくともしなかった正面扉が傾き、人が一人通れるほどの隙間が開いた。

レンガの雨をかいくぐりながら、柚蔓は後先も考えずその隙間に飛びこんだ。と、ふたたび大きな震動が走って、雪崩のように落ちてきたレンガが、その隙間をふさいでしまった。

虎杖は目を覚ました。

一瞬、世界が揺らいだ——何だ、これは！

愕然と周囲を見回した、いや、見おろした、眼下を。緑、緑、緑、緑、緑……ほとんどが見わたす限りの密林だ。密林の海、緑の樹海といっていい。ただし、その一角が切り開かれて、巨大な神殿が聳え立っていた。トライローキヤム教団の神殿である。見上げるばかりのその石造建築物を、一望のもとに目におさめている。

大木の頂上だった。コブラに弾き飛ばされ、落下して地面に叩きつけられるはずが、運よく巨樹の枝に引っかかったのだ。何という強運！

木の高さは正確にはわからないが、下から仰いでいた時の目測から察するに、五十メートル以上はあるのではないか。巨大コブラは神殿の周囲で今もなお暴れまわっていた。斬られた眼の痛みに耐えかねてゴロゴロ転がりまわっているというべきか。全長三十メートルを超す巨体であるだけに、破壊力は凄まじい。剣士たちは密林に難を逃れたのか、姿は見えない。

柚蔓は――。

安否に気を取られたか、虎杖は足を滑らせ、枝から落ちた。無我夢中で振った手が何かをつかんだ。枝。手に力を込め、身体を引きあげた。

安堵のため息が洩れる。目に流れこんだ額の汗をぬぐう。神殿の方角を見やった。心臓がぎゅっと収縮した。巨大コブラが動きを止め、鎌首をもたげて、こちらをうかがっていた。左目には虎杖の剣が突き刺さったままだ。蛇顔の右半分を向けて、樹林を振り仰いでいる。虎杖は額を手でぬぐう。ぬぐった先から汗がしたたり落ちる。

コブラは頻りに舌を出し入れしている。舌は臭覚器官である。蛇は舌で臭いを嗅ぐのだ。コブラは動きはじめた。シュウシュウと怒気に近い呼気音を発し、蛇身をうねらせて。

見つけたのだ、片目を潰した男を。虎杖は身をこわばらせた。どうすればいい。このままでは袋の鼠、絶体絶命だ。このままではいられない。木からおりて密林の中に逃げこまねばならないが、高さ五十メートル以上ある木からおりている間にも、コブラは悠々と到達してしまうだろう。

実際、考えた通りになってしまった。コブラは巨体でメリメリと密林の樹木をへし折り、薙ぎ倒しつつ、虎杖が拠る巨木の下にやってきた。

コブラは直立した。全長の三分の一、十メートル伸びあがった。虎杖まで四十メートルと余裕がある。安堵するのは早かった。コブラは全身を巨木に巻きつけて樹幹を登りはじめたのだ。蛇腹を起て、鎌で草を刈るがごとく枝という枝を削ぎ落として。

蛇体の重みで巨木がゆらゆら揺れ、虎杖は枝から振り落とされそうになった。身体の平衡を取り、逃れるべく上へ上へと登ってゆく。すぐに頂上になってしまった。

蒸気のような勢いで、生臭い風が下方から吹きつけてきた。目をやれば、ほとんどすぐ下にコブラの頭部が迫っていた。血走った虎杖の目に、きらめくものが止まる。コブラの左目に刺さったままの彼の剣だ。捨身の戦法が閃いた。

あれに飛びつこう。そして——。

次の瞬間、落下感に襲われた。巨大コブラの体重を受け止めきれず、巨木がゆっくりと傾きはじめている。

柚蔓は周囲を見回した。入口広間には大勢の僧侶が群集していた。壁に取り付けられた炬火(たいまつ)の炎が彼らの顔に悪鬼めいた妖しい陰翳を描いている。光と闇が結託して現出させた幻。武僧でない一般僧侶は、柚蔓に立ち向かう気配を見せなかった。

「少年はどこ！」剣をこれ見よがしに振りかざして威嚇し、声を張り上げた。「タームラリプティから誘拐してきた少年よ！　あなたたちも仏教徒なら恥を知りなさい！」

答えはない。剣光におびえ、僧侶たちは後退するばかりだ。柚蔓は石畳(いしだたみ)を駆け、一人の僧侶の咽喉元に剣先を突きつけた。

「訊いていることに答えなさい。少年はどこ」

僧侶は顔を脂汗まみれにして首を横に振る。

柚蔓はさらに声を高めた。「知っている者は答えなさい。修行仲間が死んでもいいというの？」

返ってくるのは沈黙だ。柚蔓は覚悟を固めた。もはや是非もない。僧侶の首の二つや三つ宙に舞わせてやらなければ話は通じないだろう。

「よせ、柚蔓。彼らは何も知らないんだよ」

聞きおぼえのある声に、柚蔓は弾かれたように顔をあげた。

「御子？　御子なのですか？」

僧侶たちにも慮外の声であったに違いない、彼らもざわめき出した。

柚蔓はあわただしく周囲を見回した。「御子、いずこにおわします？」

「ぼくはここだ、柚蔓」

声は頭上から降ってきた。柚蔓は振り仰ぎ、わが目を疑った。中空に、全長六十センチほどの金銅仏が浮かんでいた。

「御仏！」

夢に現われ、ナーランダーを出るように告げた金銅仏と気づいた。

「ブッダだっ」

僧侶たちが口々に叫ぶ。その場に五体投地してゆく音が、さざなみのように広間にこだました。金銅仏が空中移動を開始した。柚蔓は剣をひっさげて追跡する。途中、幾度か振り返ったが僧侶たちが後を追ってくる気配はない。仏像出現の奇蹟に恐れ慄いているのだ。途中、何人かの僧侶と出くわしたが、柚蔓を導く金銅仏を目にするや、その場にひざを折った。

暗い廊下を進む。階段を降り、廊下を進んでは曲がり、また階段を降りる。まるで迷路だ。金銅仏は両開きの扉の前で滞空した。ここまで来ると、さすがに炬火の設置はなく、すべては暗黒の地下世界だが、仏身が発光して、周囲は仄明(ほのあか)るく照らし出されている。

金銅仏が手を振った。扉が内側へと開かれてゆく。金銅仏は柚蔓を振り返り、ここだ、というように小さくうなずくと、中へと入っていった。

次の瞬間、金銅仏は発光を強めた。自らの身体をその光の中に溶解させた。仏像は消え、輝く小球体が地底の太陽の如く宙に浮いていた。柚蔓は、まぶしさに閉じた目を見開いた。瞳に映じたのは裸身だ――少年の！

全裸の少年が、等身大の金銅仏と卑猥（ひわい）な姿で交わっている。柚蔓は戦慄し、呆然としたが、すぐに首を振って気を引き締め、歩み寄った。

結跏趺坐した金銅仏に全裸の少年が正面からぴたりと抱きついている。ただ抱き合っているだけでないことに気づき、またしても柚蔓の背筋に戦慄が走った。

何ということ――金銅仏の下半身には、あり得べからざるものがあった。男性性器が。だらりと垂れた陰嚢（いんのう）、そしてその上に生えた陰茎は、根元だけを残して消えている。どこに？　少年の排泄器官を深々と穿（うが）っているのだ。

これこそは金銅仏と生身の人間との衆道（しゅどう）立体図とでもいうべきものであった。冒瀆（ぼうとく）もここに極まれり。柚蔓にとってさらに恐ろしかったのは、金銅仏に犯された全裸の少年がまぎれもなく厩戸であり、厩戸の性器が雄渾（ゆうこん）だったことである。

「御子さま……」

柚蔓の口から、呆然とした声が洩れる。

厩戸は悦楽の表情を浮かべていた。悩ましいほど官能的な顔であった。柚蔓は絶句した。

あまりといえばあまりの変わりようではないか。子供は大人になる。少年は男になる。だとしても、こんな形で御子と再会することになろうとは。

厩戸が目を見開いた。柚蔓は混乱に陥った。自分を見つめる厩戸の瞳が、淫欲の底なし沼におぼれきったような表情とは対極の、澄みきった知性の光に輝いていたからである。

「柚蔓」平静な声だった。「よく来てくれた。ほんとうならタームラリプティで待っているはずだったのだけど」

「御子さま、御子さま、お救いに参りました」柚蔓は叫ぶように云った。「何というおいたわしい姿に。さあ――」剣を床に投げ捨てると、厩戸の身体に手を伸ばした。

「待て」厩戸は首を横にふった。「その時が来れば、自分で立てる」

「その時？」

「柚蔓、ぼくはブッダになった」

そう告げるには、無惨すぎる今の厩戸の痴態だ。柚蔓はうなずいた。厩戸が自分をここに呼んだのだ。ブッダとしての法力でなくて何であろう。

「お察し申し上げております。でも――」

「イタカ長老は、ブッダになったぼくの力を利用しようと――。金銅のブッダと交わらせて霊力を増幅させ、タームラリプティを屈服させようとしている。タームラリプティは今、危機に瀕している」

「…………」

「ぼくはイタカの道具になっているんだ。見ての通り、金銅仏と性的に結合させられることによってね」

「御子さまを仏像からお離し申しあげようと――」

「この結合は解けない。どんなに力が強くても。――柚蔓」

「はい」

「ブッダは射精をしない」

「…………」

「性的動力源を制御し、自由に操れる、それがブッダになるということなんだ」

「…………」

「闘いは今が闌だ。もうすぐ結果が出る。もしぼくが射精したら、それはぼくが敗れたことを意味する。身も心も完全にイタカの支配下におかれてしまう。勝者であるこの金銅仏を通してイタカに支配されるんだ。そうなったら柚蔓、ぼくの首を刎ねろ」

柚蔓は息を呑んだ。厩戸の云うことはさっぱりわからない。だが、説かんとする根幹のところは柚蔓の心に訴えてくるものがあった。

「御子さま、闘いとは？」

「この金銅仏はイタカの手駒だ。ぼくは今、こいつと闘っている」

柚蔓は返す言葉が見当たらなかった。厩戸はそれだけ云うと、目を閉じた。知性の輝きを自ら消し去り、淫欲の没我の境地に浮遊しはじめた。痴情の極致の如き表情を見守るしかなかった。

巨木が横倒しになる寸前、別の巨木の枝にぶつかり、虎杖は投げ出された。身体を地面にしたたかに打ちつけたが、地上近くだったため、さほどの打撃ではない。密林の土壌がやわらかな腐土であるのも幸いした。虎杖はすばやく身を起こすと、背後を振り返った。巨大コブラは、自らが巻きついた巨木もろとも横転して、蛇体を激しく暴れまわらせている。この隙に逃げ出すに如かず。無意識のうちに身を低くし、音をたてぬようその場を離れると、あとはひたすら足を急がせた。

途中、樹木を這う大蛇を何匹か目にしたが、動じなかった。巨大コブラを見た後では、可愛いミミズ程度にしか思えなかった。

どれほど進んだか、前方でガサッという音がして足を止めると、茂みの中から現われたのは、ラクーマ・グンの殺気立った顔。虎杖と認めるや、表情がやわらいだ。

「虎杖どの、無事か。わしの手の者たちを見なかったか」

虎杖は首を横にふった。「一人も」

ラクーマ・グンは深々とため息をついた。「こんなことが起ころうとは」

「あの化け物を倒さないかぎり……そうだ」一案が脳裏に閃いた。「ラクーマどの、わたしはコブラに追われている」

そうなった経緯を虎杖は手短に物語り、「わたしが囮になってコブラを引きつける。その間、ラクーマどのは剣士を集めて、教団本部へ。コブラに体当たりされて、どこか入れる隙間ができているはず」

「虎杖どのは」

「わたしのことは放念を。何としてでも厩戸御子を、アシュヴァ王子を——」

シュウシュウという不気味な呼気音が聞こえた。

「やつだ」虎杖は叫んだ。気力を取り戻した声だった。

「では」ラクーマ・グンに短く別れを告げると、「助けてくれーっ」

コブラの注意をひくべく大げさな声を張り上げながら駆けだした。

柚蔓は頬をつたう汗をぬぐった。ねっとりとした脂汗だった。口の中がカラカラに乾いている。

——御子さま。

胸の中で呼びかける。言葉にしようもない思いをこめて。

何という厩戸の姿であろう。少年期の終わりにさしかかり、しかし大人の男の仲間入りをするにはまだしばらくの時間を要する、そんな端境期の裸身をさらし、柚蔓が奉戴してきた御子は金銅仏に排泄器官をつらぬかれ、腰をくねらせているのだ。金銅仏という〝器具〟、いや、男根を屹立させたあり得べからざる金銅仏という淫具を用いての自慰行為にほかならない。自慰――そうだ、それが証拠に厩戸の性器はこれ以上にはないほど雄渾になっているではないか。見つめる柚蔓の官能に訴えかけ、妖しいときめきをおぼえさせるほどに。

――御子さま！

柚蔓は胸を押さえた。その圧迫感が、乳房に鋭い快感を走らせた。

――わたし？

だめだ、このままではいけない。厩戸から目をそらそうとしたが、できなかった。柚蔓の視線は厩戸の痴態に縫いつけられた。厩戸の男根に。それは柚蔓の女を刺激し、理性の殻を割ろうとしていた。自分も着ているものをすべて脱ぎ去り、厩戸と同じ姿になって、彼の男根を導き入れたいという思いで頭がいっぱいになった。肉体がそのための準備を始めていることを柚蔓は悟った。

ふらふらと、厩戸に向かって足を踏み出そうとした時、目を見張り、思いとは逆に後方によろめいた。何と、金銅仏が動きはじめたのだ。柚蔓は自分の目を疑った。幻を見ているのではないか、と。何度もまばたきを繰り返した。間違いではない。金銅仏は、金属の肌の金銅仏のまま、淫らな動きで腰をくねらせている。厩戸の排泄器官を穿った金銅の男根をぐいぐいと打ちつけ、やや抜き出し、また深々と挿入する。顔も変わっていた。その口もとに浮かぶのは仏とは思えない淫らな笑みであり、半眼は邪な光をおびて厩戸の反応を観察している。

金銅仏の動きに翻弄されて、厩戸がいっそう乱れ始めた。

——御子さま！

柚蔓は理解した、闘い、と厩戸が言った意味を。これは闘争なのだ。自分の目にも、心の目にも、今ようやく見えた。厩戸は金銅仏と性的な闘争をずっと続けてきたのだ。結合させられたその時から。

性の結合によって生じる霊的動力。それを行使する権限を厩戸は独占しようとしているのだ。主導権を握ろうとして、金銅仏を圧迫しているのだ。かたや金銅仏はそうされまいとして——。

室内が翳った。この地底の一室で光源となっている光球の明度が弱まっている。厩戸がそちらにまで自分の力をまわす余裕がなくなったことを意味しているのだろうか。薄闇のなかで柚蔓は、金銅仏の腕が動くのを見た。手を伸ばし、厩戸の男根を握った。厩戸は背筋を伸ばし、金銅仏の唇に唇を重ねた。光球が明滅し、その煽情的な光景を点滅的に柚蔓の目に映じさせた後は、完全な暗闇となった。

「……………」

あやめもわかぬ闇の中で、淫猥な音のみ響く。柚蔓は胸が締めつけられる思いだ。ついさっき官能に赤々と点じられた火は、いつのまにか消えていた。イタカ長老の手先であるという金銅仏との性的闘争を繰り広げている厩戸、その勝利のみを冀う。

声が聞こえてきた。嫋々たる忍び泣き。柚蔓は身を硬くした。官能の極致に達し、感極まってあげてしまう声だ。自分もそのような声をいくども洩らしたから、そうとわかる。厩戸の声だろうか？　もちろん、そうに決まっている。金銅仏が泣くはずはないのだから。だが金銅仏は動いた。動いた以上は音声を出すこともあるのでは？

泣き声はつづく。泣きやむ気配がない。それどころか徐々に高まってゆくいっぽうだ。絶頂へと導かれてゆくことを自ら告げる声。絶頂とは敗北を意味する。どちらだ、厩戸か、金銅仏か、どちらの声なのか——。

声が最高潮に達した。室内に響きわたった。柚蔓は金縛りにあったように身体を硬くした。声は途切れた。静寂が室内を満たした。絶頂の後には、事後の喘ぎ声がつきものだが、聞こえなかった。沈黙、静寂、それだけだ。柚蔓は厩戸に呼びかけようとした。乾いた口の中で舌がこびりついたように動かない。

暗闇が引いていった。

柚蔓は目を顰めた。光球がふたたび輝きだしたのだ。その光に照らされて、彼女は眼前の光景を目にし得た。

座位だった金銅像は長々と床に伸びていた。その股間にまたがっていた厩戸が軽々と起ちあがった。排泄器官から白い液体が洩れ、ふとももの裏側を伝い落ちるのを柚蔓は見た。金銅仏の男根は親指ほどの大きさだ。厩戸を穿っていたとは思えない。

「御子さま」ようやく声が出た。

「勝ったよ、柚蔓」厩戸はにっこりと笑った。その股間に男根が雄渾に聳え立っているのは、精を放たなかったことの何よりの証であろう。と見る間に、それは力を失い、収縮して垂れさがった。柚蔓は驚きの目でその一部始終を見た。

「それが……ブッダに……ブッダになったということでございますね、御子」

「くわしい法理は後で話そう。タームラリプティをイタカの魔手から救わなくちゃ」

柚蔓はまたしても驚かされた。一指も触れてはいないのに厩戸の男根がまたも屹立したのだ。

「二号機、発進」

厩戸の声とともに、床がかすかに震動するのを柚蔓は感知した。この地の底の、さらにその底で、何かが動き出したかのような。「御子さま、いったい――」

厩戸は柚蔓の問いには答えることなく、半眼になると、またしても謎めいた言葉を口にした。「大変だ、虎杖が危ない。まずは、こちらから」

　虎杖の息はあがっていた。心臓は大きく脈打ち、今にも破裂してしまいそうだった。足は棒のように重く強張り、感覚がなくなっている。潮風が匂う。聞こえてくるのは、波が岩場に打ち寄せては砕ける音。その音を圧して、背後に迫るシュウシュウという不気味な呼気音は大きくなるばかり。逃げては追いつかれ、なんとか逃げては、またもや追いつかれる——何度それを繰り返したことだろうか。逃亡劇が可能だったのは、場所が密林であったればこそ。鬱蒼と茂る木々がコブラの目から彼を守ってくれた。一処に潜んでやりすごせないのは、敵には臭覚という武器があるからだ。コブラの動きがさほど俊敏ではなかったことも虎杖には幸いした。獲物を存分に食らったがために、体力の大半を消化に割かなければならないからだろう。蛇は歯と顎で食物を咀嚼することができない。丸呑みし、強力な胃液で消化する。

　だが、もはや万事休す。彼がいるのは断崖絶壁の上だった。気がつくと、密林を抜けだしていた。崖の上を歩いている。引き返さなければ。こんな見晴らしの利く場所ではなく、密林に身を投じなければ——。

　——ラクーマ・グンはうまく教団本部の中に入れただろうか？

　己が生きながらえることをあきらめた頭で、ぼんやりとそう考えた。厩戸救出の時間を彼らに与えたなら、自分の死には意味がある。虎杖は断崖の縁まで歩みよると、眼下をのぞきこんだ。高さ数十メートル、いやゆうに百メートルは超えている垂直絶壁。真下には、波に長年浸食されて鋸状になった岩場が待ち構えている。高くあがる白い波しぶき。

――コブラの餌になるくらいなら、いっそここから飛び下りてしまおう。

飛び下りるにしても、コブラを待ち受け、飛びかかってきたところで崖を蹴るのだ。コブラは蛇身を伸ばして彼を追い、身体の重心を失い、海へ――。

これほど切り立った断崖では、いかなコブラであっても這いのぼれまい。コブラを道連れに――死出の旅に、ぞっとしない相棒だが、御子救出の一助になれば本懐というもの。

死を決意すると気持ちが落ち着いた。虎杖は大きく息を吸い、呼吸を安定させた。肝心なのは崖を蹴る時機だ。確実にコブラを海へ落とさなければ。

海を背にし、息を整えながら待った。

前方の密林が大きくざわめいたかと思うと、恐るべき蛇頭が現われた。張りつめていた気力が一気に萎えそうになった。さまでコブラから放たれる怪異な迫力は強烈だった。虎杖に逃げられつづけたことで巨蛇の怒りは頂点に達しているようだ。爛々と輝く眼光、素早く出し入れする長い舌、これ以上は膨らみようがないほど膨脹した後頭部がそれを物語っている。

虎杖は臍下丹田に力を込め、気持ちを懸命に引き締めた。

密林から抜けだした巨大コブラは、見惚れるような優美かつ迫力ある動きで長い全身を波状にうねらせ、絶壁に立つ虎杖に迫った。虎杖の踵は、いつでも飛び下りられるよう崖の先に突き出されている。

シュウゥゥウゥーッ！

コブラは激しい呼気音をあげると、蛇体の三分の一を一気に直立させた。見上げる虎杖の目には、眼前に鱗と蛇腹の巨塔が聳え立ったかと思われた。コブラは憎悪の炎をその蛇眼に燃やし、虎杖を咥えるべく頭をつるべ落としに振り下ろした。

それより一瞬早く、虎杖の足裏は断崖を蹴り、身を大きく宙に躍らせていた。

コブラに正対したままでの跳躍である。しかも自分の運命を見届けるべく、気力を振り絞り、眼を見開いたままで。たとえ空中でこの身がコブラの牙にかかろうと、伸びすぎた蛇体が自分を咥えたまま海に転落しさえすれば本望というものだ。

時が停まった。停まったかと錯覚された。停止したのは落下だった。彼は空中に浮いていた。浮いていた、というのも正確ではない。足裏には確固たる感触があったからだ。何が自分を支えているのか、何に〝着地〟したのかを顧みている余裕はなかった。視界いっぱいにコブラの頭部が、大きく開けた口の内側が、怪奇世界のように圧していたからである。

コブラも動きを止めていた。彼をひと呑みにする直前で。いや、動いていた。うねっている、コブラの舌が。その痙攣的な動きは、これまでのように冷静なものではなく、苦悶しているかに見えた。

巨大な氷柱のようにも見えるのは二本の毒牙で、先端から煮つめられた果汁のように濃縮された液がポタリ、ポタリと断続的に垂れ落ちてゆく。

——毒液を搾り出されている？

以前にこれと似た光景を見たことを思い出した。毒矢は鏃（やじり）にコブラの毒を塗って製作する。コブラの毒を採取するには、嚙（か）まれぬよう慎重に首をつかみ、絞めあげる。首にある毒腺が圧迫され、牙の先端から毒液が搾り出されてくる。コブラの首が絞めあげられている？　およそあり得ないことだった。全長三十メートルを超す巨大コブラの首を絞めるものがこの世に存在する、などということが。

何とも形容のしがたい凄まじい音が響き渡ったかと思うと、コブラの頭部が海へと落下していった。斬られたのではない。引き千切られたのでもなかった。首が完全に握り潰されたのだと、虎杖は信じられないものを見る思いで悟った。胴体はなお空中にとどまり、凄まじい勢いで血流を噴き出していたが、すぐに頭部を追うように、渦巻きのごとく蛇身をのたうたせながら落ちていった。

虎杖は上昇した。絶壁の頂まで垂直に上昇すると、彼は断崖の上に降り立った。

「…………」

声もなく、自分の救い主を見あげた。

それは瞬時に光となり、西に向かって飛び去っていった。西——インド亜大陸へ。

日没が迫っている。陽球は西に大きくかたむき、海面は赤銅の色を濃くしつつあった。波のきらめきは鈍く重い。

端艇の舳先に両足を踏みしめたムレーサエールは憤懣やるかたない思いで波間に目を落としていた。海の色はタームラリプティの運命を象徴しているように思われた。イタカ長老の脅しに屈し、暗黒に陥るタームラリプティの未来の暗示。彼の乗る端艇は、沖に停泊中の中型軍船を目指していた。憎んでも憎みたりぬトライローキヤム教団の船へ。教団船の横には、巨大ガネーシャ像が重力の法則を無視して守護神像の如く佇立し、沖波に足首を洗わせている。ムレーサエールは奥歯を噛みしめた。彼は降伏の使者としてイタカに会いに行こうとしているのである。

降伏——もはやそれ以外の選択はなかった。ガネーシャの破壊神ぶりを見た以上は。十三人委員会の大勢は一気に降伏に傾いた。最後まで抵抗したのはムレーサエールだけだった。彼の奮闘は徒に決定を遅らせるだけに終わった。おびえあがったほかの委員の心を変えさせることはできなかった。指定の刻限である日没が近づき、ヴィバーグ公爵は採決を宣言した。十二対一の圧倒的多数で降伏と決まった。ムレーサエールは降使に任じられた。これまた多数決によるもので、豪胆な彼がふさわしいというのだった。

「何をむずかしい顔をしておいでです」

背後から声がかかった。

「口をつぐんでおれ。ばかもの」

「侯爵こそ口をお慎みなさい」カウストゥバは嘲笑うように云った。「タームラリプティが我らトライローキヤム教団主管の仏教都市となるからには、僧侶に対する侮蔑的な言辞は、信仰への冒瀆として処罰されることになりましょう」

「………」ムレーサエールは奥歯をくいしばって耐えた。

カウストゥバは勢いを得たように語をつづける。「旧支配者であるあなたが、新支配者に頭を下げるのは屈辱であるかもしれません。しかし新支配者はブッダです。御仏の教えに帰依すれば、何も案ずることはありませんよ」

「カウストゥバ師のおっしゃる通りです、侯爵」横合いからブールヴ・ウーバルがとがめるような口調で云った。「イタカ長老は敬虔なお方です。タームラリプティを接収しようとお考えになられたのも、何もタームラリプティの頽廃ぶりを懲らしめる意図ではなく、全インドにブッダの正しい教えを広める資金源のためなのです。わたしが思いますに、トライローキヤム教団はいま以上に商業活動を振興させることでしょう」

ムレーサエールは大きなため息をついた。ブールヴ・ウーバルの変わり身の早さを叱りつけたい気持ちを抑制しつつ、今に自分もそうなるのでは、という思いに恐怖する。ふと、ベール・カ・ゴーシュト島に派遣したラクーマ・グン以下の剣士団を思った。彼らは今、どうしているだろうか。白い王子アシュヴァを救い出すことができただろうか。

『心配しないで、侯爵』

ムレーサエールは空耳だと思った。勢いを増す沖の風が生ぜしめた幻聴だと。空耳、幻聴と知りつつも周囲を見まわさずにはいられなかった。

「や」

頭上に、子供の背丈ほどの金銅仏が浮かんでいた。間の抜けた声がカウストゥバ、ブールヴ・ウーバルの口からも同時にあがった。

「アシュヴァ？ きみか？」

『この声は、ベール・カ・ゴーシュト島から送信しています』

侯爵は声を呑み、自分が正常な状態であることを確認するために背後を振りかえった。イタカ長老の使者も、十三人委員会の事務局長も、啞然とした表情で中空を振り仰いでいる。視線を金銅仏に向け直す。「つまり、きみは——助かったんだな」

答えが返るかわりに、何やらやりとりをしている声が聞こえてきた。

『……何、わたしの声がタームラリプティに？ ははは、そんな莫迦なことが』

ムレーサエールは眉をはねあげた。「ラクーマ？ その声はラクーマだな？」

相手は沈黙した。やがて、おそるおそるという感じで、『……侯爵？ お近くにおいでなので？』

　声が遠くなったり近くなったりするのは、あたりをぐるぐる見まわしているからだろう。ムレーサエールにはラクーマ・グンの姿が見えるようだった。近くに自分の主がひそんでいるのでは、と疑っている剣士長の姿が。

「わたしの声が聞こえているのなら、ともかく状況を知らせろ」

『……どうなっているのです、王子、さあ、お隠しあるな。侯爵はいずこに？』

「ラクーマ！」

『はっ。いえ、その、多大な犠牲は払いましたが、白い王子の身柄は無事確保しました。王子は、元気におわします』


　タームラリプティの港には、大勢の市民が詰めかけていた。重苦しく沈黙し、沖の海面に聳える巨大ガネーシャ神像に向かって一隻の端艇が近づいてゆくのを見守っていた。端艇に降伏の使者が乗っていることを知らない者はいない。沈黙は、憤怒、屈辱、恐怖、安堵などさまざまな感情をごった煮のように孕んでいた。強大な力の前に屈し、和を乞いにゆく端艇は、彼ら自らの未来をまざまざと暗示するものだった。

　沈黙が破られ、ざわめきが起きた。

海は凪いでいた。日没間近の夕空は荘厳な茜色に染まり、海原は重々しくきらめいて、まさしく涅槃寂静の具現かと思われる。

イタカは、甲板上にしつらえられた椅子に腰かけ、タームラリプティの港を出発した端艇がこちらに向かって漕ぎ寄せてくるのを満足の面持ちで見つめていた。胸中には、インド随一の商都を手中におさめた後の遠望がしっかりと描かれている。タームラリプティを制する者はインドを制す。タームラリプティがもたらす潤沢な資金をもとに布教活動をつづけ、全インドの商業活動を制覇する。金のある者がすべてを支配する。文化も、武力も、そしてブッダの教えも、すべては金次第なのだ。自分のやっていることは邪道には違いない、とイタカは思う。最終的な目的が全インドを仏の国にすることにあるのだから、ブッダも結局は自分をお認めくださるだろう。イタカの目指すところのものは、偉大なる仏教王国マウリヤ朝の再興であった。

それが実現しようとしている。近づいてくる端艇が降伏の使節であることは疑うべくもない。刻限は日没と云い渡している。交渉延期の泣きごとを申し立てにきたのであれば、一号機を再発進させて、タームラリプティに今一度地獄を見せてやればよいことだ。

――一号機。

イタカは、視線を端艇から、彼の乗る軍船のかたわらに佇立する巨大ガネーシャ像に移した。今さらながらに感嘆を禁じえない。これがあったればこそ天下の商都タームラリプティを屈服させることができた。布教にささげてきた一生である。その苦労がついに報われるのだと思うと、興奮を抑えきれない。すべての人が仏の教えに帰依し、修行し、頓悟(とんご)する。そうすれば地上は仏国土に変ずる。これこそがブッダが夢見たものでなくてなんであろう。

副官のトルザータンが狼狽(ろうばい)の叫びを放った。

「長老、ごらんください！」

その指差す先、端艇が針路を変えつつあった。転進して、タームラリプティに戻ってゆこうとしている。

イタカは思わず椅子から立ちあがっていた。侍従の僧侶がさっと杖を差し出したのを受けとり、舷側まで歩み寄った。

「おのれ、土壇場で気を変えたか」

イタカは西の方角に頭をめぐらせた。陽球はまもなく下端を水平線にかけようとしている。端艇がまた戻ってきたとしても、刻限には間に合わない。

「よかろう、警告を無視するならそれでよいわ」

イタカは、杖で甲板を強く打つと、先端を巨大ガネーシャ像に向けた。

「一号機、発進！」

彼はよろめいた。凪いでいた海面は、波の揺れを伝えてこなかったが、今になってにわかに大きく揺れ出した。

「長老、危のうございますっ」

お付きの武僧たちが、あわてて手を差し伸べたが、屈強な彼らすらが立っていられず、足を滑らすほどの揺れであった。イタカは甲板に倒れた。投げ出されるように倒れ伏した。倒れた身体が甲板をずるずると滑りはじめた。恐怖の叫びがあちこちで湧いた。起きあがろうとするイタカに、滑ってきた水夫の身体がぶつかった。衝撃でイタカの腰骨がぽっきりと折れた。イタカは長老らしからぬぶざまな悲鳴をあげた。大きくせりあがった船首が映じる。

船が傾きはじめているのだった。


ムレーサエール侯爵は信じられないものを見る思いで見つめていた。ブールヴ・ウーバルも、カウストゥバも同じだ。異変に気づいた船乗りたちも。漕ぎ手が櫂から手を離したので、転進してまもない端艇は動きを止め、波間にただようばかりとなった。彼らの目に映っているのは、完全に倒立したトライローキヤム教団の軍船だ。船尾を海面につけ、船首は中空にある。その全長は——もはや高さというべきか、巨大ガネーシャ神像ほどもあった。動く神像と倒立した軍船が黄昏(たそがれ)の海原に並び立つ光景は、この世のものならぬ幻夢の極致である。

教団の軍船が沈んでゆく。船尾からゆっくりと、倒立を保ったまま。

「なぜだ……」

ムレーサエールは疑問を口にのぼらせずにはいられなかった。沈んでゆく軍船の傍らで、巨大ガネーシャ神像は単なる石像の如く立ったままなのである。タームラリプティに上陸し、破壊のかぎりを尽くした神像とは思えない。イタカの操る神像であるならば、真っ先に動いて船を救わねばならないはずである。

ムレーサエールは知る由もなかった。リンガ仏像との霊的闘争に勝利した厩戸が、一号機すなわちガネーシャ神像の操縦権をすでに奪取していたことを。

軍船の船首が沈みきった。二度とそれは浮いてくることがなかった。ムレーサエールたちは固唾(かたず)を呑んで待っていた。まだ神像が残っている。このままでは終わるまいという予感にとらわれていた。

果然、予感は的中した。船が沈み、穏やかさをとりもどした海面が激しく泡立ちはじめた。水が山のように盛りあがった。その中から現われたのは――。

「ガネーシャ像！」

「もう一体いたんだ！」

人々は一斉に叫び声をあげた。それは、先刻タームラリプティをわがもの顔で荒らしまわり、今は海上の一石像と化して鎮座する巨大ガネーシャ神像と、姿形も、大きさも、ほとんど違わぬ、あたかも鏡像を見るかの如き一対の巨大ガネーシャ神像であった。唯一の、そして決定的な違いは、新たに出現したガネーシャ神像の右目がつぶれていたことである。

「パオオオォォォォ！」

片目のガネーシャ神像は、動かぬガネーシャ神像に向かって鳴き声をあげた。と、単なる石像に戻ったかに思われていたガネーシャ神像の両眼に光がともる。

「パオオオォォォォ！」

こちらも雄叫びをあげた。象貌の長い鼻を威嚇的に振りまわして。

「パオオオォォォォォ！」

「パオオオォォォォォ！」

二体、いや二頭の象形神像の鳴き交わしは、明らかに戦闘開始の意思表示だ。

「船を止めてはならぬ」我に返ってムレーサエールは叫んだ。「早くこの海域を離れるのだ」

端艇の船乗りたちは、櫓を漕いだ。彼らも即座に理解したのだ、これから何がはじまろうとしているかを。とばっちりを食うわけにはいかない。猛然と力の限り櫓で海水をかいた。端艇はタームラリプティ港に向かって飛矢のように進んでゆく。

端艇が充分に距離をとったと見たのかどうか、仕掛けたのは片目のガネーシャ神像からだった。ガネーシャには腕が四本ある。象を駆る突き棒、数珠、托鉢用の椀、蓮華を持っている。突き棒で突きかかった。両眼のガネーシャのほうもさるもの、長い鼻を突き棒に絡みつかせて自らが突かれるのを防ぐと、鼻に力を込めて片目のガネーシャを引き寄せた。その先は、神像同士の肉弾戦だった。長い象鼻を鞭のようにふるって相手の身体に叩きつけるかと思えば、四本の腕を自在に繰り出して、殴り、防ぎ、殴り、防いだ。二本の脚による蹴りも電光のように閃いた。海原は沸騰したがごとく沸き立ち、渦巻き、波立った。波は端艇にまで押し寄せた。距離が近ければ引っくり返ったであろうが、端艇を港に押しやる役割を果たした。

巨像の対戦は海上だけでなく、海中でも行なわれた。両体とも沈んで姿が見えなくなっても、海面が激しく揺れているので、戦闘が継続中であることが容易に知れるのだった。沈み、浮上し、また沈み、ふたたび浮上して闘った。

いったいどういうことなのか。一号機も二号機もどちらも厩戸に操られているのではなかったか。なぜに両機は闘う。これこそは厩戸ならではの子供らしい茶目っ気であった。ベンガル湾を遠く隔たったベール・カ・ゴーシュト島ですべてを操る厩戸は、一号機の操縦権を独占したうえは、そのまま撤退させてもよかったのである。子供らしい悪戯心（いたずらごころ）を起こし、巨像同士の海原決闘という壮大な見世物をタームラリプティの市民たちの目に供しようとしたのであった。もちろんブッダとなった厩戸のことであるからには、ただの悪戯心ではない。単なる余興としての見世物なんぞであろうはずがない。彼はこの闘いを仏教活劇、一大野外劇として供しようというのだ。

まもなくその時が来た。日没が過ぎ、あたりは急速に夕闇が迫っている。激突する二体の巨像も影法師にしか見えなくなる寸前であった。片目のガネーシャ神像が発光をはじめた。神像は己が胸の前で右二本、左二本の腕を交差させると、交差させたまま上に持ってゆき、顔をぬぐうようにした。その瞬間、目撃していたタームラリプティの全市民が瞠目（どうもく）した。どよめきが起きた。交差する四本の腕によって一瞬隠された後に現われた顔は、ガネーシャとしての象頭ではなく、螺髪（らほつ）をいただいた御仏の顔に変貌していたのである。光り耀（かがや）く身体もまた、ブッダの身体になっていた。

巨大ブッダ像は、ガネーシャ神像に向かって合掌した。恭しく敬礼した。その瞬間、眉間（みけん）の白毫（びゃくごう）から高貴な光線が放たれ、ガネーシャ像を直撃した。ガネーシャ神像の周囲に、幾匹もの青い子蛇がまといつくかのように小さな稲妻がつづけざまに閃いたかと思うと、次の瞬間、石像は爆発し、粉微塵になって四散した。

巨大ブッダ像のほうは光の球となって、東の空へ飛び立っていった。東――ベール・カ・ゴーシュト島の方角へと。

厩戸がタームラリプティを出発したのは、事件から一か月後のことだった。

残留を懇願するムレーサエールに厩戸は云った。「イタカのような邪悪な宗教者がふたたび現われて、ぼくの力を利用することになったら、その時こそは今回とは較べものにならないほどの大いなる災厄が全インドを見舞うことでしょう」

その言葉に予言的な魔力を感じとった侯爵は、しぶしぶ厩戸の帰国を承認したのだった。

帰国――目指すは倭国。

虎杖と柚蔓が従う。柚蔓は、ナーランダー僧院を出た時点で、僧院での修行継続の意志を放念していた。仏教の教理を手放すつもりはなかったが、それよりも自分は剣士なのだという思いが、今回の一件でいっそう確固なものとなっていた。厩戸の命に、彼女は即座に諾(うべな)った。「お伴いたします、御子さま」

やっかいなのは虎杖だった。ジャラッドザール、モンガぺぺと男の友情を結んでいたからである。

厩戸は云った。「インドに残ってもいいんだよ、虎杖」

虎杖の目に、久しぶりに見た厩戸はひどく大人びて見えた。傍らで、侍女のようにうなずく美しい柚蔓が、また癪(しゃく)の種だった。

――くそっ。

虎杖は内心、悪態をついた。くそっ、できるものならそうしたい。ジャラッドザール、モンガぺぺと海賊稼業を自分たちで新たに興してもいい。三人とも我が剣士団に入れというムレーサエール侯爵の誘いにのってみるのも面白そうだ。何にせよ剣士として腕のふるい甲斐があるのは、平和な倭国ではなく、ここインドなのだ。

とはいえ、主君蘇我馬子の命は絶対である。物部守屋配下の柚蔓だけが厩戸を奉じて帰国しては、馬子の顔は丸つぶれとなる。私情は抑えて厩戸に同行し、馬子に復命しなければ彼の立場はない。

「いったん帰国する。そのうえで暇を乞うてインドに舞い戻るとしよう」

腕に訴えてでも虎杖の帰国を阻止しようとしていたジャラッドザールとモンガペペは、虎杖がその考えを披瀝したことで、ようやく折れた。

出発までの一か月、厩戸は毎日法話を行なった。話を聞きに大勢のタームラリプティ市民が彼のもとを訪れた。厩戸の傍らには常に柚蔓の姿があり、虎杖はといえば連日連夜二人の友と酔いつぶれるまで酒をあおって過ごした。

別れの日は来た。

厩戸たち三人が乗る船が桟橋を離れ、ガンジス河を遡ってゆくのを、波の如く港につめかけた数えきれないほどの市民が見送った。

ガンジスを遡航する――厩戸は陸路で倭国へ帰ることにしたのだ。

ガンジスの途中で三人は船を降りた。左岸に。ここからヴァイシァリー、クシナガラ、カピラヴァストウゥと徒歩で北上してゆく。

「御子さま」

ふと振り返った柚蔓が、大河をはさんでかすむ対岸を眺めやって云った。右岸にはパータリプトラの廃墟があり、そこを南下すればナーランダー僧院である。「シーラバドラ師は、どのようにお過ごしでしょうか」

「なつかしい名前を聞いた」

厩戸はしばらく考えていたが、やがてにっこりと笑った。「挨拶してゆこう」

北をめざす歩みを変えることなく、厩戸はまぶたを軽く降ろして、いわゆる「半眼」になった。


シーラバドラは僧院の一室で書きものに余念がなかった。

手元がふと明るくなったことに気づき、視線をあげた。目の前に、小さな金銅仏が浮かんでいた。明るさはそれであった。右手を高くかかげて空を指す「天上天下唯我独尊」の形態をとった仏像。

シーラバドラは幾度も目をしばたたき、夢でも幻でもないと得心すると、ありがたい思いが胸に押し寄せ、合掌した。

「ブッダよ」感極まって彼は叫んだ。「なぜに、このわたくしめのもとにご光臨あそばされましたか」

「別れを告げに」

仏像が声を出した。その声は、彼にとって親しいものだった。

「アシュヴァくん？」

同時に、あの少年がブッダになったのだということが、なぜというともなく電撃的に理解された。

「きみがブッダに！」彼は喘ぎ喘ぎ云った。「なぜだ。あれほど肉欲の虜になっていたきみがブッダに……」

仏像は答えない。あるかなきかの微笑を浮かべてシーラバドラを見つめている。

「そうか、肉欲ゆえか！　シッダールタ王子もそうだった！」

刹那(せつな)、シーラバドラは〝覚者〟となった。

「お帰りですか、ブッダよ。このインドを離れておゆきになるのですか。ああ、わたしは何ということをしでかしたのか」

「案じることはない、師よ。四十五年後、ひとりの若者があなたのもとを訪れる」

「四十……五年後？」

「あなたの法灯は、彼が受け継ぎ、その御教えはインドを超えて、広大な大陸にひろがる。祝うべし、寿(ことほ)ぐべし」

その言葉を最後に、仏像は消えた。

第六部　隋

年が明けた大興九年――。

広は十九歳になった。皇帝の子として、晋王の称号を持つ者として、彼は公務に多忙だった。ことに宮中における新年の諸行事は、うんざりするほど煩瑣を極めた。内心の不満は顔に出さなかった。皇太子である兄以上の熱心さで己の役割をこなしていた。

その日、広は合間をぬって街に出た。伴は腹心の裴世清だけ。微行とは云いながら、専従の剣士団が市井の民に身をやつして四方八方に散り、油断のない目を周囲に送っている。不慮の事態が起これば、ただちに抜き連れ、身を挺して広を護る役目を帯びている者たちだ。

大興城の都大路は、新年を祝う人の群れで華やかに彩られていた。灰色の雲がどんよりと厚く垂れこめる空はまだ冬のもの。底冷えしていたが、きらびやかな衣装が渦を巻く光景は、視覚的には春である。

「たいそうな賑わいですなあ。かの始皇帝の都も、これほどであったはずがありませぬ」

裴世清が云う。その声におもねりの響きはない。見たままを口にしているのだ。

周帝国の重臣だった広の父楊堅（ようけん）が、その実力を以て、周を乗っ取る形で帝位を手に入れ、彼の帝国隋を築いたのは六年前のことだった。皇帝となった楊堅は、関中（かんちゅう）盆地を貫く渭（い）水（すい）の南に大規模な都城を造営した。漢以来の旧城の東南である。新城の大興城は、旧城など較べものにならない巨大さであった。

「まだまだ」広は首を横に振る。「おれは、こんな程度じゃ満足しない。もっと大きな都を築いてくれよう」

「さすがは若さま。そうでなくては」うなずく裴世清は、広が己の野心を打ち明けられる数少ない側近の一人である。「隋は、ますます大きくなりますから」

「父上は、今年中に後梁（こうりょう）を始末するつもりでおいでだ」

「いよいよですな」

話題は陳（ちん）。陳に滅ぼされた梁の後継国家である後梁は、隋の支援で成り立っている傀儡（かいらい）国家に過ぎない。その始末は既定路線だ。後梁を併呑（へいどん）し、満を持して陳を討つ。三百年近く続く南北朝の対立に終止符を打つ。広大な大陸を統一するものこそは、隋でなければならなかった。

広は陳討伐軍の総指揮官の座を狙っていた。そのため、父帝はじめ重臣たちの心証をよくすべく、公務に精を出している。真の狙いは皇太子の地位、第二代皇帝の玉座だ。陳討伐の功績は、彼の野望の捷径となってくれるだろう。

街区を見まわしていた広の視線が、ふと動かなくなった。

一本の柳の下に立つ男の顔に、目が縫い止められた。踝まである丈の長い胡服の裾が寒風に翻っている。見た目にも埃っぽい旅装だ。

——胡人の商人か？

大興城では珍しくもない。遠路、玉門関を越えて隋の帝都にやってくる胡商は引きも切らず、年を追ってその数は増している。広の注意を引いたのは、男の顔だった。胡人の緑眼紅毛ではない。広と同じく黒眼黒髪。まだ若く、広と同じか少し下ぐらい。少年といっていい。その顔に見覚えがあった。どこかで会ったはずだ。だが、思い出せない。男の左右には、やはり胡装の者が立っている。男と女。護衛よろしく腰に剣を佩いている。どちらも記憶にはない顔。広の視線は中央の若い男に戻る。

目が合った。向こうも広を見つめていた。微笑したのがわかった。左右の者に何か話しかけ、こちらを指差した。

——おれが誰だか知ってやがる。

刹那、広の記憶は鮮明になった。

「あいつを捕らえろ」広は声を落として命じた。

「あいつ？」裴世清が途惑った声を出した。

「真ん中のやつだ。いや、三人ともひっ捕らえてこい」

「はて、三人とは」

広は右腕を伸ばして指差した。柳の下には誰もいなかった。わずかに視線を離した隙に姿を消していた。

「如何なさいました、晋王」

広と裴世清のやりとりを遠目に見て不審を覚えたのだろう、隠密裏につき従っていた警護衆が駆け寄った。

「その名で呼ぶのはよせ」広は軽く叱責すると、問題の柳をあらためて指し示した。「あの柳の下だ。三人いた。胡装。まだ遠くには行っていないはず」

「確かにあれなる柳で？」警護の一人が困惑の色を顔に刷いて問う。

「なぜだ」

「それがしの担当は、あれなる一角でございましたが、若が仰せのような者は――」


目を覚ました広は首をひねった。寝室は闇に鎖されている。耳を澄ましたが、宮中の奥深く、物音一つない。なぜ起きてしまったか。寝つきは良く、眠りは深いはずなのに。

――昼間の一件？

それが気になっているのだろうか。

結局、三人は探し出せなかった。影も形もないとはこのことだった。

九年近く前、広は南朝陳の広陵（こうりょう）の街で道教の教団に誘拐されたことがある。将来に災いをなすという云いがかりをつけられ、危うく殺されかけた。その折、監禁場所の道観で知り合った不思議な少年が、三人のうちの一人に似ていたのである。もう名前も忘れてしまったし、どんなやりとりを交わしたのかも記憶にないが、突如として少年の顔を思い出したのだった。

——今ごろになって、どうして。

広は暗闇の中で目を凝らした。と、胸に違和感があることに気づいた。ざわざわとする。痛みというほどではない不思議な感覚。胸の奥を薄紙で撫（な）でられているようだ。やがてその感覚は胸から咽喉に移動した。さらに咽喉から口腔へと。口の中がむず痒（がゆ）い。

——何だ、これ。

舌の上に重みを感じた。上下の唇を内側からめくりあげるようにして、その重みは口腔からヌルリと抜け出てきた。

それは光だった。自分の口が小さな光球を吐き出したのを広は驚きの目で見やった。光球が意志を感じさせる軌道を描いて空中を移動するのを唖然と見つめる。寝室内が明るくなった。まばたきすると、光球は消え失せていたが、室内の明るさは変わらない。

広は叫ぼうとした。だが声が出ない。驚愕の大きさが声帯を凍結させたかのようだ。光球がかき消えた窓辺に、人間が出現していた。胡装にして黒眼黒髪。昼間、探そうとして探せなかった、あの少年が立っていた。

「ひどいものだね」少年は、やわらかな声で話しかけてきた。「でも、ともかく除去はした」

——除去だと？　除去って何だ？

声帯も、舌も唇も動かない。

広の内心を読み取ったように胡装の少年は云う。「太一だ。てこずったよ。何しろ、きみのほうは陽の太一なんだから」

——太一？　誰だ、おまえ。

「九叔道士は、きみとぼくのマナスの識に太一を埋め込んだんだ」

意味不明ながらも広は戦慄した。その名ばかりは忘れようがない。自分を誘拐し、殺そうとした道教者の名は。

「除去はした」少年は同じ言葉を繰り返した。「でも、きみの心は陽の太一によってかなり傷つけられてしまった。汚染されてしまっている、というべきか。残念ながら、ぼくの力を以てしても、そこまで修復はできなかった。きみは、九叔道士が怖れた以上の人間になるだろう。まったく途方もないことを考えているんだな、世界征服だなんて」

秘めに秘めた野心、腹心の裴世清にすら明かしたことのない宿望を云い当てられ、広は卒倒しそうになった。父帝の後を襲って隋の第二代皇帝になった暁には、世界征服事業に乗り出そうというのが、いつの頃からか彼の胸の奥に宿りはじめた夢だった。

「一樹の陰一河の流れも他生の縁という。きみのことが気にかかって、陽の太一を取り除きに来たけれど、これって、情けは人のためならずだったな。ぼくの国が、きみの残忍な企図の歯牙にかからぬようにしなければ。急ぐとしよう、帰国を」

――帰国？　どこへ帰る？

「日出づる処へ」

その言葉を耳にするや、広は声帯の凍結から解放されたのを感じた。

「誰ぞある！」寝台から飛び下り、大声で叫んだ。と、まぶしさに目を閉じた。日出づる――窓の隙間から射しつけた朝の陽光の強烈さは、眼球を灼くかのようだった。まぶたを閉じる寸前、広は目にした。少年の姿が陽光と同化して消え失せたのを。

第七部　淤能碁呂島

厩戸が、大和国と河内国を東西に分かつ生駒山の頂に立ったのは、用明天皇二年（五八七）、旧暦三月三日の夕刻である。

うっすら茜色に染まった日没の空を背景に、横並びの馬影四つ。厩戸、柚蔓、虎杖、そして真壁速熯の四人が、それぞれの馬にまたがり、馬首を東に向けている。遠目には、山頂に居並んだ四つの騎馬石像のようにも見えただろう。それほどの静止状態に彼らはあった。山並みを吹きすぎてゆく夕風が、馬のたてがみを稲穂のようになびかせる――唯一それが動きらしい動きといえた。

四人が視線を斉しく向ける眼下には、見わたすかぎり大和盆地がひろがっていた。あちこちで、この季節に特有の春霞があわあわとたなびいている。急速に光を失い、まもなく闇に沈む夕景は、けだるく、やさしい。

そんなふうに感じるのは――と虎杖は思う。おれの心がそうだからだ、と。

大和に戻ってきた！　帰還を果たしたのだ！　安堵、なつかしさ……いうにいわれぬもろもろの感慨が、大和の地を一望にしたことでかきたてられ、まろやかな感傷が、眼下の夕景と一体化したに違いない。

半月ほど前、船の上から緑の陸地を――筑紫を目にした時から、彼の心はほどけはじめた。長い間の異国暮らしで心にまとわせていた甲冑を脱ぐときが来たのだ、そう自覚された。時あたかも春の盛り、花の季節である。咲き誇る野山の花々は、彼の心をとかすに充分だった。灼熱のインド亜大陸、巍峨たる白銀のヒマラヤ山脈、中央アジアの無限の砂漠地帯とオアシス都市群、漢土の北半分の寂寞たる景観、そして南半分の茫洋たる稲作地帯を目にして、ようやく故国に戻ってきた。その瞳に映じたのは、長期滞在し、あるいは短期に通過したどの土地ともちがう、生まれ育った倭国ならではの春景色であった。

帰国当初、虎杖はいわば異国惚けの状態にあった。当然であろう、倭国を離れて九年が経過していた。物部鷹嶋の居館で短い休息を取る間にも、故国に戻ってきたのだという思いが次第に実感されていった。ここはインドではない、砂漠でもない、漢土でもない、おれは戻った、戻ってきた、戻ってきたのだ、と。筑紫を出て、船で瀬戸内を航行する間も、沿岸の光景は虎杖の目を楽しませた。心は帰国の歓びにひたりつづけた。

今、生駒の山頂から見おろす大和の夕景こそは、半月前、船上から筑紫の地を望んだとき以上の感激を彼にもたらした。

――なぜだ？

胸中に自然と生まれた自問に、心を陶然とさせつつ自答を模索する。

大和は彼が生まれ育った土地ではない。虎杖の故郷は安芸である。一年を通じて温暖で、陽光きらめく瀬戸内の海を見ながら彼は成長した。

郷愁でないならば、それはやはり、大和という土地の持つ魔力であろうか。天皇家の祖である若御毛沼命は日向を発ち、この地を都と定め、建国した。海に面して交通に利ある河内ではなく、生駒を越えねばならぬその先の大和。くわえて若御毛沼命は、大和の一地名にあやかって磐余彦尊と改名した。そうまでして大和に都をおかねばならぬ霊的な力が、この地にはあるからであろう。

――おれは、その力に感応しているのか？　十年近くも倭国を離れていたればこそ、大和の地霊の力に敏感になっているのだろうか？

「皇子さま！」

叫び声に虎杖は視線を右に振り向けた。皇子――今や厩戸はそう呼ばれる立場になっていた。彼を倭国から逐った帝が崩御し、践祚したのが彼の父であるからには。九年間の倭国の情勢を、虎杖は揚州の物部商館で聞いていた。

声を発したのは柚蔓だった。

厩戸は二人の間にいた。虎杖や柚蔓と同じく眼下の夕景に目を細めていたはず。ここで馬を停めようと云い出したのは厩戸だった。馬上にある身体が大きな角度で傾いでいた。

手綱から手が離れている。

　厩戸は虎杖の側に倒れかかってきていた。気づいたのが柚蔓のほうが先だったとは、虎杖の不覚という以外にない。

　虎杖はあわてて右手を差しのべたが、間一髪、届かなかった。振り子のように落馬しようとする厩戸の身体を引き戻したのは柚蔓である。いちはやく異変に気づくや、手を伸ばし、厩戸の腰帯をつかんだのだ。馬から飛び下りると、厩戸の身体を両腕で抱きとめ、地面におろして横たえた。

　虎杖、速熯も下馬する。

　柚蔓は厩戸の頭にひざ枕をし、額に手を当てていた。

　虎杖は片ひざをついて厩戸の顔をのぞきこんだ。目は閉じられ、なかば開いた唇から、かすかなうめき声が洩れている。

「皇子さま」

　呼びかけたが、返事はない。彼の声が耳に入ったとも思われなかった。

「どうしたというんだ」

　柚蔓に向かって訊いた。直前まで、異変を感じさせるものは何もなかった。厩戸は以前と変わらぬ巧みさで馬を操り、生駒の急坂を嬉々としてのぼっていた。そして山頂に来ると停止を命じ、眼下に開けた眺望に見入りはじめたのである。

「微熱が」

柚蔓は虎杖を見ようともせず、短くそう云った。ほっとした声だった。

一瞬、虎杖は云いよどんだ。厩戸の額に当てられた柚蔓の手が、熱を計るというより、愛撫(あいぶ)めいた細やかさで動きはじめたからである。柚蔓は、乱れた厩戸の毛をやさしくかきあげ、頭を、額を、頰を撫でさする。

「熱があると？」虎杖に代わって速熯が声をあげた。「皇子の身に何が」

「ご病気とまでは」やはり顔を上げようとはせず、柚蔓は応える。「でも、山を越えるのは無理。今夜は、この場で野宿すべきかと」

「野宿？　皇子をそのような……」

「幾度も経験しておいでです。修行僧として」

「し、しかし」

柚蔓は速熯の呼びかけには取り合わず、「虎杖」と顔をふりあげ、命じる口ぶりで云った。「馬をつないだら、ここで——この場で火を熾(おこ)して。皇子を動かしたくない」

「何があった」

「わからないの？」柚蔓は虎杖をにらんだ。「皇子は、ブッダでいることをおやめになったのよ」

――ブッダをやめてみようかな。

その思いが起こったのは突然のことだ。

なつかしい大和の夕景に見とれているうち、ふと胸に萌した思い。感じるべきなつかしさが、ブッダでいることによって感じられない。それこそがブッダとなった身としては正しいのである。感情などというものによって心がかき乱されてはならないのだから。インドで悟りを得て以来、ブッダでいることによって己の心を守ってきた瓸戸だった。

ブッダでいる――ブッダとは、存在ではなく、状態である。あらゆる欲望から、欲望を起こす感覚から、静謐な無縁状態でいられる。それがブッダのブッダたるゆえんだ。

ところが、一時的にブッダの状態を脱した結果、あらゆる感情が洪水となって渦巻き、どっと押し寄せてきた。なつかしさ、かなしみ、なげき、いかりといった感情だけでなく、運命、思い出の数々もほとばしった。それは十六歳の少年に制御できるものではなかった。まったくの無防備だ。なまじブッダとなって身を守っていただけに、心の潜在的な抵抗力は人より劣化していたともいえる。

たちまち頭がクラクラし、全身から力がすうっと抜けてゆくのを感じた。手の指が手綱をすべった。このままではダメだ、ブッダに戻らなきゃ……。

そう思ったものの、次の瞬間、彼の意識は暗黒に閉ざされた。

——どれくらい時間がたったんだろう。

厩戸は目を覚ました。

満天の星だった。まぶしいくらいの星明かり。無数のきらめきが、瞳という感官を通して体内に流れこんでくる。星の光と、ひいては星々と、自分とが一体化するかのよう。近くで、たき火が小さく燃えていた。屋外にいることを厩戸は知った。晩春の夜は冷えこむ。野営、野宿——托鉢の旅の記憶。野宿くらいは何でもないけれど……。

ここはどこだ？　自分の後頭部が、やわらかく、気持ちのいいものの上に載っているとわかった。

まぶしい星影に目がなれてきた。厩戸は半眼から一気に目を見開いた。柚蔓と目が合った。柚蔓は案ずる色を浮かべ、じっと厩戸を見つめていた。たき火の炎が彼女の白い肌に映じて美しくゆらめいている、その瞬間、柚蔓は微笑した。漢土で目にすることの多かった弥勒菩薩像のような笑みだった。きれいだ、と厩戸は思った。

——柚蔓は、ぼくをひざ枕してくれている。

刹那、厩戸が覚えたのは、欲情である。女体への肉欲、性行動への衝動——そのことが逆に、自分が今いかに危機的状況に置かれているかを彼に悟らせた。

——戻らなくては、ブッダに。

彼は心の状態を変えた。燃え猛っている炎が一瞬にして消えたような静けさが再生した。

やすらぎが甦った。

——静かなものだ。浄らかなものだ。ぼくは、何ものにもわずらわされない。どんな欲望とも、どんな感情とも無縁だ。

急速に眠気に襲われ、厩戸は眠りの世界に引き込まれた。


「あれはどういう意味なんだ」真壁速熯が虎杖に訊く。

男二人、厩戸と柚蔓からやや離れたところに、別のたき火をたき、言葉少なに炎を見つめていた。

「あれとは？」

虎杖が訊ねかえすと、速熯は彼の視線を誘うように顎をしゃくって柚蔓を示した。横たわった厩戸にひざ枕をして不動でいる柚蔓を。

速熯は云った。「……皇子はブッダでいることをやめた、一時的にせよ。彼女がそう云うのを、おれは確かに耳にした」

虎杖は云いよどむ。これは難問。何と答えたものか。

「ブッダが何を意味するか、おれにだってわかる」虎杖が答えるのを待たずに、速熯のほうで語を継いだ。「はるばるインドのナーランダーまで行ったのだから。僧侶たちはブッダになるため修行していた。解脱するだとか、悟りを得るだとか、それが彼らの最終目標だと聞いた。おい、蘇我の旦那。ほんとうに皇子はブッダになったのか。何も変わっていないように見えるのだが。立派にご成長あそばされたのは認めるにしても――」

筑紫に上陸した厩戸、柚蔓、虎杖は、筑紫物部の長である鷹嶋のもとに身を寄せた。そこに守屋から遣わされていた速熯が居合わせ、三人に同行することになった。難波津で下船、河内湖を船で横断し、生駒越えのための馬を調達したのは速熯である。

虎杖は、速熯にインドでの詳細を語ってはいなかった。ナーランダー僧院で修行する厩戸に柚蔓も自分も仕えてすごした、とだけ云ってある。それが厩戸の指示だった。物部守屋と蘇我馬子に報告してから、というのが厩戸の云い分である。

「ううむ」

虎杖の返答は歯切れが悪い。そもそも、厩戸がブッダになったという厩戸自身の申し立てというか言明に、彼はずっと半信半疑だった。厩戸のいう「ブッダになった」のブッダが、超人的能力の持ち主ではなく、欲望を制御し、真理を悟ったという意味でのブッダなのだ――という説明が、虎杖には、わかったようでわからない。そのブッダでいることを「おやめになった」という柚蔓の説明はますますわからない。

いや、つっこんで考えれば、わかるような気がしなくもないのである。厩戸は、それはもう辛抱強く、根気よく、何度となく虎杖に話してくれた、説法してくれた。ブッダとは状態のことであり、ブッダでいる状態と、普通の人間である状態とを切り替えることができるのだ、ということを。だとすれば、柚蔓の言葉どおりならば、厩戸は馬上、大和の夕景を望みながら状態を切り替えたということなのか。ブッダでいる状態を、常人である状態に切り替えた？

とすると、厩戸に何が起こったか――。

ブッダではなくなった厩戸の心に、あらゆる感覚、感情が流れこみ、結果として、皇子は発熱した。

この自問自答を速熯に説明することはできなかった。他人（ひと）に説明できないということは、実は自分も真の意味で理解していないのである。ナーランダー僧院までは来たが、すぐにとんぼ返りした速熯に、そこまでを理解する知識はないだろう。

「わたしにもさっぱりだ」

結局、虎杖はため息とともにそう認めるしかなかった。

「前にも話したが、わたしはナーランダー僧院に奉仕する下人として年月を過ごした。そうやって、つかず離れず皇子にお仕えしていた。だから仏教のことは、表面的な知識は得ても、深いところでは何もわかってはいない。その点、柚蔓は尼僧になった。彼女には皇子のことがわかるか、わかった気になっているのかもしれない。考えてみると、不思議なものだ。蘇我の剣士であるおれが仏教に距離を置き、物部の剣士である彼女が尼僧として仏教修行をするとは」

「…………」

速熯は柚蔓のほうを見やり、たき火の炎に目を戻した。

虎杖は云った。「彼女に訊いてみたらいい。あるいは皇子に直接」

沈黙が舞い降りた。生駒山中の夜の闇。雲一つない天空には星々がここぞとばかり輝きを誇っているから、地上は存外に明るい。静寂は深い。耳を澄ますまでもなく、森のどこかで鳴くフクロウの声が聞こえてくる。

「蘇我の旦那」速熯が顔を上げて口を開いた。「皇子さまは普通の人とは違ってしまわれた」

「皇子さまは過酷な体験を積まれた。七歳で、伯父(おじ)の先帝にうとまれ、命を狙われた。皇子を守ろうと、お付きの者たちが死んでいった。甦った死者に狙われるという妖異にも遭遇した。両親と別れねばならず、生まれた国から出ていかなければならなかった。異国のインドにわたり、異国の人々と交わり、仏教修行に明け暮れた。それが皇子の運命というなら、何というむごい運命か。皇子はその運命に立派に立ち向かい、こうして祖国に戻ってきた。大和で人々にかしずかれ、すこやかにお育ちの他の皇子たちとは、あらゆる意味で違って当然だろう」

速熯は虎杖の言葉をしばらくの間、吟味しているようだった。「とはいえ皇子がブッダになったという言葉、聞き捨てならん」

「ほう？」

「この国は、仏教を認めるかどうかで揺れている」

「今に始まったことか」

「九年前とは違う。聞いているだろう、疫病が猛威をふるったことは。守屋さまは、蘇我大臣が仏教を浸透させようとはかったから疫病が流行したのだと先帝に奏上し、それをお取りあげになった先帝は、大臣が立てた寺塔の破壊と仏像の破棄をお命じになった。勅命が実行に移されても疫病はおさまらず、それどころか守屋さま、先帝が相次いで病にかかった。人々は噂した。仏のたたりだ、と。大臣がこっそり流させた噂だとおれは思っているがね。守屋さまはかろうじて一命をとりとめたが、先帝は崩御なされた。二年前、正確には一年と七か月前のことだ。疫病が猛威をふるった原因は、仏教を蘇我大臣が崇拝したことなのか、それとも先帝と物部大連が仏教を弾圧、迫害したことによるものか——その結論はいまだに出ず、この国は揺れつづけている。そこへ厩戸皇子はご帰国なさった。もしもブッダになられたのだとしたら、仏教の体現者として帰国あそばしたということになる。蘇我大臣は大喜びだろう」

虎杖は眉根をひそめる。馬子がもろ手をあげて歓喜するとは断言できないのだ。インドで得た仏教知識をもとに厩戸がこの先どのような行動に出るのか——崇仏派の馬子につくのか、排仏派の守屋に与するのか。崇仏派に立つというのが無理のないところであろう。

ブッダになったかどうかは別として、長いインド滞在、とりわけ仏教研究の中心地であるナーランダー僧院で研鑽を積んだ厩戸は、倭国における仏教の第一人者である。血縁的にも、皇子の父方の祖母、母方の祖母いずれも馬子の姉妹であり、皇子が蘇我に与して当然だ。

虎杖が断言できないのは、厩戸が明言を避け、態度にも見せないからだ。仏像は拝まない、経典を唱えることもない。仏教に親しげな様子がない。瞑想だけは頻繁に行なう。瞑想が仏教の修行の主要な一つであることは確かだが。

隋の都大興城には無数の寺刹があった。厩戸は連日足を運んだ。虎杖の目には、仏縁に導かれてではなく、隋を見尽くすという点に厩戸の目的があったと映じた。厩戸はどちらに与するのか。この件に関し、虎杖の胸中にはもどかしい思いが渦を巻いている。

速熯が固い声で云った。「皇子の帰国で、崇仏派は勢いづく」

「争いになる、と？　国をふたつに割る、大きな争いごとに？」

「守屋さまにお力添えくださった先帝はもはやない。大連は力強いお味方を失われた」

「現帝は？」

「どちらに与するとも仰せではない。とはいえ時間の問題だ。先々代の帝より、ずっと決定を先送りにしてきたのだから。心配なのは、現実の戦いだけではない」

「というと？」

「ブッダは異国の蕃神(ばんしん)。それを受け容れるとなると、この国の古来の神々が黙ってはいまい」

虎杖は訝(いぶか)しんだ。神と神との対決、それとて仏教を導入するか否かの議論では、必ず俎上(そじょう)に上げられる論点ではないか。何を今さら。

「皇子さまは仏教を学ばれて、ご帰国なさった。柚蔓どのの言葉を真に受ければ、ブッダにおなりあそばしたのだとか。その皇子さまが、ここ生駒の山上で大和国を望み、にわかに熱を発せられた。この国の神々が皇子を拒んでいる、おれにはそう思われるのだが」

虎杖は後頭部を殴りつけられたような衝撃をおぼえた。倭国の神々が皇子を拒む――思ってもみないことだった。

神をも巻き込んだ大乱になると虎杖が予感したのは、まさにこの時であった。

翌朝、厩戸はすっきりとした顔で目を覚ました。実に晴れやかな表情だ。

虎杖は、速熯の言葉にひるんだ自分を笑った。倭国古来の神々が厩戸を疎んじているのなら、皇子の熱はますますひどくなっているはずではないか。

餉(ほしいい)で朝食をすませ、四人はふたたび馬上の人となった。生駒の東斜面をゆっくりと下ってゆく。

山をおりても厩戸は馬足を急がせなかった。頭はつねに左右にふり向けられた。なつかしい景色を目にするのを楽しんでいるようだ。

物部守屋の三輪屋敷を眼前に望んだのは、太陽がそろそろ傾きはじめようかという頃である。

「皇子さま、では後ほど」

虎杖は厩戸に一礼した。

「皇子を頼む」

柚蔓と速熯に向かって云うと馬首を転じた。

飛鳥は豊浦の馬子邸に着いた時、西陽は二上山に落ちかかろうとしていた。

門をくぐろうとして門番に取り囲まれた。

「いずこへ行かれる」

言葉づかいは丁寧だが、向けられる視線は厳しい。三人。知らない顔ばかりだった。虎杖が佩いた剣を警戒してか、話に聞く昨今の不穏な政情の反映か。

「大庭さまは、お元気でいられようか。お取次ぎをお願いしたいのだが」

九年前に屋敷の家宰をつとめていた藪原大庭の名を出した。

待つほどのこともなく大庭が現われた。若い頃から老成した顔立ちの大庭は、九年前と変わってはいなかった。

「そなた！」

　沈着冷静な手腕を馬子に買われている家宰は、死人に出会ったような顔になり、その場に立ちつくした。

「復命に参上つかまつりました」

「よ、よくぞっ」

　大庭は、驚きの表情を張りつかせたまま、よろよろとまろび寄ってくると、虎杖の手をとらんばかりにして彼を屋敷の中に招じ入れた。日ごろ目にすることのない家宰の姿を、門番たちは目を丸くして見送る。

「馬子さまは今、宴会の最中じゃ。一族の者たちを集めて慰労しておられる」

　大庭は虎杖を奥の間に通すと、口早にそう云って引っこんだ。

　虎杖は部屋の中を見まわした。勝手知ったる部屋だ。ここで馬子は賓客と会う。虎杖は馬子のかたわらに影の如くはべるのが常だった。

　廊下を走ってくる足音が聞こえ、虎杖は姿勢を正して戸口に立った。

「虎杖、よう戻ってまいった」

　蘇我馬子は室内に駆けこんでくると、虎杖の手を握り、虎杖が口を開くより先に自分のほうから声をあげた。歓びを隠さぬその声音は、鞠のように弾まんばかりだ。

　馬子は三十七歳。今や男ざかりの魅力が横溢（おういつ）しているといっていい。九年前にはあった若さが失われたのと引きかえに、それに二倍も三倍もする魅力——権力者ならではの重厚さや、落ち着き、貫禄が備わっている。頬に赤みが射しているのは、酒をきこしめしているからだろう。

「虎杖、ご下命果たし、帰還してございます」

虎杖は頭を下げた。

「よう、戻って参った」馬子は同じ言葉を繰り返し、「連絡が途絶えたので心配しておったのだ。こんなにうれしいことはない。皇子は?」

「ご無事です。大連の屋敷で大臣をお待ちに」

「では、ただちに三輪へ」

陽は没したが、周囲はまだ暮れなずんでいる。薄暮の中を主従は馬を走らせた。

馬子は虎杖だけを帯同した。警護隊長らしい男は不服を唱えたが、馬子が有無を云わせなかった。

「彼がわたしの後任者で?」

「何人か入れ替わった。剣の腕でそなたに匹敵する者はおらぬ」

馬子の護衛役として復帰することになるのだろうか。これまで頭にのぼせたこともない疑問だった。

道中、馬子が尋ねてきた。虎杖は九年間のことをかいつまんで語った。ある程度まで話したところで、馬子が制した。

「いや、それならば知っている」

廐戸がナーランダー僧院に入ったことまでは馬子の聞き及ぶところだった。揚州の商館を経由した情報が、大和にまで伝わっていたことに、虎杖はあらためて感服する。馬子が聞きたがったのはそれから先だ。

「ナーランダー僧院では——」

廐戸から暇を出され、海賊集団に身を投じていたことには口をつぐんだ。このように話せと廐戸に云われていることだけを虎杖は物語った。修行と学問の研鑽にはげむ廐戸のもと、つかず離れずいた——そう馬子に思わせる、曖昧な話しぶりになった。

「剣士のおまえには、さぞかし退屈な歳月であったろう」

馬子は同情の口ぶりで笑った。虎杖は内心ほっとする。廐戸が娼館にいたことは話せるわけがなかった。話すとしたら、廐戸自身の口から物語られるべき筋合い。長い長い話になるはずだった。トライローキヤム教団との因縁にいたっては論外だ。馬子が信じるとは思われない。虎杖にしてからが、異国で見た幻夢だったかと首をひねりたくもなる今日この頃なのである。

柚蔓のことを思った。柚蔓も物部守屋の問いに対し、同じことを答えているにちがいない。皇子は修行と研鑽に打ちこんでいました、と。

「それにしても、連絡が途絶えたのはなぜだ？」

馬子は核心をついてきた。これには厩戸が模範解答を用意していた。復唱するだけでよい。

「皇子さまはナーランダー僧院を離れて托鉢修行にお励みでしたので。そんなある日、夢に御仏が現われ、このまま帰国するようにと告げられた由にございます。もはや倭国に戻っても大丈夫である、そなたを見舞った災厄は晴れた、と」

「御仏が！」馬子は歓喜の声をあげる。「先帝崩御を御仏が知らせてくれたとは、なんというありがたさ。南無三宝、南無三宝……」

手綱を握ったままで馬子はしばし礼拝の言葉を唱えた。

「ナーランダー僧院の掟はゆるやかなものでした。托鉢修行に出て、戻るもよし、そのまま戻らぬもまたよし。有為転変、諸行無常、それが仏教なのだとか。僧院には告げることなく、わたしたちは帰国の途に着きました」

「帰りの船旅は快適であったかな」

「陸路で戻って参りました」

「陸路だと」馬子は声を高めた。「危険すぎよう」

「それも御仏のお告げとの由に。仏教はインドに発祥、陸路で漢土に入った。その跡を皇子にも辿らせようと御仏はお望みである——と、これは皇子さまの解釈ですが」

これもまた厩戸に教えられた通りのことを。

馬子は驚きのあまり、しばし口もきけないといった様子だった。「――皇子は、隋をご覧になったか」

「はい」

「隋とはいかなる国であったか」

その問いを馬子が発したとき、物部守屋の邸宅は目前に迫っていた。

「ついにこの日が実現した」

馬子を出迎えた守屋の第一声がそれだった。

歓びあふれる守屋の表情の中に、かすかな緊張の色があるのを馬子は見逃さない。それもそのはず。皇子の帰国は、仏教受容の是非をめぐる新たな戦いの幕開けとなるのだ。馬子も自身の緊張を意識している。守屋に隠しおおせているか自信はなかった。

「万斛の思いぞ。言葉にならぬ」

応じながら、馬子は通された客間を見まわした。守屋のほかには男と女が控えているだけだ。

「布都姫さま」

馬子は一揖した。守屋の娘。守屋の妹を娶った馬子には、義理の姪である。

「大臣さま、ご機嫌うるわしく」

布都姫が一礼を返す。

男のほうは、馬子の知らぬ顔だった。

「わしの右腕でな」守屋が紹介した。「所用で筑紫にいた。この真壁速熯が皇子を奉じて大和入りした」

速熯が無言で頭を下げる。

馬子はかたわらの虎杖を見やった。

虎杖がうなずいてみせる。「真壁どののはからいで、万事とどこおりなく」

「皇子さまは？」

馬子は守屋に顔を戻して訊いた。

「奥でお休みを。わしも帰国の祝辞をたてまつっただけだ。先んじて皇子さまからあれやこれや訊き出す真似などせぬ」

「ご配慮、いたみ入る」

守屋は笑みを浮かべた。「案内つかまつらん」

馬子は息をのんだ。その場に立ちつくした。

奥の間。燭台の炎に左右から照らされて座す少年の姿が、馬子の目には一瞬、仏像かと錯覚された。

　仏像が動いた。さっと立ちあがった。

「馬子の大叔父（おおおじ）」

　厩戸皇子は軽快な足取りで自分のほうから馬子の前へと歩み寄ってきた。

「皇子さま」

　そう呼びかけた瞬間、馬子の胸はあふれんばかりの感動で波立った。

「よくぞ……よくぞご無事でお戻りあそばした。この日が来るのを、馬子、一日千秋（いちじつせんしゅう）の思いで御仏に祈っておりましたぞ」

　自分が厩戸を見あげていることに気づく。皇子は大人になった――その印象がひときわ馬子には強烈だった。皇子の背丈は伸び、声は変わり、顔からは幼さが消えて、知性と胆力が魅力的な彩りを添えている。

　――どのような歳月を送ってこられたものか、皇子は傑物になってお帰りあそばされた！

　馬子は胸中で感嘆の声を放つ。

「大連」

　進み出た守屋は、馬子と肩を並べ、片膝をつく。馬子も倣った。

「大連、大臣、そなたたちのおかげだ。厩戸は命を長らえ、生まれた国に戻ってくることができた。礼を云う」

「何を仰せです」

申し合わせでもしたかのように守屋と馬子は異口同音に応えたが、

「天神地祇が皇子をお護りくださったのです」

「御仏が皇子をお護りくださったのです」

二人は一瞬、目を見かわした。空中に火花が散るような強い視線だった。

「柚蔓」

厩戸に近侍していた女剣士が動き、守屋の後ろに控えた。

「虎杖」

同じように虎杖も戸口から歩み出し、馬子の背後に片膝をつく。

「二人にも、あらためて礼を云おう。おまえたちの助けがなければ、ぼくは間違いなく異国で果てていた。いや、異国に渡る前に」

「畏れ多いことでございます、皇子さま」

柚蔓と虎杖の言葉は同じだった。

「大連、大臣、そなたたちは最高の遣い手をぼくに授けてくれた。いま口にしたことに誇張はない。いくら言葉を重ねても感謝し足りないくらい。相応に遇してやってほしい。厩戸、心からの願いだ」

「かしこまりましてございます」

「仰せのごとく」

　守屋と馬子は返答した。

「よしっ」

　厩戸はにっこりと笑った。とりつくろっていた表情が一変して、十六歳という齢にふさわしい、まだ大人になりきれないあどけなさが輝き出た。その場にすとんと腰を下ろすと、口調をあらため、

「早く父上、母上に会いたいな」

　と弾んだ声をあげたのも、いっそう子供らしく映じた。

「それでございます」

　守屋が説明する。――守屋と馬子は、先帝の怒りに触れた厩戸を自分たちが護り通し、異国に避難させた旨を当初から厩戸の父母に伝えてある。先帝の治世中、厩戸の一件は禁忌であり、口にすることすらしかねたが、先帝は二年前の八月に崩御、状況は劇的に変化した。天皇位を継いだのは、厩戸の父だったからである。橘豊日天皇（たちばなのとよひのすめらみこと）は、嫡男が異国で生存していることを誰はばかることなく天下に公表、帰還を守屋と馬子に命じた。その時には厩戸の姿がナーランダー僧院から消えていることが判明しており、守屋と馬子の意は叶えられなかった。

「是非にとあれば、今からでも両陛下の御もとへお連れいたしましょう。おなつかしさは如何ばかりか。皇子の胸中、お察し申しあげます。なれど、しばしお待ちいただき、帰還の式典を催したく存じまするが」

守屋が言い、その先を馬子が言葉を継いだ。「皇子の大和ご不在は九年の長きに及びます。皇子の存在を天下に印象づけるためにも、晴れやかな公式行事が必要かと。現帝のご嫡男、第一皇子にてあらせられるのですから」

「かまわない」厩戸はあっさりうなずいた。「却ってありがたいくらいだ」

「早急に帰国式典を実施いたします」守屋が安堵の顔でうなずく。「そろそろお休みあそばしますか」

厩戸は首を横にふった。「まだ眠くない。ぼくのいない間、この国でどんなことが起きたのか聞かせてほしい。話すことも山ほどある」

馬子が飛びついた。「皇子はインドのナーランダー僧院なるところでご修行なされたとか。そこでの体験談などを」

「体験談か。あらゆることが倭国と違う。どんなことから話したものか」

「仏教の何をお学びあそばされましたか」

厩戸の答えは、あっさりと、しかも間髪を容れなかった。「すべて」

馬子は言葉を呑んだ。驚きの声をあげたのは守屋である。

「何と、すべてと仰せですか」

「そう、仏教のすべてを。僧院にある経典は全部読んだ。漢土の言葉に訳されていないものも。一字一句――」厩戸は右手の人差指で自分の額を押さえてみせた。「この中に入っている」

「………」馬子につづき、守屋も沈黙した。

「シャカの唱えた教説が、後世どんなふうに解釈され、教団、宗派が枝分かれしてきたかという仏教の歴史も教わった。――以上は、法に関すること。僧というものについても学んだ。教団の戒律についての知識も。剃髪（ていはつ）、得度（とくど）して、僧侶になったからね」

「僧侶！」

　守屋と馬子の驚きの声が重なる。

「僧にならなきゃ仏教のことが学べないじゃないか」

「それは、そうでございますが……」

「仏、法、僧――三宝の最後、仏についても。ブッダが何たるか、ブッダになるとはどういうことかも身を以て知った。仏法僧の三宝に通じたわけだから、仏教のすべてを学んだというのは誇張じゃない」

　守屋と馬子は顔を見合わせるばかり。ここまで厩戸が深入りしていようとは思いもよらなかった。

「おそれながら――」と柚蔓が云った。「皇子の仰せのとおりにございます。皇子はナーランダー僧院の長老の一人、シーラバドラ師について研鑽をお積みあそばしました。シーラバドラ師が皇子をブッダの再来とお褒めになるのを、わたしは確かに耳にいたしました。百済(くだら)をはじめ三韓、いいえ漢土におきましても、皇子ほど仏教に通じたお方を探し求めるのは難しいものと思われます」

馬子は目を剝く。誰あろう、排仏派の守屋の手の女剣士がここまで云うからには、信じてよいものと思われた。虎杖に目をやって、「そなたはどう見る」

虎杖は声に力をこめた。「わたくしも、同じにございます」

「ううむ」馬子は厩戸に顔を向け戻した。姿勢をただすと、神意を占う神官めいた表情で重々しく云った。「さすれば、発祥の地インドにて仏教のすべてをお学びあそばしたとの皇子にお訊ね申しあげる。先の先の帝より懸案であった問題に、今こそ決着をつける時が来たようでござる。問う、わが国に仏教は有用や否や」

守屋がずいとひざを進める。こちらも馬子に劣らぬ烈々たる声音で、「しかり。わが国に仏教は有用や否や」

室内の空気がぴいんと張りつめた。揺れていた蠟燭(ろうそく)の炎までが瞬間的に氷結したかのようだった。

「それは――」厩戸は守屋と馬子を等分に見較べ、あるかなきかの微笑を浮かべた。「今はまだ答えられない。今すこし時間が必要だから」

「な、なぜでございます、皇子」

「仏教はすべて知った。ブッダの唱えた真理を会得し、あらゆる教義に精通した。でも、知らないことがある。倭国だ」

　守屋と馬子は虚を衝かれた表情になった。

「そう、仏教のすべては知ったけど、倭国のことは何も知らない。七歳の時で倭国に関する知識は止まったままだもの」

　厩戸の異国暮らしは九年。異国にいた時間のほうが長いのだ。

「倭国に仏教が有用かどうか、まだ判断しかねてる」

　すぐに守屋がうなずいた。「仰せの通りにございます。わが国の現状をじっくりご見聞ください。高価な薬も身体に合わねば毒になる。いかに仏教が優れていようと、わが国に合わぬことがおわかりいただけましょう」

「おわかりいただけましょう」馬子は声を励まして云う。「倭国には仏教が必要であることを」

　厩戸はうなずいた。「半月あれば充分さ」

　馬子が守屋の屋敷を辞去したのは、日付が変わる前だった。弥生四日の月は沈んでいるが、天空には無数の星々がちりばめられ、夜道を銀色に照らし出していた。

「なぜだ」ゆっくりと馬を進めながら、馬子は搾り出すような声で云った。「皇子は仏教のすべてを知ったと仰せだ。ならば仏の素晴らしさがおわかりになったはず。当然、受容に賛成するものと胸を躍らせた。ああ、ついにこの時がきたか。皇子をインドに送るという守屋の企ては裏目に出た、と。皇子のお言葉を聞いて耳を疑った。力が萎えてゆくような思いだった。なぜなのだ」

振り返って、後続する虎杖に問いかけた。

「わたしにはわかりかねます」

「倭国の今を知ってから——その理屈はわからないでもないが」

「隋の大興城に滞在中、皇子は隋の仏教よりも、隋という国そのものに関心をお持ちのようでした。隋の政(まつりごと)に」

「隋の政。皇族としての自覚ということか……倭国の現状を見聞した皇子は、仏教の受容に賛成あそばすだろうか」

「仏教に対する皇子の態度は不思議なものです。ぞっこんなのか冷淡なのか。頭を剃って僧侶になったほどですから嫌っているわけではない。インドからの帰途、多くの国々を見て参りました。いずれの国でも仏教は栄えておりました。仏教栄えて国栄ゆ。隋においてもしかり。それを見聞した皇子が、わが国だけ蚊帳(かや)の外においてよいとお考えになるいわれはありませぬ」

「そうか」

「お気持ちを固めておいでやも。倭国に仏教を導入するとのお気持ちを。見聞する時間が必要だというのは、大連に対する配慮ではありますまいか。皇子の命を救ったのは大連です。恩義を意識なさっておいでとすれば、帰国早々、仏教受容に賛成だとは仰せになりかねるでしょうから」

馬子は気が軽くなるのを覚えた。「ふむ、半月後か」

「皇子は仏教排斥に応じると思うか、柚蔓」

侍女に案内させて皇子が寝室に向かうのを見送ったあと、守屋は訊いた。馬子と、その護衛剣士は立ち去り、速熯も下がって、客間にいるのは守屋、布都姫、柚蔓の三人であった。

「それが」柚蔓はゆるゆると首を横に振る。「皇子さまは本心を決して明かされません。わたしがいくらお訊ねしても、帰国してから大連と大臣に話すと仰せあそばすばかりで」

「聞きたいのはそなたの意見だ。尼僧になったというではないか。仏教にも多少なりと通じたはず。皇子の本心を察することができるのではないか」

柚蔓が答えを返すまでに、やや時間を要したが、守屋は急かさなかった。布都姫は二人の応答を黙って見守っている。

「皇子さまのご様子は奇妙です。どこか仏教に冷淡で」答えを用意していたかのような口ぶりで柚蔓は云う。「もっとも仏教は、執着を手放すことをその根本教理としておりますから、とらわれの心から自由になった皇子のお振舞いが、わたしなどの目には冷淡に見えるだけなのかも。でも、倭国に仏教を受容するのだという意志のようなもの——蘇我大臣の態度と言葉のはしばしにお見受けする意志が、皇子からは少しも感じられません。これはあくまでわたし個人の勘ですので、間違っているかもしれませんが、皇子は仏教導入に反対なさると思います」

「見聞のため半月待て、とは?」

「蘇我大臣をお憐れみあそばしたからでは。発祥の地インドで仏教を学びながら、受容に反対では、期待していた大臣を落胆させてしまいます。大臣は皇子の大叔父です。いきなり結論を口にしては忍びないものがある。そこで、倭国のことを知ってから、と」

「なるほどな」守屋は大きくうなずいた。「大儀だった。今夜はゆっくりと休むがよい」ねぎらいの言葉をかけて柚蔓を退がらせると、守屋は布都姫に顔を向けた。

「おまえはどう思う」

「あの小さかった厩戸皇子さまが」布都姫は眼もとに笑みを浮かべて答える。「立派に成長あそばされたと感慨深いものがございます。大人びた感じも」

「そのようなことを聞いているのではない」

「柚蔓のこと？　柚蔓は」布都姫は小首を傾げ、ためらいがちに云った。「隠し事をしているとまでは申しません。でも、何だか皇子のことだけを考えているような――」

「皇子が七歳の時から従ってきたのだ。乳母(めのと)のような感情が芽生えたのだろうな」

「乳母――そうかしら……ええ、そうね。きっとそう。あり得ないことだわ、あの齢で柚蔓が」

布都姫は自らを納得させる口調で言うと、自信を取り戻したように輝くばかりの笑顔を守屋に向けた。目もとが、酔ったようにほんのりと上気している。「お父さま、お気づきになって、皇子のご様子を。わたしのこと、恥ずかしがって、とても見られないって感じだったわ」

「皇子はそれどころではなかっただけだ」

守屋は、軽くいなしたが、改めて我が娘の美しさを認め、これが厩戸にどのような影響を与えるかを秘かに斟酌(しんしゃく)、算段し始めた。現帝の嫡男、すなわち次の天皇の妃に物部の姫が――おもしろい、一考に、いや真剣に考慮するに値する。蘇我腹の天皇が即位したことで排仏派は劣勢に立たされている。これを挽回するには、女の色香を利用するのも已(や)むを得ぬところ。石上神宮(いそのかみじんぐう)の斎宮(さいぐう)になるべき娘だが、考え直すべきやも――。

翌日、物部守屋と蘇我馬子は連れだって池辺双槻宮(いけのべのなみつきのみや)に参内(さんだい)した。池辺双槻宮は、橘豊日天皇が皇子時代の私邸をそのまま皇居と定めたもので、先帝の豪華な宮殿を見なれた目には、見劣りする感が否めない。即位のたびに皇居を移すのが倭国の慣例であったから、守屋と馬子は新宮の造営を幾度も上奏しているが、天皇は微笑して「いずれ」とか「思案中」という言葉を返すのが常のことだった。

「両人うちそろっての参上とは、例の新宮を建てよとの件であるか」

玉座に現われた天皇は、二人の重臣におだやかな目を向け、軽やかに云った。

軽やかさ、あるいは快闊(かいかつ)さ——それが現帝の魅力であると臣下たちのもっぱら口にするところだ。それだけ先帝の渟中倉太珠敷天皇(ぬなくらのふとたましきのすめらみこと)が謹厳で重々しい存在感を放っていたということである。較べて現帝は軽く見える。即位して二年足らずとあっては、位の重さに見合うだけの貫禄を身につけるのは難しい。臣下たちも皇子時代の記憶を引きずっている。

「本日はその件で参ったのではござりませぬ」

馬子が答える。現帝は、馬子の甥(おい)に当たる。帝の母は馬子の姉の蘇我堅塩媛(そがのきたしひめ)だ。よって馬子は先帝には感じることのなかった親近感を抱いている。同族意識とでもいうべきものを。蘇我腹の天皇の誕生は、蘇我一族繁栄のために歓迎すべきことであった。

物部一族にとっては憂慮すべき事態。——先帝の死後、後継問題が起こり、年齢、血筋の濃さなどが重臣たちの間で協議された。最終的に候補は二人の皇子にしぼられた。先帝の弟橘豊日皇子と、嫡男の押坂彦人大兄皇子に。馬子は橘豊日皇子を推し、守屋は押坂彦人皇子を支持せんとした。ところが、当の押坂彦人皇子が首を縦に振らなかった。守屋の推輓を拒否し、身を引いた。皇位継承争いに嫌気がさしたのだと豪族たちは噂した。手駒を失った守屋は、馬子の甥が天皇位に即くことを許してしまった。

新帝が叔父の馬子と組んで、あらゆることを蘇我に有利に進めるのではないかという疑念が、守屋の頭を離れない。新帝はそのそぶりを見せず、天性の快濶さは、馬子に対しても守屋に対しても隔てなく向けられている——今のところは。いつ蘇我へと傾くかも知れず、気を許すことはできなかった。厩戸皇子は現帝の嫡男。先帝に抗してまで皇子の一命を救った功績を、守屋は最大限に強調し、利用するつもりだった。厩戸への恩という点において馬子は単に協力者の位置にとどまる。厩戸庇護計画を立案し、実行に移した手柄は守屋のものであった。

「新宮造営の件ではない、と？」

天皇は、ほうっという顔になった。すかさず馬子が後を続けようとするのを、守屋は袖を引いて制した。報告の第一声を発する権利は守屋が有するということで事前に話がついていた。声に祝意をこめて守屋は云った。

「陛下。陛下におかれましては、どうかお悦びくださいませ。ご嫡男、厩戸皇子さま、ご無事にてご帰国あそばしてございます」

天皇はさっと立ちあがった。

馬子が言葉を添える。「大連の仰せの通りにございます」

天皇は玉座を駆けおりてきた。「それは真(まこと)か」

守屋は大きくうなずいた。「我ら両名、などて偽りを申しあげましょう」

「無事なのだな」

「すこぶるご壮健で」

「陛下」馬子がふたたび口を開いた。「皇子は立派にご成長あそばされました。まこと陛下のご嫡男にふさわしき英姿」

天皇は目をしばたたかせながら何度もうなずいていたが、思い出したように大声をあげた。戸口に手をつかえた舎人(とねり)に、皇后を呼ぶよう命じた。

侍女を従えて穴穂部間人皇后(あなほべのはしひときさき)がやってきた。事情を知らない人が天皇と皇后の顔を見較べたならば、はっと驚くことだろう。二人の顔は兄妹のように似ている。天皇と皇后は異母兄妹の間柄であった。間人皇后は馬子の姪である。皇后の母は、馬子のもう一人の姉である蘇我小姉君(そがのおあねのきみ)で、天皇の母・蘇我堅塩媛の妹にあたる。

「何事でございます、陛下」

皇后はおっとりとした声音で云った。おっとりとしているのは性格だが、その目にいくぶん訝しげな色があるのは、朝見(ちょうけん)の席に呼ばれることなどこれまでに一度もなかったからであろう。室内を見まわし、守屋と馬子に目をとめると、小首を傾げながらも口もとに自然な笑みを浮かべた。

「大連、いま朕（ちん）に申したことを、皇后にも聞かせるがよい」

守屋は間人皇后に一礼すると、天皇に奏上したときと寸分たがわぬ言葉で厩戸の帰還を告げた。

大きく見開かれた皇后の眼に、みるみる涙があふれた。

翌日――三月六日、厩戸の帰還式典が挙行された。厩戸帰国の経緯は、前日のうちに大和の諸豪族に布告された。先帝の御世、伊勢神宮の神託によって追放され、国外に身を避けていた現帝の第一皇子が、ついにご帰国あそばすのだ、と。厩戸が遥か遠くインドの地にまで行ったことは厳重に秘された。海を越え、漢土は揚州の地にある物部と蘇我の商館が共同で厩戸を九年間、保護していたというのが、公式発表であった。仏教が正式に受容されていない現状では、仏教の発祥地であるインドにいたと明らかにできないのも当然である。
朝から青空が広がった。朝陽が勢いよく中天に駆けのぼってゆく頃、厩戸は三輪の守屋の屋敷を出発した。騎行である。門が開かれ厩戸が姿を現わすと、屋敷の前につめかけた民が歓呼の声をあげた。大和の民は、九年間もの長きにわたって国外に追放されていた悲運の皇子に大いなる関心を抱いていた。農作業を中断し、稲田から引き抜いた泥だらけの足のままひざまずいている。道の左右には物部と蘇我の兵士たちが立ち並び、警護に当たっていた。

先頭は守屋と馬子がつとめ、どちらも馬上で肩をそびやかしている。厩戸の左右に柚蔓と虎杖が徒(かち)で従っている。厩戸の身を護って国外に同行した二剣士は、物部と蘇我それぞれの忠臣として栄誉にあずかっているというわけだった。二人とも真っ平御免と固辞したが、主君の命には逆らえなかった。弓矢を背負い、太刀を佩き、甲冑を陽光にきらきらと照り輝かせた物部と蘇我の兵士軍団が長い列を成して従う。

主役の厩戸は、己の役割を完璧にこなしていた。若き皇族の晴れ姿という役を。唇に微笑を絶やさない。その目が、ふと右の虎杖に向けられた。

「何をぶつぶつと。もっと晴れがましい顔をしたら？」

「聞かれてしまいましたか。耐えがたくなって参りまして」

厩戸はくすりと笑う。「まだ不満なのか？」

「これでは珍獣として扱われているも同然です。どうにも落ち着かない。わたしは本来、あちらの側の仲間なんだ」

虎杖は不平そうに云って、沿道に並び立つ警護の兵士たちにうらやましさを隠さぬ目を向けた。

「ぼくだって珍獣だ。珍獣は珍獣らしく皆の期待に応えようよ。ほら、もっと胸を張って」

虎杖の口から出たのは、ため息だった。「はあ」

厩戸は笑いを噛み殺し、左を向いた。「柚蔓はどう？」

柚蔓は厩戸を振り仰いだ。女剣士は髪を結いあげて男装していたが、沿道の男たちのあらぬ視線を集めているようだった。

「皇子さま、生駒山頂でのようなお振舞い、今はどうかお止めくださいませ」

厩戸の口もとから微笑がかき消えた。顎を引き、柚蔓の顔を凝視する。やがて、厩戸は小声で云った。「知っていたのか、ぼくが――」

その先は言葉を呑んだ。ぼくがあの時、ブッダであることを一時的にも止めた、そのことを柚蔓は知っていたのか、と。知られているとは思わなかった。その結果として色、受、想、行、識、いわゆる五蘊が発動し、それが嵐となって荒れ狂い、発熱し、気を失った、そこまでを柚蔓は知っていたというのだろうか？　ただの旅の疲れ、そう受け取ったのではなく？

「存じておりました」柚蔓は小さくうなずいた。「今はあの時と違います。皇子の帰国をお祝い申しあげる大事な儀式の最中――」

「わかってる。あの時で懲りた。今、ブッダであることを止めたら、たちまち平静でいられなくなってしまうもの」

「要(い)らざることでした。お許しください」

厩戸は押し黙り、沿道で手を振る民のことなど忘れたように考えにふけっていたが、思いきった声で訊いた。「どうしてそれが？」

男装の女剣士は微笑(ほほえ)んだ。「柚蔓は変わりました」

「変わった？」

「はい。皇子さまを、皇子さまのことだけを考えるように。皇子さまだけを」

声を落とし、さらりと口にしたが、耳たぶが赤く染まった。

なつかしい光景が厩戸の目に入ってきた。渺々(びょうびょう)と水をたたえて晩春の陽射しをまぶしく照り返らせる大きな池。傅役(もりやく)の大淵蜷養(おおぶちのになかい)、田葛丸(たくずまる)、弟の来目(くめ)らと舟遊びを楽しんだ池だ。ゆるやかな坂道。やがて、屋敷の名称の由来となった一対の槻(つき)の巨木が見えてくる。九年ぶりに目にする生家。なつかしい——しかし、ブッダの状態を維持している厩戸の心は平静だ。乱れがない。心を完全に制御している。なつかしいという感覚は、感情を波立たせるうねりとは決してならなかった。さざ波のような情動を、ほんのかすかに感じるだけ。淡い。そう、今の厩戸にはすべてが淡かった。なつかしいということに、何の意味もないほどに。

今は皇居となった屋敷の前庭に、大勢の人々が列をつくっていた。盛装した皇族、王族、豪族、群臣たち――。

守屋と馬子が馬を止め、地上に降り立った。

厩戸もそれに倣う。ここが式典の空間であることを意識しつつ、ゆっくりと前に進んだ。

二基の玉座が据えられ、天皇皇后、厩戸の父帝と母后が日月のごとくに座していた。頭に戴いた金冠が、まばゆい光を放っている。吊り下げられた翡翠の勾玉が揺れて、雅な彩りを添える。

守屋と馬子は立ちどまると、その場に片ひざをついた。二人の間を通り抜けて、厩戸はさらに歩を進める。

天皇は緊張の色を刷いていた。厩戸の顔を至近で目にするや、驚きの表情に変化した。父として息子の成長ぶりに目を見張ったのだろう。すぐにも晴れやかに破顔し、満足そうにうなずいた。皇后はすでに頰を濡らしていた。双眸から大粒の涙が次から次へとこぼれ隕ちる。袖でぬぐおうとしないのは、九年ぶりに目に入れたわが子の姿を、一瞬でも遮りたくないという母の思いか。

両親。父と母。そのなつかしい姿を目にしても、ブッダと化した厩戸の心はうねらない。さざ波一つ起こらない。さっき見た池の水面のようだ。落ち着いている。波はなく、ただ陽光がきらめくだけの池面。そのきらめきにしても淡い。淡いきらめきがあるばかりの厩戸の心。淡い。すべてが淡い。

「父上、母上、おなつかしゅう」厩戸は玉座の前で立ちどまり、透明な声で告げた。云い足りない気がして、すぐに付け加えた。「厩戸は十六歳になりました」

「よく帰った」天皇は目を潤ませてうなずいた。「大連、大臣、大儀であった。礼を申す」

守屋と馬子が叩頭する。

天皇は玉座から立ちあがり、声を張りあげた。歓びを隠さぬ、軽やかな声。「皆の者、わが子厩戸が帰って参った。悦んでやってくれ、祝うてやってくれ」

列した人々は祝福の歓呼をあげた。寿の声は宮殿の前庭にあふれかえり、晩春のうららかな碧空を揺るがすかのようであった。

式典のあとは祝宴になった。酒が振舞われ、列席者は青空の下、争うように呑み、たちまち酔いがまわり、談笑し合い、歌が飛び出した。

守屋と馬子は、天皇と皇后に柚蔓と虎杖を謁見させた。

「この両名が、皇子をお護りして異国での九年を耐えしのんだ者たちにございます」

天皇と皇后は親しく名を問い、盃をさずけ、手ずから酒を注いだ。

天皇は二剣士に云った。「ようわが子に仕えてくれた。異国での暮らし、苦労が大きかったであろう。まして厩戸は幼年。朕には、そなたらの苦労のほどを察すべからず。いずれ厩戸からくわしく話を聞き、改めて礼をとらせよう」

皇后も自ら酌をした。「わたしからも礼を申します。この九年、母としてあの子を思わぬ日はなかった。思っていた以上に立派に育ってくれて。うれしいやら、不甲斐ないやら。そなたらが父となり母となってくれたおかげと察します。さあ、どうか呑んでおくれ」

柚蔓と虎杖は畏まって盃を呑み干した。見守る厩戸の心には、淡いうれしさが春霞のようにうっすらとたなびくだけだった。

父帝と母后は主だった皇族たちに厩戸を引き合わせていった。異母兄の田目皇子(ためのみこ)は二十六歳になっていた。少しも変わったようには見えない。九年前と同じく、やさしい兄であった。弟の来目皇子とは、互いの成長ぶりに目を見張り合った。新たに誕生した弟は、殖栗皇子(えぐりのみこ)と茨田皇子(まんだのみこ)で、まだ幼年だった。新たな兄の出現に、どちらも途惑ったような表情を浮かべている。それでも年長の殖栗皇子は、あらかじめ言い含められていたものか、おかえりなさい兄上さまと、はにかみながら挨拶した。殖栗と茨田は厩戸の同母弟だが、異母の弟妹も誕生していた。父が葛城直磐村(かずらきのあたひいわむら)の娘広子(ひろこ)を側室にして生んだ麻呂子皇子(まろこのみこ)と酢香手姫皇女(すかてひめのひめみこ)である。酢香手姫皇女の姿はない。二年前、若年にして伊勢斎宮となったからだと厩戸は説明された。厩戸を逐えとの神託をくだした先代の斎宮が謎の死を遂げた後、斎宮職は空席になっていた。天皇は即位するや、自らの娘を以て斎宮とした。厩戸に不利な神託を出させてなるものかという父の意志である。

父帝の同母妹、厩戸には叔母(おば)にあたる額田部太后(ぬかたべのたいこう)とその子供たちにも引き合わされた。

額田部太后は、異母兄である先帝の継后で三十四歳。豊熟して、匂うがごとき美しさである。二男五女を儲けていた。上から菟道貝蛸皇女(うぢのかいたこのひめみこ)、竹田皇子(たけだのみこ)、小墾田皇女(おはりだのひめみこ)、軽守皇女(かるのもりのひめみこ)、尾張皇子(おわりのみこ)、田眼皇女(ためのひめみこ)、桜井弓張皇女(さくらいのゆみはりのひめみこ)。竹田皇子は厩戸と同年齢だったが、厩戸が大人びていて、竹田のほうは生育が悪く、かなりの齢の差に見えた。

先帝が先の皇后との間に儲けた押坂彦人大兄皇子は欠席していた。代わりに、その妹である二人の皇女が来ていた。影の薄い感じの逆登皇女(さかのぼりのひめみこ)と菟道磯津貝皇女(うぢのしつかいのひめみこ)である。

難波皇子(なにわのみこ)、春日皇子(かすがのみこ)、桑田皇女(くわたのひめみこ)、大派皇子(おおまたのみこ)、太姫皇女(ふとひめのひめみこ)、糠手姫皇女(ぬかでひめのひめみこ)――先帝が別の夫人たちに生ませた皇子、皇女と、厩戸は初対面であった。

椀子皇子(まろこのみこ)、大宅皇女(おおやけのひめみこ)、石上部皇子(いそのかみべのみこ)、山背皇子(やましろのみこ)、大伴皇女(おおとものひめみこ)、桜井皇子(さくらいのみこ)、肩野皇女(かたののひめみこ)、橘本稚皇子(たちばなのもとのわかみこ)、舎人皇女(とねりのひめみこ)は父帝の亡母の弟妹たちで、蘇我系の皇族、厩戸の叔父叔母にあたる。何人かは見知った顔だった。

茨城皇子(うまらきのみこ)、葛城皇子(かずらきのみこ)、穴穂部皇子(あなほべのみこ)、泊瀬部皇子(はつせべのみこ)は母后の亡母の兄弟で、やはり蘇我系の皇族であり、厩戸には伯父叔父にあたり、見知った顔ばかりだった。

厩戸は顔と名前を正確に記憶した。自分との間柄も記憶に定着させた。伯父、叔父、伯母(おば)、叔母、従兄弟姉妹たち……しかし、ただそれだけのことだった。特別な感慨はなかった。すべてが淡く、ただただ淡かった。うらうらとたなびく春霞のように。

新生活が始まった。父帝と母后、近親者の慈愛に包まれた新しい暮らしが――。過ぎ去った異国でのことは、もはや夢のようだった。托鉢修行に出ずともよく、大砂漠を横断して飢餓に苦しむことも、木切れも同然の小舟で波立つ巨湖を渡ることも、氷雪におおわれた高峻（こうしゅん）の絶壁をよじのぼることもない。オアシス都市の官憲と苦労して折衝したり、足を棒のようにしてその夜の宿をさがしたり、そのあげく野宿したり、山賊を追い払ったり、猛獣の襲撃に備えたりと、柚蔓と虎杖と三人で身を寄せ合うこともない。

数日と経（た）たぬうち、自分が奇異の目で見られ始めていることに気づいた。注がれる父の視線が、母の、弟たちのまなざしが、最初のうちは途惑いがちであったのが、日を追って訝しげな色を濃くしていった。厩戸の反応に小首を傾げ、声を呑んで押し黙り、見なれぬものを目にしたように眉をひそめてみせる。理由はわかっていた。厩戸はブッダの状態にあるからである。すべての執着から解き放たれた、澄みわたった悟りの境地にある。喜もなく怒もなく哀もなく楽もない。常人の示すべき反応ができないのは当然だった。

「厩戸の兄上は、いったいどうしてしまったのでしょうか」

来目がおびえた声音で訴えるのを耳にした。

「異国暮らしが長いからだ」おだやかに答えるのは田目皇子。「いずれ思い出すだろう、倭国での暮らし、空気、生活様式というものをね。それまでは、わたしたちのほうが厩戸に慣れなくてはならない。今の厩戸をあるがままに受け容れてやらなければ」

ブッダもこんな感じだったのだろうか、と厩戸は思う。だからためらったのだ、悟りに到った道を人々に説くことを。しかし梵天の勧請を容れて法輪を転がすことになった。同じことを今、厩戸がこの倭国でやれば、妄人と見なされるに違いない。ブッダにそれができたのは、ブッダの出現を待っていた人、すなわちブッダの教えを乞う人が大勢いたからである。そもそも仏教は、バラモン教というインド土着の信仰への対抗宗教として生まれたようなところがある。バラモン教に飽き足りぬ思いを抱いていた人、疑いを持っていた人が、ブッダを歓迎した。ブッダの説法を歓迎した。彼らは仲間となり、同志となり、教団を形成し、成道の教えを乞いながら修行に励んだ。

教団とは、と厩戸は思う。世間では受け容れられないブッダにとっての、ブッダにとってこその安住の世界ではなかったか、と。インドから帰国するまで、厩戸には柚蔓と虎杖がいた。二剣士はブッダになった厩戸の変貌ぶりに途惑いながらも彼を受け容れてくれた。理解してくれた。しかし長い旅路は終わり、柚蔓も虎杖も守屋と馬子のもとに戻っていった。柚蔓と虎杖という、いわば脇侍に去られ、たった三人の極小教団は解体した。今の厩戸は、剝き出しのままに置かれているといっても過言ではない。バラモン世界という母体があって、その反発から仏教は生まれた。とすればバラモン的素地のない倭国では、厩戸の得た崇高な悟りの真理など、所詮は妄想でしかないのかも。

妄想――どうしたらいい。このままでは早晩、妄人と見られてしまう。打つ手がないわけではない。人と接しているときだけ、ブッダであることを中断すればいいのだ。これまでにも厩戸は幾度かそれを行なった。兇悪無比なタクラマカンの山賊どもに包囲され、柚蔓と虎杖だけでは防ぎきれなくなった時、厩戸も剣を握ったが、ブッダの状態では戦意も湧かず、殺生もできないから、一時的にブッダであることを停止しなければならなかった。オアシスの小都市では、あらぬ誤解から投獄され、男色家の獄吏が厩戸に気があることがわかり、彼を誑かすためブッダの状態を解除した。

故国である倭国では無理だ。一度、生駒の山頂で試みた結果、厩戸は懲りた。感情が嵐のように荒れ狂い、正常でいられることはできなかった。

――ほんとうに、どうしたら？

厩戸は苦笑した。ブッダになったというのに、こんな悩みが生じようとは。すぐに笑みは消えた。笑いごとではなかった。

厩戸は宮殿に引きこもらなかった。帰還式の翌日から、父帝がつけてくれた伴の者たちを引き連れて積極的に馬を駆った。大和のあちこちを見てまわった。重臣たちを訪れて歓談もした。自分が不在だった九年間の空白を埋めることにつとめ、倭国の現状把握に取り組んだ。

謹厳だった先帝の崩御後、現帝の開放的な性格もあって、国内は春風が吹いているような状況にある。政は順調に進んでいる。問題は一つだ——仏教を受け容れるか否か。国論を二分し、国を真っ二つに両断しかねない大問題。父帝も判断を避け、手を束(つか)ねているという印象を厩戸は受けた。

守屋と馬子に告げやらねばならない、仏教とは何か、受容すべきか否かを。気の重さをかすかに感じる。だが引き延ばしは許されない。帰路、隋という強国、超大国を見たからには——。


己の考え、己の意志を告げる場として、厩戸は飛鳥(あすか)にある馬子の屋敷を指定した。

その日——三月十五日、厩戸が飛鳥に赴くと、すでに守屋の姿はあった。厳重に人払いされた離れの一室に馬子とともに顔を揃えていた。両者ともに、裁定がくだされる前の訴人のような緊張した面持であった。

部屋の隅に柚蔓と虎杖とが控え、厩戸に一礼する。苦楽を共にした二剣士を見て、厩戸は淡いなつかしさを感じた。

円卓を囲む椅子の一つに厩戸が腰を下ろすと、三人の位置関係は正三角形の各頂点をなした。

「この日を鶴首しておりました」屋敷の主が口を開いた。「お聞かせ願わしゅう。わが国に仏教は有用や否や、それについて皇子のお考えを」

厩戸はうなずき、視線を柚蔓と虎杖に投げた。「二人は証人だ。ぼくが間違ったことを云ったら、遠慮なく正してくれ」

二剣士が首肯する。

「ぼくはナーランダーという僧院で仏教学を極めた。そして――」悟りを得てブッダになったという言葉は咽喉の奥にとどめる。守屋と馬子に告げても半信半疑だろうし、話が混乱するだけだ。「学ぶことがなくなり、インドを去ることにした。これから話すことは仏教発祥の地であるインドを見てきた倭国人の見聞、証言として、あらゆる先入観を排して聞いてほしい」

同時に振られた守屋と馬子の顔には、期待と不安が綯い交ぜになっている。

「今から千年ほど前になるだろうか、インドで仏教が生まれたのは。仏教を造り出したのは釈迦だ。釈迦族の国である迦毘羅衛城の王子として生まれたが、生きることの苦しみを知り、真理を悟るべく出家した。二十九歳の時だという。六年間の修行の果てに悟りを得て、ブッダすなわち仏になった。仏の教えだから仏教ということになる。ブッダは、自ら悟った教えを広めるべく人々に道を説きつづけ、四十五年後、八十歳で亡くなった」

厩戸は言葉を切った。長い沈黙がつづいた。

うながすように馬子が口を開く。「皇子、その程度のことでしたら、わたしも存じております。涅槃寂静、確かにブッダはお亡くなりになった。されど、わたしが百済の勒紹法師からうかがったところでは、真実はそうではない。人間としての、肉体としてのブッダは亡くなったが、肉体を捨てたことで、ブッダはかえって偉大なる存在、この世の主宰者、支配者となった。仏道を志して歩むすべての者たちの庇護者として、わたしたちの修行を見守り、祈りを受け容れてくれている、と」

厩戸は首を横にふった。「残念ながら、そうじゃない」

馬子は怪訝そうな顔になった。「そうではない？」

守屋は身を乗り出す。厩戸を見つめる目に、期待の色が勝りはじめた。

「ブッダは死んだ。死は平等だ、普通の人が死ぬように、ブッダもまた死んだ。死んで、それで終わりだ。普通の人がそうであるように。なぜならば、ブッダになるということは心の次元でのものであって、肉体とはかかわりがない。それが証拠に、ブッダになっても食物を摂取しなければ衰弱死する。肉体を傷つければ痛みを覚え、血が流れる。史実としてブッダは、供せられた腐ったキノコ料理に中り、食中毒に苦しみながら死んでいった。繰り返すけれど、それで終わりなんだ。むろん、ブッダが教えさとした法は、弟子たちによって受け継がれていった。残ったのはブッダの教え、法であって、ブッダではないんだよ」

「皇子」馬子は途方に暮れたようだった。「皇子のおっしゃるところは、どうにもわたしの聞き及んでいることとは違う。百済の勒紹法師が仰せによれば――」

「黙って聞け、大臣」守屋がぴしゃりと馬子を制した。「百済、百済、百済――おぬし、二言目には百済というが、百済の仏教は所詮、漢土から伝わったもの。その漢土とて仏教が生まれた地ではない。われわれは今、仏教発祥の地インドでお学びあそばしたお方のお話を拝聴しているのだぞ」

　馬子は反論しかけ、しかし措辞を探しあぐねたか、開いた口を無念そうに閉ざした。

　守屋がうながす。「皇子、お続けください」

「ブッダが死んで、弟子たちは危機意識をいだいた。ブッダ亡き後、その教えが捻じ曲げられて広まるかもしれず、そうなっても、それを正すブッダはもうこの世にはいないんだからね。弟子たちは一堂に会し、自分たちの記憶するブッダの教えをそれぞれ披瀝し合った。異同を改め、全員が確認し、承認する統一的な教えをまとめた。それが経であり、教団の規則としての律だ。ブッダの教えは口伝された。口から口へと、偈つまり歌のような形で伝えられた」

「口伝ですと」

　馬子が驚きの叫びをあげた。

「そうなんだ、馬子の大叔父。ずっと口承で伝えられてきたブッダの教えが文字で記されて仏典というものが出来上がったのは、ブッダの入滅から二百年も後のことだと云われている」

「まさか」

「文字も、漢土の文字ではない。こんなものだ」

厩戸は懐から布包みを取り出し、円卓の上にひろげた。包まれていたのは、インドから持ち出した仏典の一頁で、木の葉に文字が記されている。

「…………」

馬子は目を剝いた。見なれた漢土の文字とは、似ても似つかない。

「……これが、経典？」

「インドの言葉で書かれている。馬子の大叔父が知る経典というのは、紙の巻物になっていて、漢土の文字が上から下に縦書きで記されているやつ。これは横書きで、左から右に読むんだ。こうしたインドの仏典が漢土に持ちこまれ、漢土の言葉、漢土の文字に翻訳されてきた。それを馬子の大叔父は唱えているわけさ」

「…………」

馬子は不条理な状況に直面した人間に特有の表情になった。いっぽう守屋は興味深そうに経典の葉を見つめていたが、厩戸の許可を得てそれを手に取ると、柚蔓と虎杖にかざしてみせた。

「これはインドの仏経典か？」

「間違いございません」

虎杖が真っ先に応じたのは、主君である馬子の呆然自失した様子を案じてのことだったかもしれない。つづいて柚蔓がうなずき、円卓に歩み寄ると、すらすらとインドの言葉で朗誦（ろうしょう）してみせた。「――マハーパリニルヴァーナスートラの一節ですね」

その言葉は厩戸に向けてのものだった。

「うん、その通りだ」厩戸はうなずき、守屋を見やると「漢訳されたものが、大連、あなたの書庫にあったのを憶えている。大般涅槃経（だいはつねはんぎょう）だ」

ついで馬子に視線を移し、「ぼくには見せてくれなかったけれど、馬子の大叔父、たぶんあなたも所持しているはず」

不意を衝かれたように、馬子はぎくりとした表情を隠せなかった。「皇子、そのことにつきましては……」

「まあいいさ。もうぼくには必要がない。すべての経、律、論は、この中に入っているんだから」

厩戸は自分の額を指でかるく弾いてみせる。

「さて、ブッダの入滅直後に弟子たちが集まって出した統一見解、それをただちに文字にしておくべきだったんだ。でもそうはせず、ブッダの教えを口伝してゆくうち、一つであるはずの教えに対し、いくつもの解釈が現われていった。そして互いに、相手こそブッダの教えを曲解するものだと非難し合った。その結果として、教団は分裂した。分裂したものがさらにまた分裂した。そんなふうにして分裂を繰り返し、ブッダ入滅から二百年が過ぎる頃には、教団の数は二十に増えていた。各教団が、ブッダの教えはこうだった、如是我聞――このようにわたしは聞いた、と文字化した、つまり経典をつくりあげた。正確には、経と律と論の三蔵を」

守屋が口を開いた。「二十の教団がそれぞれに経典を、と。それで仏典の数はあんなに多いのですな。ようやく合点がゆきましたぞ」

「経典の数が多い、多すぎるのは、大連、実はそれだけが理由じゃない」

言葉では守屋に呼びかけつつも、厩戸の目はむしろ馬子に向けられている時間が長い。

「ブッダは何を目指したのか。むろん、悟りだ。悟りとは何か。インドの言葉で、ニルヴァーナという。この音に漢土の字を当てたのが涅槃だ。では、ニルヴァーナって何だろうか。それはね、すべての煩悩が完全に消滅した状態をいう。全煩悩が完全消滅すると内も外も平安で、涅槃寂静になるというわけさ。ブッダは、菩提樹の下で悟りを得た。ニルヴァーナを得て、ブッダになった。煩悩に苦しむ人たち、生の苦しみに悶える人たちは、ブッダに教えを乞うた。自分もニルヴァーナを体得したい、と。彼らに対してブッダはニルヴァーナを達成するための方法、つまり修行を教え、指導した。自分につづけ、自分のようにブッダになれ、と。四十五年間、八十歳で死ぬまでね」

厩戸が口を閉ざすと、しばらくの間、沈黙がつづいた。守屋と馬子はともにニルヴァーナという言葉の意味をそれぞれ考えているような顔つきだった。

「では――」やがて守屋が言葉を選ぶようにゆっくりと云った。「つまるところ、煩悩を完全に消滅させる、それが仏教の最終目的というわけでございますな」

「そう。ブッダになる、仏に成る――成仏、それが仏教なんだ」

「お待ちくださいませ、皇子」馬子が云った。その声には、あるかなきかの非難めいた響きが聞きとれた。「この馬子の理解でも、なるほど確かに仏教の最終目的は成仏にありましょう。しかし、万人がブッダのようではない。誰もが出家し、修行して、ブッダになれるわけではないのです。よってブッダを信仰することで、ブッダの教えを守り、ブッダが差し伸べてくださる御手にすがり、ブッダの偉大な力におすがりすることで、救いが得られる、それが仏教のはず。救い――これこそは、わが倭国古来の神々にはなかった信仰ではありませんか。だからわたしは、仏教を受容しようと心の底から考えているのです、願いつづけているのです。倭国の民があまねく救われるように、と」

守屋が鼻を鳴らすのもかまわず馬子は自己の主張を開陳する。「――ブッダとは、ニルヴァーナを会得し、その修行を指導する者であるだけでなく、自力ではニルヴァーナに到達し得ない非力な者たちを救う存在なのではないでしょうか。そうであればこそ、この不肖馬子をはじめ、仏の慈悲にすがって救済を願う者は、出家した僧侶も在俗の信者も、仏像を拝み、仏典を唱え、信仰の力を頼りにして、仏の教えさとした道を歩んでゆこうとするのです。皇子のお言葉ながら、ブッダが修行の指導者というのは、あまりにブッダを矮小化するものと難ぜざるを得ませぬ。さにあらず、さにあらず。ブッダとは、一切衆生を救う超人的な力を有する、いわば救済仏なのです」

「一切衆生を救う超人的な力を有する救済仏――であると考える仏教者が後世、現われた。いや、そういうブッダであってほしいと願望、熱望する仏教者が。そして彼らは、自分たちがそうあってほしいブッダこそが真のブッダだとして、新しい経典の創作にせっせと励んだ。これなんだよ、仏典の数が――それこそ数えきれないほどに増えた原因は」

　厩戸へ抗弁すべく馬子は口を開いたが、言葉は発せられなかった。

　守屋が云う。「ほとんどの仏典は、作られたもの――後世、創作されたものだと皇子は仰せなのですね」

「インドでは常識に属することだよ。ナーランダー僧院で高僧たちから繰り返し聞かされたものだ。いってみれば仏典発達史とでもいうべきものを。サッダルマプンダリーカスートラっていう名前の経がある。漢土の言葉で訳したのが『妙法蓮華経』だ」

　馬子が声を洩らした。

厩戸はくすりと笑う。「やっぱり持ってるんだね。ぼくがあれほど妙法蓮華経を読みたいって訴えたのに、まだ手に入れておりませんって答えだったけど」

「い、いや、その……百済を通じて入手したのは、皇子がお旅立ちになってからのことでして……」

「ま、いいさ。その妙法蓮華経も、後世、彼らによって創作されたものだ」

馬子は色をなした。「これは皇子のお言葉といえど聞き捨てなりませぬ。妙法蓮華経こそは最高の経なり、勒紹法師はそう断言なさる。この馬子も法師に講義され、そう思うております。それを後世の創作物など。妙法蓮華経は、如是我聞――是の如きを我聞き、とはじまっているのですぞ」

「先例を踏襲しただけだよ、そんなの。実際にブッダの法話を聞いたわけじゃない。そう書けば、いかにも経らしく見えるからね。正確にいえば、如是我思、是の如きを我思ひき、とすべきものなんだ。大叔父も妙法蓮華経を読んだのなら、ブッダが説教をしている場面に、巨大な宝塔が地中から出現する場面があるのを知っているだろう」

「もちろんでございます」

「宝塔の上に向かってブッダが飛ぶのも」

「しかり」

「巨大な宝塔が突然現われたり、人間が空を飛ぶなんてこと、あるはずがないじゃないか」

ればいいのか。」馬子は自分の考えを暴露するかのように云うと、守屋が声をあげて笑った。


厩戸がそっけなく云うと、守屋が声をあげて笑った。

馬子の顔に朱がそそがれた。「ブッダならあり得ること、いいえ、ブッダの力を以てすれば当然の奇蹟、神秘でありましょう」

「もし仮にブッダが妙法蓮華経を読んだとしたら、あまりの噴飯ものの内容に呆れてしまうだろう。怒るだろうし、泣くだろうね——いや、怒るだの泣くだというのは、あくまで言葉のあやだ。ブッダはそんな感情を超越しているのだから。でも、呆れるのは確かだと思う。これはいったい何だ、ここに書かれているブッダはわたしではない、って。それというのも、奇蹟とか神秘とか、そんな超自然的なものを、一切合財、教えから排除したのがブッダだったのだから」

守屋がしかつめらしく云う。「煩悩というものを完全に消滅させるためにはどう修行すればよいか——それがブッダの説いた教え、とのことでございましたな」

「そう」厩戸はうなずき、憐れみのこもった視線を馬子に向けた。「納得できないのも当然だ。馬子の大叔父はインドを見ていないんだから。漢土の言葉で訳された経典を、百済の法師の助言だけを頼りに読んでいるんだから。一方的なものの見方を押しつけられ、疑いもなく受け容れているんだ、大叔父は」

「皇子、わたしは——」

「彼らが創作したのは経だけじゃない」厩戸は容赦なく続けた。「ブッダも創作した」

「ブッダも！」

「そうだ。阿弥陀というブッダ、阿閦というブッダ、宝生というブッダ、薬師というブッダ、毘盧遮那というブッダ――それらの創作ブッダに合わせて経がつくられたと云っていいだろう。ブッダは生前、そんなブッダがいることなんか一言も口にしなかったのに」

長い沈黙がつづいた。

厩戸の報告は馬子にとって、破壊だった。自分の信仰を打ち砕かれてしまった。反論しようにも、仏教発祥の地で学んできた厩戸に対して、信仰の入口に立っただけの自分に何が云えるだろうか。馬子の脳裏には混乱が渦巻くだけだ。何ということか、このままでは仏教を倭国に受け容れさせようという望みそのものが、断たれてしまう。

万事慎重な守屋の顔には、満足の色が浮かびあがっている。思いついたように柚蔓を見やった。

「皇子さまの」主の視線を受けて柚蔓は首肯する。「仰せの通りかと」

馬子が声をあげた。「虎杖、どうなのだ」

「わたしは――」虎杖はためらいがちに応答する。「僧侶にはなりませんでした。詳しいことはチンプンカンプンですが……」

「ですが何だ」

「漢土で目にした僧侶と、インドの僧侶とでは、まったく違っております」

厩戸は平静な調子でつづける。「一切衆生を救済するというふれこみの超人的ブッダを信仰する彼らは、自分たちのことをマハーヤーナと称した。大乗、大いなる乗物という意味。一切衆生を救うからには、救いの乗物はそれに見合って大きくなければならない、という理屈だね。そして自称大乗の彼らはそれまでの仏教をヒーナヤーナ、小さい乗物と呼んで冷笑した。自分の悟りばかりを考える者には個人用の小乗で充分だって。でもね、大乗の仏教は、インドでは主流になれなかった。なぜなのかは、云うまでもない。だって、インドの人たちは知っているのだもの、彼らが新しく経を創作したっていうことを。新しいブッダを創作したっていうことを知っているのだもの。ニルヴァーナの会得を目標とする史実のブッダを利用して作り上げた、自分勝手な都合のいい新ブッダだってことは、インド人は百も承知だ。だから、信じたい者だけが信じる。その数は少ない」

守屋が質問を挟んだ。「では、ほとんどのインド人は、従来の――ニルヴァーナの会得を目標とする従来通りの仏教を信じているのですな。ヒーナヤーナとかいう」

「それがそうじゃないんだな。仏教の勢いは衰えている。ぼくの目に映ったインドは、固有信仰のバラモン教が巻き返しているように見えた」

「これはこれは」守屋は笑った。「仏教は発祥地で衰退しつつある、と。それも当然かもしれませぬな。人間の煩悩を消滅させるなど万人にできる芸当ではない。一般民衆の支持を得られぬのは当然でしょう。かといって新興の創作物、改変物とわかっていながらマハーヤーナを信じるのも愚か者のすることだ」

厩戸は認めた。「大連の云う通りだ」

「大臣」呼びかける守屋の声には、もはや勝負がついたとばかり余裕の響きがある。「発祥の地でさえ衰えている、そんな異国の宗教を倭国に持ちこんで、どんな益があると云うのだ。やはり皇子をインドにお送りたてまつってよかった。この際きれいさっぱりと仏教信仰など捨てて――」

守屋が途中で言葉を切ったのは、厩戸が口を動かしていることに気づいたからだった。

「――や、これは皇子、失礼をいたしました。どうやら聞き逃してしまったようで。今、何と仰せでございましたか」

「このインド仏教が、漢土に入った。漢土への仏教渡来は、後漢ができて、ほどない頃だという。ヒーナヤーナもマハーヤーナも一緒に入ってきた。本格的に広まるのは、三百年ほどが経った時代のことらしい。当時、漢土は北から西から五胡が侵入して大混乱に陥っていたから、人々は仏教という新しい信仰に救いを求めたんだろうね。煩悩の消滅を目的とするヒーナヤーナと、人間の救済を目的とするマハーヤーナ、明日の命も知れぬ乱世に生きる人々がどちらに魅力を感じたか、考えるまでもないことだろう。まして漢土の人たちは、マハーヤーナがヒーナヤーナを改変して創作されたものだなんてことは思いもよらない。たとえ説明されたとしても、インドの人たちのような、仏教がどう発展し、変遷し、変化を遂げてきたかという肌身の歴史感覚は持っていない。漢訳された経は、大乗も小乗もすべて如是我聞で始まっているから見わけがつかないしね。結局、内容が勝負となる。出家し、修行して自力で煩悩の消滅をめざす労力、煩雑さに較べ、在家のままでも仏像に手を合わせ、経を呪文のように唱え、僧侶に布施する、これで仏の救いがもたらされるならば、人々は断然そちらを選ぶ。すなわち、大乗を」

「道理ですな」

守屋が余裕であいづちを打つ。

「馬子の大叔父」厩戸は呼びかけた。「九年前、勒紹法師が、ぼくをクマーラジーヴァ、鳩摩羅什（くまらじゅう）に喩（たと）えたのを憶えてるかい」

「鳩摩羅什？」馬子は記憶の底をさぐるような顔になって、まもなくうなずいた。「そうでしたな、皇子。鳩摩羅什、妙法蓮華経の訳僧に」

「鳩摩羅什が訳した三十五部二百九十四巻のうちのほとんどが大乗の経典だった。ぼくが帰路に陸路を選んだのは、鳩摩羅什を意識してのことだ。砂漠の王国クチャ国の王子として生まれた彼が、インドで仏教を学び、陸路で長安（ちょうあん）に入った。その道を、ぼくも辿ってみたかった。鳩摩羅什の目に映ったものをぼくも見てみたかった。そして何より、仏教を受容した漢土の中心、都を見たかった。漢土がどのようにして異国の信仰である仏教を受容したのか、それをこの目で確かめたかったんだ」

守屋はかすかに眉をひそめ、馬子は背筋を立て直した。

「漢土には道教という固有信仰がある。これと仏教とはどういうふうに折り合いをつけているのだろう。ぼくはそれを調べようと長安の都を――今では大興城というのだけれど、あちこち見てまわった。その結果わかったのは、インドの仏教は漢土で大きく生まれ変わったということ。インドのマハーヤーナは、漢土古来の習慣や風習、伝統的なものの考え方、見方と融合、習合して、独自の発展を遂げていた。もちろん大乗の核心である自他の救済という理念は変わっていない。そしてね、本場インドを凌(しの)ぐまでに仏教信仰が盛んになっていた。この、漢土で土着化された漢土仏教を、百済は受け容れた。馬子の大叔父はそれを――百済仏教を以て仏教だと思っている。その背景には、いまぼくがこれまで長々と話してきたことがあったわけだ」

　厩戸はいったん言葉を切った。守屋は愁眉を開いていた。ふたたび晴れやかな、勝ち誇った顔を取り戻している。馬子は足掻(あが)くような表情に戻っていた。

「まとめてみようか。ブッダが説いた煩悩の消滅という原形に、後世いろいろな付属物、改変物、創作物がまとわりついて肥満、肥大化した大乗の仏教、それが漢土に入り、すっかり漢土化、土着化して、周辺国から見れば漢土こそが仏教の本場であるかに見える状況になった。その漢土仏教が先の先の帝、ぼくのお祖父(じい)さん天国排開広庭尊(あめくにおしはらきひろにわのみこと)の時、百済経由で伝わってきた。ぼくが自らインドで学び、砂漠の諸国、北朝の隋、南朝の陳で見聞してきた諸々のことを知る由もない百済王が、この教えはすべての教えの中で最も優れているなどと、いい加減なことを云って、倭国での信仰を勧めてきたんだ」

「皇子――」馬子が弱々しい声をあげた。「皇子は仰せになった、百済由来の漢土仏教は、インドで創作された新・仏教である、と。されば、経を読み、偈を唱え、仏像に祈りを捧げても、何の益もないということなのでしょうか」

「いくら熱心に経を読み、偈を唱え、仏像に祈りを捧げたところで」厩戸は馬子の言葉を冷たく繰り返した。「その功徳(くどく)によりブッダが信者の祈りを聞き届け、仏力を以て信者の望みを叶える――たとえば干天に雨を降らせたり、作物を豊かに実らせたり、戦いを味方の勝利に導いたり、国家を安泰ならしめたり、個々人の悩みを取り除いたり、死後の成仏を成就(じょうじゅ)させたり――といったことはない。あり得ない。そう考えるのは、空想だ。荒唐無稽の極みということになる」

馬子は室内に大きく響くため息をついた。

代わって守屋が感に堪えない声をあげた。「感服つかまつりました。この守屋、皇子もご存じのように、仏典を秘かに収集し、仏教を研究してまいりました。それと申しますのも、彼ヲ知リ己ヲ知レバ百戦殆(あやう)カラズ――『孫子』謀攻(ぼうこう)に学んだがゆえにございます。読めば読むほど仏典には不審な個所がある。山ほどある。甲の仏典で主張していることを、乙の仏典では否定したり、あるいは無視したりしている事例に事欠きませぬ。それを以てして、仏教を倭国に受容すまじき例証と考えてまいりましたが、どうにもわからぬのは、そうした仏典相互の矛盾がなぜに生じたのかということでした。皇子のお話は、長年わたしが抱えてきたその疑問に明確な答えを与えてくださいました」

「よかったね、大連」

厩戸は応じた。どこか突き放したような響きの声音だった。それを守屋が気に留めなかったのは、勝利の昂揚感からか。

「もはや勝負あったな」

肩を落とし、うなだれた馬子に呼びかける守屋の声には、政敵に対する最終的な凱歌(がいか)だけでなく、まがりなりにも政という労苦を共にし、国を導いてきた同伴者への憐れみも響いた。

「我ら両人が厩戸皇子をインドへお送りたてまつったのは、一種の賭けであった。本当の仏教にお触れになった皇子が、それをどのようにお考えあそばすか。賛同なさるか、反発なさるか——おぬしは前者に賭け、わたしは後者に張った。結果は、この守屋の勝ちと出た」

「たわけたことを」馬子は首をふりあげた。顔色こそ血の気を失って蒼白だったが、目はギラギラと輝いていた。断崖絶壁にまで追いつめられた獣が、最後の最後に踏みとどまり、逆襲に転ぜんとする力を漲(みなぎ)らせた眼光。「確かに皇子は、反・仏教となってご帰還あそばされた。しかし大連、わたしは退かんぞ。陛下は、仏教受容の諾否のご意志を未(いま)だ明確になさっておいでではない。なぜか。それは、仏教を捨てがたくお思いでいらっしゃるがゆえ。わたしは万言を費やしても陛下をご説得たてまつり、崇仏を実現するつもりだ」

「あきらめの悪い男だな、我が義弟どのは」守屋は興醒(きょうざ)めした表情になった。久しく使わなかった義弟という言葉で軽口をたたくと、厩戸に顔を向け、語調を改めて云った。

「陛下に、皇子からも是非お話し願わしゅう存じます。先の百済王が勧めて参った仏教なるものは、創始者ブッダの唱えた教えとは似ても似つかぬ、後世の創作物、捏造物である旨を」

　厩戸は応じた。「ぼくは父上に、申しあげるつもりだ。倭国は一日も早く仏教を受け容れるべきだ、と」

　はっと息を呑む音が重なった。柚蔓と虎杖が即座に反応したのだ。インドを出て以来終始厩戸と行を共にしていた彼らは、ようやく厩戸の真意を知ったのである。

　二剣士に較べ、守屋と馬子の反応は鈍かった。馬子は厩戸の言が耳に入らなかったかの如く、ギラギラする目で守屋を睨みつけたままだったし、守屋は守屋で、半ばうなずきかけたほどだった。

「――や、皇子、いま何と仰せに……」守屋の顔にゆっくりと当惑の色がひろがってゆく。

「倭国は一日も早く仏教を受け容れるべき、そう父上に申しあげるつもりでいる」

「何ですと？　これはお戯れを」

「戯れではない。ぼくは本気だよ」

　馬子が視線を厩戸に向けた。何か異変が起きていると気づいた者のように目をしばたたく。守屋は厩戸を凝視する。誰も何もしゃべらず、室内は沈黙が支配した。やがて守屋が眉をひそめて口を開いた。「先の百済王が勧めて参った仏教なるものは、大いなるまやかし——そうお見抜きになりながら、これを受け容れよ、との仰せ。わたしにはさっぱり訳がわかりませぬ。皇子のご趣旨をご説明願えましょうや」

　厩戸はうなずいた。「インドからの帰路、ぼくは隋を見てきた。隋は、この倭国なんか較べものにもならないほどの大国だ。南朝の陳は隋に滅ぼされる運命を辿るだろう。隋では仏教が栄えている。皇帝も信者だ。僧侶たちも一大勢力となっている。仏教はただ信仰というだけじゃない。学問であるし、思想でもあるし、芸術であり、技術でもあって、要するに文化そのものといっていい。人は、仏教と接触することによって高次の存在となる。さらに学問をみがき、思想をたくましくし、芸術を洗練させ、技術を発展させて文化を繁栄させることができる。国と仏教とが一体になって発展しているんだ、漢土ではね。仏教という体系に、それだけの力があるということなんだ。高句麗、百済、新羅が相次いで仏教を受容したのも、そのためだ。国を発展させるためさ。裏を返していえば、仏教を受容しなければ国が滅ぶからだ」

「国が滅ぶ？」

「そう。時代の潮から取り残されてしまい、その先に待っているのは亡国だ。ぼくは倭国の皇子として、自分の国を滅ぼしたくない。責務だ、ぼくの——だから、父上に仏教の利を説き、受容をお願いしようと決意した」

「畏れながら」柚蔓が割って入った。「皇子さまにお伺いいたしたき儀がございます。皇子さまは、いつごろからそのお考えを？」

「隋を見てからだ。インドを出たときは、こんな教えは倭国に絶対なじまないと思っていた。隋で見たのは、見事に漢土化された仏教だった。漢土で、何百年という長い時間をかけて、漢土の人間に合うように改良され、まろやかに熟成していった漢土の仏教だった。それを見たとき、ああ、これならばと思ったんだよ。何よりも隋の発展ぶりが魅力的だったしね。学問、思想、芸術、技術——総合としての仏教が、隋にいたるまでの漢土の国々を発展させてきたに違いないんだ。でも、最終的に決断したのは、倭国に戻ってきてからだ。この先も、仏教を取り入れずに、この国はやってゆけるだろうか。隋に対抗できる国にするための、芯というか核のようなものが倭国にはあるだろうか。ぼくはそれを探したけれど、残念ながら見つけられなかった。柚蔓、虎杖——」

　二剣士に呼びかける。「ぼくたちが見た大興城のそっくりすべてとは云わない、その何分の一、いや何十分の一、何百分の一でもいいから、あの繁栄を倭国にもたらしたい。ぼくはそう考えるんだ」

「そなたの見込み、外れたな」

三輪への帰り道、守屋は柚蔓に云った。非難めいた響きはまったくなかった。

「申しわけございません。皇子さまの仏教に対する冷淡を拝察いたし――」

「よいよい。とがめだてするつもりはないのだ。しかし由々しきことになったものよ。皇子が馬子の側に着こうとは。馬子め、今ごろは祝杯をあげておろうな」

「大連の引き際、お見事でございました」

「あの場での反撃は難しい。一時的に撤退するに如かず。皇子のお考えをくつがえす方策は何かないものか。皇子の弱点というべきものが」

事態の重さを悟って守屋の声は重い。

「皇子、どうかお考え直しを。性急にことをお進めにならず、近く今一度この守屋めとお話しくださいますよう、切にお願い申しあげます」

守屋はその言葉を残して蘇我邸を辞した。激昂（げっこう）してしかるべきところ、その寸前に平静さを取り戻し、さらりと身を引いた感があった。厩戸が振り下ろした慮外の一撃をかわし、勝負を先延ばしにしたのだ。一気に攻めて物事を煮詰めさせてはならない、というのが政治家としての彼の哲学。それを実践してみせた。

「弱点――」

柚蔓は言葉を探すふりをした。ブッダになった厩戸皇子にどんな弱点があろうか。

「大連の言葉を借りれば、賭けに勝ったのは大叔父だ。もう少し喜んだらどう？」

守屋と柚蔓が辞去した後、馬子は放心の態で椅子に身体をうずめていた。

「喜びも半分というところでございます、皇子よ」

気抜けした声で馬子は答える。投げやり、といっていい。

「半分？」

「皇子は、わたしの信仰を粉微塵にしておしまいになった。この法は、諸々の法の中で最も殊勝れています――先の百済王の言葉を信じたればこそ、仏像を拝み、経を唱え、研鑽に努めてまいったのですぞ。それを皇子は、仏教のすべてを解き明かすことで、仏教の神秘性を冷酷に剝ぎ取り、いわば丸裸になさった。わたしの夢は砕かれてしまった。正直なところ、何やらこう、恨めしい思いです。賭けに勝ったなど、とてもとても。もっとも、わたしがこのような思いでいることを、大連にだけは知られたくありませぬが。今は衝撃が大きすぎて、力が出ないありさまです」

「困るなあ、そんな体たらくじゃ。正体がどうであろうと、一日も早く倭国は仏教を受け容れなければならない。急務と云っていい、ぼくたちの」

「ぼくたち？」

「ぼくと、馬子の大叔父のさ」

「いやはや、もう何と申したらよいやら」馬子は、大きく溜め息をつき、のろのろと云った。「わたしの胸の中で燃え盛っていた仏教への情熱の炎が、消えてしまったような……」

「しっかりしてよ」

「そ、そう仰せになられましても」

馬子は畏怖のまなざしを厩戸に向けた。本来ならば、そのような感情を露わにはしない男だが、虚脱状態にあるためか、言動の制御がうまくできない。馬子の知る厩戸は、九年前の厩戸である。七歳の少年だ。記憶力に優れ、漢籍を読むことのできる早熟な天才児として認識してはいたが、インドに学び、漢土を経て帰ってきた厩戸は、馬子の目に、畏るべき存在として映ったのだった。

「情熱が消えた？　消えてよかったじゃないか。情熱の炎にあおられて行動すると、ろくなことにならないってブッダも教えている。ぼくはね、馬子の大叔父、漢土仏教を倭国に受け容れるとは云ったけど、情熱のおもむくままに何でもかんでも取り入れればいいってものじゃないんだ。これは政策としてとらえるべき事業だ。倭国の未来がかかった、国家的大事業だよ」

「国家的大事業――」

馬子は呆然と厩戸の言葉を繰り返す。如何にして仏教の受容を天皇に認めさせるか、馬子は営々それに腐心してきた。孜々(しし)として努めてきた。それを厩戸ときたら軽々と飛び越して——既に受容されたものとの前提のうえで、話を進めているのである。

「皇子さま」影のごとく控えていた虎杖が云った。「ご決断、腑に落ちるような気がしております」

厩戸は笑顔を向けた。「虎杖なら、わかってくれると思っていたんだ」

「畏れ入ります。漢土でインド仏教は変わってしまった——その現象を、皇子は人為的に目論んでおいでなのですね。漢土仏教を、倭国の風土に合うように、さらに変えてしまおう、そうお考えなのですね」

「それこそが」厩戸はうなずいた。「ぼくの使命だと思っている」

厩戸の懸案は二つあった。

一つは、仏教受容に対する己の考えを守屋と馬子に話して聞かせること。これは遂行した。排仏派の守屋を否とし、崇仏派の馬子を是とした。馬子の望んだ形とは幾分か違ってしまったものの、旗幟(きし)を鮮明にし、崇仏派につくと宣言したことになる。守屋を説得して翻意させるという課題は積み残したが、第一歩は踏み出したのだ。

もう一つの懸案となると、これがさらにやっかいで、なかなか踏ん切りがつかなかった。

その思いから逃れるように厩戸は連日馬に乗り、大和盆地を縦横に駆けた。ある日、畝傍山（うねびやま）のふもとで叔母に出くわした。先帝の継后にして、父帝の同母妹の額田部皇女に。緑濃い林の中に赤や黄、紫の色がちらつくのを訝しんで馬を止めた。近づいてゆくと、遠目には動く花群かと見えたのは華やかな衣服をまとった女官たちの一団で、彼女たちを指揮しているのが額田部皇女だった。

「これは厩戸皇子の。遠乗りに精を出していると聞いたが、こんなところで出くわそうとは」

額田部皇女は何の隔意もない、甥に接する叔母ならではの慈愛あふれる笑みを浮かべた。母は子の養育に責任がともなうがゆえに厳しさを忘れるわけにはいかないが、その点、叔母は肉親としての愛情を無責任に注ぐことができる。

「昔から皇子は馬が好きであったな」

「はい。母は厩の扉前で産気づいたとか。その縁やも」

厩戸は黒駒のたてがみを撫でた。黒駒がうれしそうにいななき、鼻面を厩戸の頰にこすりつけてくる。帰国祝いにと異母兄の田目から贈られた若馬だ。そのつもりで育ててきた馬だ、と田目は云った。

「わらわも馬が好きじゃ。兄上もな。昔は兄妹そろって仲よく遠乗りしたものじゃ。その血が、皇子にも流れているのであろう」

額田部皇女のしゃべり方は、すっかり皇后――今では皇太后だが――のそれが板についている。往時を回想してか、懐かしそうな表情を浮かべたが、そこにあるかなきかの翳りが忍び寄った。「さりながら、我が子が馬嫌いに生まれついたとは、これはまたどうしたことであろうのう」

「竹田皇子が？」

「馬を恐がって、近づこうともせぬ。馬に乗れぬ皇子など、物笑いの種じゃ。どうであろう、厩戸の、あの子に馬を手ほどきしてくれぬか」

「叔母上のご所望でしたら」

厩戸は請け合った。九年も日本を離れていたのである。皇族間の絆（きずな）を深めるためには、願ってもないことだった。

「諾（うべな）っておくれか」

「今からでも参ります。それはそうと、叔母上はこんなところで何を？」

厩戸は視線を額田部皇女から女官たちに移した。チラチラと、あるいは頬を染め、はたまたうっとりとしたまなざしで厩戸を見ていた女官たちが、あわてたように目を伏せる。

「踏査じゃ」

「踏査？」

「この畝傍山について、皇子は何を知っている」

記憶をまさぐる。七歳までの記憶を。天香久山(あまのかぐやま)、耳成山(みみなしやま)、そして畝傍山。平野の中に、さながら孤島のごとく聳え立った三つの山。畝傍、畝傍、畝傍……。

　厩戸は首を横にふり、正直に云った。「何も知ってはいないようです」

「畝傍山はな、我ら皇族にとって重要な地なのじゃ。神日本磐余彦(かむやまといわれびこ)がこの山の麓で初代の大王(おおきみ)となったと伝わる」

　その名は、さすがに記憶していた。確か父帝から教えられたのだ。自分たちの始祖として、太祖として。だが、それだけだ。

「即位の地？」

「さよう」額田部皇女はうなずいた。「畝傍山麓の橿原宮(かしはらのみや)に都して即位という。しかし、どれぐらいの歳月が経過したものか、都の跡は影も形もない。わずかなりとも、その痕跡が見つかりはせぬか。その思いで、わらわはこの者たちを連れて、この一帯を踏査しているのじゃ」

「倭国の歴史に、叔母上は関心をお寄せなんですね」

「関心どころではない。倭国の歴史書を編纂(へんさん)する、それがわらわの夢なのじゃ」

「倭国の歴史書——史記や漢書のような？」

「その通りじゃ」

　額田部皇女は、まるで同志を見出したように顔を明るくし、声を弾ませた。「うれしいぞ。わらわの話を聞いて、史記、漢書を持ち出したのは、厩戸の、そなたが初めて。皇子も歴史に関心を持っておるのじゃな？」

「史記や漢書を読んだとき、このような書物が倭国にないことを残念に思いました」

「史記、漢書を読んだじゃと？」皇女は驚きの声をあげたが、すぐに納得した。「それもそうじゃな。そなたは九年も漢土におったのじゃ。漢籍に親しんで当然かもしれぬ」

倭国にいた時に読んでいたことは云わずにおいて、「だからこそ、倭国の歴史を知りたいと心の底から思っています。なにしろ、神日本磐余彦大王のあと、どなたが大王になり、それが今の父帝にどうつながるのかまったくわからないのですから」

「神日本磐余彦大王の後は、第三皇子の神渟名川耳尊が継いだ。ま、それからのことはおいおい調べ出してゆくとして、今は神日本磐余彦の事績を調べるのに余念がない」

「神日本磐余彦大王以前の歴史はもうお調べに？」

「神々の事績には異伝が多くあって、ほとほと困り果てたが、ともかく集められるだけのものは集めた。憶部の者どもに蓄えさせてある。天と地が剖れた頃から始まって、神日本磐余彦大王が日向を発して大和に到り、この畝傍山麓の橿原宮で即位するまでを」

　神々の事績——難波の大別のもとに仏典を見に行ったとき、神話の楽劇が興行されたことを厩戸は思い出した。あの時は、ただ面白がって見ていた記憶しかないが、それなりの伝承、意味に裏打ちされてのものだったにちがいない。

「知りたいか、厩戸の」

額田部皇女が顔をのぞきこんできた。

「はい」

「我が屋敷へ参れ。憶部の者どもに語らしめよう。竹田のことも頼んだぞ。本日の踏査はここまでじゃ。帰るとせん」

女官たちが歓声をあげた。


その日から厩戸は連日、額田部皇女の屋敷に通いつめた。憶部の者たちが暗誦（あんしょう）する神々の事績を夢中になって聞いた。神話それ自体は長いものではないが、皇女が云ったように、とにかく異伝が多いので、すべてを聞き終えるまでには、この先も時間が必要のようだった。

竹田皇子への乗馬講習は、皇子がかたくなに固辞したため、母親の額田部皇女は断念した。その反動であったか、厩戸を相手に倭国の歴史を講義、解釈することに熱中した。

ある日、厩戸は夕食後、母后の部屋へと呼ばれた。

「みんな心配しています。口には出さないだけで」

単刀直入に間人皇后は核心を衝いた。

「はい、母上」

静かに厩戸はうなずいた。みんなが何を心配しているのか、とは問い返さない。

皇后は、かすかな驚きの色を刷いてしばらく厩戸を見つめ、やがて声音を柔らかいものにして再び口を開いた。「では、知っていたのですね。自分がどう見られているのかを」

「心配をおかけして、申しわけないと思っています」

「あなたは――」皇后は深く溜め息をついた。「変わってしまった……いいえ、人が変わるのはよくあること。結婚して変わってしまう……失敗したり、挫折を味わったりして変わってしまう……子供が大人になって変わってしまう、まるで別人になってしまう……そんな人たちを母はおおぜい見てきました……でも、あなたに限ってそんな変わり方ではない……」

「どんな変わり方だと?」

ためらい口調でつかえつかえ話す皇后に対し、あえて挑発を試みでもするように厩戸は云った。

「あなたの変わり方といったら……うまくは云えないのだけれど……気を悪くしないでね、厩戸。まるで人ではなくなってしまったような気がして……」

当然だ、と厩戸は胸の内でうなずく。ぼくはブッダになったのだから。漢人たちはブッダを漢字に音訳するに「仏陀」の二文字を以てした。仏とは云い得て妙だと思う。仏の本字「佛」は「人ならず」という意味なのだ。続けて皇后が発した言葉は、さすがに厩戸を驚かせずにはおかなかった。

「蘇我大臣の屋敷で、仏像というものを見せてもらったことがあります。薄暗い闇の中で金色に輝いている仏像というものを――恐かったわ、あの穏やかな表情が。やさしい、それはやさしい笑みを浮かべているのだけれど、他の人のことは知らないって顔をしているのだもの。あなたを見ていると、厩戸、あの仏像を思い出すのです。仏像とあなたが重なって見えてならないのです」

「母上、ぼくは――」

厩戸は、皇后の口を封じるように、あわてて声を出した。何と、ぼくは狼狽しているのか？　ブッダの状態を解除した覚えなどない。なのに、ブッダが狼狽するだなんて……。

「ぼくは、漢土で新奇なものを見過ぎたようです。それで……ここへ戻ってきても、ぜんぜん落ち着かなくて……まるで夢を見ているようで……自分が夢の中にいるようで……」

「やはりそうなのね」皇后は納得したように何度もうなずいた。「あなたは、いちばん多感な時期を、いちばん過酷な状況で過ごした。だからなのね」

「必ず元に戻ってみせますから」

厩戸は皇后の手をとり、誓うように云った。もうひとつの懸案について彼が決意を固めたのは、この瞬間だった。「その代わり、何が起きても、ぼくを信じていてください」

柚蔓は、夢うつつのような日々を送っている。平和で、緑あふれる豊饒(ほうじょう)の大地。同じことが同じ場所で決まって繰り返される毎日。これが現実のこととはとても思えない。異国では、ナーランダー僧院で尼僧として学んだ一時期をのぞき、毎日が闘いだった。航海、砂漠の横断、雪山への登攀(とうはん)といった大自然との闘いがあり、漢土では厩戸を誘拐した道教団との、インドではトライローキヤム教団との、旅の途上では山賊や盗賊、砂漠の蛮族たちとの闘いがあった。しかし、ここ倭国では――。

虎杖も、このような思いでいるのだろうか。ふと、そんなことを考える。あの男に対して格別な思い入れなどないはず。まして今や、かなた蘇我、こなた物部という元の鞘におさまってしまった。それでも、この九年の苦楽を共にした同志として、彼の心情にも思いを馳せずにはいられなかった。

いや、虎杖などよりも、厩戸皇子を――。しかし皇子はブッダにおなりあそばした。手の届かない高みに昇っておしまいになられた。

皇子の仏教受容宣言。柚蔓にはわかる。仏教者としての布教ではなく、政治家としての政策なのだ、と。大国隋を見て、皇子は皇族としての意識を刺激された。自分だけが知る外の知識を以て、倭国を改革してゆこうと決心したに違いない。

しかし柚蔓には不審だ。それはブッダであることと相反する行為ではないのか。政治とは煩悩の凝縮された世界。煩悩から解脱した皇子に何ができる。ブッダになったゴータマ・シッダールタ王子は、自分の国の国事にかかわろうとしなかったではないか。

――どうなさるおつもりなの。

自分に何か手助けはできないだろうか。焦がれるようにそう思う。しかし皇子に近侍する身ではない。守屋の護衛剣士であり、厩戸対策の相談役といった立場にある。濁すべきは濁し、隠すべきは隠して守屋に伝えている。皇子に不利益があってはならない。それが柚蔓の思いだ。

三月も下旬になった。

夕刻、柚蔓は守屋のもとを退出した。ふと空を見あげると、太陽が二つに割れたように見えた。目を凝らせば、太陽そのものは依然として天空に照りわたり、そこから搾り出されるようにして生まれ出た新たな輝きが、光の滴りとなって、ゆるゆると降下しているのだった。

その輝きは、彼女の頭上に来ると、いったん動きを止め、横移動を開始した。輝きは人の形をしているようだったが、周囲がまだ明るく、しかと判別できない。あの時の金人（きんじん）によく似ているように思われた。托鉢修行に出る厩戸を見送るようナーランダー僧院で柚蔓に告げに来た、あの金人に。

輝きは遠ざかってゆく。西の方を目指して。柚蔓はきびすを返し、輝きを追って走り出した。

母后と話した翌日、厩戸は今や恒例となっている額田部皇女訪問は取りやめにして、終日を遠乗りに費やした。その日のうちに決意を実行に移さねばと思いつめたからだった。叔母による倭国史講義をのんびり受けている気分にはなれなかった。

厩戸は縦横に黒駒を駆った。黒駒は、完全に厩戸の愛馬となっていた。厩戸の意志を敏感に感じ取り、彼の思い通りに動いてくれる優秀な馬。

父帝は厩戸に近侍する舎人団を与え、この日も三人の舎人たちが付き従っていたが、彼らの馬は息があがり、ともすれば遅れがちであった。

夕刻、厩戸は大和盆地の西の端、生駒山を望むあたりにまで来ていた。近づくほどに生駒の峻容は眼前に立ちはだかり、降下してゆく西日を呑みこんでゆくかのようだ。

街道の前方にぽつんと馬影が見えた。何者かが騎乗している。それが誰だかわかった時、厩戸は黒駒を止めた。黒駒は厩戸の意志を感じとったか、だく足で前方の馬にゆっくりと接近してゆく。

「皇子さま」柚蔓が呼んだ。やや驚きをふくんだ声で。馬上の主は物部の女剣士だった。

「厩戸皇子さま」今度は嚙みしめるように呼びかけ「――やはり」とつづけた。

厩戸は小首を傾げた。「やはり?」

「憶えておいでですか」柚蔓は微笑みを返した。「皇子さまがナーランダー僧院をお棄(す)てになられた日のことを。あの旅立ちの朝のことを」

「忘れるものか。柚蔓は見送ってくれた。柚蔓だけが、ぼくの旅立ちを」

「わたしにそれがわかったのは――」

その後は、謎かけのように柚蔓は言葉を切る。

厩戸はあの時のやりとりを思い出した。たしか柚蔓は云っていた、旅立つ厩戸を見送る場へと彼女を導くものがあった、と。「――では、あれが、また？」

「はい、現われたのです。そうしたら、やはり、こうして皇子さまと」

厩戸は柚蔓を見つめた。この暗示は――。

「そうか、啓示だな」

今度は柚蔓が小首を傾げた。「啓示？」

仏教にはない術語だ。その時、彼女は近づいてくる馬蹄(ばてい)の響きを耳にとらえた。

「皇子さまっ」

「厩戸皇子さまっ」

引き離されていた舎人たちが、ようやく追いついてきた。三人そろって鋭い目を柚蔓に向ける。

「皇子さま、この者は？」

咎(とが)めだても無理からぬところ。美貌の女が剣を佩いているうえ、馬に乗ってもいる。しかも皇子の前だというのに下馬する気配さえ見せていない。畏(かしこ)まるどころか、親密な気配を漂わせている。不遜、と彼らの目には映じる。

「存じよりの者だ」厩戸は答えたが、すぐに思い直してつけ加えた。「物部大連どのの手の者。わたしは彼女の剣に助けられて異国で九年を過ごしたんだ」

「そうでございましたか」

舎人たちは態度を改めた。

「彼女としばらく話すべきことがある。おまえたちは先に帰っていよ」

「しかし――」

「大丈夫だ。彼女の剣さえあれば、恐るべきは何もない。こうして異国から帰国できたのが何よりの証じゃないか」

なおも舎人たちがためらう気配を見せたので、厩戸は語調を強めて再度命じねばならなかった。

三騎が東に向かって走り去るのを見届けると、

「行こう、柚蔓」

厩戸は西に向かって黒駒を駆る。

「はい」

柚蔓は馬腹を蹴って後につづく。

――行こう、柚蔓。

その言葉に、自然と柚蔓の唇に微笑が浮かぶ。何度その言葉を聞いたことだろうか。行こう、柚蔓。行こうよ、柚蔓。異国での日々が甦るようだ。どこへゆくのか、とは訊かなかった。話すべきことは何か、とも問わなかった。どちらも柚蔓にはわからない。それでいて、わかっているような気がするから不思議な感覚だった。

――わたし、また皇子に従っている。

それだけで胸が満たされる。

厩戸は生駒山中へ馬を乗り入れた。日は沈み、周囲は急速に暗闇が迫った。薄闇の中におどろおどろしく見えていた樹影も、まもなく黒一色に沈んだ。急勾配でうねるようにつづく山道に柚蔓は覚えがあった。三月四日、この道をくだって大和盆地へと降り立った。それを今は逆に登っているのである。

やがて山頂となり、厩戸が馬から降りた。黒駒の手綱を近くの枝に結びつける。柚蔓も同じようにした。

「ここは――」

周囲を見まわして柚蔓は気づいた。あたりは暗闇に溶け込んでいる。降りそそぐ星影によってかろうじて視覚に捕捉できる木々の様子や地面の形状といったものからすると、大和入りの前夜に野宿した場所に間違いなかった。

「そうだ、ぼくはあの夜、ここで眠った。柚蔓の膝の上で、昏々と」

厩戸が近づいてきた。間近で足を止め、真正面から柚蔓に向かい合う。佇立する二人の顔は同じ高さにあった。

――また背丈がお伸びあそばしたのだわ。

柚蔓の胸はうずく。

最初の出会いは、薬草刈りに出た布都姫のお伴をした時のこと。弓弦ヶ池のほとりの青の鳥居の辺りで厩戸と出くわしたのだ。七歳の厩戸と。その時は、まさかこんな長い主従関係になるとは思いも寄らなかった。この九年、柚蔓は厩戸の成長をずっと見てきたことになる。そして――。

厩戸が完全に大人の男になった証、それを柚蔓が目にしたのは、ベール・カ・ゴーシュト島の地下室でのことだった。厩戸が全裸で金銅仏と交わるという、およそあり得ない、だからこそ壮絶きわまりない姿を見た。あの時、不覚にも厩戸に対して覚えた凄まじい淫欲は、以来ずっと熾火となって柚蔓の胸の奥深くに保たれてきた。封じ込めてきたといっていい。

それが今にも復活しそうな気配を柚蔓は感じとった。胸がうずく。熱く、熱くうずく。下半身にけだるい痺れをおぼえる。なぜなのだろう。暗闇の中、こうして厩戸と二人きりでいる――あの時との状況の類似性がそうさせるのか。

「トライローキヤム教団の島で――」

厩戸の言葉に、柚蔓ははっとした。まさか、皇子さまも、わたしと同じことを考えていた？

「――ぼくは柚蔓に告げた、ブッダになった、と。その肉体的な証も見せた」

「おぼえております」

頰が火照（ほて）る。今にもはずみそうになる息を抑えて柚蔓は慎重にうなずく。

「ブッダになることは、性的熱量を自由に制御することだ。それにつきる。その結果、煩悩から解放される――解脱だ。でも、その代償はあまりにも大きい。性的熱量とは生きる根源なのだから。ぼくは倭国に帰ってくるまで、この先もずっとブッダのままでいられると考えていた。性的熱量を自由に制御する、つまりブッダである状態とそうではない状態とを自由に切り替えられる、二つの状態を自在に行き来できると思っていたし、げんにそうしてきた。でも――」

厩戸は言葉を切り、しばらく沈黙した。柚蔓は声をかけず、つづきを待つ。厩戸の口がふたたび開かれた。「あの夕方、ここから大和盆地を望んで、ブッダの状態を停止するやいなや、ぼくは感情の奔流に耐えきれずに気を失った。ブッダと非ブッダの切り替え――これまではできた。ちゃんとできていた。それというのも、彷徨（ほうこう）という非日常の中にぼくはあったからだ。あるいはゴータマ・シッダールタ王子のように、教団の中に閉じこもってしまえば、それができるのかもしれない。いや、教団という鎧、要塞があれば、何も非ブッダになる必要なんかない。ブッダのままいつづけられる理想的な環境なんだからね。勘繰るならば、シッダールタ王子はそのために教団をつくったんじゃないかとさえ思う」

「皇子さまの仰せは、柚蔓にもわかるような気がいたします。ナーランダー僧院で仏教の入口なりとも学びましたので。つまりは、こういうことでございましょうか。――ブッダになったシッダールタ王子が、教団を組織したりなどはせず、故国のカピラヴァストゥに戻り、父のシュッドーダナ王の政治を補佐する。そのとき王子はブッダの状態のままでいられるだろうか、ブッダとしてやっていけるのだろうか、そう皇子さまは自問なさっておいでなのですね。それが、今の皇子さまのお立場でいらっしゃるからには」

「そうなんだ」声に力をこめて厩戸はうなずいた。「柚蔓がそこまでぼくのことをわかってくれるなんて」

柚蔓は微笑で応じた。厩戸は何か重大なことを告げようとしている。そんな予感が迫った。それも柚蔓だけに告げようというのだ。そのことが何であれ、心を落ち着けなければ、備えなければ、皇子の決意を、決断を受けとめなければ。

「シッダールタ王子は悟りへの道を説いた。でも、ぼくにそんな気はない。その点では、大連と立場は同じだ。漢土仏教を受容しようというのは、純粋に宗教的な理由からではなく、あくまで政治的なもの。倭国の未来を考えてのことだ」

「わたしは皇子さまのご決断に同意しております。隋という国を見たからには」

「柚蔓もそうか」

「インドでの日々は夢の中の出来事だったような気がしています。でも、隋は現実で、あの大国ぶりには衝撃を受けました。一介の剣士に過ぎないわたしでさえ、倭国は遅れている、今のままではいけない、何とかしなければと焦るほどに――。皇子さま、どうか倭国を未来へとお進めくださいませ」

「性的熱量を抑制したブッダの状態にあっては、ぼくには、それができない。現実世界は性的熱量の、すなわち生きる根源の激しくぶつかり合う場なんだから。結局のところ、解脱というのは逃避なのさ。ブッダは、悟りを得たと称して、人間の営みから逃避したんだ。逃避していては、現実の問題は何一つ解決しない。だから――だからね、柚蔓」

　厩戸の声音は低くなり、ささやきに近くなった。

　一瞬、柚蔓は息をつめた。ついに、その瞬間が来たことを知った。厩戸の決断を受け止める時が。

「皇子さま」

「ぼくは、ブッダであることを止めようと思う。一時的にじゃない。この先も、ずっとだ。ほかならぬこの倭国で、生まれた国で、しがらみのある国で、ブッダであることを止めれば、ぼくはなすすべもなく煩悩にまみれ、押し流され、ブッダに戻ろうとしても二度と戻れなくなるだろう。いや、そんなことはどうでもいい。それよりも怖いのは、感官を感情の嵐に吹き荒らされて、気が変になってしまうことだ。なまじブッダだったために。この前、ここで、危うくそうなりかけた。そのとき、ぼくを救ったのは、柚蔓、おまえのひざ枕だった。だから、おまえがずっといてくれるならば、ぼくは煩悩まみれになっても生きてゆけると思う。お願いだ、煩悩に押し流されるぼくを支えてほしい、ぼくのそばにいてほしい」

「それで、それでよろしいのですね」

「シッダールタ王子は、悟りを得ようとして自ら出家し、修行を積み、その結果、望みどおりブッダになった。ぼくは違う。先帝の禁忌に触れて国外追放になり、守屋の大連と馬子の大叔父の思惑でインドへとやられた。ブッダになろうとも思わなかったのに娼館での境遇の結果としてブッダになってしまった。すべては成りゆきで、すべては受け身だった。ブッダを止めるということは、ぼくの意志だ。ぼくが初めて行使する、ぼく自身の意志なんだ」

柚蔓は、佩いていた剣をはずすと、傍らに抛り投げた。やわらかく生えそろった草むらは、鞘ごめの剣の重みを吸収し、小さな音をたてさせただけだった。つぎは帯鉤。留め金具は、邪気のない澄んだ音を闇に響かせた。革帯を抜き、着ているものを次々に脱いでゆく。

　夜目にも白々とした裸身が、闇の中にぼうっとけぶるように現われた。豊かに実った乳房も、むっと生えそろった股間の茂みも、柚蔓は隠そうとする気配を見せなかった。

「今、額田部皇女に、倭国の歴史を教わっている」

　これまでと変わらぬ口調で厩戸は云った。

「何か面白いことがございまして？」

　柚蔓の胸の谷間には、小さな翡翠の勾玉が汗ばんだ肌にぴたりと張りついていた。その首飾りを抜きとる時、乳房が重たげに揺れた。

「弟神の素戔嗚尊（すさのおのみこと）の暴れ方がひどくてね、姉神の天照大神（あまてらすおおみかみ）は天の岩戸に閉じ籠もってしまうんだ」

「姉神と弟神——」

　有名な伝承だ。女のほうが年上で、男は年下という隠喩だろうか。そう思いつつ、柚蔓は両腕をかかげて腋を晒（さら）した。

「重い岩戸はぴたりと隙間なく閉ざされた。天照大神は陽の神さまだ。それが岩戸に籠もったので、この世は闇に閉ざされてしまった」

「神々はさぞやお困りに」

　髪留めをはずす。結い上げていた黒髪が音をたてんばかりの激しさで背中に落下した。顔の前に垂れ落ちた髪を柚蔓はかきあげた。

「神々は知恵を絞った。岩戸の前で、呑めや歌えやのどんちゃん騒ぎをはじめた。天鈿女命という女神が踊りながら服を脱いでゆく」

「踊りを」

柚蔓はその場で優雅に一回転してみせた。石上神宮の巫女団の出身なのである。奉納舞は一通り仕込まれていた。今は剣士だが、主君の護衛だけが任務ではない。公式行事の際には剣舞を披露することもたびたびだった。厩戸が舞いを所望なら舞ってみせよう。ブッダという岩戸の前で、あからさまな裸踊りを踊ってみせよう。

厩戸はつづけた。「神々が喜ぶ声を聞いて、天照大神は不思議に思った。こうしてわたしが隠れて、みな困っているはずなのに、この楽しげな気配ときたら何だろう。で、岩戸をすこしだけ開けて、外をのぞいてみることにした」

今度は厩戸が服を脱いでいった。折から雲が風に吹きやられ、天空に星の輝きが冴えわたった。

「ブッダも――ニルヴァーナという岩戸の中に立て籠もったブッダも、そうするのでしょうか？　楽しげな気配に誘われて、すこしだけニルヴァーナに隙間をつくるのでしょうか？」

柚蔓がそう訊いたとき、厩戸は下帯を解いた。十六歳の少年の、まだ大人にはなりきらない華奢な裸身が、降りそそぐ星光のしずくを吸って自ら銀色に輝くようだった。――全裸の、ブッダ。

厩戸は首をしずかに横にふる。「ブッダは、いかなる誘惑にもまどわされない」

その言葉どおり、柚蔓の裸身を前にしても厩戸の股間は雄の器官が垂れさがるばかりだ。

「――そのブッダを、もう止める、今を限りに」

その声に、柚蔓はかすかなためらいを聞きとった。

「さあ、皇子さま」

誘うように、うながすように、受けとめるように柚蔓は云った。歓ぶように、踊りだすように、迎え入れるように両手を広げて。天照大神を誘い出す天鈿女命もかくや、とばかりに。

厩戸が目を閉じた。

瞑目していた時間は、しかし、ほんのわずかな間にすぎなかった。ふたたび見開かれた厩戸の目が一変していた。一瞬前までは透徹した知性の輝きを帯びていたにもかかわらず、熱病患者のそれのように混濁しきってしまっているのを柚蔓は見て取った。目を閉じている間に、あたかも別人の眼球とすり替わってしまったかのようであった。弥勒菩薩像の微笑を思わせるほど平静だった顔が、目をそむけたくなるほどの苦悶の歪(ゆが)みへと塗りかえられてゆく。

最も顕著な肉体的変化は厩戸の性器だった。だらりと垂れ下がっていたのが、みるみる力を得て勃起した。天に引力があるのなら、それに引き寄せられ、吊り上げられるかのように猛々しく。

厩戸の口から低いうなり声が洩れる。譫妄（せんもう）状態に陥った者のようなうわごとが。

「柚蔓……柚蔓……柚蔓……」

うなり声の切れ切れに、そう厩戸は呼んでいた。呼びながら、足がもつれ、柚蔓に向かって倒れかかってきた。

柚蔓は差しのべた手で、すかさず厩戸を抱きしめた。厩戸の両手が、すがりつくように、救いを求めるように背中にまわされ、ぎゅっと柚蔓を抱きしめかえしてきた。肌と肌が触れ合い、押しつけ合い、柚蔓の全身に歓喜の炎が燃え上がる。その悦びに我を忘れてはいけないという理性は残っていた。感情の巨大な波と化した皇子を全身全霊で受け止めなければ。

「……柚蔓……柚蔓……」

「皇子」

柚蔓は厩戸の耳もとに口を寄せ、ささやいた。その声は、母の如くあってはならなかった。厩戸をただの赤子扱いしてはならない。恋人の如くあってもならず、従者の如くでもいけなかった。柚蔓は菩薩となって厩戸にささやいた。ブッダであることを停止した厩戸を支えるには、何とも不思議なことではあったが、菩薩になるほかはなかったのだ。

柚蔓は腕に力をこめ、すがりつく厩戸を草むらに横たえた。

厩戸の裸身が痙攣をはじめた。心の奥深いところで何かが一斉にせめぎあい、闘諍し、その結果が痙攣として肉体上に表出しているのだ。うわごとも激しさを増している。唇にぶつぶつと泡が噴きあがった。

「さあ、皇子」

柚蔓は厩戸の腰にまたがると、その雄渾をそっと握った。火傷するかと思われるほど熱い肉茎。彼女が長らく秘め望み、だからこそ長らく封印してきた、欲望と渇望の対象でもあったそれを。

厩戸の口から烈しい歓喜の叫びがあがる。

「皇子よ、わたしの中へ……わたしの中へ、すべての懊悩を注ぎこみなさい。あなたには、このわたしがいます。ずっと、ずっと――」

あらゆる懊悩を集めてほとばしる濁流となったものを、性欲という表象にたばね、燃やしつくしてしまえばいい。歓喜の炎で、すなわち男と女の業火で。それこそが媾合の本質であろう。

柚蔓は腰を落とすと、自らの体内に厩戸を導き入れた。すでにあふれんばかりに潤っている。柚蔓自身も待ちに待っていた瞬間なのだった。ベール・カ・ゴーシュト島の地下室で、裸形の厩戸を見たときからずっと、ずっと――。

「皇子さまっ」

柚蔓の叫び声は、天空の星々を瓔珞の如くにふるわせた。菩薩たらんとしたことも忘れ、彼女は一人の女になっていた、一匹の牝獣になっていた。

柚蔓の腰はすべるように動いた。

しかし、その情熱的な律動も、長くはつづかなかった。横たえられていた厩戸が反転して、腰の結合を解かないまま柚蔓を押し倒したからである。すべてを腰の結合点に集中させていた柚蔓はなすすべがなかった。あっという間に、今度は自分が草むらに仰臥させられていた。厩戸によってまたがられていた。上下反転――菩薩として厩戸を迎え入れていたという意識までもが反転し、厩戸に貫かれているという思いで頭がいっぱいになった。

厩戸の顔が視界を圧して迫る。獣欲に支配された目。廃人寸前の目ではない。柚蔓は安堵し、すべてを厩戸にゆだねた。ゆだねきった。

厩戸が池辺双槻宮に帰ったのは、翌日の夕刻、日没直前のことだった。

柚蔓と馬首をならべて生駒山頂を下る直前まで、二人はまぐわっていた。夜を徹して交わり、晩春の朝陽に照らされながらも、青い草むらの中での白蛇の交尾のように身体を重ねつづけた。太陽が中天にかかってもなお終わらず、ようやく山道を下る途中に見つけた泉で汚れと汗を落とした後も、ふたたび情欲が炎のように燃えあがって、泉の中で、泉のほとりで、熱烈に愛を交わした。

厩戸は泉の水面に自分の顔を映してみた。何も変わっているようには見えなかった。けれども、もうブッダでなくなったことはわかった。そう確実に感じとれた。昨日までにはなかった胸の苦しさ、強い不安感と不安定感、そして柚蔓を愛しく思う気持ちなどは、人間に戻ったことの何よりの証であった。

この先、柚蔓さえいれば、恐れることは何もない——そう自分に言い聞かせた。

厩戸は柚蔓に求めた、自分に仕えてほしい、と。

柚蔓は首を横に振った。

「皇子さまは、この先、大連とことをお構えになるお立場。皇子の意志の前に、大連は障害物として立ちはだかるからには。これまで通り物部の剣士として大連のおそば近くにお仕えすべきか、と」

身なりを整え、馬に乗り、生駒を下って山中を出ると、大和盆地を東に向かって騎行した。やがて分かれ道になった。柚蔓は手を振り、守屋の屋敷のある三輪へと駆け去っていった。厩戸はその後を追いたい衝動を必死にこらえ、池辺双槻宮へと戻った。

騒ぎになっているのは覚悟していた。理由を告げることなく皇子が——現帝の第一皇子が、一夜、帰ってこなかったのである。しかし、その気配はまったくなく、厩戸は驚きを禁じ得なかった。

その事情は、真っ先に姿を現わした異母兄の田目皇子が教えてくれた。昨夜、深更になっても厩戸が戻ってこず、舎人たちが騒ぎだした。厩戸に先に帰されたことで面目を失う形となった三人の舎人は、今にも物部守屋の屋敷に馳せつけんとした。あの女剣士に聞けば、その後の皇子さまの足どりがわかるはず、と息まいた。事情を知った田目も、これは一大事と捜索の指揮をとるべく準備にかかろうとしたとき、騒ぎを聞きつけた間人皇后がみなの前に現われ、騒がぬようにと云い渡した。厩戸皇子には自分が用を命じたので、今夜は帰ってこない、と。皇后にそう云われては、舎人たちにしてもそれ以上躍起になるいわれはない。みな大人しく寝(しん)についた――。

どんな用だったんだい、とは田目は訊かなかった。

「さあ、お母さまに挨拶しておいで」

そう云って、厩戸の肩を押した。

母上、と厩戸は心の中で皇后に呼びかけた。何が起きても――あの言葉どおり、ぼくを信じてくれたのですね。

皇后の部屋へ入ると、厩戸は弁解めいたものを口にせず、ただ黙って母の視線に自身を供した。

「………」

間人皇后は、ひたすら厩戸を見つめつづけた。何一つ見逃さないと云わんばかりの、探るような、検めるような厳しい視線で。やがて、不意に両眼に涙がわきあがり、皇后はにっこりと笑い、手招いた。

「よく戻ってきたわね、厩戸。お帰りなさい」

お帰りなさい――その言葉を、何とまだ一度も母の口からは耳にしていなかったことに厩戸は思い至った。厩戸がブッダだったことなど、皇后には知る由もないこと。確かに今ようやく厩戸は、ブッダの状態から帰還を果たしたのだ。非仏、すなわち悩み多き人間として母のもとに帰ってきた。それを皇后は、母としての直感で悟ったにちがいない。

「――ただ今戻りました、母上」

厩戸は一気に時をさかのぼった。七歳の自分に戻っていた。そして母の胸へと駆けこんだ。


翌日、厩戸は弓弦ヶ池に馬を駆った。三人の舎人が従った。

もうすでに柚蔓に会いたくてたまらなくなっていた。烈しく求めていた、柚蔓の心と肉体を、柚蔓のすべてを。物部守屋のもとへ出向く口実はあった。いや、口実どころではない、馬子に与し、崇仏派となることを闡明した以上、守屋を説得するという義務が厩戸には生じている。しかし自分を抑えた。皇子としての立場があった。柚蔓を求めてやまない熱情と、守屋を説得する責務、その両者は分けて考えねばならない。柚蔓との出会いの場所におもむくだけで我慢せねば。

無心に馬を走らせながら、頭をもたげてくる一つの思考がある。ブッダでいる間は考えもしなかった。不可思議で超自然的なものは排除せよ、というのが仏教の基本的な教えだ。形而上学的論戦を仕掛けてくる修行者にブッダは応じなかった。無言をつらぬき通した。不可思議で超自然的なものはニルヴァーナに役に立たないから自分は説かない、そうブッダは云い放ったのだ。

非ブッダ状態にある今、ブッダの教えを脇に押し退けて物事を眺めれば、自分の身に起きたことは何とも不可思議で、超自然的なものだらけだったと思わざるを得ない。まずもって彼を幼い頃から苦しめつづけてきた禍霊の存在がある。逃避行中に彼の傅役である大淵蜷養と田葛丸の命を奪ったのも、およそ常識では考えられない異形のものたちだった。漢土では、それこそブッダが瞬時に笑殺しそうな道教の深秘の数々を見せられ、剰え道教と漢土仏教との超自然的な大霊戦の目撃者、いや、それを引き起こした当事者ともなった。仏教発祥の地であるインドでもそうだった。小は、柚蔓のもとに厩戸へと導く金人が出現したことから始まって、大は二体の巨大ガネーシャ像の海上決戦がある。

実をいえば、厩戸は自分で自分が不思議でならないのだ。どうして巨大像を動かし、操るなどという破天荒なことができたのだろう。イタカ長老に利用され、操られてのことだったとはいえ、あれは決して仏教者として成したことではなかった。ブッダの教えとは何の関係もない。

――では、何の力によるものか。

霊力。その言葉が突如として脳裏に甦った。それを口にしたのは誰であったか。トライローキヤム教団のカウストゥバ。ヤーヴァドゥイーパ島で厩戸に初めて出会った時、厩戸の霊力を見抜いたという。ブッダになる以前の厩戸に目をつけたのだ。ブッダになる可能性を秘めた者としてではなく、霊力の所持者として厩戸に着目したことになる。

イタカの言葉を思い出す。不思議な術をかけられ昏睡状態にあったが、意識はあり、聴覚も正常に働いていた。イタカは何と云ったのだったか。

――よってわしは戦略を改めた。霊性の強い者を得て、彼の霊力を――ある意味、武力として用いることを企てるに到った。

それが厩戸だったということだ。しかもイタカはブッダであること、つまり仏性と、霊力とを明確に弁別していた。

――我らは今、望みのものを手に入れた。意わざりき、それがブッダであったとは。しかし、わしの考えは揺るがぬ。こうして、眼前にブッダを拝していても、いささかの揺るぎもない。我らが必要とするのは、ブッダの――この者の、ブッダとしての仏性ではなく、強大な霊力だという考えに変わりはない。

さらにイタカはこうも云っていた。

――この眠れる少年がブッダであるという真実には目をつぶるといたそう。ふと迷いが生じて、ブッダを慕う心が生じてはいかぬからな。この者は、あくまでも霊力の根源なり。霊力源とのみ見なす。

霊力の根源、霊力源。それが厩戸だと云うのだ。

――おお、感じる、感じる、何という強い霊力だ。これほどの力には、さすがのこのわしも、いまだかつて出会ったことがない。

自分が霊力を秘めている？　ブッダの状態を停止した今こそ、今さらながらに、厩戸はその指摘と向き合わざるを得ない。霊力、霊力とは何だ。

――さなり。子をなす力、すなわち人間を太古、根源から未来へと連綿と続かしむる力、あらゆるものの大本の力、肉を超越した霊の力。

それが霊力？　ぼくはそれが強いというのか？

不意に視界が開けた。目の前に、三日月形の池が広がった。弓弦ヶ池。柚蔓と出会った九年前と、何ら変わることのない神秘的な緑の景観が保たれている。あの時、厩戸は柚蔓のことなど眼中になかった。物部布都姫しか見ていなかった。池から現われた禍霊を追却させた布都姫の技法を知りたくてならなかった。今は、柚蔓のことだけしか考えられなくなっている。

「皇子、この池に何か？」

舎人の一人が馬首を寄せて訊いた。

「九年前に、ここに来た。全身緑色をした川獺の親子を見たという者がいて、わたしも見てみたくてたまらなくなった。見つかりはしなかったが」

「緑色の川獺ですか」別の舎人が首を傾げた。「そのような話、聞いたこともございませぬな。大方、何かを見間違えたのではありますまいか」

「その者は、わたしの大切な友だった。わたしを護って殺された。見間違いだったかどうか、もはや問いただすこともかなわない」

舎人たちが黙った。

池畔に乗り入れると厩戸は黒駒の背から下りた。手綱を近くの樹木につなぐことはしなかった。黒駒が彼を置き去りにしてどこかへ走り去ってしまうなど、あり得ないこと。そこまで彼は愛馬を信頼するようになっていた。

池の端に向かって歩きだす。馬をつなぐのに手間取っていた舎人たちが、早足で追いすがってくる。

九年前のあの時は日没時だったが、太陽は今、中天にかかろうとする頃合いだ。晩春の空はあざやかな青一色で、吹きわたる風は初夏の熱をふくんでいる。緑の池面は風に吹き寄せられて無数のさざ波を起こし、その波の一つ一つが陽光を反射して、きらめきたっている。

何て素敵な季節なんだろう。厩戸は思いきり大きく息を吸った。帰国した甲斐があるというものだ。

ぼくは、この国に生まれ、この国を統治する天皇を父に持つ——揚州からの船旅が終わりに近づき、船上から倭国の緑の大地を望んだとき、すべての執着から自由になったブッダの状態にあった厩戸の頭を、その思いが搏った。不思議としかいいようがない。ゴータマ・シッダールタのブッダは祖国を捨てて顧みなかったというのに。その瞬間だったのだ、皇子であることを自覚したのは。倭国の主宰者たる天皇の子であるからには、自分も倭国に対して責任を負っていることを自認した。その時点で、ブッダであることを止める航路へと運命の舵を切ったのかもしれない。とすれば、自分は倭国に呼ばれた、呼び戻されたというべきなのだろうか。

周囲が翳ったような気がした。厩戸はふたたび空に視線を向けた。太陽が、何か半透明の膜に覆われているかに見える。ふりかえった。舎人たちの姿は消えていた。つい今しがた、そこにいたはずの三人が、一人残らず。もう一度、弓弦ヶ池に目を戻した時、水面から陽光の燦たるきらめきが失せていた。背中にピリピリとする感覚が走った。

——来る。

厩戸は身構えた。禍霊の出現する予兆だった。

——どこから？　池？　そう、九年前は池からだった。

　厩戸は弓弦ヶ池を凝視した。陽光のきらめきを奪いつくされた水面に異変が生じていた。黒々と沈みこんだ水面のあちらこちらが揺れ動いている。波？　いいや、風によるものではない。次々と水底から湧きあがる気泡が水面を不規則に揺り動かしているかのようだ。油のようにねっとりとした水の動き——その粘りけのある水が、次第に姿形を変化させてゆく。強い臭気が押し寄せてきた。またたくまに池は、数知れぬ異形のものたちの蠢く坩堝と化していた。池底で腐乱していたのであろう魚や蝦、蟹、貝などの奇怪な融合物。不浄の化身であり、蠢動する汚穢だ。一体化した異形のものたちは、不気味な伸び縮みを繰り返しながら池畔へと迫ってくる——厩戸を目指して。

　ブッダであることを止めるのではなかった、と慌てふためき、すぐに気づいた。自分が少しも怖じてはいないことに。もうブッダではない。経典の一節を唱えてもいない。なのに平然としている。厩戸が感じたのは途惑いだ。どうしたというのか、禍霊を祓おう、退散させようという気さえないなんて。それどころか、迫ってくる禍霊を眺めやる余裕すらある。

　——あれを祓うのは、実は仏典や祝詞の文句そのものではないからです。

　九年前に聞いた物部布都姫の声が脳裏に甦った。

　——あれを祓うことができるのも、御子とわたしに生まれつき備わった能力だということになります。

──他の人に見えないものを見る力がある以上は、それを祓う力だって御子とわたしには備わっていなければなりません。祓う能力があるからこそ、それが見えるのだとも云えます。仏典や祝詞は、備わったその力を引き出すうえでの、あくまでもきっかけに過ぎないのです。

次々と甦ってくる布都姫の言葉。まるで過去の予言者の声を聞いているようだ。力、力って何だ。厩戸にとって目下、喫緊の課題である霊力のことか。

──御子、力は自覚的に使うことが大切です。

──力の存在を疑うことなく、強く、有用で、確かなものへと育てあげてゆくのです。

では、育ったということか？　厩戸は自問する。禍霊を怖じぬほど強く、有用で、確かな力へと？

『──皇子よ、その通りだ』

声を聞いた。脳内で再生される、記憶としての布都姫の声ではない。しかし、この新たな声もまた、耳ではなく脳内に直接響きかけてきた。

禍霊の声！

禍霊は水上の進撃を止め、厩戸の目の前、池から伸びあがるようにそそり立っていた。

その奇怪な形状は言語に絶している。

禍霊は声をつづけた。

『――さなり、皇子は力を育てあげたのだ。我らと対峙する力を。以前の皇子はその力が弱かった。がゆえに我らを恐れ、逃れるか、祓うことしか考えようとはしなかった。今はこうして、我らと意を通じることができる。この時を、我らは待っていた』

「待っていた？」

厩戸は問いを返した。もちろん実際に声に出したのではなく、胸の中に疑問を浮かばせたのだ。

『――さなり、我らは性急に過ぎた。皇子の秘めし霊力を見ぬき、それに期待し、すがらんとしたが、皇子にはまだ我らを受け容れる余裕がなかった。その力が育っていなかった。我らの性急な接近は、徒（いたずら）に皇子をおびえさせるだけに終わった』

「ぼくを恐がらせるのが目的ではなかった、と？」

『――さなり。筑紫で接近したのを最後に、我らは辛抱強く待つことにした。畢竟（ひっきょう）、皇子はインドへ向かう運命になっていたがゆえ』

「運命だって？」

『――さなり。皇子よ、そなたの持つ霊力はあまりにも大きい。人皇（にんのう）の時代となって、これほどの霊力を持って生まれた者はおらぬ。かの日本武尊（やまとたけるのみこと）ですら及ばぬくらいだ。なれど、霊力が大きければ大きいほど、その発動もまた至極困難なものとなる。貴種であるほど、発芽し難く、芽を出さぬまま腐り果ててしまう。それと同じだ。霊力の発芽のため、この世の霊地、霊地の中の霊地であるインドにて仏教の修行をしてこそ、霊的修行の過程を通じて天性の霊力が目覚め、発動し、十全に育つべけれ――そのような運命が皇子には課せられた。なればこそ伊勢の天照大神（あまてらすおおみかみ）は、皇子を国外に逐降（かむやらい）せよとの神託をくだしたのだ』

「何だって！」

厩戸は声に出して叫んでいた。伊勢神宮の神託は、仏教を憎む先帝が厩戸の存在を過度に危険視したがゆえに、彼を抹殺するため捏造（ねつぞう）を敢えてしたものとばかり思ってきた。今の今まで、ずっとそう思いこんできた。

『――先帝としては、無論そのつもりであった』

厩戸の思考を読んで禍霊は応じる。

『――しかし天皇であっても神託の捏造は許されぬ。捏造するのであれば、皇子を生かしてはおけぬとの〝神意〟を明確にしたはず。神託は国外に逐降せよというものであった。それを先帝は皇子抹殺の許可が得られたと誤解、曲解した。自分の望んでいた神託が得られたと喜んだ』

「ぼくをインドへやる、それは天照大神の神意だったというのか」

『――皇子の秘めた霊力は大きすぎ、倭国で発芽するのは至難であった。発芽には刺激が要る。霊力の闘諍の地であるインドに皇子を送ることが運命づけられたのだ』

頭が痺れる。運命。すべては仕組まれていた——禍霊を信じるならばだが。

『——さなり。その成果あって、皇子よ、そなたの霊力は見事に発現した。こうして我らと対峙しても、少しも怖じぬほどに。我らにも礼を云ってもらいたいものだ』

「礼だって？」

『——さなり。筑紫で我らに命を救われたことを忘れたか』

命を救われた？

厩戸は記憶を探った。すぐに思い出した。そうだ、たしかに禍霊に助けられていた。自死する寸前だったところを。腐生菌、妖美な黴の壁。それはつまり禍霊に対する恐怖心によって断崖から離れたのだったが、救われたことには違いない。それだけではなかった。帝が送りこんできた八人の刺客たちを壊滅させたのも、禍霊の力だったことが思い出された。

『——ふふふ、礼には及ばぬ。古今無双の大霊力を持って生まれてきた皇子を、それが開花する前に死なせるわけにはゆかぬ。我らには、皇子が必要なのだ』

記憶の蔓を引きずり出すように、厩戸はさらに思い出した。今のような対話を、筑紫の、あの断崖上で禍霊と既に取り交わしていたことを。あの時も禍霊はこう云っていた。

——御子よ、厩戸御子よ、伊奘諾、伊奘冉の霊統を継ぐ者、霊の子よ。そなたはまだ知らぬ、自分がどれほどの力を秘めて生まれてきたかを。我らはその力を欲する。

ほとんど同時に布都姫の言葉も思い出した。

——父はこうも云っています。その禍々(まがまが)しくて邪悪な力は、人に見えないのをいいことに、いつのまにか忍び寄り、悪(あ)しき影響を与える。とりつき、支配して、操ろうとするのだろうって。

禍々しくて邪悪な力！

「禍霊よ、おまえたちは何者なんだ」

問いを発した瞬間、厩戸は答えを得た。

禍霊の正体とは、怨念だった。残留怨念の集積。肉体は死後しばらくの間、腐乱しつづけながらもこの世に残る。精神もまた同じ。生きている間に果たせなかった種々の思い、すなわち未練と、死にたくないという生への執着。それらの思念、妄執を怨念と総称するならば、死んだ後も怨念は残る。すなわちそれは精神の死体とでもいうべきものである。肉体と同じく怨念もまた腐敗をつづけつつ当面はこの世にとどまりつづける。腐ってゆく死体が無惨なものであるように、腐ってゆく死後怨念もまた無惨なものだ。その集積こそが禍霊なのだった。

生きる者は死体を処理する。土に埋めるか、火で焼くか。ともかく死体を目の前から消す。汚らわしいものだからだ。見るに堪えないものだからだ。つまり、死体が目に見えるものだから。死後怨念はそうではない。目には見えない。目に見えないということは、そ

れが存在すると意識しないことである。かくして死後怨念の存在は見すごされる。放置さ
れる。本来ならば、死体を葬るのと同じ丁重さで、死後怨念も人為的に葬られなければな
らないにもかかわらず。
生きる者が死体を処理せず、そのまま放置するとしたらどうなるか。日ごとに人は生ま
れ、人は死ぬ。死体を生み出すために人は生まれているようなものだ。新たな死体が次々
に供給され、腐乱はいつまでも続く。腐乱の山塊が現出する。未来永劫絶えることがない。
かくして、この世は死者との共存世界となる。その仮想と同じことが、精神の次元では現
実のものとなっているのだ。死後怨念は続々と新たに供給され、腐乱の度を極めた死後怨
念と、腐乱をはじめたばかりの死後怨念とが堆積し、複雑に混じり合い、この世から消え
ることがない。しかも重要なことは、肉は動かないが、念は動くということだ。動くとは、
力であるということである。怨念は、生者の世界に対して向けられた怨念であるがゆえに、
力となって、生者の世界に作用する。悪しき方向へと。
以上の答えを、厩戸は自力で得た。己の持つ霊力で直感、洞察した。
『――さすがは皇子、よくぞ見ぬいた』
禍霊が云った。
『――ならば告げん、我らの名のりを。そなたは我らを禍霊と呼ぶが、それはまだ霊力が
充分に発現せぬ幼きそなたの耳にそう聞こえたまでのこと。我らは正式には、禍津水蛭子

という

「水蛭子！」

またしても厩戸は声をあげた。遠い記憶と近い記憶とがあった。近い記憶は、つい先日、叔母の額田部皇女（ぬかたべのひめみこ）のところでその名を耳にしたばかり。伊奘諾、伊奘冉の第一子だったが、三歳になっても脚が立たず、流し捨てられたという不運の神の名として。皇祖天照大神は水蛭子の妹ということになる！

禍霊――禍津水蛭子は云った。

『――さなり。水蛭子こそは最初の怨念であった。これが核となり、その後のあらゆる怨念が密集し、腐敗しつづけながら堆積し、混合して、一つの力となった。この世に仇（あだ）する力となった』

遠い記憶では、筑紫で訊いた禍霊の言葉だ。

『――我らの王に迎えん。葦船（あしぶね）にて流し去てられし水蛭子族の王として』

「ぼくを、おまえたちの王にだって？」

『――さなり。それこそが我ら禍津水蛭子族の願いなり。厩戸皇子よ、そなたの力を以て我らを率い給わんことを、と。われらには力がある。筑紫で見たであろう、先帝が放った屈強の刺客たちが、我らに憑依（ひょうい）されることで操られ、いかに無惨な最期を遂げたかを。我らの王たれば、あれなる力を皇子に委ねよう』

その言葉につづいて、筑紫で耳にしたあの汚らわしい合唱が厩戸の耳に響きわたった。

『――王たれ』

『――我らの王たれ』

『――王たれ、王たれ、我らの王たれ』

「ばかなことを！」

厩戸は憤然と叫んだ。「断じてごめんだ。おまえたちの王になれだって？　ぼくをこの世へのとっかかりにするつもりなんだろう。そうして何を狙ってる？　怨念の力でこの世にさらなる災異をもたらそうとでも？　ぼくの力を、そんなことに使わせるものか」

『――誤解するなかれ。我らの王に奉戴し、我らの王に望むのは、浄化なり』

「浄化？」

厩戸は意外の念に打たれた。浄化。汚穢の者たちからおよそ聞こうとは思ってもいなかった言葉だ。「何を浄化する？」

『――我ら自身なり』

「何」

『――我らは怨念たることに疲れた。疲れきった。人はさまざまな思いを抱いて生きる。怨念など持たぬほうがよい。だが、我ら死後怨念は、他のさまざまな思いから切り離され、怨念それのみで存在する。これが耐えがたい。この先、未来永劫につづくであろう怨念の再生産、その循環を、誰かに止めてほしいのだ。我らを浄化し、この世から消し去ってほしい。生きる者が死体を忌み、忌むからこそ鄭重に葬るように、我らもまた荘厳に葬られることを望む。すなわち浄化されたいのだ』

「おまえたちを浄化する……その役を、ぼくに？」

『――そなたしかおらぬ。そなたの類い稀なる霊力を以て我らが存在を浄化してもらいたい。そのためには、我らを統率する王たらねばならぬ。王であればこそ我らは従う』

「ぼくに死後怨念の統率者になれというのか。死後怨念王になれというのか。そんなことをすれば、ぼく自身が死後怨念に堕ちないとも」

『――普通の人間ならば。生きながらにして死後怨念に呑みこまれよう。だが、そなたは違う。そなたの持つ恐るべき霊力が、そなたを人間に踏みとどまらせたまま、我らを浄化してくれるはず。我らはそう信じる。期待する』

「期待か。そうならないという保証は？」

『――ない。やってみなければ、わからぬ。かつて我らは日本武尊に期待した。日本武尊は諾った。しかし期待したほどには霊力が足りず、彼は若くして命を奪われた。今は我らの一部となり果てておる。そなたがそうならぬ、という保証はない』

廐戸は身震いした。「願い下げだ」

『――皇子よ、よく考えるのだ。我らを浄化し得る偉大な霊力に恵まれながら、我らをこのままにしておくというのか。見て見ぬふりをするというのか。我ら死後怨念の集積たる禍津水蛭子族は、大いなる災厄ぞ。この世に強い怨みをいだき、現世に仇する存在ぞ。核たる水蛭子神は、両親に疎んじられて棄児（きじ）され、正嫡の地位を妹の天照大神に奪われしを終生の怨みとした邪神ぞ。我らは倭国に深い怨みをいだく。その我らが、自身を浄化してくれと訴えているのだ。皇子よ、誰よりも強く倭国の皇子たるを自認する皇子よ、これは責務なり』

「…………」

厩戸は途惑った。何という奇妙な申し出だろう。死後怨念の集積を浄化する？　そんなことが自分に可能なのか。怨念の浄化――それは仏教に擬（なぞら）えていえば、修行者を指導し、彼から煩悩を取り去って悟りに導くということに近いだろうか？　しかしこの場合、相手は煩悩にとらわれた修行者ではなくて、なんと煩悩そのものなのである。煩悩そのものからの申し出なのである。水蛭子神がいつの時代の存在なのか知るよしもないことだが、天照大神を妹とするからには太古といっていいであろう。そんな昔から連綿と続く怨念の集積と霊的に格闘して、無事でいられるものだろうか。げんに彼らはこう云ったばかりではないか。日本武尊は失敗した、厩戸もそうならない保証はない、と。

『――見返りは払おう』

「見返り？」

『――さよう。我らの王になるとは、我ら邪神を統べること、我らはそなたの臣下になるということだ。そなたに服するということだ。であれば、そなたは臣下たる我らに命じ、我らの力を自在に用いることができる。筑紫で見たであろう、我らが先帝の放った刺客をどのようにして倒したかを。あれが我らの力だ。いや、我らの力のほんの一端にすぎぬ。この力を用いるならば、皇子よ、そなたが理想とする国づくりに大いに資するであろう。かつて日本武尊も我らの力を用いて、熊襲と東国の平定に成功した。あの大事業は、日本武尊の持つ霊力はもとよりのこと、我ら禍津水蛭子族の力が与ってこそ成し遂げられたものなのだ。日本武尊は、最終的には我らの王たる器ではなかったが、それでも我らの申し出を諾ったことで、その報酬を手にすることはできたのだ、国土平定という見返りを』

「そんな報酬なんて……」

『――ここで返答せよとは申さぬ。今日は我らの宿願であった皇子との意思疎通を果たすことができた。それを以て今はよしとせんか。皇子よ、考えよ、深く考えるのだ。得と失とを。いずれ皇子の存念を承らん』

まばたき一つした後、禍霊――怨念の集積たる禍津水蛭子族は眼前から消え失せていた。

厩戸は放心して虚空を見つめるばかり。

応対に出てきたのは虎杖だった。一礼しかけた頭を止め、厩戸をまじまじと見やる。

「どうかした？」

「皇子さまは――」虎杖は眉をひそめ、目を細め、首を傾げる。「何やらお変わりあそばした気配が察せられるのですが」

「ブッダであることを止めたんだ」厩戸は微笑を返した。「ぼくも衆生になったということさ。煩悩の塊である凡夫にね」

「以前の皇子にお戻りになったような気がいたします」

「それでいい。虎杖は？」

「どうにもこうにも退屈でして」

「退屈？」

「空を流れる一筋の雲、湧き出る泉、雲雀の鳴き声、路傍の草花――帰国した当初は何を見ても心が動かされたものですが、今はとても。インドがひたすら懐かしい、サールドゥーラと呼ばれていた頃のことが」

虎杖は夢を見ているような目をした。

「遊びにおいでよ。弟の来目が剣術に興味を持っている。剣師になってくれればありがたい。馬子の大叔父には話しておく」

「皇子さまの仰せとあれば、否はございませぬ」

そんなやりとりを交わしながら、中庭に設置された小仏堂に導かれた。九年前に厩戸が見たままに安置された仏像の前で馬子は手を合わせていた。

「熱心なことだね、大叔父」

振り返った馬子は大らかに笑った。「先日、皇子よりうかがった仏教の正体――あれはこの馬子めを打ちのめしましたぞ。しかし、それはそれ。わたしは以前よりの信仰を堅持してゆく所存です」

「信仰は人それぞれさ。漢土の仏教は馬子の大叔父が信仰している形態そのものだ」

「仏教を導入する、その一点において皇子とわたしとは同志」

あらためて確認を求めるように馬子は云う。

「そのために今日は来た」歯切れよく厩戸は答える。「ぼくには政の経験がない。仏教の導入にあたっては、大叔父が率先して推し進め、それにぼくが賛同していこう」

「わたしも同様に考えます」

「急がなきゃ。仏教の導入は倭国にとって急務だ」

「大嘗祭が近うございます」

厩戸はうなずく。四月二日、あと五日だ。

「大嘗祭が終われば、仏教受容政策を採択なさるよう強く奏上いたします」

「ぼくのほうも心づもりをしておこう」

「何とぞ陛下をご説得願わしゅう」

「問題は大連だ」

意志に満ちあふれていた馬子の明るい顔に翳りが射した。「断じて自説を譲りますまい」

「勅命でも？」

「あらゆる手段を取ろうとするでしょう」

「あらゆる手段？」

馬子は首を縦に振り、具体的には答えなかった。「蘇我と物部は倭国を支える両輪。どちらが傷ついてもなりませぬ。倭国が二つに割れる事態は回避せねば」

「明日にでも大連に会おう」

「皇子が懇切にお言葉をお尽くしになれば、あの頑固者とて折れるやも」

仏教の受容は自分の使命とまで厩戸は思っている。馬子とは協力してやってゆかねばならない。単独行動は避け、何事も馬子に事前報告しておくことが肝要だ。


弥生三月も終わりに近づき、季節はあちこちに初夏の彩りを見せている。陽射しは勢いを増し、新緑がまぶしい。萌え出でる活気にあふれていた。

人間の一生を四季に喩えるなら、まさに自分はこの新緑の季節にさしかかったところなのだ、と馬を進める厩戸は思う。全身に精気が、活力が漲る感じだ。ブッダの状態にあった頃には、覚えなかったことである。ブッダになる、解脱するということは、畢竟、生きながらにして死んでいるということなのだ――その酷い真理が今の厩戸にはよくわかる。ニルヴァーナの原義は、炎を吹き消すという意味だ。今の厩戸は、ニルヴァーナよりも、生の炎に価値を見出している。

道が山間に差しかかったとき、遠望される新緑の中に、ところどころ薄い紫が目についた。野生の藤である。藤の色は、昨夕の連想へと彼を誘った。再会した馬子の娘の刀自古は、九年前の刀自古ではなくなっていた。開花直前の、蕾のような香気を放つ女人に変貌していた。

心がうずく。肉体もそれに連動してうずきを覚えた。心より激しいうずき。気持ちを柚蔓にふり向ける。刀自古を想起してにわかに覚えた情欲が、柚蔓との媾合における烈々たる情欲への渇望によって泡雪のように消されてゆく。信じてもいないマハーヤーナだが、もし菩薩というものがあるとすれば、自分にとっての菩薩とは柚蔓だろう。

招き入れられた守屋の居室には女人がいた。一瞬、厩戸の心は揺れたが、それは期待した柚蔓ではなく布都姫だった。

「娘の同席をおゆるし願えましょうか、皇子」守屋は云った。「娘はこの夏、石上神宮の斎宮となりますゆえ、皇子がご主張の仏教受容について平静ではいられないのです」

厩戸は布都姫を見やった。斎宮とは、形式上は神宮における祭神の奉祀者の長。女性でなければならないのは、神の妻という位置づけがなされているからだ。布都姫は処女の身のまま神宮の祭神に嫁ぐ。そんなことのためには惜しいほどの布都姫の美しさだ。

「石上神宮のご祭神は？」

「布留御魂剣（ふるのみたまのつるぎ）と申します」布都姫が答える。「またの名を布都御魂剣（ふつのみたまのつるぎ）。剣神にございます。天照大神が磐余彦尊（いわれびこのみこと）に授け、大和平定の折りに活躍したのだ、という伝承があります。異伝としては、素戔嗚尊（すさのおのみこと）が八岐大蛇（やまたのおろち）を斬った剣だとも、武甕槌命（たけみかずちのみこと）が出雲（いずも）平定に際して用いた剣だとも伝えます。いずれにしましても、わが物部一族の氏神であることに変わりはございません」

「剣神だったとは」

「失礼ながら、皇子さまにはこの倭国に関してご存じでないことが多すぎます。それでいて、仏教を受容せよと仰せになる。わたしには不思議でなりません」

　厩戸は守屋に視線を走らせた。守屋は穏やかな微笑を浮かべて布都姫と厩戸を等分に見やっている。口を開く気配はない。厩戸は意表を衝かれた思いだ。何が同席だろうか。守屋は布都姫という伏兵を用意していたのである。

「大連から聞いたんだね。仏教の受容というのは、あくまでも方便なんだよ、姫」

「方便？　何のための方便でございます」

「先日は話途中で終わった」厩戸は婉曲（えんきょく）な云いまわしを使った。「倭国は方便として仏教を受け容れる——ぼくなりのその計画を聞いてほしい。今日はそのためにやって来た」

「父から聞いたところによれば、皇子は隋という国を非常に意識しておいでだとか」

「そうだ。いや、意識どころじゃない。危機意識というべきだろうな」

「危機？」

「そう。隋というのはね、史記や漢書、三国志に出てくる国々とはまったく関係のない国だ。北方から侵略してきた鮮卑という異民族が建てた北魏の正統を継ぐ国なんだ。史記や漢書、三国志に出てくる国々の正統を継ぐ陳は、南方に逼塞して、隋に滅ぼされるのは今や時間の問題だとみんな云っている。もしそうなったら、あの広大な漢土は、北方からの侵略国家である隋の手に墜ちる。侵略、それこそが隋の皇帝が信じる天命だ。史記や漢書、三国志に出てくる漢土古来の国々を滅ぼし、漢土侵略を完遂したならば、その天命は必ずや漢土以外にも向けて果たされなければと思うことだろう。げんに隣接する高句麗は、その備えに入ったということだ。隋の侵略に対する備えにね」

「隋が、この倭国を侵略するかもしれない、と？」

「その可能性は否定できない」

「倭国は島国です。大海原の中にある。どうやって侵略してくるというのです」

「姫は、隋の国力を知らないからそう云うんだ。隋がどれほど巨大な戦船を建造しているか見たことがないからそう云えるんだ。確かにぼくは倭国のことをあまり知らない。でも、姫だって隋のことは何も知らないだろう」

「隋に伍してゆくためには、より具体的にいえば隋の侵略に備えるためには倭国をもっと強くしなければならない、富ませなければならない、そうお考えなのですね。仏教はそのための方便であると」

「その通り」

「ならば、その方便は、何も仏教でなくてもよろしいのでは？　国を強くする技術、国を富ませる技術だけを受容すればよいではありませんか。それだけの知識を持った者たち、技術を持った職人たちを招聘して学べばよいのではないかしら」

「そんなことは無理だ。なぜかといえば、彼らはみな仏教徒だからだ。いいかい、姫、倭国の外の世界ではね、仏教があらゆることの標準になっているんだ。知識だけ、技術だけを選別して取り入れるなんてことは絶対にできない。知識、技術、あらゆるものの根底に仏教がある。避けては通れない。仏教を拒んでいては、倭国はますます外の世界の進歩から取り残されてゆくばかりだ。かつて倭国は百済も新羅も臣従させていた。それが、今や任那を失い、半島から撤退を余儀なくされた。なぜだと思う？　百済と新羅は競うようにして仏教を受容し、それに付随する漢土の先進的な知識、技術を手に入れたからだ」

　守屋が苦い顔になるのを厩戸は見た。さすがは大連だ、その辺の認識はあるらしい。

「選別はできない。けれども受容したうえでの管理ならばできる」

「管理ですと?」

　初めて守屋が声をあげた。

「そう。このあいだも話したように、ぼくは漢土の仏教を信じてはいない。ゴータマ・シッダールタの唱えた仏教を基にして、後からこしらえられていった創作物だから。それを倭国に受容するというのは苦渋の決断なんだ。そこはわかってほしい。そんなものを入れるからには、徹底的に骨抜きにして入れようと思っている」

「骨抜き——」

「漢土でインドのマハーヤーナがさらに骨抜きにされて漢土仏教となったように、その漢土仏教をさらに換骨奪胎して、倭国仏教につくりかえる。それがぼくの意図するところの管理だ。むろん、管理するのはこのぼく、厩戸だ。それも当然、この倭国には、いいや三韓、隋、陳を見まわしても、ぼくほど仏教に通暁(つうぎょう)した者はいない。本場インドにまで行って、仏教の始発まで学んできたんだから。蘇我大臣にも口を出させない。ぼくが、ぼくの裁量で、受容する仏教を徹底的に管理する。つまり、ぼくは倭国仏教の管理者になるわけさ」

「倭国における仏教の頂点にお立ちになる、と」

「そうだ。指導、統制といってもいい。僧侶とは得手勝手(えてかって)なやつらだからね。出家することで、世俗社会の規範から外れた存在だと自らを高みに位置づけているんだ。膨大な経典を盾に自分たちの望みを押し通そうとする。当然、世俗との軋轢が生まれ、現に漢土ではたびたび問題を起こしてきた。その轍を踏まないよう、ぼくが倭国仏教を統べる。指導し、統制し、管理する。ダルマ——法の、王になる。僧侶たちを、法王たるぼくに服属させ、僧侶の勝手、横暴は許さない」

　しばらくの間、守屋は厩戸の言葉を吟味しているようだった。やがて口を開いたが、その物腰は丁寧でありながらも年長者として厩戸を諭す感があった。

「仏を統べる——遠大な理想ですな。しかし、皇子のお考えのように上手く参りましょうや。宗教というものは暴虎の如きもの。いずれ皇子の方針に反発し、背く者が出て参りましょう。取り締まれば取り締まるほど反発が強まるは、この世の道理。『皇子のご指導になる仏教だけが仏教ではない、釈迦はこう云っている』などと叫び、皇子の指導、統制、管理を離れ、新たな教団を作るは必定。そうなれば、彼らは新たな宗教勢力となって、この国の安寧をかき乱しましょう。仏典にはこういう表現がありましたな、獅子身中の虫、と」

　手ごわい男だ。厩戸は守屋に対する認識を改めた。獅子身中の虫、自ら獅子の肉を食らう——梵網経に出てくる言葉だ。守屋にとって仏教は敵という位置づけだが、ここまで敵のことを調べているとは。

「皇子はまだお若い。お若いがゆえに自分の力を過信しておられる。皇子が法王になられたとて、離脱者、離叛者（りはんしゃ）が出るのは避けられませぬ」

「そうしないための管理だ」

なじるような声が出てしまった。冷静になれ。厩戸は自分をいましめる。

「皇子が寿命を終えられた後は？　釈迦亡き後、教団は分裂したではありませぬか」

「そんなことにはならないよう、倭国仏教の礎（いしずえ）を築いておくつもりだ」

「釈迦もそのつもりだったはず。いや、これはもう話が堂々巡りになるより他ありませぬな」

ここまで取りつく島がないとは。仏教を管理する――この提案に守屋は渋々ながらも応じると思っていたのだが。

「ブッダとぼくの違いを云おう。ブッダは、ブッダ自身が一個の出家者だった。ぼくは出家者ではない。皇子だ。皇子の背後には国がある。ぼくは、ぼく自身のダルマの知識力と、国の力、この二つの力で仏教を統制するつもりだ。ぼくが死んでも国は死なない。国は従来通り仏教を統べてゆく」

「さよう事が運びましょうや」

「ブッダは教団を統制してゆくためヴィナヤを設けた。規則だ。律と漢訳される。ぼくはね、倭国仏教の管理者として、律を導入する気はない。倭国仏教を統制するのは律ではなく、この厩戸であり、ひいては国だからだ。国が仏教を統制する。これならば、どんな問題がある」

「皇子の願望としか聞こえませぬな」

「ぼくを信じないのか」

「仏教という異国の信仰が信じられぬのでございます」

「…………」

「――皇子さま」

　厩戸が返す言葉を探す間に、ふたたび布都姫が口を開いた。「異国の信仰を容れては、わたくしが奉祀(ほうし)する石上神宮の神をはじめ、この国の天神地祇(てんじんちぎ)が怒りましょう。皇子さまは、天照大神の裔(すえ)でおいでなのですよ」

「仏教を容れたからといって、国本来の信仰を排斥するものではない。従来の神祇信仰(じんぎしんこう)をきっちりと保ったうえで、仏教も受け容れるということなんだ。蘇我大臣も、仏教の受容を以て従来の神祇信仰を否定する考えは持っていない」

「人は知らず、神々はどうお思いになるでしょうか、そんな虫のいい考え方を」

「神々もわかってくれる。仏教受容は倭国の発展のためだと」

「物部の巫女として、わたし、神々の怒りを恐れるばかりですわ」

　守屋が席から立ちあがった。話し合いは終わった。「皇子は、仏教と漢土にのみ精通しておいでだ。この国の神々の怒りということを、いま少しお考えあそばされよ」

「汚らわしい！」

厩戸が辞した後、布都姫はそれまで慎んでいた感情を剝き出しにした。「耐えがたいわ、倭国に仏教が入ってくるなんて！　考えただけでゾッとする。可愛くていらした皇子さまが、あんなふうにご成長なさるなんて。弓弦ヶ池で皇子をお助けするのではなかった。あの化け物たちのえじきになってしまえばよかったのよ！」

美しい弓形を描いていた眉が逆立ち、鼻筋に獰猛な縦じわが刻まれた。この凄まじい形相を厩戸が見たならば、別人かと疑うだろう。

「落ち着け」守屋は叱咤の口調で宥めた。「わしは皇子を説得することができなかったが、皇子のほうでもわしの考えを変えさせることはできなかった。勝負は引き分けというところだ」

「落ち着いていられて？」布都姫はこぶしを突き上げた。長い袖が音をたてて翻る。「この事態を招いたのは、お父さまの責任でもあるのよ。インドに皇子をやれば、きっと排仏になって帰ってくるに違いない。それがお父さまのお考えだったわ」

「確かにわしは賭けに破れた。あと少しというところだったのだがな。資質英邁な皇子は、仏教の正体を見破った。と、ここまでは、わしの目論見どおりであった。だが――隋の存在か。その他の外的要因のことまでは考えが及ばなかった」

「蘇我大臣は千万の援軍を得たも同然よ。現帝は皇子の父親、大臣の甥。二人に感化されるのが目に見えるようだわ。寺というものが、この先、倭国に建てられてゆくのかしら。黴がはびこるように」

「落ち着けというに。手は考えてある。今の皇子の言辞に接し、わしは決断したぞ。ためらっている時ではないらしい」

　虚空を凝視する守屋の目からは、炎が噴き上がらんばかりだった。

　自分が悄然（しょうぜん）としているのか、憤然となっているのか——それさえわからぬ帰路となった。感情が昂り、思考がかき乱されて、柚蔓に会えなかったことを悔やむ余裕すら厩戸にはなかった。守屋に期待をかけていた。信仰の次元で厩戸の考えは馬子よりも守屋に近い。仏教の受容はあくまで実用的、実利的なこと。それを守屋はわかってくれるはずだ、と。手痛い敗北感が厩戸を打ちのめしつづけた。

　池辺双槻宮（いけのべのなみつきのみや）に帰りついた時、真っ黒な空はさんざめく星々で埋めつくされていた。

　皆、食事を終えて、めいめいの部屋に引きあげた後だった。餐寮（さんりょう）で一人ぽつんと夕食をとっていると、間人皇后（はしひとのこうごう）がやってきた。

「三輪へ行ってきたそうね」

　皇后は餐卓（さんたく）を挟んで正面に腰をおろした。

「漢土で見聞してきたことについて、まだ大連に告げていなかったことが沢山あったものですから」

表情をとりつくろい、何事もなかったかのように厩戸は返答する。

皇后はさぐるような目で息子をじっと見つめた。「先の帝が伊勢神宮の神託によってあなたを降逐したと知って、わたしたちがどんなに驚き、嘆き悲しんだことか。その時、大連がそっと知らせてくれたのです。蘇我大臣の協力を得てあなたを無事に保護していること、と、帝の怒りが冷めるまで漢土でしっかりとお預かりさせていただく、と。いいこと、厩戸。あなたにとって大連は大切な命の恩人です。くれぐれも不届きがあってはなりませんよ」

「はい、母上」

「それならよろしいのです」

皇后は満足そうに立ちあがった。「食事が終わったら、陛下のもとへお行きなさい。あなたをお待ちです」

「父上が？」

「あなたに訊きたいことがおありだとか」

餐寮を出てゆこうとする皇后を厩戸は呼びとめた。「母上」

皇后は足を止め、ふりかえった。

「父上は……その……」

一瞬、厩戸は云いよどんだ。訊こうとして、なぜかこれまで訊けずに来た問いがあったのだ。思いきって口にした。「……父上は、どうして……その……天皇位を践まれたのです？」

厩戸の知る父は野心家ではなかった。皇位を重荷に感じる性格の人だった。異母弟の穴穂部皇子や泊瀬部皇子に鷹揚に譲るほうがお似合いのように思える。

皇后は軽く息子をにらみ、くすりと笑った。「重臣会議で要請されて、お受けすると仰せになった時、わたしだって吃驚したもの。建物を建てることしか頭にないあの人が天皇になることを諾うなんて、思いもしなかったわ。辞退するとばかり考えていた。でも、すぐにあの人の気持ちがわかった。厩戸、あなたのためなのよ」

食事を終え、父帝の居室におもむくべく長い回廊を進んだ。九年前には、こんな回廊はなかった。父が即位し、この家が皇居になった時に増築されたのだろう。

引き戸の隙間から一筋の明かりが洩れている。

「厩戸、参りました」

「入れ」

ゆらめく燈火の下、父帝は卓に上体を傾け、熱心に絵図面を引いていた。「もうすこし待っていよ」

廏戸を振り向きもせずそう云うと、父帝は細筆を走らせつづける。

廏戸は椅子に腰をおろし、父の横顔を眺めた。作業に没頭するその顔は無心で、若々しく、生き生きとしていた。

やがて父帝は筆を置くと、仔細(しさい)に図面を点検し、満足そうな声をあげた。

「ふうむ。我ながらよくできたぞ。明日から大嘗祭に向けて潔斎に入る。こんなことはできなくなるゆえ、今日中に仕上げておきたかったのだ」

「何をお造りになるのですか」

「倉庫だ。難波津の倉庫群が手狭になったので、巨大なやつをこしらえようと思っている。できれば以前のように現場で建築の指揮をしたいが、今の立場ではそれもままならぬ。図面を引くだけで我慢せねばならない。何とも不便なものだ、天皇になるとは」

ぼくのために……。

廏戸は気恥ずかしさをこらえ、礼の言葉を口にしようとした。その気配を察したか、父帝は軽やかな笑い声をたてた。

「母から聞いたか。水臭いことは云うな。父が息子のためにしてやれることをしただけだ」

「父上、ぼくは……その、とても……」

「帰国してまもなく一月か。少しは倭国の生活に慣れたろう」

「徐々にですが」

「是非もない。海の向こうで暮らしていた年月のほうが長いのだ。とはいえ、おまえも十六歳。皇子として、父の政を補佐してよい齢だな。父は、亡き兄帝より幾つもの国事を申し送られている」

　あらかじめ告げるべき内容を整理していたのだろう、帝の話しぶりは滑らかだった。

「大きなものとしては二件ある。父帝から兄帝への申し送り事項なのだが、兄帝はそのどちらも積み残したまま崩御され、処理はわたしに委ねられることになった。一つは任那復興の問題。が、おまえの考えを聞きたいのは、もう一つのほうだ」

　厩戸は驚いた。大嘗祭を前に、父のほうからこの話題を持ち出してこようとは。

「仏教は父帝の御世、百済王より伝えられたが、父帝も兄帝も受容の是非を示すことなく黄泉路に旅立たれた。兄帝の晩年には大連と大臣が一触即発のところまで行った。おまえが漢土にいる頃のことだが、実に危ういところだった。兄帝が歿し、わたしが即位してまだ間もないため、両者は今のところは矛をおさめているが、再燃は必至。父はいずれ決断を下さねばならぬ」

　軽快な父にそぐわない苦悩の表情であり声だった。

「おまえは漢土を見てきた。九年もの長きにわたって」

厩戸はうなずいた。真実は、インドで過ごした期間が最も長いのだが。

「蘇我大臣の言によれば、漢土では仏教が隆盛であるという。それはまことか」

「まことです、父上」

厩戸の声に力がこもった。父のほうからこの話を持ち出してくれたのだ。この機会を逃す手はない。

「北の隋も、南の陳も、町のいたるところに仏教寺院が甍を連ねていました。仏教は国を守るものと皇帝たちが信じ、援助を惜しまないからです。人々も仏教を敬い、心の平安を得ています」

「護国と平安――なるほど、蘇我大臣の申すことと同じであるな。だが物部大連の言によれば、異国の神を容れれば、倭国の天神地祇が怒り、国土に災いをなすと云う」

「漢土にも漢土固有の天神地祇が祀られていますが、仏教の神々と仲よく共存しています。災いをなしたという話は聞いたことがありません」

帝は身を乗り出した。「――共存か」

「はい。仏教の神々は、みな優しく、温和な神々です。争いごとを好みません。倭国の天神地祇とも仲よくやってゆけるかと。大連の心配は杞憂だと思います」

「仏教の受容に賛成なのだな」

「漢土で熱心に仏教を学びました。このうえなく優れた教えかと思います。仏教を受け容れるべしという蘇我大臣の考えに同意します」

きっぱりと厩戸は告げた。父に対して旗幟を鮮明にした。もう後へは退けない。

帝は腕組みをした。さっきまで見せていた表情の硬さ、苦悩の色が薄らいでいた。伸びやかで快活な父が戻っている。

「まずは大嘗祭を無事に終えなければ。大嘗祭こそは即位の証、天皇たるものの一代の責務。その後で、おまえから仏教についていろいろ聞きたい」

厩戸は安堵した。仏教を学んだことで父帝から咎められる可能性もなくはなかった。父の考えは思いのほか柔軟なようだった。

「お話し申しあげたいことは山ほどあります。素晴らしい教えですから」

「教えはともかく、寺院なるものはどうであったか」

「どう、とは？」

「つまり、その、大きかったか？」

「小山並みの大きさです」

父帝の目が輝いた。「塔も見たか」

「大きな寺院には必ず付属して建っています」

「高いか」

興奮を抑えきれない口調でたたみかけるように帝は問いを重ねる。

「高くてこその塔ですから。三重塔、五重塔、七重塔、九重塔——いろいろな種類があります。いずれも見上げるばかりの高さです」

帝は椅子から立ちあがった。「兄帝がお亡くなりになる少し前、蘇我大臣が塔を大野丘の北に建てたのだ。二年前のことだが。あの塔は惜しいことをした」

「惜しい？」

「百済から呼び寄せた技術者を動員して築いたものだが、それはもう見事なものだった。天を衝くような高さであり、見たこともない形であった。幾日見ても見飽きなかった。それが炎に包まれたのだ。物部大連は実に愚かなことをする、そう思わざるを得なかった。破却を認めた兄帝も兄帝だが。燃え落ちる塔を見ながら誓った。あれを上回る塔を建ててやろう、と」

厩戸はまばたきを繰り返した。父上が仏教受容に乗り気なのは——。

翌日、厩戸は飛鳥の蘇我屋敷に馬を駆り、守屋の説得が不調に終わったことを伝えた。

「頑固者め」

馬子は眉をひそめたが、予期はしていたらしい口ぶりだった。

「ぼくに裏切られたと思っている。妥協の余地はなかった」

「そういう男なのです」

「他の豪族たちは、この件をどう見ている？」

厩戸は肝心なことを訊いた。守屋をこれ以上説得しても無駄だろう。その先を考えなくては。排斥派の守屋、受容派の馬子。双方の主張は、どれほどの支持を得ているものなのか。

「最初は、物部の肩を持つ豪族たちが多うござった。蘇我孤立とまではいかぬまでも、なかなか支持は得られず。されど、ここへ来て風向きが変わったのを感じます。二年前のことですが、思いきって塔を建てました。破格の条件で百済から技術者を招聘し、百済にもないほどの高い塔を建てさせました」

昨夜、父帝から聞いた話だ。

「先帝の怒りを買い、大連らに火を放たれたものの、それも計算のうち。天を摩するが如き巨大塔を、上は豪族から下は民にいたるまで見せつけ、仏教と一体である先進文明を誇示してやったのです。効き目はあった。あの塔を目にして、こちらに与すると云ってきた豪族たちが少なくない」

「馬子の大叔父は戦略家だね」

現帝の心までも射止めたのだから。「昨夜、父から下問された。仏教をどう考えるかと」

「陛下が？」馬子は喜色をのぼらせた。「皇子は何とお答えを？」

「仏の功徳を説いた」

「して、陛下は如何なる――」

「乗り気のご様子だった。大嘗祭後に、何かの意思表示があるだろう」

教理ではなく、仏教建築に魅せられているということは口にしなかった。

馬子は力を得た声で云った。「豪族たちの支持取り付けは、お任せくださいませ」

風が勁い。広瀬の丘陵をおおう丈の長い緑草も、気まぐれに向きを変える風の勢いに伏し靡き、そのたびに丘陵全体が景観を一新するかのようであった。

天空でも雲塊が吹き千切れるかの如くに次から次へと吹き流されてゆき、疾風となったその影が草原の表情を刻々と彩っている。

守屋は馬を降りた。

「そのほうたちは、ここで待っていよ」

護衛の剣士団に声をかけ、手綱を柚蔓にあずけると、緩やかな傾斜の丘陵を独りのぼってゆく。

居流れた集団が、伏し靡く草の陰に見え隠れしている。守屋は人数をかぞえた。十二人。

「大連」

一人だけ床几に腰を降ろしていた男が傲然と立ちあがり、近づいてくる守屋に声をかけた。

「そなたから遠乗りの誘いとは珍しい。どうだ、遠乗りだけでなく、おれと久しぶりに猪狩りの手を競い合うというのは」

上背（うわぜい）がある。筋骨たくましい、鍛え上げられた身体つきであることは、ところどころが盛り上がった着衣の上からでも見て取れる。眉毛が濃く、口は一文字に結ばれ、眼光は鋭い。見るからに男くさい顔立ち。

「お元気で何より、皇子」

穴穂部皇子は現帝の直近の弟に当たる。異母弟だが。間人皇后の同母弟でもあった。現帝の母と、間人皇后と穴穂部姉弟の母とは姉妹であり、姉妹の弟が蘇我馬子。穴穂部皇子にとっても馬子は叔父だが、彼は守屋に親しみを見せていた。大の仏教嫌いだからだ。叔父の馬子とはそりが合わず、生来の武人肌だからか、軍事氏族物部氏の長たる守屋とは気が合う。誘い誘われ、遠乗りや狩りを楽しんできた仲である。

野心家でもあり、野心家であることを隠さなかった。二年前、先帝が崩御し、後継者選びになった時、皇子は守屋の助力を求めた。守屋は首を縦には振らなかった。先帝の嫡男である押坂彦人皇子（おしさかのひこひとのみこ）が固辞した以上、重臣たちの信望は現帝、すなわち橘豊日皇子（たちばなのとよひのみこ）に傾いていた。守屋が穴穂部皇子を推しても、賛同を得られる見込みはなかった。豪族たちは、強い権力を発動した先帝の治世を厭（いと）っており、穴穂部皇子の容貌は先帝に似ていた。日頃の傲慢な言動も先帝を連想させるに充分だった。穴穂部皇子は忌避され、衆望は橘豊日皇子に集まったのである。

『――本心を申さば、それがしは皇子を断乎として支持しておりまする。されど、今はその時ではございませぬ。隠忍自重してお待ちくださいますよう。皇子の出番はいずれ必ず巡ってまいりましょう』

守屋はそう云って宥めたものである。その時が今、やってきたのだ。

「遠乗りは口実にて」

守屋の言葉に皇子は怪訝な顔になったが、急に何かを悟ったように表情を引き締めた。

「待っておれ」

護衛たちに告げわたすと、守屋を誘って自ら先に歩き出した。さりげない足どりで斜面をのぼってゆく。護衛たちとの距離がある程度開いたところで、口を開いた。「おれに話があると申すのだな、大連」

「御意」守屋は、歩きつづける皇子の背に向かって答える。

「大嘗祭のことであろうか」

その問いに守屋は失望しなかった。穴穂部皇子の勘の鈍さはいつものことだ。

「現帝のご嫡男、厩戸皇子のことにございます」

「そなたの力添えで生き延びたとか」

「蘇我大臣と、わたしが尽力いたしました」

すべてのお膳立てを整えたのは自分である、とは守屋は云わない。

「我が甥っ子の話だと?」

「漢土にて、仏の教えに深く帰依して戻って参りました」

穴穂部は足を止め、振り返ると守屋に向き合った。「厩戸が仏教徒と申すか」

「間違いございませぬ」

「由々しきことぞ」

「まさしく」

「馬子の叔父はさぞや喜んでいるだろう。ほくそ笑む顔が目に浮かぶようだ」

「蘇我大臣だけではございませぬ」

穴穂部は首を傾げ、しばらく考えていたが、「可愛い息子の感化を受けてしまうことも大いにあり得る、か」

「御意」

「よし、これから池辺双槻宮に乗りこもう。兄上に談判せねば」

「早まってはなりませぬ。陛下におかれては、潔斎にお入りの頃、それを邪魔しては——」

「そうだな」

「大嘗祭が終わってからが危のうござる。十中八九、陛下は仏教受容のご聖断をおくだしあそばすはず」

そこまで守屋は読んでいた。馬子は驚異の粘り強さで仏教受容の支持者を増やしつづけている。当初は受容反対派が圧倒的多数だったものの、馬子の不断の努力と時代の趨勢によって、賛成派が増えている事実は否定できない。雑草がはびこるように、樹木が地中にいつのまにか根を張り巡らすように、彼らは増殖している。今では五分と五分、いや、内心では仏教受容に与する豪族たちの数が優るかと危惧される。彼らが表立って旗幟を鮮明にしないのは、表面的には倭国古来の天神地祇を敬う姿勢を見せなければならないからだ。彼らとて倭国の神々の末裔。しかし異心を抱いている者は少なくないだろう。信仰上の対立ではなく、物部対蘇我の勢力争いに還元すれば、守屋は馬子によって物部の支持基盤を切り崩されているわけである。形勢を逆転されるは必至。

そう憂慮されるところに厩戸の帰国であった。守屋は賭けに破れた。万事休す。現帝が仏教受容の詔勅をくだす前に反撃に出ねばならない、決定的な反撃に。

「させてはならん」穴穂部皇子は獅子吼した。怒りと野心が綯い交ぜになり、全身から精気が噴き出すかのようだった。「この国を、仏などという異国の神の手に渡してはならぬ」

「皇子のお言葉、頼もしい限りです」

「兄は天皇の器ではなかった。所詮、神宮や倉庫を建てるのがお似合いなのだ」

荒々しくそう云うと、熱っぽい目を守屋に向けた。「二年前にこう申したな——今はその時に非ず、隠忍自重して待て、おれの出番はいずれ必ず巡ってまいる、と」

「まさしく」

「おれは待った。隠忍し自重した。そして今が——今がその時なのだな？」

「今がその時にございます」

守屋も声と目に力を込め、皇子の燃える視線を受け止める。「今こそ巡ってまいったのです、穴穂部皇子さまの出番が」

「お、れ、の、出番！」

穴穂部は両の拳を握り、空を見あげた。身体を小刻みに震わせ、あふれ出る激情に耐えるようにも、その感覚を楽しんでいるようにも見えた。

やがて視線を守屋に向けもどすと、昂った声で訊いた。「で、どうやるのだ。蘇我と戦って勝てる公算はあるのか」

「我が物部は倭国きっての軍事氏族。鎧袖一触、蘇我など即時に粉砕してみせましょう」

穴穂部が臆したりひるんだりする様子を見せないことに守屋は満足した。担ぐ以上、弱気になってもらっては困る。

「そなたがそうしろというなら、おれは甲冑をまとって軍の先頭に立とう。古の天皇は皆そうしたという。覚悟はできている。疾うにできていた」

「それでこそ穴穂部皇子さま。そこまで正面きって蘇我と対決せずとも、もっと易き手段がございまする」

「易き手段だと？」

「大嘗祭が終わって、時を移さず陛下に上奏いたします、排仏の詔勅をお出しくださるように、と。かつてないほど強力、強烈に申し入れます。中臣大夫（なかとみのたいふ）らも語らい、排仏派の総力をあげて」

「先帝の時にもそれをやったではないか」穴穂部は首を傾げた。「先帝はそなたらの求めに応じて排仏の詔勅をくだした。そなたらは蘇我の寺塔を焼いた。詔勅があるので、蘇我大臣は如何ともしがたかった。しかし疱瘡（ほうそう）が起こり、先帝は詔勅を半ば取り消したも同然で、結末はうやむやのうちに先帝崩御という事態になった――口惜しいことにな。先帝は果断の人だった。だから排仏の詔勅を出すことを肯（がえ）んじた。今の帝は気が弱い。大連の見込み通りに事が進むとは思えぬが」

「わたしとて、陛下が当方の求めに応じるとは考えておりませぬ」

「では、何のための上奏だ」

「強力に申し入れ、陛下を精神的に追いつめるところに真の目的があるのです」

「精神的に追いつめる？」

「帝は気が弱い――たった今、皇子はそう仰せになったではありませぬか。決断ができぬお方なのです。排仏派に突き上げられた陛下が動揺なさるは必定。仏教受容の詔勅を出そうにも出すことができず、苦悩の淵に追いつめられた陛下は、すべてを投げ出すしかありますまい」

「退位か！」

穴穂部は声を高めた。「兄上が自主的に天皇位を降りるというのであれば、力で奪い取るよりも事は簡単に進むな。なるほど、易き手段とは云い得て妙」

だが、すぐに疑念の色を浮かべて、「そう上手く運ぶものだろうか。退位など、倭国には前例がないのだぞ」

「前例をおつくりになっていただくまで。わたしの見るところ、陛下は天皇位にさほどの執着はお持ちでないはず。即位を受諾したのは、嫡男厩戸皇子の帰国を円滑、安泰ならしめる、それだけが期するところだったに違いありませぬ。即位の目的は達したという充足感が今の御心にはおありかと。そもそも陛下は、国の政だの権力の行使だのには恬淡にして無欲、無関心、無責任のお方で、頭には建築のことしかない。天皇となって、それが叶わなくなり、相当に不平不満がたまっているのではないか――と、わたしは陛下の胸中をそう見ぬいております。そこに揺さぶりをかける。輔弼の両輪である物部と蘇我が激突する――その緊張に、気弱な陛下はお耐えになれますまい」

「確かに」穴穂部は力強くうなずいた。「天皇位を投げ出すだろう」

「となれば、次の天皇選びとなります。蘇我大臣としては、仏教に帰依した厩戸皇子を大いに推したいところでありましょう。しかし、厩戸皇子は陛下のご嫡男とはいえど御齢いまだ十六。しかも、長く倭国を離れておりましたゆえ、この国については不案内。候補にすらなりませぬ。結局のところ、現帝の弟皇子の中より選ぶほかないのですが、筆頭といえば——」

「このおれ、穴穂部ということだな」

「蘇我大臣にしましても、皇子は甥。格別な反対はいたしますまい」

「泊瀬部を支持するということは？」眉をひそめて穴穂部は訊く。

「同母の兄を差し置いて、弟皇子さまを担ぎ出すなど」

穴穂部はすぐに不安の色を消した。「おれは仏教問題で正面きって大臣と対立したことはない。それなりの仲は保っている」

「今は大切な時期、くれぐれも言動にお気をつけあそばしますよう。蘇我大臣を欺（あざむ）き、媚（こ）びるぐらいの心積もりでいらせられませ。そのこともあって本日は遠乗りにかこつけて皇子をここまでお誘いしたのでございます。わたしが皇子の後ろ盾になっていると蘇我大臣には思われぬように」

「そうだな。大臣の前で、仏教に関心があるようなふりをしてやってもよいかもしれぬ」

守屋は微笑した。天皇位を目の前にぶら下げられて穴穂部は乗り気になっている。

目覚めるなり厩戸は寝床を抜け出した。時刻は深更であろう。深い静寂が屋敷を支配している。足音を立てぬよう廊下をわたって庭に降りた。まもなく朔。夜空に月はない。すぐに目が闇に順応した。星明かりで充分だった。塀を乗り越え、宮殿の外に出る。

目を覚ます直前まで、厩戸は夢を見ていた。柚蔓と媾合する生々しい夢を。二匹の蛇のようにうねうねと裸身をからませ合っていた。我慢の限界に達した厩戸が挿入しようとした時、柚蔓が耳もとに口を寄せてささやいたのだ。

『柚蔓のほうから参ります』

耳が火傷するほどの熱い吐息が吹きかけられた。その熱さで目が覚めた。

――柚蔓が来る！

直感した。いや、霊感といっていい。厩戸は自らの霊感を疑いなく受け容れた。

三輪方面から磐余に通じる街道に厩戸は立つ。果然、近づく足音を聴いた。星明かりを浴びて女剣士が疾走してきた。厩戸の胸は歓喜する。夢のつづきを行なわなくては。現実の行為として。

驚きの表情になって柚蔓が足を止めた。

答えるのももどかしく、厩戸は柚蔓を抱きすくめると、くちびるを重ねた。

柚蔓も厩戸を抱きしめ、積極的に舌をからめてきた。その情熱的な反応は、しかし一瞬のこと、女剣士はもぎ離すような力強さで厩戸を押しのけると、陶酔と危急のはざまに陥った苦悶の顔で告げた。

「物部大連が穴穂部皇子さまとお会いに」

四月二日。大嘗祭当日。

その日は、初夏の始まりを天地が祝福するかのような好日となった。天空は青く澄みきり、大地はまぶしい新緑に彩られている。吹きわたる風が樹間を縫って爽(さわ)やかな葉擦れの音を奏でる。

天皇は代々、新穀(しんこく)を皇祖および天神地祇に供え、親(みずか)らも食することで収穫を感謝し、翌年の豊饒を祈願するという祭儀を継承してきた。新嘗祭(にいなめのまつり)である。毎年行なわれ、特に即位して初めて行う新嘗祭を大嘗祭と呼んだ。一種の収穫儀礼であり、秋が終わった後——正確には、冬十一月の中の卯(う)の日に行なわれる。現帝の即位は二年前の九月、大嘗祭は去年の秋に挙行されているはずだった。先帝の寵臣三輪君逆(みわのきみさかう)をめぐっての紛争が勃発したため中止され、今年の四月に先送りされたのだった。

厩戸は身を清めて盛装し、宮殿の前庭に下りた。風が心地よく頬を吹きなでてゆく。

「おまえが立つのはここ」

異母兄の田目が指示した。来目をはじめ弟たちもすでに来ていて、神妙な顔で所定の位置に連なっている。厩戸はあたりを見まわした。主だった皇族たちが顔を揃えている。ひときわあでやかな美しさを誇っているのは額田部皇女だ。皇族の後方には、豪族たちが集まっていた。守屋と馬子も参列している。帰還の式典を思い出したが、あの時とは較べものにならない厳粛な雰囲気がこの場を支配していた。

女官の一団を従えて間人皇后が姿を現わした。簡素な白麻の衣裳をまとっているのは、夫である現帝に準じて斎戒中の身であることを示している。

「お母さまだ」

幼い茨田皇子が声をあげ、

「しいっ」

田目がくちびるに指をあてて注意する。

微笑ましいやりとりに緊張が緩みかけるかと思われたその時、宮殿から輦が出御、空気は一挙に引き締まった。轅を肩にかつぐ駕輿丁は前後左右に四人ずつ、計十六人。屋形は四方が完全に閉ざされ、内部におわす父帝の姿は見えない。

しずしずと輦は進む。前庭を経て、池辺双槻宮の外に出た。輦の後に皇后と女官団がつづく。出遊の際は皇后も輦に乗るが、この儀式に限っては徒歩である。参列の皇族、豪族たちも順次動きだした。祭典の場は磐余の河上に設営されている。

厩戸は粛然とした雰囲気に感じるものがあった。幼かったから新嘗祭には一度も参列したことはなかった。天の神と地の神に新穀を供え、天皇が神々と共食することで繁栄を祈る――連綿と継承されてきた儀式に、歴史の重みを感じる。そして自分もその皇統に連なるのだという責任感をも自覚する。倭国は神々の国だという物部守屋の主張は正しい。自ずと思考はそこへ飛ぶ。神々の国である倭国に、異国発祥の仏教を導入するなど、やってはならないこと。しかし、そうしなければ倭国は未開のまま立ち遅れてゆくばかりだ。神々も承認するだろう。いや、承認させねばならない。従来の神祇信仰を絶やすことなく仏教と共存させてゆく。仏教の手綱をとり、去勢馬のように従順ならしめる。仏を統べ、神をも統べる。それこそが自分に課せられた使命であると、厳粛な空気に浸りながら決意を新たにする。

祭儀の場に到達しようという頃合い、川沿いに進んでいた行列が不意に止まった。輦をかつぐ駕輿丁が足を止め、皇后以下の後続の者たちも先へ進めなくなったのだ。

「どうしたのだ」

田目が不審の声を投げかけた。

「輦が動かぬようでございます」

女官の一人がふりかえり、自身も要領を得ない顔で答える。

「道がふさがれているのか？」

「それが……輦の様子がおかしゅう」

確認すべく歩を踏み出した異母兄の後を厩戸も追う。

「どうかご返答を」

駕輿丁たちが、肩にかついだ屋形に向かって呼びかけている。

「陛下」皇后が輦の傍らに寄った。「陛下、いかがなさいました」

厩戸は、屋形の中から低い呻き声が洩れているのを耳にした。

「父上！」

「父上！」

田目と厩戸の声は重なった。と、二人の呼びかけに応じるものの如く、屋形の両開きの扉が内部から開かれ、にゅっと腕がのびた。痙攣する五本の指は、虚空をつかんで鉤形に曲がっている。

誰の耳にも苦悶察せらる唸り声とともに、天皇の上体が屋形から飛び出し、輦の上に突っ伏した。

玉体は皇宮の奥に寝かされた。高熱を発し、意識は混濁していた。主だった皇族、豪族たちが枕頭にはべることを許され、言葉少なく、容態の推移を見守った。皇后は別室に移り、神官、祈禱師を集めて快癒を祈っている。

彼らが唱える祝詞を中庭で耳にしつつ厩戸にはなすすべがない。元気だった父が、にわかに病を得ようとは。異変が起こる兆候は何ひとつなかった。出発の時も、挙止はしっかりと、表情はおごそかだったという。突然、輦の上で苦しみ出したのである。

不意に、仏に手を合わせたい衝動に駆られ、厩戸は驚いた。何か絶対的な救済者を措定し、それにすがり、救いを求めたくなるのが人間の弱さか。マハーヤーナが興った理由を実感する。

「厩戸、ここか」

振り返ると、田目が歩み寄ってくるところだった。空は茜色に染まっている。

「兄上」

田目にすがりつきたい衝動と厩戸は闘った。ブッダの状態であれば泰然としていられたろう。ブッダになるということは、自分の人生から逃げるということであるから。ニルヴァーナとは、人間であることのあらゆる責任感を放棄した逃げなのだ。

「おいで」田目は切迫した調子で云った。「父上が意識を取り戻しあそばされた」

厩戸は奥間に戻った。中央に敷き延べられた布団に父帝が仰臥している。周りに薬師（くすし）、皇族、豪族たちが五十人ばかり。母后の姿もあった。傍に額田部皇女。目を真っ赤に泣き腫らしている。物部守屋と蘇我馬子が枕頭に膝を進めていた。上体を屈めて天皇の顔に耳を寄せ、何かを聞き取ろうとしているようだ。

田目の先導で厩戸が進むと、居並んだ豪族たちが道を譲った。

気配に皇后が顔をあげた。血の気が引き、見たこともないほどの白さだ。皇后は額田部皇女との間隔を詰め、座を空けた。うながされるまま厩戸は腰を下ろし、父の顔を見おろした。死相濃くなっている。目をつぶり、呼吸が浅い。

厩戸に気づいて馬子が小声で告げやる。「一度、お目をお開きになって、何ごとかをお話しあそばされ、すぐにまた──」

激しいものが厩戸の胸を突き上げた。大波となって盛り上がり、うねり、幾重にも渦を巻いた。

「父上」思わず呼びかけていた。「父上、父上、厩戸はここに」

天皇がまぶたを跳ね上げた。「……う、厩戸……」

目は混濁していたが、声は持てる力を振り絞っている感があった。瀕死(ひんし)の天皇の声は誰の耳にも聞きとれた。

「……護国、平安……さこそスメラミコトの務めなれ……」

混濁の目が左右に動く。「……大連、大臣……」

「陛下、ここに侍(はべ)っておりまする」

「どうかお気を強う」

守屋と馬子が口々に応じた。

一座は声にならぬ声をあげた。天皇が起ち上がった。身を屈めていた守屋と馬子がのけぞったほどの予期せぬ動きだった。敷き布団の上で両足を踏みしめ、濁った眼で虚空の一点を見つめ、命旦夕（めいたんせき）に迫っているとは思えぬ声で云った。
「朕は三宝（さんぽう）に帰らんと思う。諸卿ら、宜しくこれを許れ！」

ふたたび天皇は昏睡状態に陥った。物部守屋、蘇我馬子を筆頭に諸豪族は、皇居の池辺双槻宮に日参し、回復を待った。好転を祈った。天皇は食物を摂らず、少量の水を口にするだけで、日を追って衰えてゆく。大和全体が沈鬱な空気に包まれたかのような重苦しい日々が続いた。

豪族たちは、枕頭に侍っていただけではなかった。天皇直々の詔（みことのり）が下されていたからである。

――諸卿ら、宜しくこれを許れ。

天皇の命令である。許れと命じられたからには許らねばならぬ。仏教受容の是非を。守屋を領袖（りょうしゅう）とする排仏派にとっては、由々しき展開である。

――朕は三宝に帰らんと思う。

倭国の神々の裔である天皇が仏教徒たらんと宣言した。三宝とは、悟りを開いた「仏」、仏の教えである「法」、仏法を奉ずる「僧」を宝に見立てたもの。つまりは仏教のことだが、「朕は仏教に帰らんと思う」と言えばいいものを、「三宝」という術語を使ったところに、天皇がすでに仏教に親昵（しんじつ）、深入りした事実が端なくも示された。およそあってはならない事態である。国土を創世した伊奘諾、伊奘冉の末裔、天照大神に天壌無窮の詔勅を授かった皇孫より連綿する天皇が、異国の蕃神である仏を信奉するとの意志を闡明するなど。

天皇が病み伏す奥間の隣室で、豪族たちの会議は連日開かれた。激論にはならなかった。

「何ぞ国神を背きて、他神を敬びむ。由来、斯の若き事を識らず！」

声を荒らげる排仏派の重鎮、中臣勝海に対し、馬子は冷静さを保って繰り返した。「詔に従うのみである。どうして陛下のご意志に背けようか」

豪族たちは立場をはっきりさせなかった。

厩戸は出席していない。臣下の話し合い、しかも十六歳とあって参加を期待されるまでもなかった。会議の内容は馬子が伝えてくれた。

「物部や中臣の主張は通らぬはず。彼らの主張に積極的に賛同する者は少ない。かかる時に、かかる話し合いをすべきではないと、大方はそう考えているのです。皇子の出番はまだ先でしょう。政治には駆け引きと、時宜が必要です。時宜を得なければ、正しい行動、筋の通った発言も、支持を集めることは難しい。この会議は、見かけだけのもの、形式的なものに過ぎませぬ」

馬子の表情は真剣であり、声には真情がこもっている。馬子の云う通りだ、と厩戸は思った。父があそこまで自分の意志をはっきりと公言した以上、父は馬子の側に立つことを表明したも同然である。諸卿ら計れとは、よろしくとりまとめよ、という意味に他ならないのだ。馬子としては、厩戸以上に天皇の回復を切実に祈っているのかもしれなかった。

ということは、大連にすれば――。

守屋の胸中を推し量って、厩戸は穏やかならざるものを覚える。このまま対立が高じれば、どうなってしまうのだろうか。

結論の出ない重臣会議が繰り返される中、ひとつの珍事が起きた。例の如く中臣勝海の独演会の様相を呈し、外国（とつくに）の神を容れたが最後、国神が恐ろしい祟（たた）りをなすは必定なりという判で押したような内容に皆が辟易（へきえき）していると、廊下にあわただしい跫音（あしおと）が入り乱れた。

「皇子さま、お待ちを」

「何卒（なにとぞ）、皇子さまっ」

何事ならんかと一同が顔を向け、勝海も眉をひそめて口を閉ざす。

「なあに、かまわん」

放胆な声がして、穴穂部皇子が室内に踏みこんできた。追い縋（すが）ってきた舎人（とねり）たちは、会議を憚（はばか）って退いた。

「皆の者、大儀」

穴穂部は室内を見まわし、挑戦的な口調で云った。

応じたのは話の腰を折られた勝海、「ここは皇子のお越しになる場ではございませぬ」

「ご挨拶だな、中臣連。わたしは皇弟だぞ。詔勅について討議する場に臨んで何がおかしかろう。だが、そのことで足を運んだのではない。陛下のご治癒、ご回復を祈るのが優先と訴えに罷り越した」

「そは正論ながら」守屋が不興の色を隠さずに異を唱えた。「我らにできることは限られております。それがしはそれがしで石上神宮にご治癒の祈りを命じ、他の者たちとて同様かと。我らがこうして議論しておりますのは、陛下が許れと仰せになったからで――」

「入って参れ」

穴穂部は振り返って云った。

姿を現わした者を見て一同は声をあげた。青々と丸めた頭、顔に刻まれた皺から察するに老年に足を踏み入れたところか。平坦な顔に、しかつめらしい表情。首から下げた数珠、僧衣をまとい、裾からは素足がのぞく。

「豊国法師という」穴穂部は告げた。「高句麗から渡ってきた僧だが、縁あって、この穴穂部が預かった」

「高句麗？」馬子は首を傾げる。「高句麗僧がなにゆえ倭国に？」

「当人は多くを語らぬゆえ、深い事情あってのことと察せられる。還俗して倭国に逃れてきたとの由、この穴穂部が説いて僧に戻した」

「何ゆえに」

「陛下は三宝に帰依すると仰せになった。陛下の不豫に効くのは、国神への祈りにては非ず、仏への祈りこそ。これより豊国法師を連れて御前にうかがい、平癒を祈らしめん」

「なりませぬ」勝海が逆上の声をあげた。「僧侶を連れてゆくなど、とんでもないこと。許されぬことにございます」

「何っ」穴穂部は怒気のこもった声で応じる。「我が配慮を無にすると申すか」

「皇子さま」守屋が断乎たる声音で云った。「中臣連の申す通り。衆議は未だ決しておりませぬ。どうかお慎みあそばしますよう」

「兄帝が三宝を、仏の加護を願っておいでなのだ」

「聞き分けのない」

穴穂部は舌打ちすると、群臣たちを見まわした。視線が馬子の面上に止まる。「そなたなら、わたしを支持してくれよう。仏への祈りは、兄帝の要請なのだ」

「この馬子、先帝より仏教信仰御免の詔勅をいただいた身、我が屋敷では僧、尼僧たちが総力をあげて仏に祈っております」

馬子は静かな声で、淀みなく答える。

「さこそは」

「陛下は三宝帰依のご意志を表明なさいましたが、それを許れとの仰せ。我らの結論は出ておりませぬ。勇み足は禁物でございます」

天皇の意志が通るには、豪族会議で賛意を得ねばならない。それが倭国における政の慣習である。馬子の言は、崇仏派の首魁としての立場を自制し、為政者の義務を優先させたものだ。「皇子さまがお連れした者であれ、法師が宮殿にいること自体が許されぬこと。即刻お引き取りを。仏は平等です。祈る場所に近いも遠いもございませぬ。祈りが心からのものである限り、お聞きとどけくださるのが御仏の偉大さです」

「弁舌が過ぎるぞ、大臣」守屋が苦い顔で云った。「皇子さまをお諫めいたすことにかこつけて、この場で仏の法を説くつもりか」

「さようなつもりなど」馬子は冷ややかに云い返し、再び顔を穴穂部に向けた。「おわかりくださいましょうや」

「相わかった」

「仏法を受け容れるべしとの立場に立つ者として、皇子さまのお振舞いに感激を禁じ得ませぬ」

馬子は深々と頭を垂れた。額が床をこすらんばかりであった。

「兄帝が仏法へお心を傾けられ、感ずるところがあったまで。今日のところは、そなたの顔を立てて引き下がろう」

穴穂部は老体の法師を引き連れて去った。

　馬子は感激の面持ちで、守屋は苦い表情で見送った。

「変節にもほどがある！」

　中臣勝海が吠えている。守屋の三輪屋敷。卓を挟んで対坐する守屋は、勝海の怒声に耳を傾ける。先帝の晩年、馬子が大野北の丘に建立した塔を焼いた時、守屋以上に欣喜雀躍したのが勝海であった。二十六歳。若いだけに純粋、血気の盛り。守屋には心強い同志である。天皇家の祭祀を司る中臣氏と、軍事部門を掌握する物部の連携が不動であれば、排仏は可能と守屋は見ていた。

「大臣の支持をとりつけ、自分が後継者になろうとしているのだ、あの蘇我腹の皇子は」

「あれは一芝居打ったのだ」

「芝居？」

「皇子のご意志は固い。変節などしておらぬ」

「なんたら法師などという者を連れて――」

「豊国法師はこの守屋が手配した。高句麗からの流れ者、僧侶だったというのは信じてやってもよかろう。破戒の罪を犯して寺を追放されたらしい」

「破戒？」

「僧というものは単独では生きてゆけぬので、教団を作って生活をする。集団生活ゆえ、規律が必要となる。その規律を戒という。戒を破った僧は破戒僧として僧籍を剝奪され、追放処分という罰を受ける。おおかた、色欲を抑えきれず女犯に手を染めたのだろう。で、流れ流れ、食いつめたあげく、倭国に渡ってきて、我が物部の下人になったという男だ。経歴を面白く思ったので飼っていたのだが、思わぬところで役立った」

「どこが？」

「蘇我大臣は穴穂部皇子を見直したはず。排仏派と思っていたが、ところがどうして、仏教に理解をお持ちなのだな、と」

「読めた」勝海は膝を打った。「てっきり皇子が心変わりしたとばかり……知恵者だな、守屋どの。皇子をにらみつけた時の目の凄さもだ。大臣は欺かれたに違いない」

「姑息な真似を」

馬子は重臣会議が後、飛鳥に引きあげると見せ、厩戸のもとを訪ねた。「皇子に聞いていなければ騙されていたところ」

「何者かな」

「皆、多かれ少なかれ帰化人を抱えております。十中八九、大連の手の者かと。頭を丸めさせて豊国法師なるものをにわか仕立てしたものでしょう」

厩戸は初めて守屋に不快感を覚えた。

「──策士、策に溺れるということもある」

祝詞の奏上が終わると、中臣勝海はひとりごちた。屋敷の奥庭に設けた神殿の中。深更。灯りはない。暗闇の底、勝海の声だけが響く。重臣会議で怒声を発していた人物とは思えない、思慮の深さを感じさせる声であった。

「──あの場でおまえは大連の手腕に敬意を表した」

神殿に籠り、祝詞をあげた後、自らと対話する。彼の習慣である。

「──信ずるに値しようか。所詮は蘇我腹の皇子、何がきっかけで考えを変え、蘇我に与することになるやもしれぬ」

「──それは……」

「──そうなれば、大連はじめ我ら排仏派は梯子をはずされたことになる」

「…………」

「──物部と蘇我の支持で穴穂部皇子が次の天皇に即位したとせんか。新帝は突如として蘇我の血に目覚め、大連の期待を裏切って仏教の受容を詔勅する」

「──しかし、現実問題として他にどうするというのだ。押坂彦人皇子は自らご逼塞、後は蘇我腹の皇子か、身分の高からぬ女人を母にお持ちの皇子さまばかり」

「──その押坂彦人皇子さまを」

「――まず無理」

「――何とか説得してみよう」

「――上手くゆくか」

「――ゆくもゆかぬもない。我が中臣一族は、天照大神が天岩屋戸にお隠れになった時、祝詞を奏上してその出現を乞うた。天孫降臨に際しても供奉したてまつった。力を尽くさずにおかじ」

「――大連には」

「――何事にも予備、補欠を用意しておかねば。おれの一存で秘かに進める」


翌日。池辺双槻宮をあとにした中臣勝海は馬首を水派に向けた。押坂彦人皇子は水派に引きこもり、隠棲も同然の暮らしを続けている。磐余から遠く、表舞台には立たないという堅い意志表明であった。天皇が倒れても、名代を派遣してきたのみである。

水派に着いた時には、もう日が暮れて空には星が輝いていた。

「皇子さまはもうお休みです。お引き取りを」

対応に出た皇子付きの舎人、迹見赤檮が云った。

「是非にもお伝えせねばならぬことがある」

「わたしからお伝えいたします。どうぞお話しください」

「陛下のご容態に関する話だ。直接お伝えせねば」

「お待ちを」

赤檮は奥に入った。勝海は待たされた。やがて赤檮は戻り、「こちらへ」と短く云った。

押坂彦人皇子は夜着のまま客間の椅子に腰かけていた。目で着座を促した。

皇子に拝謁するのは久しぶりである。健康を害している様子がないと見てとり、安堵する。繊細で、内向的、かつ意志の強さが表われた容貌も相変わらずだ。亡き父帝の厳粛な顔つきを受け継いでいる。ますます先帝に似てこられた――勝海には感慨深い。蘇我の容貌でないことが。

「変わりはないか、勝海どの」

思いのほか、やわらかな声で皇子は云った。

「皇子さまこそご健勝のご様子、安心いたしました。それがしがこうして駆けつけましたのは、陛下のご様子が思わしくないことを告げんがためであります」

皇子は小さくうなずいた。「舎人を磐余に送ってご容態を毎日うかがっている」

「陛下の命は明日をも知れず。新たな帝を選ばねば」

「そうだな」他人事(ひとごと)のように皇子は答える。「そうならぬよう、天神地祇に連日祈っている」

「万が一に備えておかねばならぬのも臣下たる者の務めにございます」

「臣下たる者の務めをわたしに申し聞かせに参ったか」

「臣下だけでは扱いかねますゆえ」

「案ずるなかれ。先帝の後は、その弟君が後を継いだ。今回も、その前例を踏襲すればよい。穴穂部皇子が」

「二代つづけての蘇我腹は、如何なものか。大臣は仏教の受容を画策しておりますので」

「その問題については、口をはさまぬようにしている」

「皇子さま」痺れを切らして勝海は声を高めた。「皇子さまは、先帝のご嫡男にあそばします。践祚（せんそ）なさろうとは――」

「考えてもいない」

「枉（ま）げてお考え直しを。穴穂部皇子は排仏を標榜（ひょうぼう）しておいでですが、生まれは争えません。蘇我の腹から生まれたからには、いつ大臣になびくやも知れず、そうなったら――天皇として仏教受容の詔勅をくだすことにでもなったら、倭国は終わりです」

「どう終わる」

「外来の神を拝むことに天神地祇は怒り、大いなる災いをもたらしましょう」

「それがこの国の選択とあれば、いたしかたのないことだ。なるようにしかならぬ」

「亡きお父上の御心に背くと仰せですか」

「父は父、わたしはわたしだ」なおも云い募ろうとする勝海を制して押坂彦人皇子は立ち上がった。「赤檮、参れ」

皇子の舎人は飛びこむように室内に入ってきた。

「中臣連、お帰りである。鄭重にお見送りいたせ」

皇子は室外に出ていった。

追いすがろうとした勝海の前に、壁の如く迹見赤檮が立ちふさがる。「連さま、これ以上は」

首を横にふり、反論を許さぬ声音で赤檮は云った。射すくめるような視線に、勝海は恐怖に駆られた。赤檮の腰には太刀が佩(は)かれている。大和でも一、二を争う剣の遣い手だとの風聞が思い出された。

怯色(きょうしょく)が顔に出てしまったことを勝海は恥じた。尊大な態度を恢復(かいふく)して、「これからも陛下のご容態を折々お伝えに参上いたす。そう皇子さまにお伝えあれ」

中臣勝海が従者三人を従えて去ったのを見届け、赤檮は屋敷に引き返した。

「諦めたわけではあるまい」

「折々お伝えしに参上いたす、と」

「折々か」押坂彦人皇子は溜め息をついた。「勝海どのにも困ったもの。政争に巻き込まれまいと水派に引きこもったのだ。中臣連と意を通じていると疑われたら――」

「蘇我大臣をお恐れで」

「そうだ」皇子は恥じるふうもなく、あっさり認めた。「蘇我も恐い、物部も恐い。今はやりすごすに如かず。両者は遅からず激突しよう。敗者に待つのは滅亡だ。重臣どもの争いに巻き込まれてなるものか。わたしの使命は――」

皇子はいったん言葉を切り、しばらく虚空を見つめてから、ゆっくりと語を継いだ。

「蘇我の血なき皇統を温存し、後世に伝えることにあるのだから」

静かながらも決然たる皇子の顔に、赤檮はひたと視線を注いだ。

「では？」

訊くというより、うながすように。

押坂彦人皇子は短く応えた。「頼む」

――へこたれてなるものか。

帰路、中臣勝海は心の中で呪文のようにその言葉を唱えつづけ、自分を励ました。へこたれるなかれ、勝海よ。足しげく水派に通い、皇子の懐柔につとめる。今夜は、その手始めであり、第一歩を踏み出したにすぎない。

――へこたれてはならぬ。

天照大神が岩戸隠れした時、天児屋命（あめのこやねのみこと）も自分を叱咤しながら懸命に祝詞を奏上し続けたに違いない。勝海は太古へ、神話世界へと思念を遡及(そきゅう)させる。自分も祖神に倣い、水派なる岩戸に引きこもった押坂彦人皇子を引き出さねばならぬ。宮廷の祭祀氏族中臣の長たる使命をつくさねば。

「勝海さま」従者の一人が馬首を寄せてきた。時は深更、屋敷はまもなくだ。「蹄(ひづめ)の音が」

「蹄？」

「後方。我々を追ってくるかと」

不審の念を覚えて勝海は馬を止めた。左右を田んぼに挟まれた細いあぜ道が終わり、やや幅広の道が開けている。両側は雑木林。木々の形状が星明かりにぼんやりと浮かびあがっている。辺りは深閑と静まりかえり、時折り夜風がこずえを震わせるざわめきが聞こえるだけ。その静寂の中、遠方からの蹄の音が明瞭に響いてくるのが聴き取れた。一騎。従者の言の如く、次第に近づいている。

蹄の音の主が雑木林の中に乗り入れてきた。その姿が星明かりにおぼろげに照らし出される。

「止まれ」従者の一人が厳しい声を放った。

相手は即座に手綱を引いて馬を止めた。「中臣連勝海さまにておわしましょうか」

「お手前は」

「押坂彦人皇子が舎人、迹見赤檮」

従者三人は一斉に勝海に顔を向ける。

勝海は声を張り上げた。「おお、その声は確かに。かまわぬ、近う参れ」

近づいてきた。騎手の顔がはっきりした。迹見赤檮である。

「我が主よりの伝言にございます。今一度、水派にご足労願わしゅう」

勝海は歓喜を覚えた。皇子さま、ご改心か。こちらの言辞に耳を傾けようという気にはなってくださったわけだ。

「承知」赤檮に向かってうなずくと、従者たちを見やって云った。「ただちに引き返そう」

勝海と三人の従者は馬首を転じた。

赤檮はなおも勝海に向かって近づいてきた。「仏などという他国の蕃神をこの国に導入することに、それがしも反対でござる。皇子さま御心の内をお明かしにはなりませんが、おそらくは……皇子を説得なさるに、お耳に入れておきたい儀が」

「聞こう」

勝海は鐙（あぶみ）を踏ん張り、鞍（くら）から尻を浮かして伸びあがった。赤檮の馬が眼前に迫った時、その左腰から一筋の銀光がたばしるのを見た。

銀光一閃、首にかすかな痛みを感じた瞬間、勝海の目は驚きの光景を見た。自分が空高く舞い上がり、みるみる地上が遠ざかってゆく。赤檮が対峙する馬の主は首がなく、切り口から血流が勢いよくほとばしっている。

――血が、噴水のように……あれは誰だ、いったい何が……。

思考する力が急速に弱まってゆく。勝海が最後に見たのは、彼の従者たちに向かって次々に剣をふるう赤檮の姿だった。虚を衝かれた従者たちはなすすべもなく――。


勝海の死が伝えられるや、重臣会議は騒然となった。屋敷から遠くない雑木林の中に、首を切断された勝海の死体が横たえられていたという。従者三人の斬殺体も近くで見つかった、と。豪族たちは己の屋敷に戻った。密使たちが大和の各地を往来した。

天皇は相変わらず危篤状態である。それを顧みる者はいなかった。関心を天皇から中臣勝海に向け、その不慮の死と排仏崇仏論争とを重ね合わせ、憶測をたくましくした。疑心が暗鬼を生みかねない状況だった。


夕刻、柚蔓は物部守屋の前に伺候(しこう)した。

守屋の部屋には、物部一族の領袖、族長たちが顔を揃えていた。二十人ほどにもなるだろうか。全員の目が男装の柚蔓に向けられる。

守屋がうながした。

「四人いずれも一刀のもとに命を奪われておりました」緊張した空気の張りつめる室内に、柚蔓の声はよく通った。「鮮やかな斬り口、相当の手練(てだれ)の仕業かと」

「その意味するところは？」

「盗賊に非ず」

「暗殺か」

柚蔓はうなずく。

「下手人に心当たりは。さほどの手練、数は限られてこよう」

「倭国を離れて長うございますゆえ」

「虎杖は」

守屋の声に力がこもった。貴重な同盟者である中臣勝海を暗殺したのは馬子ではないか、と。

「太刀筋が違います」柚蔓は首を横に振る。四人の死体を検分しながら、大和にこれほどの達人がと、剣士として強い興味さえ覚えたほどだった。

「確かか」

「誓って。あの者とは、中臣連の屋敷で鉢合わせました」

虎杖も蘇我馬子の名代として派遣され、勝海の死体を入念に検分していた。身二つになった勝海を挟み、探り合う視線を向け合った二人だった。現場も検証し、物取りによる犯行でないことも確認し合った。

「あの男も最初、わたしを疑うふうでしたが」

守屋は拳を卓上に振り下ろした。「そんな莫迦(ばか)な。蘇我のほうでも下手人がわからずにいるというのか」

「物部の女剣士も参っておりまして」

馬子の目に興味の色が動く。「疑いの目を向けられたろう」

「連さまの死体を検分し、わたしの仕業でないと、すぐ納得したようですが」

「で、そなたの見立ては」

「柚蔓の太刀筋に非ず」

「大切な盟友を手にかけるはずもない。では、盗賊の手にかかったのでもないとすると、誰が――」

虎杖は首を横にふった。「わたしは倭国を離れて九年になります。大和にいかなる剣士がいるか、皆目見当もつきません」

「心当たりは」

馬子は警備隊長の朝倉哲足(あさくらのあきたり)に視線をくれた。勝海の非業(ひごう)の死により大和の情勢は一気に緊迫の度を高めた。蘇我が物部から疑いをかけられるのは必至。物部の動向をさぐり、対抗措置を講じておく必要がある。馬子は弟の境部摩理勢(さかいべのまりせ)に陣頭指揮を執らせている。自身は屋敷の奥に閉じこもり、頭を働かせている。

馬子の警備隊長は眉をひそめた。「剣士としての名声では、まず迹見赤檮」

「何者です？」虎杖は訊いた。

「押坂彦人皇子の舎人でして」哲足は答える。「大和では彼がいちばんの遣い手ともっぱらの評判です」

「押坂彦人皇子が命じた？」またも馬子は傾げる。「皇子さまがさようなことをなさる理由が見当たらぬ」

「会ってみましょう、迹見赤檮とやらに」

虎杖がそう云った時、室外の舎人が馬子への来訪客を取り次いだ。

「誰ぞ」

舎人は答えた。「迹見赤檮どのにございます」


ひと目見て、虎杖は剣士としての赤檮の頭抜けた技倆を見抜いた。どことといって特徴のない顔つき、身体つき。だが虎杖の目はごまかせない。なるほど、この男ならば。

赤檮は馬子の前に進み、一礼した。

「押坂彦人皇子さま名代として」

馬子は椅子から立ちあがり、礼をとった。

「皇子さまのお言葉です。昨夜、中臣連勝海どの水派に推参」

「何と」驚きの色が馬子の面貌を疾った。

「中臣連、皇子さまに対し、不吉かつ不敬の言辞を弄す。現帝不慮の後、皇子さまご即位を、と。かくして中臣の連はあのような最期を遂げることに。もとより皇子さまに即位ご意志はございませぬ」

馬子は長々と息を吐いた。「皇子さまの固いご意志、謹んで承った」

「これにて」

赤檮は去り際、一瞬だが虎杖に視線をくれた。

「何が何やら」要領を得ない顔で哲足が訊く。

馬子は答える。「押坂彦人皇子さまは、いまの男を使って中臣勝海を斬らせたのだ」

「それをわざわざ伝えてきたと？」

「どうあっても皇位継承問題からは身を引く、その不断の決意を示すため」

「物部、中臣には与しない。自分にはかかわるな——」

「要するに保身だ。押坂彦人皇子が物部、中臣の誘いに乗るようであれば、わたしは皇子を敵とせねばならぬ。思いきった意思表示ではあるがな」

「どこまでも争いごとからは身を避けるおつもりなのですな、皇子さまは」

「皇子の判断は賢明だ。後は穴穂部皇子の動向だけが」

――こんな時に争いごととは。

厩戸はもどかしくてならない。勝海の死の翌日から、重臣たちの参内が止まった。馬子も守屋も、その他の豪族たちもそれぞれの屋敷に閉じこもり、兵士を増強し、守りを厳重にしているという。

――父上さえ回復してくださったら……。

厩戸の思いとは裏腹に、父帝は今日明日の命というほかはない。

――誰が中臣連を？

そう思った瞬間、厩戸は気配を察した。自室に独り。扉も窓も閉ざされている。にもかかわらず、それは侵入してきた。室内に、いや厩戸の意識のなかに。しこりのようなものが脳中に感じられる。

『――知りたいか』

『――教えてやろう』

禍霊――怨念の集積たる禍津水蛭子族の声が脳裏に響きわたった。

厩戸は緊張を解いた。自分のなかに耐性ができていることに小さな驚きを覚える。呼びかけてさえいた。「なぜ姿を見せない」

『――皇子と我らの間には回路ができた』

「回路？」

『――皇子が我らに歩み寄ってくれたがゆえに』

「歩み寄った覚えなんかないぞ」

『皇子はインドにて自身の霊性を磨き、統御する術も学んだ。我らと接触しやすい階梯になった』

「ぼくはもうブッダであることを止めたんだ」

『――天性の霊性に変わりはない。ブッダであることと天賦の霊性とは何の関係もないのだ。とまれ、我らは親しい間柄となった。姿を顕現せずとも皇子の意識と直結する』

厩戸は溜め息をついた。

「で、何の用なの」

『――中臣連勝海を手にかけた下手人を知りたいとか』

「わかるというの」

『――我らは怨念の集積、死人の残留思念。存在しないが存在し、存在するが存在しない。目に見えぬ空気のようなもの。あらゆる場所に存在し得る。中臣連が斬り殺された場にも我らは居合わせた』

化け物のこねる理屈は、厩戸を興奮させた。

「誰」

『――押坂彦人皇子の刺客』

「押坂――」

　意外な名を聞いたと思ったのは一瞬のこと、すぐに厩戸は押坂彦人皇子の意図を察した。察しはしたが――。

『――押坂彦人皇子の過剰反応は、結果的に云えば蘇我を利した。大連は端から皇子に期待していなかった。中臣連の独断専行が今回の惨禍を招き、均衡は破れた。排仏と崇仏、物部と蘇我の対立は不可避のものとなった。どちらかが滅ぶまで突き進まざるを得ぬであろう。その端緒をなしたのが、どちらとも距離を置く先帝の嫡男であったというところにこの喜劇の核心がある』

『――核心がある』

『――核心がある』

　声が重奏した。生者と、生者の営む社会に向けられた死者の嘲りと怨みが響く声。

「面白がってる場合か」

『人間は愚かしきもの。死んでみれば、それがわかる。いや、そなたにも。一度は死んだ身、すなわち解脱した身、ブッダだったのだから』

「…………」

　ブッダであることは止めた。倭国の皇子というのが今の立場だ。インドで仏教を学び、漢土の中華文明世界を目の当たりにしてきた唯一の皇子。崇仏派の領袖である馬子の力を借りて、倭国に仏教を導入しなければならない。それを自分の使命とまで思い定めた皇子であるのだ。面白がってなどいられるか。

『皇子よ、我らの王たる気になってくれたか。我らの王として我らを浄化してくれる気には』

咄嗟（とっさ）には答えられない。父帝が臥（ふ）して以来、禍津水蛭子族のことなど忘れていた。まして彼らの要求など。

「おまえたちの力で父上を恢復させせられる？」

訊かずにはいられなかった。禍津水蛭子族とかかわってゆくことに忸怩（じくじ）たるものを覚えながらも。

『――できぬ相談』

「なぜ」

『――我らは所詮、意識でしかない。遍（あまね）く存在する意識であるがゆえに、遠方で起こったことを知り得え、密室での会話を盗み聞くこともできる。霊性の強い生者と意識の次元で対話もし、霊的に無防備なものの意識に侵入して自由自在に操れる。しかし、病める者を治癒せしめたり、未来を予見したり、過去にさかのぼったりという超能力、物を動かす物理的な力は持ちあわせておらぬ。所詮は意識ゆえ』

『――意識ゆえ』

『──意識ゆえ』

声がまたしても不気味に重奏した。

「だったら、ぼくには無用の存在だ。用はない。去れ」

『──よく考えよ。我らの王たれば、我らは皇子の臣下として皇子の目となり耳となる。今もそれを証明した』

「だから何だ」

『──皇子は仏教をこの国に導入せねばとお考え。政治の世界は過酷ぞ』

『──過酷ぞ』

『──過酷ぞ』

声の重奏は、これまでで最も激しかった。しばらくは止むことがないほどに。主に政治がらみの怨みなのだ。厩戸は身震いした。

『──皇子は知らぬ、政治の世界は命をかけたやりとり。政策を実現しようとする者の前には必ず敵が立ちふさがる。その者はその者で、また別の政策を実現しようとしている。利害は複雑に対立する。権力を握らねば己の理想とする政策を実現できぬ。勝者たらねばならぬ。勝者があれば敗者あり。敗者は怨みを呑んで死んでゆく。怨みは尽きることがない。貪、瞋、癡──煩悩の三毒が猖獗を極める世界こそ政治。無明の世界だ。無明の極みが政治の世界だ。仏教の倭国受容を推し進めんとする皇子は、そのような世界に入ってゆくのだ。いいや、己を沈めてゆくのだ、無明の泥沼に、ズブズブとな。その時になって、ブッダを止めたことを後悔しても手遅れなのだぞ、皇子よ』

「……………」

『人間は二人いれば政治が始まる。我ら禍津水蛭子族は古来、あまたの政争を見てきた、演じてもきた。政争の犠牲者、敗北者が我らだ。我らが始祖、大いなる水蛭子神にしてからが、父神伊奘諾と母神伊奘冉の政治的判断で棄てられた敗北者なのだ。物部と蘇我の対立は、どれほどの犠牲者、敗者を生み出すものやら』

「それを避けたいんだ、ぼくは」

『――綺麗ごとを。大臣が敗北すれば、倭国に仏教を導入するという皇子の理想は実現することがない。それでいいのか』

「いいものか。だけど争いは――」

『――それを綺麗ごとというのだ。自分を安全なところに置いて理想を語るばかりでは、物事は動かぬ、人もついて来ぬ。人がついて来ぬようでは、何事もなせぬ道理』

「でも――」

『――ならば皇子は、どうやって物部と蘇我の争いをおさめようとお考えか』

「それは……」

『――物部と蘇我の争いは長い。皇子が生まれる前から始まっている。今それが最終局面に来た。皇子にできることは何もない。誰にもなす術はない』

「………」

『――政局において最も忌むべきは日和見だ。指を咥えて両者の争いを眺めていること。自らの立場を闡明しないこと。今の皇子がそれだ。このようなお気楽者は、争いが終わった後、軽んじられ、疎んじられ、相手にされぬ。蘇我が勝利したとして、馬子は皇子を排除しよう。己れ一人で思いのままに仏教受容政策を推進するであろう』

「そんなことあるものか。ぼくほど仏教に通じた者は倭国にはいないんだぞ」

『――漢土の仏教を骨抜きにして倭国に導入する、それが皇子の考え。馬子は違う。漢土の仏教そのものを導入しようと考えている。皇子の出番はない』

「まさか、馬子の大叔父が」

『――甘い、甘い。馬子が皇子に見せる顔は一面に過ぎぬ。我らは遍在する意識として、馬子のすべてを知っている。皇子の知らぬ蘇我馬子の姿がある』

「どんな姿だ」

『――教えてやろう。ただし、我らの王になることを肯んずるならばな』

「誰がおまえたちなんか！」

　叫んだ瞬間、脳内にできていたしこりのような感覚がきれいさっぱりと霧散するのを覚えた。

来客、いや賓客は、客間の椅子の上で組んだ足を神経質そうに揺すりながら待っていた。燭台で伸び縮みする炎に照らされた陰翳の濃い顔には不安と期待の色がせめぎ合っている。

「ご足労を願い、恐縮至極にございます」馬子はわびるように云った。「それがしの一挙手一投足には大和じゅうの目が注がれております。迂闊に動くことはできかね——」

黒衣をまとった賓客はうなずいた。「夜陰に乗じて忍んで参るのも、趣向としては面白い。わたしとて、今が大臣にどれほど重要な時か理解しているつもりだ」

「あなたさまにおかれましても今は重要な時にございます」

「さて？」賓客は首を傾げ空惚けたが、すぐに擬態をかなぐり棄てた。「聞こう」

「さればでございます」馬子はただちに本題に入った。「次なる御世に備えることも臣下の務め」

「うむ」

「ご嫡男の厩戸皇子は齢も若く、推すことはなりませぬ。となると」声に無念さが出ないよう馬子は注意した。

「候補は二人。押坂彦人皇子か穴穂部皇子か」

「わたしに何を望む？　兄上と仲違いしているが、同じ母を持つ身として——」

馬子は相手の話をさえぎった。「押坂彦人皇子は此度も即位を固辞なさるご意向。前回にもまして堅いご決意である、と」

「なんだ」賓客は拍子抜けした声を出した。「兄上で決まりではないか。何のためにわたしを呼んだ」

「穴穂部皇子さまは、物部大連と手を組んでおります」

「まさか」

「何喰わぬ顔で、わたしの支持を得る算段。皇位に昇るや、手のひらを返して排仏政策を推し進めるつもりなのです。わたしとしては――」

「待て、叔父貴」

　賓客は俄然、血筋を強調した。蘇我の血筋を強調し、紐帯（ちゅうたい）を確認し、すり寄ろうというのだ。自分にも成算があるのだと、にわかに察知して。

「兄は物部と手を組んだ――それを叔父貴が知っているということを、兄は知っているのか」

　馬子は首を横に振った。「それこそが我らのつけめ」

「我ら？」興奮を隠さぬ声。震え、かつ弾んでいる。「そなたと――」

「皇子さま」

「わたしが？」

「この蘇我馬子とお起（た）ちください、泊瀬部皇子（はつせべのみこ）さま」

「泊瀬部皇子が馬子のもとへ忍んでいった？」

守屋は手にしていた巻物を危うく取り落とすところだった。それほど意外な情報であった。

「人目を憚り、夜陰に乗じてという言葉がぴったりの風体にございました。屋敷の警護が厳重を極め、潜入はかないませんでしたが」

声はどこからともなく聞こえてくる。この自室の天井裏からか、床下からか、はたまた外からか。

「穴穂部皇子は」

「動きなし」別の声が答える。

守屋の頭脳は轟然と音をたてんばかりに回転する。次帝は穴穂部皇子というのが衆目の一致するところ。皇子は馬子の甥、馬子にも異議はないはずが、穴穂部皇子の同母弟と密会を持った。その意図するところは何か。穴穂部皇子の身に何かが起きた時の控え？　中臣勝海が穴穂部皇子の控えとして押坂彦人皇子に執着したように。馬子らしい周到さといえなくもないが、穴穂部の身に何が起きるというのだ。

守屋は卒然と悟った。

——馬子に知られた！

そうとしか考えられぬ。穴穂部皇子が物部の掌中の珠だと気づかれた。馬子のほうでも物部の動向に監視の目を向けていようから。あるいは内通者が――。

馬子はどう出る。穴穂部皇子の支持を止め、公然と泊瀬部皇子を推してくるとは思えない。武張った兄の前でその影は薄い。秀でたものを持っているというわけでもない。馬子が後ろ盾になるといえども難しかろう。担いだ神輿が見劣りするようでは勝負にならない。馬子にもわかっているはず。泊瀬部皇子を擁立するしか馬子には手がないのだ。

――使える神輿には数がある、か。

守屋はそう自分に言い聞かせ、少しく胸を撫でおろした。馬子、敗れたり。すぐに気を引き締める。劣勢を挽回すべくどのような手に出てくるのか。

「護衛せよ」

「こんな時間に？」

二つの声が重なった。

「穴穂部皇子のもとへ」

「蘇我の者とて、こちらの動向を探っておりましょう。今、大連さま自らお動きになられては――」

「穴穂部皇子と手を組んだことを馬子は知った。事は急を要する」

穴穂部皇子は夜着姿だ。かかる時間に守屋が訪れてくるという重大性を認識したればこそ、熟睡の寝床から飛び出してきた。眠気は吹き飛び、緊張の色を刷いている。

「われらの同盟、馬子の知るところとなりました」

皇子はぎくりとしたが、すぐに不敵の風情をとりつくろった。「いずれはと覚悟していた。しかし、なぜ」

「それは必ず明らかにいたします。馬子は泊瀬部皇子と手を組みました」

「泊瀬部と?」穴穂部は虚を衝かれたように押し黙り、すぐにげらげらと笑い声をあげた。「哀れなものだな。よりによって泊瀬部と。あの、非才無能で、人を妬むところだけが取り柄の我が弟と手を組んだと?」

「侮ってはなりませぬ」

「侮る気など」穴穂部は笑いをおさめた。「泊瀬部を推さねばならぬ大臣の苦衷は気の毒なほどだが、それだけに死に物狂いになる——というわけだろう」

「御意」

「馬子の泊瀬部擁立は見せかけ。実は秘かに穴穂部と組んだのを隠すため——そう懸念して駆けつけたか、大連」

「お戯れを」今度は守屋が声をたてて笑った。「あらゆることを想定し、対処なさろうとするご姿勢、感服つかまつります」

「そなたを裏切るような真似はせぬ。蘇我腹ということを懸念してのことなら、われは大臣の崇仏策には断乎反対の立場だ」

穴穂部は声に哀願に近いものを響かせた。

「そのような懸念、毫も持ち合わせてはおりませぬ。かかる時間に急ぎ参ったのは、一つには、この情報を皇子さまにお伝えせんがため」

「一つ？」

「いま一つは、馳猟に皇子さまをお誘いせんとして参った次第に。淡路によき猟場がございます。近くそちらへ」

「望むところだ。このところ鬱陶しくて敵わぬ。思うぞんぶんに獲物を射て、心の憂さを晴らしたい。しかし大連、ただの馳猟ではないのだろう」

「ご明察に。伊奘諾・伊奘冉の両命が初めて降り立った淡路島は倭国開闢の地。そこに物部神宮が分祀されており、伊奘諾・伊奘冉が秘伝した神器がご神体として祀られております。皇子さまにおかれましては、是非それにお触れになり、神器の持つ力を御身につけられますよう。さすれば皇子さまは天地開闢の力の主となり、最強の天皇として即位することができましょう」

穴穂部は興奮の面持ちになった。「天地開闢の力——そのようなものが！」

守屋は厳粛な表情で応じた。「我ら物部一族が、いわば力の管理者として、累代秘伝して参ったもの。今こそそれを皇子さまにお授けいたしましょう」

　翌日、守屋は石上神宮へ赴いた。時期が時期、情況が情況であるだけに、少なからぬ数の護衛を従えての発向となった。

　石上神宮は、物部一族の総氏神社である。歴史は古く、伝承によれば御間城入彦五十瓊殖大王のとき、勅命によって石上布留高庭に創建されたという。

　龍王山の北西麓、緑の鬱蒼とした樹海の中に巨大な社殿が屹立している。一度も建て替えられてはいないというから、創建当時そのままだ。神さびたとしか形容しようのない姿であった。馬上、社殿を見あげた守屋は、その荘厳さに改めて打たれ、身が引き締まるのを覚えた。

　神官、巫女たちが打ちそろって守屋を出迎えた。護衛たちを前庭に待たせ、守屋は神官の案内で本殿の階段をのぼり、奥へと進んだ。

　そこは薄暗い空間だった。簡素な祭壇を背にして、巫女装束の小柄な人物が立っていた。後ろで束ねた長い髪は白く、真夏の清冽な滝を思わせる。満面にうねる数多くの皺――いや、むしろ無数の皺の集積が顔貌を造作しているというべきか――は深く刻まれ、この人物が生きてきた歳月の長さを物語る。皺のうねりの中に、妖しく光る両眼が嵌めこまれている。もはや性別も判然としない顔であるが、巫女装束であるからには、女性であるに違いない。

皺のうねりの一部が横に裂けたように見えた。

「よう参られた、守屋どの」

目を閉じて聞けば、若い女の声だと誰もが思うだろう。艶めかしい嬌声と。

「おばばさま」

守屋は恭しく一礼する。

物部胆弓姫は守屋の高祖父の姉君であるという。真偽のほどはわからない。高祖父といえば祖父の祖父。四世代前の人間であり、常識的に考えれば生きているはずがないのだが、その容姿を眼前にすると、本当なのではないかと思えてくる。少なくとも守屋が物心ついたときから胆弓姫は石上神宮の斎宮であった。

「壮健そうで何よりじゃ。父御よりも男らしゅうなって参ったな」

仰々しい言葉づかいが若い女の声でなされる。その声は皺と皺の間から出てくるのだから、それとわかっていても守屋は混迷に陥りかける。

「ありがたきお言葉。おばばさまこそ恙なくあらせられ、お慶び申しあげまする」

「布都姫は如何」

「そろそろ斎宮職の修行に入るべき頃――」

「まだよいわ。わらわは当分、身を退くつもりはない。守屋どの、今日はそのことで参られたのではないようじゃな」

「実は――」

守屋は縷々説明した。現帝が病み臥されてからの情況を克明に。以前からの火種であった仏教受容の是非を巡る蘇我馬子との対決が、それに加えて皇嗣の問題と絡んで、今や一触即発、引き返せないところまで来ており――。

「淡路の神庫を開く？」

「物部の命運――いや、倭国の命運がかかっております。倭国の存亡そのものが。何としてでも蘇我を撃破し、穴穂部皇子を皇位に即けねば。天地開闢の力に頼るに如かず」

「…………」

「そのためにこそ温存して参った神宝なのでは」

「…………」

「今それを用いずして、いつ用いるのかという話でございます」

「あれなる力を用いれば、蘇我の撃破など容易きこと。強大な力ゆえに、物部代々の棟梁は封印して参ったのじゃ。迂闊に使うべからず」

「こたび用いざれば、それこそ宝の持ち腐れ」

「言うほど事は簡単ではない。淡路の神庫を開き、天地開闢の力を発動させる――時間と、それなりの呪力が必要じゃ」

守屋は挑発した。「おばばさまの手には負いかねると?」

「わらわを見くびるでないわ」胆弓姫の眼光が強さを増したようである。「穴穂部皇子を淡路にお連れせねばならぬ」

「皇子はご承諾。半信半疑のご様子ではありましたが」

「事は急ぐのだな」

「一日も早く」

「神器の起動に十日は必要じゃ。すぐ淡路へ発とう。神官、巫女は百人。蘇我の妨害は入らぬであろうな」

守屋はうなずいた。「護衛はお付けいたします」

護衛といっても生駒を越すまでだ。その先の河内国は物部の領国といってよい。難波から海を渡れば、対岸が淡路だ。

天皇が闘病中の折も折、石上神宮の神官団が大挙して生駒を越え、河内に向かったことは、大和の豪族たちの耳目を集めずにはおかなかった。ただちに馬子の元にも情報は届けられた。

「守屋も一緒か」

守屋が本拠地である河内に退去したとすれば、宣戦布告にも等しい。

「三輪の屋敷に。神官、巫女どものみの移動にございます」

報告者は答える。

「ふうむ」

百人を超す大集団か。それだけの数の神官、巫女たちを今この時に河内へ移すとは――。

答えは、まもなく姿を現わした別の報告者によってもたらされた。

「大連は池辺双槻宮にこう届け出た由にございます。阿都神宮の陣容を補強し、大和と河内の比重を等しうして、陛下の御快癒を祈念する所存と」

河内の阿都には物部一族のもう一つの神宮が所在する。河内国における物部神宮としての格式は備えていたが、如何せん大和国の石上神宮に較べると規模の小ささは否めない。石上神宮から阿都神宮へ神官を再配分し、大和と河内の地霊の力を、均等、かつ調和的に引き出すのだという。

「理屈は通っている」

「神官、巫女とはいえ、百人もの大集団だ。事は穏やかではない。裏があるはず」

同席していた境部摩理勢が疑わしげに云う。摩理勢は警備状況を報告すべく馬子のもとを訪れていた。警備状況とは飛鳥の蘇我屋敷だけに限らない。大和にかかわる蘇我の権益全般について、どんなに小さなことでも物部につけ入らせてはならなかった。

「その裏がわかれば」馬子は苦々しげな声を返した「対処のしようがあるのだが」

摩理勢は報告者を見やった。「しかと神官、巫女か。兵士どもが仮装しているということは」

「疑わしき点は何も」報告者は首を横にふる。「兵士には見えぬ貧弱な体格の者たちばかりで」

柚蔓は池辺双槻宮への道を疾走していた。半輪の月が、張った弦を上にして西の空に沈もうとしている。厩戸に急ぎ告げやらねばならなかった、石上神官団の河内行きの真の目的を。

柚蔓は守屋の発した「お触れ」を信じて疑わなかった。石上神宮と阿都神宮の均衡を等分にすることによって、大和の地霊と河内の地霊の力を等量に導きだし、相乗させるという説明を。守屋に命じられ、護衛の一人として同行した。しかし、生駒越えの最中、旧知の間柄である巫女の一人がふと洩らした。最終的な行き先は阿都神宮ではなく淡路神宮らしいと。

淡路神宮――。考えられることは一つ。守屋は神庫を開き、天地開闢の力を発現させるつもりなのだ。百人という神官、巫女たちの大移動も説明がつく。

柚蔓は秘かに離脱した。自分が裏切り者と発覚するのは覚悟の上。厩戸に殉じる決意は不動である。来た道を逆に辿った。日が暮れ、闇が降り、真夜中となった。

——きっと待っていてくださる。

身体の奥深いところで官能の疼きが頭をもたげてきた。厩戸を抱き、厩戸に抱かれる期待。自分の身体が厩戸なしではいられなくなっていることを柚蔓はうれしく思う。前回も皇子は自分を待っていてくれた。夜の野外で交わした情熱的な媾合後に厩戸は云った。自分が来ることを霊感のように察知した、と。

——すべての人の動きが？

——おまえだけだ、柚蔓。

今夜も皇子は自分が来ることを察知するに違いない。宮殿を抜け出し、出迎えにきてくれる。

月が沈み、星明かりだけになった。池辺双槻宮はもうまもなくだった。前回と同じ場所に人影が立っているのが見えた。急がせた足は、すぐに止まった。

立ちどまった柚蔓に向かって相手のほうから歩み寄ってきた。巫女装束。

「おばばさま！」

「柚蔓、失望したぞ」

若やいだ女の、呪わしい声が、年齢も定かならぬ老婆の口から発せられる。

柚蔓は口を閉じた。石上神宮の斎宮は、人知で理解できない超常的な能力を備えている。

巫女団の一員だった頃、その能力が顕現される現場を再三目撃した。おばばさまが乗り出してきたからには、自分の裏切りが発覚するのも当然か。

「哀れなものよの。若い男にのぼせあがり、我ら物部を離反するとは。もとよりおまえは巫女にはしておけぬ熱情の女ではあった。その熱情を剣のみに注いでおればよかったものを。剣は剣でも、若い男の肉の剣を選ぶとは」

「下品な！」柚蔓は腰に佩いた剣の柄に手を走らせた。

「わらわに立ち向かおうとてか。所詮敵わぬことと承知しておろうに。巫女としてわらわに仕えておった身なれば」

　敵わぬことは承知のうえ。柚蔓は抜刀しようとした。だが抜けない。刀身が鞘のなかで固着してしまったかのように。

「覚えておるか。布都御魂大神さまのご神体を盗もうと忍びこんだ愚か者が、どのような最期を遂げたかを」

　忘れることなどできようか。若い巫女たちを前に、胆弓姫は盗賊におそるべき仕打ちを加えてみせたのだ。

「まずは足止め」

　柚蔓は後退しようとした。足底が地面に貼りついたように動かせない。

「次に裸」

　一陣の風が起こった。風は意志あるものの如く柚蔓の身体のまわりを二重、三重に旋回した。と、彼女の着衣には裂目が縦横無尽に走り、無数の細い布切れとなって次々に吹き飛ばされていった。剣は鞘込めに足もとに転がった。

柚蔓は豊熟した全裸身を晒して、立ちつくした。足どころか、指一本動かすことができない。

「盗賊の身に起きたことがおまえにも起きるのじゃ」

胆弓姫の術で赤裸に剝かれた盗賊は、ゆっくりと宙に浮いてゆき——。

柚蔓は首に苦痛を覚えた。目には見えぬ太縄が巻きつき、引き揚げられてゆく、そんな感じだ。たちまち呼吸ができなくなり、目がかすんだ。目と耳の奥に血があふれこむような感覚。もがきたいのに全身が硬直して動かない。

身体が大地に叩きつけられた。宙づりが解かれたのだ。呼吸ができる。柚蔓は餓えた者のように息を吸った。身体が動く。自由に動かすことができる。視界も鮮明になってゆく。力をふりしぼって身を起こし、片ひざ立ちになった。

胆弓姫は背を向けていた。後ろ姿に緊張感がある。夜風もないのに上着の白い袖が、赤い袴（はかま）の裾が、妖魚のひれのように不気味にはためいている。

「柚蔓に何をした！」

斬りつけるような声が夜気を震わせた。

「わらわの邪魔をするでないわ、仏教かぶれのこわっぱめが」

白い袖が逆立つようにひるがえった。皺だらけの両腕が剝き出しになったかと思うと、前方に向かって突き出される。

胆弓姫は突き飛ばされたように地面に転がった。

その向こうから厩戸が現われた。柚蔓は目を見張る。歩み寄ってくる厩戸の全身が、青い炎に包まれているように見えたからだ。瞋恚にめらめらと揺らめき立つ青蓮華の炎。厩戸自身は何の構えも取ってはいない。歩いてくるだけだ。

胆弓姫は上体を起こし、今一度、厩戸を迎え撃とうとした。だが――、

「ちいっ」

舌打ちするような声とともに、その姿は一瞬にして消え去った。

直後、柚蔓は頭上に羽音を聞いた。星影をさえぎって何か黒いものが飛び去ってゆくのが一瞬、目に入った。

「だいじょうぶか、柚蔓」

厩戸に抱き寄せられ、安堵のあまり柚蔓は気が遠くなっていった。

「柚蔓が――」

守屋は、初め信じられぬという色を浮かべた。守屋よりも激烈な反応を示したのは布都姫である。

「薄汚い牝犬！　殺してやるわ、柚蔓！」

眉をきりきりと逆立て、鼻梁の両側に獰猛な皺を寄せ、歯を剝き出しにした顔は、布都姫こそ牝犬、いや、牝狼さながらであった。あり余る憤怒は胆弓姫にまで向けられる。

「おばばさまともあろうお方が」

「返す言葉もないのう」胆弓姫はうすら笑いを浮かべて応じた。皺のうねるその顔の半分は青みがかっている。青痣が生じているのだ。「仏教かぶれのこわっぱと、一瞬にせよ油断したわらわが迂闊であったわい。厩戸皇子が霊力の持ち主であったとは、ふふふ、思いもよらなんだぞえ」

「おばばさまが打ち倒されるなんて――それほどのものなの？」

「油断したからと申しておろう、布都よ。撃ち返されたまでじゃ」胆弓姫は己の後継者の立腹ぶりに目を細め、宥めすかすように答える。「わらわが浴びたのは、あくまで皇子に向けて放ったわらわ自身の力。それでこのようなザマに」

顔の青痣を片手でつるりと撫でてみせ、「皇子の力に非ず。皇子本人には、撃ち返したという自覚もなかろう。自分の女を救わんがため、咄嗟、無意識のうちに発動させた緊急防御の力じゃ」

「でも、おばばさまの力を撃ち返したのよ」

「まあな」胆弓姫は、しぶしぶといった顔で認めた。「厩戸皇子がそれなりの霊的力量の所有者であるとわかったが、使い方を知らぬ、あるいは習得せぬ、未熟な能力者じゃ。次は油断せぬ」

「わたしも加勢します。よくって、お父さま」

守屋は目を剝いた。「加勢だと？」

「今度こそ厩戸皇子には邪魔をさせないわ。裏切り者の柚蔓は、必ず殺してやる」

「柚蔓の始末など後回しだ。厩戸皇子は淡路神宮の秘密を知ったはず。馬子も」

「今から手勢を繰り出して神官団を追いかけても、もう手遅れというものだわ。蘇我の手勢が河内で何ができて？」

「確かに馬子は我が神官団に一指も触れることは叶わぬ。だが、馬子めが手を伸ばせるものが、ここ大和にはある。肝心の穴穂部皇子を馬子めの手に奪われては、何のために神官団を淡路神宮に送りこんだかわからぬ」

胆弓姫が表情を改めた。「事は急を要するぞえ、守屋どの」

家宰の声が室外から告げられたのは、その時である。

「池辺双槻宮からの急使にございます」

「淡路神宮？」

馬子は首をひねった。物部一族の神宮が淡路にもあるとは知っている。石上、阿都、淡路の社を総称して物部三宮と呼ぶそうな。

「石上の神官、巫女百人が大挙して向かった先は、阿都ではなく淡路か。何のために？」

馬子の問いは、厩戸の肩越し、その背後に控えた柚蔓に向けられたものだ。

「淡路島は」柚蔓が答える。「淤能碁呂島なのです」

「淤能碁呂島？」

「話は遠く神代の昔にさかのぼります。天と地が分かれたばかりの頃のこと。天のほうは、精妙なるが合えるは摶り易いがゆえに先に成り、地は、重く濁れるが凝りたるは竭り難しとの喩え通り、いまだ洲壌の浮かれ漂えること、游魚が水の上に浮いているようなものにて――」

馬子は目をしばたたかせる。

「神話だよ、大叔父」厩戸が口を挟んだ。「柚蔓は石上神宮の巫女だった。額田部の叔母上から聞いたところとも概ね一致する」

「高天原の神々は」柚蔓はつづけた。「伊奘諾、伊奘冉の二神に命じました。この漂える国を修め理り固め成せ、と。二神は高天原を発ち、天浮橋の上に降り立つと、天神より授けられた天之瓊戈を眼下にさしおろし、洲壌の浮かれ漂える滄海を鹽こをろこをろとかきまわしました。引き揚げた時に天之瓊戈の鋒から垂り落ちた潮が、累なり積もって島となりました。これが淤能碁呂島、すなわち淡路島です。この淡路島を胞として、伊奘諾、伊奘冉の二神は大耶麻騰豊秋津島(おおやまととよあきつしま)をはじめ倭国の島々を生んでゆくのです」

「淡路島を胞として——淡路島こそ倭国の母体、発祥の地ということか」

「その天之瓊戈が、天地開闢の力を秘めた神器(じんぎ)が、物部の淡路神宮のご神宝として深く封印されて今の世に至っています」

「なぜ物部のものに」

「物部一族の出自ゆえ」

「物部の出自か——饒速日命(にぎはやひのみこと)なる神が始祖とやら」

「饒速日命は、瓊瓊杵尊(ににぎのみこと)の兄神です。弟神の瓊瓊杵尊は〝天孫降臨〟して遠く九州は日向(ひゅうが)の地に降り立ちましたが、兄神の饒速日命はそれに先だって河内に降臨しました、曽祖父神の伊奘冉から受け継いだ天之瓊戈とともに。もう一つの天孫降臨と申せましょう。河内から船で漕ぎ出せば、淡路は目と鼻の先。かくして天之瓊戈を奉祀するため淡路神宮が創建されたという次第にございます。淡路神宮それ自体が天之瓊戈を封印——保管し、管理するための神庫。そこへ石上神宮の神官、巫女たちが向かったということは、眠れる神器、天之瓊戈の力を彼らの呪法で甦らせ、絶大な力を手にしようというのでしょう。ただし天之瓊戈を操るのは天皇に限られます」

「なぜ」

「祖母神の天照大神から天壌無窮(てんじょうむきゅう)の神勅をたまわったのは、兄神の饒速日命ではなく、弟神の瓊瓊杵尊でした。瓊瓊杵尊の子孫である天皇だけが天之瓊戈を使えるのです」

「陛下は目下、病床にあらせられる」

柚蔓は口ごもった。

「つづけて」厩戸がうながす。

「畏れ多いことにございます――」

「大叔父、柚蔓はこう云うんだ。天皇が崩御し、次なる天皇が践祚するまでの間は、天皇の血をひく者、つまり皇子であれば誰もが天之瓊戈を操ることができる、と」

「穴穂部皇子か」

柚蔓がうなずく。「大連は穴穂部皇子さまを淡路へお連れするはず」

「生駒を越えた神官団はもうどうすることもできない」厩戸が云う。「穴穂部皇子を淡路にやってはならない」

「穴穂部皇子の動向には、これまで以上に監視の目を注ぎます」

その時、室外から声がかかった。

「池辺双槻宮からご使者が派遣されて参りました」

入ってきたのは、馬子もよく知る現帝の舎人、阿禽沙網(あとりのすなあみ)だった。顔は蒼白、頬が異様に引き攣り、尋常ならざる色を刷いている。

「大臣――」馬子に一礼しかけた沙網は、対座するのが厩戸であると気づくや、「皇子さまっ」と声を振り絞った。「ご崩御に」

四月九日、橘豊日天皇（たちばなのとよひのすめらみこと）は黄泉路（よみじ）に旅立った。大嘗祭に向かう途中、にわかに発病してから七日後のことである。訃報を知って、豪族たちは弔問に馳せ参じた。池辺双槻宮は沈痛な雰囲気に包まれていた。守屋は田目皇子に先導され、遺体の前へと赴いた。不帰の人となった天皇は、まだ病臥の状態のまま布団に横たわっていた。顔には白布がかけられている。

守屋は皇子に目で問いかけた。田目が無言でうなずく。守屋は両手を伸ばし、白布を剝いだ。死顔と対面することしばし、元の通りに布をかけ直す。苦悶を貼りつけたような表情だった。正視に耐えなかった。天皇は病に苦しみぬいたにちがいない。

「穏やかなお顔にておわしまする」

そんな型どおりの言葉を口にして、わずか二年前にも同じようにいったことを思い出し、苦いものがこみあげた。このようなことがあっていいのか。天皇が矢継ぎ早に崩御するなどと。しかもこたびは「朕は三宝に帰らんと思う。諸卿ら宜しくこれを計れ」という言葉が、遺言となったも同然である。

守屋は弔問客の顔ぶれに馬子を探した。大伴（おおとも）、阿部、平群（へぐり）、坂本、春日（かすが）と豪族たちはおおかた顔を揃えている。しかし――。

「皇子さま」声を低めて田目に呼びかけた。「蘇我大臣はいずこに」

「まだお見えでは」かすかな不審を響かせた声で田目は答える。

先帝が崩御した二年前は、守屋と先を争うように宮殿に駆けつけた馬子であったものを。

守屋は皇族たちを見やった。穴穂部の姿も見えない——。

刹那、守屋は全身の血が引く音を聞いた。


「遅い」穴穂部皇子は苛立ちの声をあげた。「いったい何をしているのだ」

崩御の報せが入るや、とるものもとりあえず池辺双槻宮に駆けつけようとした。待てと自分を抑えたのは、物部守屋から性急な行動は構えて慎むよう釘を刺されていたからである。何事もまずはこの守屋に相談なされませ、と。

自分の立場を十二分に弁えている穴穂部だ。守屋こそ後ろ盾、守屋の意に添うことが次の天皇となる捷径だ、と。守屋にしても、穴穂部という手駒を失うわけにはいかないはず。両者は持ちつ持たれつ、死なばもろともの関係にあるといえる。

自制した穴穂部は、守屋の三輪屋敷に使いを派遣した。戻ってきた使いは、すでに守屋が池辺双槻宮に向かったことを報告した。穴穂部宛ての伝言などは特に残していないということである。では、自分も行かねばと出発しようとしたところに、飛鳥の額田部皇女から急ぎの使者が来た。共に弔問に行きたい、こちらから訪ねて参る、しばしお待ちを、という。

額田部は特別の思い人であった。穴穂部と額田部は異母兄妹の間柄。異母といっても母同士が姉妹、同じ蘇我系という血筋で、幼いときから穴穂部は額田部の美しさに懸想(けそう)してきた。彼の思いは叶わず、愛しい異母妹は異母兄である渟名倉太珠敷天皇(ぬなくらのふとたましきのすめらみこと)に嫁いだ。後妻としてである。一昨年、渟名倉太珠敷天皇が崩御し、額田部皇女は未亡人となった。穴穂部は、長年の思いを遂げるのは今だと逸(はや)り立った。ずっと抑制してきただけに劣情は煮えたぎっていた。

額田部は彼の思いを拒んだ。穴穂部は、事のなりゆきで額田部の信頼する寵臣三輪君逆と事を構え、豪族たちの顰蹙(ひんしゅく)を買って逼塞(ひっそく)を余儀なくされたという経緯がある。思いきや、自分を嫌っている額田部皇女のほうから弔問を共にと申し入れてこようとは。

穴穂部は額田部皇女の胸中を察した。額田部は類い稀な美貌を鼻にかけ、驕慢(きょうまん)で、気位の高い女だ。そこが穴穂部には好ましい。自分ほどの男が攻略するに値する女として。その彼女が、継妃とはいえ渟名倉太珠敷天皇の皇后に迎えられたことは自尊心を大いに満足させたはずだ。未亡人とはなったが、続く天皇は彼女の同母の兄であったから、天皇の妹であるという地位は引きつづき彼女の誇りを保ちつづけるに充分だったはず。それが今や橘豊日天皇まで崩御してしまい、彼女は己の矜持(きょうじ)とするところを喪失した。皇后でもなく、現帝の妹でもなくなってしまった。至急、代わりを見つけなければならない。新天皇として最も有力な皇子は――。これぞ額田部皇女の急接近の理由に違いない、と穴穂部は読み解いた。

穴穂部は、額田部皇女の申し入れを鷹揚に受け容れることにした。自分を袖にしつづけた意趣は、完全に自分にひれ伏してから返してやればいい。

――あの熟れきった身体を好きなように弄んでやるのだ。

これから弔問というのに、穴穂部は美貌の異母妹の淫らな姿を妄想した。下腹部に血が集中し、貧血状態に陥りかけたほどだった。

その額田部が、待てど暮らせどやって来ない。

「どういうつもりだ」

穴穂部は怒声をあげた。もう待てぬ。こちらのほうから飛鳥の額田部のもとへ押しかけて――いや、迎えに行こうか。しかし、それでは自分の価値を下げることになってしまう。待つべきか、待たざるべきか。その堂々巡りが、さらに彼の苛立ちを深めた。

屋敷の外が存外に騒がしくなっていることに気づいた。最初はがやがやと、すぐに騒然としたものに拡大した。何事ならんかと部屋を出るや、廊下を走ってきた舎人と鉢合わせした。

「大臣の手の者が、皇子さまをお連れに参ったと」

屋敷を走り出た穴穂部は、思わぬ光景に息を呑んだ。門を挟んでにらみ合いが生じていた。内は彼の舎人たち、外は甲冑を着こんだ武装兵の大集団。武器を向け合い、一触即発の空気が張りつめている。

「こは何としたことぞ」

舎人たちをかき分け、前に進み出た穴穂部に、武装兵の指揮者らしい髭面（ひげづら）の男が、片ひざを折り、片手をつかえて頭を下げた。

「蘇我大臣より名代として遣わされて参りました。それがし、佐伯連（さえきのむらじ）丹経手（にふて）と申しまする」

丹経手は、圧倒されたふうもなく、豊かな髭を震わせ、大音声（だいおんじょう）を響かせて名乗った。

「何たる振る舞いだ、丹経手とやら」

「大臣は皇子さまにお望みです。飛鳥の蘇我屋敷にお移りあそばしますよう」

「大臣は陛下の崩御を知らぬのか。われは、これから池辺双槻宮へ――」

「額田部皇女さまはお見えになりませぬ」

「何？」

「皇女さまは、大臣のもとに身をお避けあそばしてございます」

――謀（はか）られた！

穴穂部は自分の愚かさに歯軋（はぎし）りする思いだ。天皇崩御の報に接するや、何はさて置いても物部守屋のもとに急ぎ身を寄せるべきだった。額田部皇女の甘言に欺かれ、貴重な時間を空費して、蘇我の兵に屋敷を包囲されてしまおうとは。

口惜しさが怒りの火柱となって彼の全身を貫いた。

「貸せっ」

背後にいた舎人の手から戈（ほこ）を取り上げると、佐伯連丹経手の頭上に振り下ろした。自らを真の武人と認識し、日頃から武術の鍛錬に怠りのない穴穂部だ。咄嗟に、しかも的確に繰り出された必殺の一撃を、丹経手は避けようがなかった。

真っ二つに割れた甲（かぶと）から、血流がはげしくほとばしった。

「門を閉ざせ」

穴穂部は身をひるがえして絶叫した。守屋が援軍を送ってくるまでの間、何としてでも持ちこたえなければ。

弓弦（ゆづる）の音が空気をどよもした。指揮官を殺されたことに動揺した蘇我の弓兵たちが、つがえていた矢を我先にと放ったのである。矢は奔流となって飛び、穴穂部の舎人たちを次々に貫いた。

「大連の——」

そう叫んだのが穴穂部の最後の声となった。盆（ぼん）の窪（くぼ）に突き刺さった矢は、まず声を、次に命を奪い去った。

守屋は即座に席を立った。弔問に臨んでいる場合ではない。座から立ちあがった彼を、列席の豪族たちが驚いた表情で見あげる。それほど守屋の行動は唐突であり、見るからに形相が変わっていた。

「如何なされた、大連」

大伴毗羅夫が訝しんで声をかけた。

足早に立ち去ろうとする守屋の前に、蒼白の顔色をした押坂部史毛屎が、急ぎ足で現われた。毛屎は物部に与力する小豪族だ。

「お耳を」

豪族たちの好奇の視線を意識しつつ、長身の守屋は身を屈めたが、毛屎の尋常ならざる顔色から、すでに最悪の事態に陥ったことを察した。


穴穂部皇子の死を、厩戸は馬子の屋敷で知った。

飛鳥の蘇我屋敷は甲冑で武装した兵士たちが満ちあふれ、戦場における本陣のようなものものしさである。厩戸は馬子の傍から離れず、その打つ手をつぶさに見守った。禍霊は告げた。厩戸の知る馬子は一面に過ぎないと。厩戸は馬子という人物をもっと知らねばならなかった。

馬子が真っ先にしたことは、池辺双槻宮に帰ろうとする厩戸を引きとめることだった。

「ここにお留まりくださいませ。大和は大いに乱れます。我が元にて事態の推移を観望するに如くはなし」

「大臣の仰せはもっともにございます」柚蔓も勧めた。「大連は皇子さまの敵となりました」

「敵か」

厩戸は虚空を見つめてつぶやいた。敵。守屋が敵。その対仏教観は彼の思いと一致していた。信仰ゆえに守屋は頑なだった。

次に馬子は、額田部皇女と泊瀬部皇子を屋敷に呼び寄せた。

「何用じゃ、大臣。そなたとて、急ぎ池辺双槻宮に行かねばならぬ身であろうに」

やって来た額田部皇女は、詰問口調で云った。その顔は愛する兄を失った悲しみに曇り、馬子への不信を隠そうとはしなかった。

馬子は額田部皇女に説いた。穴穂部皇子を守屋の手中に収めさせてはならない、事は一刻を争う、まだ手勢が整わず穴穂部を足止めする手立てがない、どうか甘言を以て穴穂部を自邸に留めさせてほしい、と。

「わらわへの懸想を利用するのじゃな」

額田部皇女は肯んじた。小気味がよいとでも言いたげな微笑を口辺によそがせて。

泊瀬部皇子は、不安そうな面持ちを隠さなかった。

「大臣、大丈夫であろうか」

第一声がそれだった。馬子の傍らに厩戸がいるのに気づき、ぎくりとした顔になった。

「厩戸皇子さまは――」馬子が宥めるように云う。「すみやかに池辺双槻宮へお帰りあそばすべきところを、事態の推移を見極めるまではと、わたしが強くお引きとめいたしている次第にございます」

それでも泊瀬部は疑ぐり深い目で厩戸を凝視するのをやめなかった。馬子が、厩戸を担ぎ出すのではないかとの猜疑(さいぎ)を棄てられないようだ。

「少し落ち着いてはどうじゃ、泊瀬部の」額田部皇女が、元后妃の、年長者の貫禄を見せて、年下の従兄弟をたしなめた。「大臣のもとにいる以上、何の心配があろう」

泊瀬部は恥じ入り、厩戸に対し弔辞を口にした。

かくするうちに穴穂部の身柄を確保するに足る陣立てが整い、佐伯連丹経手の率いる軍勢が出立(しゅったつ)していった。

「いったん決意したからには」軍勢を見送って、馬子は厩戸に云った。弟子に極意を伝授する師のような云いぶりであった。「ひるんではなりませぬ。足踏みしてもなりませぬ。不退転、この三文字あるのみ」

不退転の決意は、最悪の結末を迎えた。

――穴穂部皇子、横死。

報せを聞いた時、厩戸は観察者の立場に徹していた。不思議なことだが穴穂部の不慮の死に対して何の心の動きも覚えなかった。母の弟、つまり叔父にあたる穴穂部の死を悼もうとする気持ちは起こらず、馬子を憎む気持ちも湧かなかった。今や何が起きてもおかしくはない情勢にある。個々の事象に感情を動かされることなく事態の推移を冷静に見守りたかった。

そうした心の姿勢、心の持ちようが、実は仏教修行の成果であることを厩戸は自覚している。一瞬一瞬の感情に心をかき乱されず、現実と向かい合い、つとめて現実を観察し、問題の解決を果たそうとする――それが本来の仏教だった。その修行をナーランダー僧院で営々として積んできた。ブッダであることを止めたとはいえ、いまだ厩戸は仏教者であり続けているといっていい。

現実の冷徹な観察者としての厩戸は、凶報に接した馬子の顔から血の気が引くのを見た。結果的にではあれ皇子を殺すという弑逆の罪を犯したのだ。額田部皇女が瞑目し、泊瀬部皇子がにわかに生気を取り戻すのも目にした。

「でかしたな、大臣」

兄の死に喜びが沸き立つような声を泊瀬部はあげた。馬子の後ろ盾で次期天皇をめざす泊瀬部にとって最大の障害は、守屋に擁立された同母兄の穴穂部だった。

「お喜びの場合ではございませぬ」

馬子は苦々しげに云った。叱りつけたいのを、かろうじてこらえているふうだった。

「なぜだ」泊瀬部は笑顔をおさめずに訊く。「物部大連は敗れたも同然であろう。これにて倭国は、我の——我らのものとなった」

馬子は冷ややかな口調で問い返す。「我らとは、泊瀬部の皇子さまと——他には？」

「そなたではないか」

「そう簡単にゆくかどうか」

「どうして」

「穴穂部皇子を失った守屋はどう出ましょう」

「担ぐものを失ったからには、甲を脱いで降参するしかないだろう」

「お考えあれ、皇子。相手は名うての軍事氏族、物部氏ですぞ」

「大臣の申すとおりじゃ」額田部皇女が目を開き、舌打ちして、年下の従兄弟を睨みつけた。「下手をすれば、いくさじゃ。小競り合いではない。倭国を二分する大いくさじゃ」

泊瀬部の顔から笑みが消えた。

馬子は、眉根を寄せて答える。「さような大いくさになることだけは、何としても防がねばなりませぬ、いや、防ぐつもりでございますが、さて、守屋がどう出てくるか……」

その苦渋の表情を見やりながら、どこまで本気なのだろうかと厩戸は疑った。いったん決意したからにはひるんではならない――そう云ったのは馬子自身だ。穴穂部皇子が抵抗し、場合によってはこうなることも折りこみ済みだったのではないか。

「物部が攻めてくると申すか」泊瀬部皇子が声を震わせた。「意中であった我が兄を殺された腹いせに、この泊瀬部を、大臣の意中であるこのわたしを殺しに参るかも」

「これ、落ち着きのない」額田部皇女がたしなめる。

「ご安心くださいませ」馬子が力強い声で云った。「だからこそ、皇子さまには我が屋敷へおいで願ったのです。ここほど安全なところはございますまい」

「そうじゃぞえ、泊瀬部の。大臣に呼ばれたからよかったものの、のこのこ弔問に出かけておったら、穴穂部の死に憤激する大連にかどわかされたやも。あるいは、その場で刺し殺されて――」

額田部の言葉は、泊瀬部を震え上がらせた。

「守屋の動きには」馬子は一瞬、苦笑しかけたが、すぐに表情を引き締めた。「引き続き警戒を怠りませぬが、今日明日にもいくさが起きるということには、まずなりますまい」

「なぜじゃ」

「陛下が崩御されたその当日に兵を動かしては、豪族たちから非難されるは必定だからでございます。守屋も、それだけは慎みましょう」

「そういう叔父上こそ、兵を動かし、穴穂部を亡きものにしたではないか」額田部皇女の声に馬子に対する皮肉はない。案じこそすれ。「豪族たちにはどう釈明するつもりじゃ」

馬子は短く答えた。「偶発事」

「それで通るであろうか」

「通させねばなりませぬ」


大連物部守屋が弔問の席上、突如退出、三輪の屋敷に引きこもったという報せは、ただちに馬子のもとにもたらされた。

大和は騒然となった。その緊迫した空気、情勢が、屋敷の奥にいる厩戸にも肌で察せられたのは、蘇我に与しようとする豪族たちが引きも切らず馬子のもとに馳せ参じてくるのを目の当たりにするからである。守屋のもとにも物部に与する豪族たちが集まっているに違いない。帰国してまもない厩戸は、豪族たちの勢力地図を知らない。顔と名前すら一致しない者たちが大半であり、誰それが物部についたらしいという報告を馬子の傍らで洩れ聞き、頭の中であれは物部派、これは蘇我派と色分けし、自分なりに整理していった。

馬子が自分を手元に置いておいたもう一つの理由についても厩戸は察した。馬子の傍に厩戸皇子がいれば——崩御した陛下の嫡男皇子がいれば、その光景は豪族たちにどう映るか。亡き帝の遺志は蘇我にこそあり、そう見ることであろう。そこまでを計算して馬子は引きとめたに違いないのだ。

学ばなければ、と厩戸は自分に言い聞かせる。行為には、目に見えるもの以外にも、その裏に別の意味や目的が付随している。内包された真の意味、真の目的も。それらを巧みに操ってこそ政治家といえるのだ。

馬子のもとに馳せ参じた大豪族の筆頭は、大伴毗羅夫だった。毗羅夫は、退席する守屋を見送った後、やや遅れて穴穂部皇子横死の報せに接し、駆けつけてきた。

「大伴は、全力を挙げて蘇我を支援いたす」

それが毗羅夫の発した第一声である。日焼けした顔に濃い髭をたくわえ、筋骨はたくましく、いかにも武人らしい精気に満ちあふれた毗羅夫が野太い声でそう云うや、馬子が一気に愁眉を開いたのを厩戸は察した。

馬子は一礼して応じた。「かたじけない」

大伴氏は、物部氏に次ぐ大軍事氏族。その傘下には、来目、靫負（ゆげい）、佐伯など古来屈強の氏族が束ねられている。それがこぞって蘇我氏に与するというのだ。今の馬子にとってこれに勝る心強さはないといっていい。

――穴穂部皇子、横死！

悔やんでも悔やみきれないとは、まさにこのことだ。

己の不手際に、守屋は歯嚙みを禁じえない。迂闊だった。現帝崩御の報せを聞いた時、真っ先にすべきは、穴穂部皇子の身辺警護だった。それこそ疾風となって駆けつけ、皇子の身の安全を確保しなければならなかった。馬子がここまで果断な行動に出ようとは考えもしなかった。誰が思おう、臣下が皇族に手をかけるとは。まさに予想不可能の事態だ。

――それが迂闊ということなのだ。

守屋の思考は堂々巡りをつづける。手駒の穴穂部皇子を失った。一挙に窮地に立たされてしまった。今後は、泊瀬部皇子を擁する馬子の筋書き通りにことが運び、物部はみるみる力を失うだろう。物部蘇我の二強から、蘇我一強の時代となるのだ。そこまでのことが、守屋には手に取るように見通せた。

広間につめかけた物部与力の豪族の数が、時間の経過とともに減りつつあることに守屋は気づいた。大伴氏が蘇我についたという報せに変心したものか。一刻の猶予もならなかった。

「河内に移る」

そう宣言した。守屋には二つの選択肢しかなかった。このまま大和に居つづけるか、本拠地である河内に一時的に退却するか。前者を選択することは、きわめて危うい。両雄並び立たず――抗争が拡大し、大伴の軍事的支援を得た馬子と武力衝突することにでもなれば、守屋としてはそれに足る兵力を河内から急ぎ呼び寄せねばならない。馬子が指を咥(くわ)えて好機を見逃すはずがない。妨害を仕掛けてくるだろうし、それが端緒(たんしょ)となって戦いが勃(ぼっ)

発しよう。兵力不足の守屋には極めて不利な情勢で。河内に退いて態勢を立て直す。情況を見計らったうえで、馬子との正面衝突が不可避となれば戦うまで。河内は本拠地、撃破する自信はある。

守屋の宣言に、同席した者たちが一様に我が意を得たりとばかりうなずいた。異論、反論は出なかった。誰もが思いは同じだった。大和にいては危険、と。


自室に戻った守屋を、胆弓姫と布都姫が待っていた。

「どうするおつもりですの、お父さま」

布都姫が訊いた。事態の深刻さを悟って、顔面蒼白、頬の辺りが強張っている。

「支度せよ。阿都に拠点を据える」

河内における守屋の屋敷は河内湖の中洲、阿都島にあった。

布都姫の頬に赤みが射した。怒りに血が奔騰したのだ。「大和を逃げ出すというのね。負け犬よろしく、こそこそと。お父さまらしくもない」

「今の手数では、馬子一派と一戦を交えるのは無理だ」

「勝てないはずは――」

「大伴が向こうについた」

布都姫の顔からさらに血の気が引いた。口は開かれたが、声は出ない。

胆弓姫が云った。「河内に退く――妥当な判断じゃ。して、それからは。どのような成算があるとお考えか」

「交渉次第ですが――」守屋は言葉を選びながら答える。「おそらく決裂となりましょう。事ここに至ったからには、馬子とて、この先わたしと政を共にしてゆけるとは思っておりますまい」

「戦となるか」

「蘇我の膝下（しっか）に甘んじる考えは毛頭ありませぬゆえ」

「大和に攻め入るかえ？」

「河内で迎え撃ちます。地の利はこちらに。存分に叩いた後で、敗走する彼らを追撃して一気に大和を攻略、占領する肚（はら）です」

「その後は？」

「蘇我、大伴らを叩きつぶした以上は、誰か適当な皇子を見つくろって、皇位にすえるまで」

「それでよいのかえ？」

「とは？」

「新たな天皇を擁立する、それだけで果たしてよいものかの。蘇我に代わる新たな崇仏派の豪族がいずれ擡頭（たいとう）し、天皇のお心をお惑わし申しあげるかもしれぬ。いたちごっこじゃ。

それよりも――」

「おばばさま」さえぎるように声をあげたのは守屋より布都姫のほうが早かった。「おばばさまは、何を仰せになろうというのです」

「思い起こすがよい」胆弓姫は守屋と布都姫を等分に見較べながら、なおも謎かけを続けるような口調で云った。「我ら物部の出自を。同じく天照大神を祖とする。血脈は同じ」

深閑と静まった池辺双槻宮で間人皇后は虚脱していた。弔問の諸豪族であふれかえっていたのが嘘のようだ。穴穂部皇子の横死が伝えられるや、服忌の場にあるまじき狂騒状態の坩堝のさまを呈し、皆、挨拶もそこそこに先を争って去った。物部か蘇我か――そのいずれかに与するため。自邸に戻り、厳重に門を閉ざし、どちらにつけば得なのかと形勢をうかがうべく。

夫の死と弟の死が同じ日のうちに重なった。弟を殺した馬子への憎しみが湧いてこないほどに彼女の心は混乱し、虚脱しきっていた。

顔に白布をかけられた夫の遺骸は、部屋の中央に安置されている。遺体を護るのは、来目をはじめ、年端もゆかぬ息子たち。年長の来目は涙を流しているが、死というものの意味を理解すべくもない殖栗、茨田の二人は、来目の傍らで神妙にかしこまっているものの、不思議そうな顔で父の遺骸を見つめるばかり。厩戸がいてくれたら。馬子の屋敷で保護されているという連絡が入って、ほっとした半面、人質にされているのではという疑いも頭をよぎる。その先を考えるのは億劫だった。

――これからどうなってゆくのかしら。

ぼんやりとした頭でそう思う。物部と蘇我は戦いを本当にはじめるのだろうか、と。しかし、その先は考えを進めるにいたらなかった。夫の死と弟の死、二重の衝撃が彼女から思考能力をも奪っている。誰かに支えてほしい。あるのは、その思いだけ。

「母上さま」

静かな、しかし明確な温かみを帯びた声で呼びかけられて、皇后は目をあげた。田目が部屋に入って来たところだった。田目はさまざまの雑事を指示するためずっとせわしく立ち振舞っていた。

「おつかれでしょう。少しお部屋で横になられてはいかがです。あとは、わたしが」

田目。血のつながらない息子。夫が、彼女と婚姻するずっと以前に外でもうけた義理の息子。年下だが彼女とはさほど年齢差のない大人の男性。

間人皇后は、差し出された田目の手を取った。その手のあたたかさ、力強さに、思わずすがりついてしまうところだった。息子たちの声が聞こえてこなかったならば。

「お兄さま、お父さまが臭いよ」

「ほんとだ。臭い、臭い、来目の兄上もかいでみてよ」

時は真夏の盛り。天皇の遺骸は腐りはじめていた。

夕刻から雨になった。

忍び寄る薄闇の中、地を打つしずくが奔放に跳ね、白い霧がたちこめてでもいるかのように厩戸の目には映じる。雨は暑気を払い、気温は一気に冷え込んだ。

その頃になると、馬子のもとに馳せ参じてくる豪族たちはいなかった。蘇我か物部かで逡巡している時間は終わったのだろう。軍議は続いていた。いつ物部を攻めるか。大伴毗羅夫は先制攻撃を主張したが、馬子は慎重な姿勢をくずさなかった。天皇崩御のその日に戦端を開くわけにはいかないという馬子の名分に、大半の豪族たちが賛成している。

動きがあったのは、陽が完全に落ちて間もなくのことだ。三輪の物部屋敷から武装した数百人の一団が出発したというのが第一報で、それを聞くや軍議の場の緊張は最高潮に達した。踵を接するようにすかさず飛び込んできたのが、物部軍は大和盆地を横断して西を目指して進んでいるという続報であった。さらに第三報として、物部に味方する豪族たちも陸続と屋敷を引き払い、西に向かっているということである。

「生駒を越えて河内に逃れるつもりだな」

そう云ったのは紀男麻呂宿禰だ。「兵を繰り出し、物部を殲滅すべし。撤退する敵は脆弱なり。これを襲うは兵法の初歩」

男麻呂は軍議に臨んだ豪族たちに諮り、即座に縦に振られた頭も二、三あったが、今度は意外にも大伴毗羅夫が反対した。

「もはや夜、しかもこの雨の烈しさときては。混戦となるは必至。味方にも甚大な被害が出よう。追撃側にのみ有利に非ず」

毗羅夫の主張に同調者が多かった。雨中の夜間出撃は見送られ、物部守屋とその一党を大和から脱出させることとなった。

豪族たちの討議に耳を傾けながら、厩戸は幻視した。篠突く雨の中、黙々然と生駒山へ向かって行軍する物部軍団の長い隊列――魔の群れを。雨に濡れた甲冑。水しぶきをあげる足もと。神話の中の一挿話のような光景だ。兵士たちの表情は闇に閉ざされて見えない。大和を去り、河内へと。倭国を営々と支えてきた二本の柱のうちの一本が分離し、叛旗を翻す魔軍と化して駆け去ってゆく。守屋の心情に思いを馳せ、厩戸は身震いする。諦観か、怨みか、それとも……。

「皇子さま」傍らに侍っていた柚蔓が、それとなく声をかける。「もうお休みになっては？」

耳ざとく聞きつけ馬子がうなずく。「今夜のところは、これ以上動きはございますまい」

馬子に差配された侍女の案内で、厩戸は自分にあてがわれた寝所へと通された。

「わたしはこれで」柚蔓が頭を下げる。「隣室におります。御用の際はお声をおかけください」

「柚蔓」

厩戸は引きとめた。柚蔓と一つになりたかった。だが、それはできない相談だ。さなきだに父帝を亡くして喪中の身。慎まなければならない。だが、そうであればあるほど柚蔓の肌がいっそう恋しかった。

「何か?」

「いや……ともかく、ありがとう、柚蔓」

一人になった厩戸は、急に疲れを意識した。何とあわただしい一日だったか。父帝の崩御、穴穂部皇子の横死、守屋の都落ち。自分は傍観者にすぎなかった。馬子の屋敷に留め置かれ、なすことはなかった。なのに疲れが激しい。

厩戸は灯りを吹き消し、布団の上に倒れ込んだ。まぶたは自然におりたが、眠りは容易にやって来なかった。頭の芯が冴えきっている。

崩御——父が死んだ。今さらながらにそのことが痛烈に意識された。今の今まで父の死を悼むどころではなかった。父の思い出はあまりない。建築が趣味で、いつも外に出ている人だった、ということのほかは。厩戸が先帝に忌まれ、倭国を脱出せざるを得なくなった時も、父は伊勢神宮の造替工事のため家を空けていた。倍達多(ばいたった)——ヴァルディタム・ダッタに死なれたときに較べ、喪失感ははるかに小さい。ではあれ、帰国した時に惜しみなく注いでくれた愛情の深さは忘れることができなかった。仏教を正式に受容するにつき力をつくして父の補佐をしなければと誓い、期待していた厩戸である。

思いは母へと飛んだ。その悲嘆は如何ばかりか。すぐにも池辺双槻宮に戻り、慰めの言葉をかけたい。でも母のもとには、兄の田目をはじめ、来目、殖栗、茨田の弟たちがいる……今度は自分の孤独さが意識された。

つとめて思いを切り替えた。叔父である穴穂部皇子の死、そして天之瓊戈――柚蔓の説明によれば、それは淡路神宮にあり、天地開闢の力を秘めた神器であるという。絶大な力を秘めた天之瓊戈の〝操縦者〟として守屋は穴穂部皇子を使うつもりだったはず、というのが柚蔓の推測だ。

――武器の操縦者！

厩戸は、はっとした。どうして今の今まで思い出さなかったのだろうか。まさしく自分がインドで――あのベール・カ・ゴーシュト島で、トライローキヤム教団のイタカ長老によって、そのように利用されたのではなかったか。その結果、タームラリプティを見舞った災厄は――。

だが穴穂部が死んだ。守屋の目論見は潰えたことになる。天之瓊戈による災厄は、それがどのような災厄であれ未然に防がれたのだ。

厩戸は気配を感じた。気配――出現の。目を見開き、虚空を凝視した。闇の一角に波が生じているように見えた。

『――お悔やみを申し上げげん、皇子よ。だが、人間はいずれ死ぬ』

馴染(なじ)みとなった声が頭の中に直接呼びかけてきた。

『――必ず死ぬ』

『――誰もが死ぬる』

『――死ぬる定めを持って生まれてくる、それが人間なり』

声は幾つにも重層して聞こえた。厩戸の耳はそれらを正確に弁別して聴き取った。

「ぼくは仏法を学んだ身だ」

釈迦に説法――そう云いかけて、言葉を呑んだ。ブッダは止めたのだった。怨念の集積たる禍津水蛭子族を相手に、こんな軽口まで叩けるようになったことが自分ながら不思議でならない。あれほどおびえていたというのに。

『――云うわ。弔問者への礼儀を弁(わきま)えよ』

『――皇子の言辞は、経典からの知識に過ぎぬ』

『――浅知恵なり』

『――我らは自らの体験として申しておるのだぞ。誰もが、いずれ、必ず、死ぬ、と』

『――死んだればこそ、己が身の上のことと』

「真理に体験も何もあるか。おまえたちと話す気分じゃない」

禍霊（まがつひ）は一斉に笑った。

『――だろうな』

『――われわれが今こうして現われたのは』

『――それなりに時を争うことなればこそ』

厩戸は身じろぎした。「時を争う？」

『――一刻も早く対処したほうがよい。われらが手を貸す』

「何なんだ、それは」

『――知りたくば、我らの王たれ』

『――王たれ』

『――王たれ』

『――王たれ』

懇請とも脅迫ともつかぬ、いつもの合唱がはじまった。一瞬にもせよ、彼らの意味ありげな言葉に釣られかけた自分を厩戸は恥じた。

「去れと云ったら去れ。ぼくは、おまえたちの王になどなる気はない」

『――強気だな、皇子よ』

『――後悔しても遅いぞ』

『――あの時、我らの言葉に従っておくのだったと、臍（ほぞ）を嚙む時が来る、泣きべそをかく時がな』

『――来るぞ、きっと来る』

『――すぐにだ』

不平不満の棄て台詞めいた言葉を残し、潮が干るように禍霊たちは退いていった。

「ばかばかしい」

元通り静寂が甦った意識の中で、厩戸はそうつぶやいた。戯言にもほどがある、怨念の集積の言辞など信じるに足りない、と。それでも禍霊たちの言葉は一点の染みのようになって彼の心に残った。

――警告？

眠くなった。待望の眠気。冴えきった頭がゆるくなり、身体が弛緩をはじめた。待ちに待った眠りの世界へ、身も心も引きずりこまれてゆくような感覚。

――ちがう！

厩戸は違和感を覚えた。眠気ではない。似て非なるものだ。起きあがろうとした。身体が動かない。指一本、動かすことができない。

「そなたの肉体は封印された」

闇の中に声が流れた。目の前の闇がぼんやりと白み始める。ほの白さの中に、厩戸は見た。白衣をまとった老人が空中に浮かんでいるのを。顔の造作すべてが満面の皺のうねりに埋没したかのような容貌。

——物部胆弓姫！

叫びは心の中でむなしく響いた。舌も唇も、声帯も、発声器官がいずれも強張っている。

「しかり」老女は、厩戸の内心の叫びを聴き取った。「物部のおばばさま、そうも呼ばれておる。あらためて挨拶を申しあげる」

「………」

「昨夜は油断した。このおばばさまらしくもない大油断であったわ。皇子がかような強大な霊力を持っていようとは」

禍霊の警告とはこれだったのか——厩戸は思い至った。

「よって今夜は入念に支度を整えて参上した。身体が動かせまい。声も出せまい。石上神官団の半数が、この屋敷を包囲しておる。蘇我屋敷は目下、我ら物部呪術軍団の支配下にあり。霊的な次元では物部に制圧されたも同然ぞ。物部のおばばさまたるこのわしが、かように忍び込んでこられたのがその証じゃ」

厩戸は焦った。助けを呼ぶことができない。意識が不明確になってゆく。

「わしの肉体は屋敷の外にある。深い闇にまぎれ、夏の夜雨に打たれながら、屋敷を遠巻きにして呪法を執行する石上神宮（いそのかみじんぐう）の神官団を指揮しておる。そなたは、わしの幽体を霊視しているのじゃ」

雨は降り続いている。真夏の長雨。蘇我馬子は明け方近くに半刻ばかり仮眠をとり、目覚めるとすぐに最新の報告を受けた。

物部守屋とその一党は夜のうちに完全に大和を退転した。三輪をはじめ、物部の屋敷は皆、裳抜け(もぬけ)の殻(から)になっている。石上神宮には若干の神官が残留している模様——。

馬子は眉間(みけん)に縦皺を刻んだ。守屋、河内に去る。一触即発の危機は回避された。一時的にもせよ。大和と河内——生駒連山によって隔てられた二つの国の距離感が、事態を鎮静化させる可能性なきにしもあらず。あとは交渉次第。駒を握っているのはこちら、むこうは徒手。守屋はどう出る。戦争を決意しているか。河内に去ったのはそのためか。今日のうちにも河内へ詰問の使者を送り、守屋に弁明の機会を与える必要がある。

——そこまで思いを巡らせていた時、厩戸の失踪が伝えられた。

屋敷の外に出たということは考えられなかった。平時は知らず、昨夜は大勢の軍兵が屋敷の周囲を取り囲んでいた。厩戸の姿を見た者は一人もいなかった。出入りはあったが、見張りの交替や、物部の動静をうかがい報告する者たちである。

馬子は自ら家探し(やさがし)の陣頭指揮に立たんばかりに苛立った。守屋からの使者が到着したとの報せが入ったのは、そんな最中である。先を越された。

客間には馬子の私兵が充満し、彼らに包囲されるようにして三人の男が立っていた。物部八坂（もののべのやさか）、大市造（おおいちのみやつこ）小坂（おさか）、漆部造（ぬりべのみやつこ）兄（あに）が守屋の遣わした使者だった。いずれも守屋に与する有力豪族の長、馬子としてもぞんざいに扱えない相手である。旅衣がぐっしょり濡れているのが、この雨をついて河内から大和までやってきたことを物語っていた。殺気立った空気をものともせず傲然と立っていたが、馬子が入ってゆくと片ひざをついて礼をとった。

「遠路、ご苦労」

馬子は椅子を勧めた。

三人は一瞬、目を見交わした。馬子の言に従い、卓を挟んで対座した。馬子の兵士たちは壁際に退いたが、事あらば、飛び出して主を守るべく全身に緊張を張らせている。

「大連の言葉を大臣にお伝えつかまつる」三人を代表し、漆部造兄が口を開いた。「我、群臣我を謀ると聞けり。我、故に退く」

こちらの口調はいかめしい。馬子は続きを待ったが、それだけだった。

「この馬子に、大連を謀るつもりなどない。群臣たちもだ。不幸な手違いによって穴穂部皇子さまがお亡くなりあそばされ、双方が疑心を抱くこととなり、その疑心が暗鬼を生んだまで。わたしとしては、一刻も早くこの暗鬼を退治して、疑心を解き、大連とこれまで通り円滑な意思の疎通を図りたいと考えている」

「不幸な手違い」

物部八坂が冷笑したが、馬子はそれを無視して言葉を継ぐ。「円滑な意思の疎通――さよう、大連と大臣は輔弼の両輪である。今は天皇不在、平時にもまして協力し合わねばならぬ。次なる天皇も決めねばならぬ。早急に大和にお戻り願う。蘇我大臣、たっての要請であると伝えよ」

漆部造兄が、はねつけるように云った。「大和帰還の安全を保証していただかねば」

「そちらの言い前を承り、こちらの言い分を伝えたまで。一度や二度の交渉ですべてが解決するとは考えておらぬ。詰めは先のこと」

「承知」

三人の使者は立ち上がった。

厩戸発見の報告はもたらされなかった。苛立つ馬子の前に、柚蔓と虎杖が連れだって現われた。人払いをという虎杖の言に応じ、馬子は警護の兵士たちを室外に出した。

虎杖が云った。「拐されたのです」

「不可能だ。あり得ることを申せ」

「同じことがありました、二度までも」

「二度？」

「一度は漢士で、一度はインドで」

「聞いておらぬ」

「皇子さまから固く口止めされておりました。話したところで信じてもらえないだろうから、無用な波紋を起こしたくないとのことで」

馬子は虎杖と柚蔓の顔を見較べ、その目の色に真実味を見て取った。「——聞こう」

まず虎杖が揚州での一件を物語った。道教の道士によって厩戸が誘拐された事件の顚末を。続いて柚蔓がタームラリプティでの一件を告げる。トライローキヤム教団によって厩戸が物理的に拉致された事件の顚末を。

二人が語り終えても、馬子はなおも半信半疑だ。異国での夢幻譚としか思えない。超自然的な力を操る道士によって厩戸が誘拐され、過激な仏教徒が厩戸の力を利用して操る巨大石仏が都市を破壊するなど、と。

「二度あることは三度あると申します」虎杖が云った。

「三度目の今度もまた——」柚蔓は最後まで云わず口を閉じた。

「今度もまた——何だと云うのだ」

「皇子さまは代替品なのです、お亡くなりになった穴穂部皇子の」

「ただの代替品ではありません」柚蔓も言葉を加えた。「穴穂部皇子とは較べものにならないほど強力な、恐るべき——真正品です」

断片的な意識だけがあった。途切れ途切れで、脈絡のない意識の連続のみが。最初に気がついたのは、自分が兵士の恰好をしているということだった。雨脚は激しく、甲冑(かっちゅう)を打つ音が耳に痛いほど。どこでどうやって甲冑を調達したのかは記憶にない。門の内側では検問が厳しかった。しかし隊列の中にいたので誰何(すいか)されることはなかった。難なく屋敷の外に出ることができた。列の最後尾にいた。立ちどまると、前進する隊列はたちまち闇と雨にまぎれて見えなくなった。

そこからどこをどう歩いたか覚えていない。次の記憶は、野原と思(おぼ)しい地点で老婆と出会った場面だ。物部胆弓姫。言葉は交わされなかった。胆弓姫が雨に濡れた袖を翻すと、そこかしこに身をひそめていた人々が現われた。ある者は木陰から歩を踏み出し、ある者は草むらから身を起こした。石上神宮の神官団だということが、不思議なことに厩戸には自然と感得された。

行軍が始まった。その意識も切れ切れだ。生駒を越えているということはわかった。登りが続き、それからは下り坂が。自分がなぜ素直に彼らに従っているのかということは奇妙に思わなかった。それを考えようとすると、頭の奥が痺れたようになって意識が途切れてしまうからだ。焦りもなく危機感もない。自分が連れ去られようとしていることはわかっていた。物部胆弓姫の呪術によって拉致され、穴穂部皇子の身代わりに仕立てられようとしている。行く先も見当がついた。胆弓姫の完全な支配下に置かれている。抵抗しようとか、隙を見て逃げ出そうという気はわかなかった。

夜が明けた。依然として雨は降り続いていた。生駒を越えてからは舟に乗せられた。小さな河舟。河内湖を渡るのだ。大別王の元へ行った時のことが、ふと思い出された。広大な河内湖は満々と水をたたえ、激しい雨脚が立てる水しぶきは霧がけぶっているかのようだった。

中洲にある邸宅に入れられたようだ。そこでの記憶はあまりなく、場所も、外観も、建物の形も憶えてはいない。物部の居館の一つなのだろう。雨に冷えた身体を湯船で温め、食事を与えられた。厩戸は黙々と箸を使った。疲れを癒すべくたっぷりと眠った。いずれの場にも胆弓姫が付き添っていた。

どのくらい時を過ごしたかはわからない。翌日か、数日後か、あるいは十数日が経ったか。出発したとき、雨はあがっていた。空は鮮(あざ)やかに晴れあがり、夏特有の城砦(じょうさい)のような積乱雲を湧き立たせていた。青い空と白く光る雲をくっきりと映し出す湖面を、厩戸を乗せた河舟は滑るように進んだ。十何隻もの河舟が従った。石上神宮の神官たちと護衛兵士たちを乗せた河舟だ。そのほかにも河内湖の全域を中型、大型の軍船がミズスマシのように遊弋(ゆうよく)しているのが目についた。守屋は防衛体制を着々と整えつつあるようだ。

「物部の城は湖上の城ぞ。どう攻めるつもりじゃ、蘇我よ。お手並み拝見じゃのう」

胆弓姫がそう云って嘲りの笑いを立てるのを厩戸は聞いた。

河内湖を抜けた時の記憶はなかった。次に意識が戻った時は、難波津で中型船に乗り替えていた。いよいよ海に乗り出すのだ。目的地は西、水平線の彼方に緑の島影を見せて横たわっている。淡路島である。

帆柱が立てられ、帆は風をいっぱいに孕(はら)んで海面に躍り出た。潮の匂いを厩戸は堪能(たんのう)した。久しぶりの海だった。胆弓姫の霊力によって意識をほとんど封じられた状態にあってもなお、海への郷愁は厩戸の心身を揺さぶり、訴えかけ、覚醒に導こうとした。

「感じるかの、皇子よ、淡路の地霊の力を」

初めて胆弓姫が話しかけてきた。老婆は厩戸の肩を抱きよせ、皺だらけの指先でつややかな彼の頬を撫でた。

「やはり感じておるようじゃのう。わらわが掛けた霊的緊縛を破るべく、あの島に力の根源を感じ、それを取り入れんとしておる。自分ではそのつもりはなくとも、無意識のうちにそうしているところが皇子の凄いところじゃ。伊奘諾(いざなぎ)と伊奘冉(いざなみ)の二神が降り立ったあの淡路島は、この国の根源であり、皇族にとっても根源じゃ。島と皇子とが感応し、互いに呼び合っているのだともいえる。とはいえ、そなたと淡路島とが勝手に結託してもらっては困りもの。感応の交感は、このおばばさまの監督のもとで行なわれるべきなのじゃ」

胆弓姫の指で顔をまさぐられるうち、覚醒しようとしていた萌しがしぼんでゆくのがわかった。目覚めかけの感覚が薄らぎ――その果てに、厩戸の意識はふたたび混濁した。

見上げるばかりの巨大建築だ。厩戸は目を見張った。かくまで大きなものは、漢土の寺院にもそうざらにはなかった。インドで見た華美にして怪奇なバラモン教の伽藍にも。ましてやこれが倭国の神宮だとは。大棟上で交差した千木が、あたかも天空を貫く戈ででもあるかのように伸びている。大きいとは耳にしていた。まだ天皇になる前の父が伊勢神宮の代替工事を指揮することになった時、どうあっても淡路神宮には及ぶまいがと口惜しそうに云っていた姿を厩戸は記憶している。背後は崖になっている。切り立った断崖に後部を密着するようにして巨大神宮は大地に屹立していた。

「さ、参ろうかの」

物部胆弓姫がうながした。厩戸は神殿への長い階段を昇っていった。石上神宮の神官団が後につづく。

神宮の正面に、巨龍の胴体かと見まがうばかりの太さの注連縄が掛けられてあった。その下の扉が左右に開かれ、物部守屋と布都姫が現われた。

「これこの通り、厩戸皇子を連れてきたぞえ」

「よくぞ成し遂げてくださった。おばばさま」

「これからが肝腎じゃ。石上神宮の総力をあげて天之瓊戈を起動させねばならぬ」

　厩戸を見つめる布都姫の目には、冷ややかな光のみあった。

　神殿の内部は、高い天井近くに取り付けられた採光用の高窓から幾筋もの陽光が差し込み、明るさが確保されていた。筋交いに陽光が立体的に交差する光景は、荘重かつ芸術的な異空間とでもいった趣だ。神官たちはそのまま神殿内を突っ切り、奥扉の向こうへと消えた。

　足を止めて守屋が云った。「皇子と話しても？」

「よかろう」胆弓姫はうなずいた。「物部の霊的磁場が作用するこの神殿内は、皇子にとって脱出不能な牢獄じゃ」

　胆弓姫は厩戸の頰に軽く触れた。厩戸は胸にさわやかな潮風が吹き抜けるのを感覚した。心身の調子が元に戻った。ふたがれていた意識が鮮明になり、肉体の端々にみずみずしさが甦る。

「大連！」厩戸は決然と云った。「こんなことをしても何にもならない」

「馬子に云うべきですな」守屋は微笑で応じた。悪びれた様子は微塵もない。「あなたの大叔父が穴穂部皇子を殺めなければ、ここにお連れする必要もなかったのですから」

「ぼくは代用品というわけか」

「これぞ災い転じて福となす。おばばさまによれば、余人にはない霊力の持ち主であるとか。その力を以てして天之瓊戈を操れば、穴穂部皇子を操縦者としてでは得られなかったであろう強大無比の力を天之瓊戈に発揮させることができるという。皇子の霊力と天之瓊戈の神力、二つの力の相乗効果として。そういうことでしたな、おばばさま」

「それゆえ、わらわは」胆弓姫はうなずいた。「厩戸皇子を拐すことを守屋どのに提言したのじゃ」

厩戸は頭がくらくらした。インドでの出来事の再現ではないか。踵を返そうとした。足は動かなかった。上半身だけが空回りした。

「聞いたろうに」倒れかけた厩戸の身体に手を差し伸べて支え、嘲笑うように胆弓姫が云った。「牢獄と申したのを」

「傀儡（かいらい）にはならない。それだけは云っておく」

守屋が云った。「傀儡ですと？」

「穴穂部の叔父に天之瓊戈を操らせるつもりだったはず」

「仰せの如く」

「天皇となった叔父を、自分の傀儡として操ろうとした」

「仰せの如く」

「ぼくは傀儡になどならない。即位なんかお断りだ」

弾けるような笑い声が神殿内部の荘重な空気をかき乱した。笑ったのは布都姫だった。

「何もわかっていないのね。お父さまは、あなたを即位させるつもりはない」

厩戸は布都姫に視線を向けた。布都姫は冷笑的な目で見つめ返す。

「情況が変わったのです」守屋が云った。「変えたのは、皇子、あなただ」

「ぼくが？」

「穴穂部皇子は、天之瓊戈の操縦者というに過ぎませぬ。天之瓊戈の正当な所有者だった伊奘諾、伊奘冉の末裔として、血脈として、操縦資格があるというに過ぎない。だから天之瓊戈の力も限定的なものになる。武の神器として蘇我氏ら崇仏派を討ち滅ぼすのがせいぜいのところだ。厩戸皇子は、穴穂部皇子の比ではない、とおばばさまが仰せになる。皇子は持って生まれたその類い稀な霊力によって、天之瓊戈と感応し、共鳴して、瓊戈の力を最大限に引き出すことができる、と」

「最大限？」

「本来の所有者である伊奘諾、伊奘冉が操っていた時の如くに、天之瓊戈を皇子の力で使える。今の世に、神代の力が発動される」

「………」

「神代の強大な力を以てすれば、何もかもが思いのままだ。天皇を傀儡にするという、そんなもってまわったことをせずとも、天之瓊戈を使う者が――すなわちこの物部守屋が、あらゆるものを支配できるということになる。倭国の支配者ということになる」

「そんなことはさせない！」

恐怖に抗うための必死の叫びだった。厩戸は恐怖していた。すでに一度、ベール・カ・ゴーシュト島でそのように利用されているからだ。

「むだじゃ」胆弓姫がかぶりを振った。「そなたは絶大な霊力に恵まれておる。それを自覚し、使いこなす術を涵養することを自分に怠ってきた。正面きって向き合おうとはせず、恐れ、誤魔化し、忌避してきた。わらわの霊力に、こうもあっさりと拐され、無力化されてしまったのは、それゆえじゃ。そなたの力は完全に封印された。わらわの操り人形となる以外に、そなたに残された道はない」

厩戸はくちびるを嚙みしめた。その顔をのぞきこみ、胆弓姫は笑った。

「自分でもわかっているか。運命じゃよ、皇子のな」

「我ら物部一族について、どれほどのことをご存じか」守屋が云った。冷静さを崩さぬ守屋らしくもなく昂った口調になっていた。「物部を、伴造あがりの一豪族とお思いか。大伴氏を追い落とし、朝廷の軍事権、司法権を握った軍事氏族ぐらいに。大伴氏の始祖神は、瓊瓊杵尊の天孫降臨の際に先導を承った天忍日命。始祖からして皇族に仕えていた臣下に過ぎぬ。蘇我氏はどうか。大倭根子日子国玖琉命の子が皇籍離脱して臣下になった一族だ。我ら物部は、大伴とも、蘇我とも、来歴を異にする」

「…………」

「物部の始祖神は饒速日命（にぎはやひのみこと）という。饒速日命は、磐余彦（いわれびこ）よりも早く河内に入り、後に大和に移って、河内・大和の二国の支配者として君臨した。磐余彦が日向を発して東征し、大和を軍事占拠、今は天皇と呼ばれている初代の大王となる前の話ですぞ。すなわち河内・大和のそもそもの支配者は物部なのです」

「…………」

「饒速日命は、天照大神が孫の瓊瓊杵尊に与えた天壌無窮の詔勅、その正統性を潔く認め、瓊瓊杵尊の曽孫である磐余彦に降った。河内・大和の地を譲り、磐余彦を奉戴することにした。こうして臣下たる物部氏が誕生したというわけです。では物部の始祖神にして、河内・大和の旧支配者であった饒速日命とは何者か――」

「…………」

「饒速日命とは、祖母の天照大神から十種神宝を授けられ、天磐船（あめのいわふね）に乗って河内国の河上に降臨した神。すなわち天孫にして、瓊瓊杵尊の兄神なのです」

「…………」

「天照大神より天壌無窮の詔勅を授けられた瓊瓊杵尊の子孫が天皇家。その天皇家が代を経て今、仏教を受け容れようという。異国の蕃神を崇拝しようという。天壌無窮の詔勅に対する重大な背反、背信ではないか。天照大神も高天原でさぞやお怒りでしょう。この守屋は、饒速日命の神脈を継ぐ者として、断じてそのようなことを許すわけには参らぬ。倭国の支配者は変わるより他ない道理。瓊瓊杵尊の子孫から、瓊瓊杵尊の兄神たる饒速日命の子孫へと。傀儡の天皇などもはや必要ないという意味が、おわかりいただけましたかな、皇子」

厩戸は声が出せない。物部守屋が天皇になりかわる——たわごとではなく、圧倒的な正統性を以て厩戸の理性に訴えかけてきた。守屋は偽りを云っていない。饒速日命と瓊瓊杵尊は兄弟神であり、饒速日命が河内・大和の旧支配者であったことは、額田部皇后から聞いていた。物部氏も天照大神の子孫なのである。

ならば——というのが守屋の主張なのだ。皇統の交替である。天皇位は瓊瓊杵尊の子孫から兄神饒速日命の子孫へ交替すべし、と。

長らく臣下の地位に甘んじていた物部の長たる守屋に、ここまでの一大決断を強いたのは、父帝の遺勅——仏教受容政策の採用であり、守屋の手駒だった穴穂部皇子を馬子に殺されてしまった不覚に違いない。

「天皇位は」守屋の声は昂っておらず、普段にもまして平静なものに戻っていた。「物部が継ぐ。天照大神の国である倭国に、異国の神である仏など入れさせぬ。できぬとお思いか。来たるべき戦いに物部が敗れるとお考えか。わたしは今、馬子に使者を送って、交渉に持ち込んでいるところだ。長くは続くまい。馬子は時間稼ぎと見破り、物部討伐を決意するはず。蘇我・大伴を中核とする大和の豪族連合軍が、額田部皇后、泊瀬部皇子を奉戴し、朝廷軍すなわち官軍として生駒の山並みを越え、河内に攻め寄せてくることだろう。その大軍団に物部が敗れると皇子はお考えのようだ。河内は、いわば物部の王国。地の利はこちらにある。いや、水の利というべきかな」

守屋は不敵に笑った。

厩戸は胆弓姫の言葉を思い出した。

——物部の城は湖上の城ぞ。どう攻めるつもりじゃ、蘇我よ。お手並み拝見じゃのう。

河内国は、その面積の大半を巨大な河内湖が占めている。近江国における淡海（おうみ）のようなものだ。物部氏は古来この河内湖の物流を支配することで繁栄を誇ってきた。湖には中洲が幾つもあり、物部の堅牢な要塞が築かれている。守屋は籠城戦（ろうじょうせん）に持ち込むだろう。官軍は陸軍である。船を持たない。胆弓姫の言の如く、船がなくては湖上の城に接近することさえできない。戦闘の長期化は必至。遠征軍には補給面での支障も出てくる。その間に、八十物部と呼ばれる全国各地の物部支族が守屋の檄（げき）に応じて駆けつければ、官軍は河内湖の水際で水陸から挟み討ちにされないとも限らない。それが守屋の戦略だろう。

「地の利、水の利に恵まれているとはいえ」守屋は言葉を続ける。「何がきっかけで戦闘は劣勢にならないとも限らない。そこで確実な勝利を担保するものとして、天之瓊戈に頼ることにした」

「天之瓊戈を見せてやっては」

布都姫が待ちきれない風情を隠さない。

「もっともじゃ」物部胆弓姫が云い添える。「皇子は疑っておろうからの、天之瓊戈——そのような神代の超兵器が、果たして今の世に存在するのかと」

守屋はうなずき、布都姫と連れだって歩き出した。厩戸は胆弓姫に手を取られた。皺だらけの手で握られると、奇怪なことに妖しい快美感が手に湧き、腕を伝い、背筋を腰にかけて波状に駆けぬける。意に反して足が勝手に動き出した。

「若い子の肌は、すべすべとして気持ちがいいのう」

容貌に反して若やぐ胆弓姫の声が、なぜかその時だけ齢相応にしわがれた。

神殿の奥の扉を抜けると、奇怪な音声が地底を揺るがすようにして聞こえてきた。祝詞（のりと）の声らしく思われた。

両側が岩肌になった。足もとには板材で床が作られていたが、左右、頭上は剝き出しの岩壁だ。厩戸は淡路神宮本殿の外観を思い出した。切り立った高い断崖に貼りつくようにして建っていた本殿。してみれば、これは断崖の内部へとつづく隧道（ずいどう）に違いない。岩肌の形状を見るに、人工的に掘りぬいた隧道というより、天然の山中洞窟か。頭上には無数の鍾乳石が吊り下がり、古龍の牙めいて見える。採光用の窓などあるべくもないが、岩肌をところどころ覆う緑苔（みどりごけ）が不思議な光を帯びて洞窟内部を仄明（ほのあか）るく浮き出している。

曲がっては直進、直進しては前とは別の方向に異なる角度で曲がった。その繰り返しだった。奥へ奥へと向かうにつれ、祝詞の声が高まっていった。洞窟内に重く滞留していた空気がいきなり新鮮になった。すうっと耳に抜けてゆく感覚があった。

厩戸は目を見開いた。洞窟の先は広大な空間になっていた。地底の円形広場とでもいう趣。そこに神官、巫女たちが二重、三重に同心円をつくり、一心不乱に祝詞を唱えている。厩戸の視線は、上へ上へと向かう。これまでずっと洞窟内にこもっていた重低音の響きが、ここで一転、絶妙かつ清澄な反響具合に変じたのは、頭上が抜けているからであった。地底の円形広場は円筒状の空間となって上へ伸び、行き着く先は円形の青――蒼穹だった。神宮本殿の裏山の頂に登れば、巨大な穴が空いているのを目にすることになるだろう。山の内部に深く穿たれた大穴。――何という自然の造作。

厩戸が瞠目したのは、大自然がつくり出したこの奇観ではなかった。深い、というか、長い、というか、ともかく頭上の円筒空間に、奇妙な物体が浮いているのを目の当たりにしたのである。一見すると、杉の大木――すべての枝葉を切り払った一本の幹が、空中に浮かんでいるかのように見えた。それほどの太さであり、長さであった。かような巨大なものが浮くはずもないのだが、これを吊り下げている、あるいは支えている綱、でなければ強靭な細い糸がどこにも見えない――まさしく浮いているというしかなかった。全面が赤錆びたもので覆われ、錆があちらこちらで剝落している。祝詞の響きにたまらなくなったように身悶えし、震えながら剝がれ落ちてゆくかのようだ。錆は重層していた。剝落した薄い錆の下からはまた錆が顔をのぞかせる。物体の形状、地肌は不明。下部が鋭く尖っているらしいことは見て取れる。

「天之瓊戈なり」

守屋が云った。その厳かな口調に触発されたかのように、厩戸の口から、額田部皇后から聞いた神話の一節が流れ出た。

「――ここに天津神、諸々の命もちて、伊奘諾尊、伊奘冉尊、二柱の神に『この漂へる国を修め、理り、固め、成せ』と詔りて、天之瓊戈を賜ひて、言依さしたまひき。故、伊奘諾尊、伊奘冉尊、天之浮橋に立たして、天之瓊戈を指し降ろして画きたまへば、鹽こをろこをろに画き鳴して引き上げたまふ時、その戈の末より垂り落つる鹽、累なり積もりて島と成りき。これ淤能碁呂島なり」

「よう知っておる」

胆弓姫が愛でるように云った。厩戸は胆弓姫に手をとられたままだ。その皺だらけの指で、てのひらをかき混ぜるようにして撫でられる。そんな一瞬の仕草を通じ、この年齢不詳の老婆が、自分に性的関心を抱いていることを厩戸は知って驚いた。

厩戸はかぶりを振った。「……そんなことが……天之瓊戈なんて……神話の中の……物語にすぎないはず……」

「これぞまさに国土を修理固成した神の霊器、天之瓊戈なのじゃ。さすがに古び、表面には錆が厚く堆積しておるが、伊奘諾尊、伊奘冉尊は、天神より下賜されたこの天之瓊戈を用いて淤能碁呂島を作りだした。この淡路島をな。そして淡路島を胞衣(えな)として倭国の列島を次々に生み出していった。神と神の霊的性交――みとのまぐはひを以てして。国生みの発端となる淤能碁呂島を生み出したにより、天之瓊戈はその役割を終えたのじゃ」

「だからといって、もう使えなくなったわけじゃないのよ」布都姫が後を引き取った。「神の器が朽ち果てる、などということのあるはずがないもの。確かに錆びてはいる。それだけ時が経ったということ。天之瓊戈は生きている。眠っているだけ。あまりに長い長い時間が経過したので、目覚めさせるのに多少の労力が必要なの」

布都姫は神官、巫女たちに視線を向けた。「彼らが唱える祝詞に感応して、天之瓊戈は目覚めていってるわ。錆の落ちるのが見えるでしょ。薄皮を剝ぐように一枚、また一枚と。そうして最後の錆が落ちる時が天之瓊戈の甦る時よ。その時、皇子、あなたが天之瓊戈を操るの。いいえ、あなたとわたしが。伊奘諾尊と伊奘冉尊として」

「天之瓊戈の操縦者は二人なのだ」守屋が云った。「伊奘諾尊の役を皇子が、伊奘冉尊の役を我が娘布都がつとめることになる。すべては布都姫が主導し、誘導する。皇子は皇族たるの資格――皇統と、その天賦の霊力だけを布都姫に委ねてくれればそれでよい」

「何をするつもりだ」

守屋が微笑を浮かべた。「天之瓊戈は兵器として活用される」

「兵器？」

「蘇我と、蘇我に与する豪族たちの連合軍に対しての兵器。予定では、操縦者は穴穂部の皇子と、我が娘。皇子が伊奘諾尊を、布都が伊奘冉尊を演じるはずだった」

「あなたになってよかったわ」布都姫が期待に頬を染めて云った。「穴穂部皇子って、わたしの好みではなかったんですもの」

「あからさまに云うものではない」守屋は苦笑して続けた。「島生みの戈を兵器として使うとはどういうことか。天地開闢の時、天は先に成ったが、地は重く濁り、凝固するには時間がかかった。その渾沌として漂っていたものを、かきまわして島を作ったのが天之瓊戈だ。大地の修理固成の神器なのだ。天之瓊戈を使えば大地を自由に変造できる」

「そんなことが……」

「河内に向かって進軍してくる蘇我の軍勢に向かってこの瓊戈を振り下ろせば、大地を陥没させることができる。泥状となった大地の切れ目に、蘇我の軍団はむなしく吸いこまれてゆくことだろう。あるいは大地に突き入れた瓊戈を、こをろこをろとかき混ぜれば、液状化した大地を揺るがすことができる。地震だ。突き入れた瓊戈を引き揚げると、戈の先端からしたたり落ちる土塊が蘇我の兵士たちの上に降りかかり、彼らを押しひしぎ、生き埋めにすることだろう。こうして、我らは赤子の手をひねる容易さで蘇我をこの世から消し去ることができる」

「起きるものか、そんな奇蹟みたいなこと」

「その目で奇蹟を目の当たりにしているではないか。天之瓊矛——この巨大な物体が空中に浮かんでいるという奇蹟を」

守屋に云われるまでもなかった。厩戸は最初から天之瓊戈の眠れる力に感応していた。これは本物だ、神器だ、と。

厩戸の沈黙に、守屋は鷹揚に笑った。「それが最初の計画だった。蘇我と、蘇我に与する者たち、崇仏派の息の根を止める軍事力として天之瓊戈を活用するというのが。穴穂部皇子の横死で情況が変わった。愚かな馬子め、藪をつついて蛇を出したのだ。擁立すべき皇子を失ったわたしは、自らが天皇になる決意を固めたのだからな。小泊瀬稚鷦鷯大王が崩御なされた時、皇統は九代四世代を遡り、大鷦鷯大王の弟の稚渟毛二派皇子の五代孫が日嗣を継ぐこととなった。この物部守屋、皇統を神代の昔にまで一気に遡り、瓊瓊杵尊の兄の饒速日命の後裔たるわたしが日嗣を継いで天皇になることとしようというのだ。あくまでも前例を踏襲するだけのこと。誰が文句を差しはさめようぞ」

天皇になるという重みを跳ね返すように、守屋はぐっと肩をそびやかした。「邪魔なのは蘇我だけではない。現在の天皇家もまた当然、無用の存在となる。天皇家が蟠踞する大和という土地、これまた用済みだ。さすれば土地ごと天皇家を葬り去るに、この天之瓊戈ほど向いた兵器がほかにあるだろうか」

「土地ごと？」

「空中から天之瓊戈を突き刺し、こをろこをろとかきまわし、その波動で大和に巨大地震を起こさしめる。次には、北の淡海に天之瓊戈を差し入れ、湖を決壊させて、大量の湖水を大和平野へと導く。これぞ新たなる国土の修理固成――国土再造だ。かくして近江国の淡海は、その領域を大いに広げることとなり、南の山城から大和にまたがる巨大な湖として新生する。大和平野はその湖底に沈むというわけだ。水没した大和に代わり、皇居は河内に置こう」

　守屋が目論んでいるのは国土の造り直しにほかならない。天之瓊戈なる神代の兵器を覚醒させることによって、時間を神代に遡航させ、神代の位相で皇統の交替を実現させようというのだ。厩戸にはわかる、守屋の構想の真実性が。頭上に浮かぶ天之瓊戈がその動かぬ証拠。目覚めかけている天之瓊戈から発信される霊波のようなものを感じ、この神器がどれほど凄まじい武器に成り得るかがわかるのだ。

「おばばさま」守屋は胆弓姫に視線をふり向けた。「瓊矛が使えるようになるまで、あと如何ほどかかろう」

　胆弓姫は頭上をゆるゆる振り仰いだ。中空に静止した巨大な戈を愛でるような目で注視し、確信を込めた口ぶりで告げた。「十日もあれば」

蘇我と物部、双方の使者は大和と河内をひっきりなしに行き来した。要求、提案、条件を伝え、それに対する回答がもたらされ、その回答を踏まえてまた新たな要求、提案、条件が示される。その繰り返しのうちに、六月も終わりに近づきつつある。

両者はまったく折り合わなかった。目下の急務は新たな天皇を即位させることである。それには豪族間の合意が必要であり、誰よりも大臣(おおおみ)と大連(おおむらじ)が欠けるわけにはいかないのだが、守屋はいっかな河内を出ようとはしない。大和に戻ってこない。言を左右し、馬子の武装解除を求め、さらには穴穂部皇子横死の責任を取るよう訴えている。馬子としては応じることのできない要求であった。

馬子の側からは、守屋が出仕しない職務怠慢を責め、場合によっては大連の職を解任し、大伴氏を復帰させることもあり得る、と伝達した。すると守屋はいかにも折り合うかのような返事を寄越すが、具体的な手打ちの交渉に入ろうとすると、またしても頑なな態度を見せて馬子を苛立たせた。

守屋の時間稼ぎ——柚蔓はそう明言していた。証拠は厩戸である、と。淡路島に兵を送り、厩戸を取り戻すよう訴えたが、馬子は諾(うべな)わなかった。淡路島に兵を送れば戦端を開くことになるというのが理由の第一。第二には、淡路島へ渡るためには河内を通過しなければならず、それを守屋が許すはずがないから、やはり戦争にならざるを得ず、戦略的にも困難だ、というものだ。

虎杖が柚蔓の肩をもった。助け舟を出した。紀伊国を本拠地とする紀氏は幸いにも蘇我派である。紀氏を動員して紀淡海峡を渡ればよい。さすれば、河内を経由せずとも淡路島に上陸することができる、と。この案も馬子は却下した。守屋との交渉が決裂して戦争となった場合、紀氏の擁する兵は貴重な戦力として蘇我軍団の一翼を担うことが期待されているからであった。

七月朔。星明かりで充分だった。柚蔓は蘇我屋敷を忍び出た。警戒態勢はゆるめられていた。門に篝火（かがりび）が焚（た）かれ、武装した兵士たちが見張っていたが、顔に緊張の色はない。柚蔓は門を避けて裏手にまわり、人目の絶えた庭から塀を飛び越え、やすやすと外に出た。男装。筒袖に筒袴、黒革の胴着、甲冑を脱いだ兵士の姿である。頼みとする一剣は、腰に佩（は）かず、背中に斜めに吊っていた。風の速さで駆け、東南に向かった。生駒ではなく、葛城山（かつらぎやま）を越えて河内の南部に入り、山沿いに迂回して海へ出るつもりだ。飛鳥から河内に向かう最短は生駒を越える道。南部へゆくほど監視は手薄になっているはず——そうあってほしかった。

一刻ほどして、背後に跫音を聞いた。尾（つ）けられている？　背筋に緊張が走る。屋敷を出るところを見とがめられたのか。喬木（きょうぼく）が繁って見通しの利かない場所に来た。柚蔓は足を止めた。背中の一剣を鞘走らせる。鋼鉄の肌が星光を吸って妖しく輝いた。

生い茂る喬木の角を曲がって追跡者が姿を現わしたのは、その直後だ。全身黒ずくめ。ご丁寧なことに黒布で面（おもて）を裹（つつ）んでいる。柚蔓は殺気を浴びせかけた。追跡者が後方に飛びすさった。武術に心得のある者ならではの反射的な動き。右肩から剣の柄（つか）が突き出している。

「おれだよ」

害意がないことを示すために両腕を高くかかげてみせた追跡者は、覆面の下からくぐもった声で云った。柚蔓は剣を引き、背中の鞘におさめた。

「どういうつもり？」

「おれの台詞だ、それは」追跡者は面を覆う黒布を剝ぎ取った。「置き去りはないだろう」

「考えないではなかったのよ。でも……」自分でも不思議なことに柚蔓は云い淀んだ。

「でも、何だ？」

「わたしは大臣の意向に反してゆく。あなたは蘇我の家人（けにん）でしょ」

「きみが云うか。大連に叛旗を翻しておいて」

「わたしは、厩戸皇子の女人（にょにん）よ」

虎杖の顔に複雑な翳りが射す。すぐ、にこやかな表情になった。

「おれだって同じく皇子さまの家人だ。乗りかかった船と思ってくれ」

「船――皇子との船旅は、まだ終わっていないということなのね」

「皇子を奪い返せなければ、この勝負、大臣の負けだ」

「わたしは、ただ皇子の身を案じているだけ」

いつのまにか虎杖と肩を並べて走っていた。

「きみを誘って淡路島に乗りこむか――裏庭でそう思案していたら、辺りを憚って塀を乗り越えるやつが目に入ったんだ」

「偶然にしては出来過ぎだけど」

「三度目の正直というやつ」

「三度になるのね」

「揚州、ベール・カ・ゴーシュト島。同じことばかり繰り返しているようだ」

「それだけ皇子の霊的な力が強く、その力を利用しようとする者が後を絶たないということ」

「今回はおれたち二人でやるしかない」

「そうね」

柚蔓は粛然とうなずく。揚州では漢土を代表する高僧、名僧たちの霊的支援があり、武力衝突を繰り広げたベール・カ・ゴーシュト島では、トライローキヤム教団の武僧衆に対しラクーマ・グン率いる剣士団の加勢を受けた。今は二人だけ。恐れてなどいない。虎杖の剣の腕がどれほど頼もしいか、ベール・カ・ゴーシュト島で目にした通りだ。二人して戦い、どう戦闘の呼吸を合わせたらいいかも知っている。何と、戦友ではないか。

この男――。傍らをゆく虎杖を、柚蔓はあらためて眺めやった。奇妙な関係というしかない。

「どうした？」柚蔓の強い視線に気づき、虎杖は訝しんだ。「おれの顔に何か」

「何でもない」

「値踏みでもされていたかな。――やっ、この道は生駒に行かないが」

虎杖の目が疑惑の色を含んだ。

「生駒はだめ。警戒の手薄な葛城山を抜けるの」

「河内には詳しいのか？」

「物部の家人だったのよ。淡路神宮に行ったことも」

「大助かりだ」虎杖は冗談めかして云った。「案内人を雇う必要がなくなった」

そうだ、と柚蔓はあらためて我が身に言い聞かせる。自分は物部の裏切り者だ。だからこそ物部の内情には通じている。たった二人で決行しなければならないこの救出作戦にわずかばかりの勝機があるとしたら、そこなのだ、と。

厩戸は淡路神宮の本殿に監禁されつづけている。身体を拘束されているのでもなければ、出入口が固く閉ざされているのでもない。常時監視する目もなかった。広い神殿に放置されている——うわべだけ見ると、そういうことになるだろう。物部胆弓姫の老練な霊力によって身も心も繫縛され、逃げ出そうにも逃げ出せないのだった。脱出しようという気を起こしたが最後、身体が動かせなくなる。食事は毎日、布都姫が運んできた。甲斐甲斐しく、女としての媚びと色香とをたっぷりにじませて。

「皇子とわたしは、みとのまぐはひをする。伊奘諾尊と伊奘冉尊になるの」

幾度となく布都姫はそう云うのだった。期待をこめ、うっとりと。媾合して得られる力によって天之瓊戈は操縦される。厩戸は力を一方的に引き出され、利用されるだけ。力の単なる供給者でしかない。

「皇子と裸で交わるのだと思うと、身体が火照って火照って、夜も眠れなくなるのよ」

そんなことを臆面もなくしゃべる布都姫である。

「まだ男というものを知らないの。石上神宮の斎宮になるはずだったのですもの。ずっと処女のままよ。でも、皇子はそうではないのね。おばばさまがそう云っていたわ。皇子はすでに女を知っているはずだって。よりによってあの裏切り者の柚蔓だなんて」

胆弓姫に話したことはない。霊能者ならではの特異な能力で嗅ぎ当てたものか。

「ええい、憎らしいわ、あんな年増女のどこがよくって。あの女のほうから迫ったのね。皇子を誘って、興奮させて、自分のものにしたに違いないわ。わたしのほうが年上なのに、処女のままで、男を知らなくって、年下の皇子のほうが女を知っているなんて。今に見ていらっしゃい。わたしのほうがずっと若いんですから。皇子をわたしの虜にしてさしあげるわ」

これが斎宮になるべく育てられた布都姫なのかと思うほど息を荒らげ、鼻腔を膨らませ、よだれを垂らさんばかりに動物的な牝の色情を露わにして話しつづける。今にも厩戸の身体をまさぐるか、自ら服を脱いで迫らんばかり。厩戸は憐れみの目を向けた。布都姫が狂態を示すほど冷静になってゆく。このような手合い――自身の色情を自他の要因で抑圧したあげくに決壊、爆発させた女客は、幾人となくさばいてきた。タームラリプティの娼家ナーガの館で。

「憎らしい。せいぜい笑っているがいい。わたしの身体で皇子をぞんぶんに泣かせてあげますからね」

布都姫は憎々しげに云った。

河内国の北半分は、広大な湖が占める。河内湖である。東の波は生駒の山麓を洗い、西の水門は難波の海に向かって開けている。その形状は複雑怪奇を極め、ひと言で何形とずばり云い表わすのは難しい。隆起した尾根筋が四方八方から半島状に伸び、その湖中半島は、数といい形といい屈曲の具合といい、統一性に欠ける。これらの半島によって湖はそこかしこで分断されているかにも見える。

淡路神宮に厩戸を迎えた守屋は、厩戸に天之瓊戈を披露すると、後事を胆弓姫に託し、その日のうちに難波の海を渡って河内へと戻った。来たるべき蘇我馬子との全面衝突に備えるべく、物部の総帥、排仏派の領袖として精力的に活動しなければならなかった。

河内を根城にする中小の豪族たちは、おしなべて物部に臣従を誓った。大和の大豪族たちは、湖の周辺に河内屋敷とも呼ぶべき別邸を、河内における経済活動の拠点として持っていたが、蘇我および蘇我に同調する者たちの屋敷はすべて接収した。もともとがそうであったように、今や河内は完全に物部の支配に帰したのであった。海のない大和にとって、河内は海への出入口だ。守屋はそれを封鎖してやったことになる。大和の豪族たちは袋の鼠となったのであり、いずれ兵を繰り出してくるのは時間の問題であった。接収した蘇我派の豪族たちの屋敷は、砦として改修された。

湖には大小の島が点在するが、守屋はここにも砦を築かせた。守屋が本拠地とする阿都島は、そのうちの一つである。湖、河川の船はすべて管理下に置いた。湖に流れ込む河川の関についても、警備態勢を強化した。その間、守屋は全国の物部――俗に云う八十物部に檄を飛ばし、河内に援軍に駆けつけるよう要請した。彼らは陸続として参戦することだろう。

阿都島の本邸に築いた塔上に守屋の姿はあった。側近の者たちを従え、河内湖の全域を一望していた。夏もたけなわである。四方に城砦のような積乱雲が群がり立ち、ぎらつく陽光を照りかえして湖は鏡のように輝いている。広大な陽波にうねる湖中半島は樹木を群生させて、無数の緑龍が絡まり合って湖面を這っているかの如くであった。湖中の島々、および半島の要所要所に築かれた砦には、訓練に励んでいる兵士たちの姿が見える。彼らの挙げる勇ましい掛け声が湖面を渡って聞こえてくる。大小の船が湖面をミズスマシのように走っている。前後左右に盾を並べた軍船に改造してあった。

満足の面持ちで見やった守屋は、東に視線を向けた。大和と河内を東西に隔てる生駒の山並みが深緑の屏風のように立ちはだかっていた。

――あの峰を越えて馬子はやってくる！

身の引き締まる思いでそう思った。峰を越え、河内に続々と進軍、殺到する大和朝廷軍。その光景が幻視されるようだ。

――今度は負けぬ！

遥か昔、磐余彦の軍門に降った物部の太祖饒速日命に思いを致し、守屋は改めて誓う。饒速日命が磐余彦に恭順したのは、徒に争いを長引かせて天下の民を苦しめるべきではないという思いからだった――と物部家の伝承にはある。結果、磐余彦が天皇に、この倭国の支配者になったのだが、その末裔たちが今になって仏という異国の神々を崇拝することになろうとは、饒速日命は思いも寄らないことだったろう。そうと知っていれば恭順などせず、徹底抗戦を貫いていたはず。饒速日命が勝利をおさめ、初代の天皇となっていたかも。

——それを今、このわたしがやろうというのだ！

仏という異国の神を奉じる裏切り者どもを討ち平らげ、自らが天皇位を継ぐ。守屋はまぶしさに目をひそめながらも天空に視線を移した。燃え猛る真夏の太陽が圧倒的な存在感を見せている。

——太陽神よ、我が祖、天照大神よ、ご照覧あれ！　この守屋が決意に御異存はございまい！

この空を、と守屋は思う。この空を饒速日命は磐舟に乗って飛行し、あの生駒の山頂に降り立ったのだ。

——この戦いは聖戦である。来るなら来てみよ、馬子！

守屋は内心、獅子吼した。今こそ長年の崇仏排仏論争に決着をつける時。こちらには最終兵器がある。国土を修理固成する神器、天之瓊矛が。

——国土の修理固成！

神話の昔に遡って、この国を新たに造り直すのだ。淤能碁呂島からやり直すのだ。守屋は身体の向きを変え、西の方を見やった。河内湖の水門の先はきらめく海となり、そのさらに先、白亜の積乱雲の下に横たわる緑の島は淡路島——淤能碁呂島である。

虎杖と柚蔓の姿が屋敷から消えたことに馬子は頓着しなかった。彼らの行く先はわかっている。厩戸を救うべく二人して出奔したのだ。救出できればよし、できなければそれまで。すぐに頭から追い払った。そんなことにかまってはいられない。

馬子は豪族たちを召集していた。自らは一歩退き、額田部皇后と泊瀬部皇子を前面に立てた。前者は、絶大な力をふるった渟中倉太珠敷天皇（ぬなくらのふとたましきのすめらみこと）の未亡人。後者はその異母弟にして、穴穂部亡き後、誰もが次なる天皇と含意する皇子であった。物部討伐軍の中核として、この二人以上の存在はないといっていい。皇族を一人も擁しない物部守屋は、額田部皇后、泊瀬部皇子と敵対するだけで逆賊になる。守屋の手勢は叛乱軍になるのである。

「逆臣守屋を討て！」

軍議の席上、額田部皇后はそう力強く宣した。詔（みことのり）も同然だった。一同を奮い立たせる力があった。

――何という胆の太さか。

馬子は内心、感心した。額田部皇后は自分の役割をすっかり心得ている。己が役を見事に演じてみせる力量を持っている。男であれば天皇位に奉戴したいほどの貫禄だった。

泊瀬部皇子には失望せざるを得なかった。神経質で、感情の起伏が激しい。それでいて戦略論議に口を出し、愚にもつかない疑問を呈しては軍議を混迷に導いた。

柚蔓の読みは当たった。河内の南部は警戒がゆるかった。守屋は総力を、河内湖を中心とする北部に集中しているようだった。大きく迂回し、標高が生駒よりも高い葛城山を越える価値があったというものだ。

それでも人目を避けながら柚蔓と虎杖は西を目指した。西――海岸へと。急がねばならなかった。天之瓊戈が起動し、それを操縦するために厩戸の皇統と霊力とが使われてしまっては万事休す。

「破壊力はどれほどなんだ」

「国土を修理固成した神器よ。海原を探り、島を生み出した神器。それが修理固成ではなくて破壊に使われるのだとしたら、その規模は計り知れない」

「天変地異か」

「そんなものでしょうね」

「修理固成ってのも、破壊だからな」

海岸に出たのは日没時だった。茜色に染まった空と海の中間に、目指す淡路島は黒い帯となって横たわっている。短い桟橋に繋留（けいりゅう）された十数艘（そう）の舟が波に乗って単調に上下を繰り返しているのは、いかにものどやかな浜の夕暮れという感じだ。海岸周辺は漁師たちの家々が小さな集落を作っていた。それぞれの家の竈（かまど）から夕餉（ゆうげ）の煙があがり、国を二分する大戦争が始まるという予兆など微塵も感じさせない平和な光景が二人の目の前にひろがった。

気を引き締めてきただけに虎杖は虚脱したような顔になった。

「人はおのおの、その人なりのなすべきことをするしかないのよ」虎杖の思いを察して柚蔓が云った。「漁師は魚を採り、農民は稲を植える」

「剣士は剣で戦う。その前に」視線を桟橋の漁船に向け、虎杖は戯言めかして云った。

「盗みを働かなくては」

「借りるだけよ、無断でだけど。皇子を乗せて戻ってこなくては」

周囲が完全に暗闇に沈み、漁船の纜を解いた。沖へと漕ぎ出してゆく。完全な暗黒。方角は夜空にまたたく星が教えてくれる。二人は無言で櫂を使った。

「海か！」唐突に虎杖が云った。特別な感慨のこもった声音だった。

「なつかしい？」

「波のうねり、胸を満たす潮風の匂い——懐かしいどころか。ずっと海賊稼業をやってたんだから」

突然、虎杖は笑い声をあげた。

「何がおかしいの」

「これが笑わずにいられるか。おれは海賊だった。仲間たちとインド洋を荒らしまわっていた。それが今じゃ、漁師村から盗み出したこんなちっぽけな舟を漕いでいる。どっちが本当のおれだ」

「海というより、インドなのよね、あなたが懐かしがっているのは」

しばらくの間、櫂が波をかく音だけが暗闇の中に響きわたった。

「なるほど」虎杖がしみじみとした声を出した。それはインドの言葉だった。その異国語の響きを愛でるように彼はなおもインドの言葉で先を続ける。「確かに君の云う通りだ。おれはインドを懐かしんでいる。あの地で生きていた時のおれ——あれこそが本当のおれだった。今、わかった。いや、ずっとわかってはいた。思いを封じ込めてきたんだ。もう自分を偽るのはやめだ。そうとも、おれはインドが懐かしい。あの地こそ、おれがこれから生きてゆく国だ」

「これから？」柚蔓もインドの言葉に切り替えた。虎杖に合わせる気になった。

「おれの生涯の友ジャラッドザール、あの太っちょ——黒旋風（くろつむじ）のモンガペペ、ムレーサエール侯爵、剣士ラクーマ・グン。彼らは今ごろ何をしている。おれのことを思い出すことはあるのか」

「思い出さないはずがないわ。あなたたちったら、羨ましいほどの兄弟ぶりだったもの。向こうだって懐かしがっているはず」

「別れ際、ジャラッドザールとモンガペペに約束した。皇子を倭国に送り届けたら必ず戻ってくるって」

「男の約束ね」

「ちくしょう。そんな大切な約束を、男同士の約束をすっかり忘れていたよ。蘇我と物部で、すっかり失念してしまった。おれとしたことが」

「インドに戻るつもりね」

「やるべきことはやる。皇子を救出してからの話だ。そいつを手柄に、晴れて馬子さまから暇をもらう」

「今すぐインドを目指してもいいのよ」自分で口にして柚蔓は驚いた。「わたしを淡路島に送り届けたら、筑紫に向かいなさい。あなたはずっと皇子を護ってきた。暇をもらうには充分すぎるほど」

「そうはいかない。おれをインドに結びつけてくれたのは厩戸皇子だ。窮地に陥った皇子を見捨てたら、ジャラッドザールに合わす顔がない」

「ついてくるがよい」

久しぶりに姿を見せた胆弓姫の声はしわがれていた。胸に一枚の鏡が揺れている。さしわたしは、広げた手の親指の先から小指の先までの長さ。首飾りのようにぶら下げていた。青銅鏡とは思われぬ艶を帯びた古鏡である。

厩戸の足は勝手に動き出した。先導する胆弓姫の後につづいて本殿から洞窟内へと入った。祝詞の合唱は間断なく聞こえていた。円筒形の大空間に足を踏み入れた瞬間、厩戸は息を呑んだ。空中に浮揚した天之瓊戈が、ほぼその全容を現わしかけていた。表面を厚く覆っていた赤錆状の汚物はおおかたが剝がれ落ち、本来の形がくっきりと露わになろうとしている。まさしく戈であった。樹齢何千年という巨木の長さ、太さを想起させるほど巨大きわまりないが、形状は戈そのものである。巨人族が握るに相応しい巨大武器。それが空中に、頭上に、静止している光景の玄妙さ、非現実感といったら！

「ヴァジュラ……」

厩戸の口から思わずインドの言葉が転がり出た。仏典で金剛石と漢訳される鉱物。無色透明の結晶体だが、屈折率が非常に高いので表面は美しい光沢を帯び、光の反射に応じて極彩色にきらめく。天之瓊戈は、その金剛石で出来ているかのようだった。

「まもなく赤錆は取り払われ、天之瓊戈は目覚める。息を吹き返す。その時こそ、皇子の出番じゃ。皇子と布都姫とは、太古の夫婦神たる伊奘諾尊、伊奘冉尊となって、天之瓊戈を操る力を生み出すのじゃ。操るのはこのおばばさまじゃがな」

祝詞を唱える神官団の中に布都姫がいた。伊奘冉尊になるのを待ちきれないというように、肌が透ける薄物をまとって手を合わせている。

天之瓊戈は目覚める――胆弓姫の言葉が真実であると厩戸は認めざるを得ない。感じる。

天之瓊戈の霊的胎動とでもいうべきものを。今までにない壮大さの予兆。ベール・カ・ゴーシュト島で巨神像を遠隔操作していた時でさえ、これほどの力は感じなかった。まだ胎動期だというのに。

――止めなくては！　こんな企て、絶対に挫かなければ！

皇統に列なる者としての責務、使命感に駆り立てられる。道は、ある。禍霊――水蛭子族の力を借りればよい。呼びかければ、待ってましたとばかりに現われるだろう。禍霊を呼び出して彼らの王となり、この危地を脱出する――そんな誘惑に駆られては、そのたびに背筋がそそけ立ち、思いとどまる。この時も――天之瓊戈を目の当たりにし、その凄まじい力の胎動を感じつつ、それでもなお禍霊を呼び出す気にはなれなかった。

馬子は祈っていた。両手を合わせ、目の前の金銅釈迦仏に真摯な祈りを捧げる。戦勝の祈願を。

――御仏よ、我らを勝利に導きたまえ！

ひたすらに祈りつづける。あたかも金銅仏がうなずくのを待っているかのような真剣さで。

――御仏よ、御仏を敵視する物部守屋めを敗北に塗れさせたまえ！

一心不乱に祈りつづける。金銅仏の口から「諾」のひと言が吐かれるのを待つかの如き執念で。

――御仏よ、どうかこの馬子を、ひいては倭国を守り給え。守屋めが勝利し、この国の実権を握ることになれば、倭国は進歩から遅れ、未開野蛮のまま取り残されるでありましょう。この馬子は、守屋めを制し、倭国を仏教国にせんとするもの。ご加護を、御仏の仏力をお示しくださいませ！

「兄上、そろそろ出陣の刻限じゃ」

御堂の外から声がかかった。

馬子は仏像に深々と一礼すると、立ち上がった。蘇我屋敷の中庭に作られた小御堂であった。守屋を倒しさえすれば、このような小さなものでなく、寺院をおおっぴらに建立することができる、という思いが頭の片隅をかすめた。蘇我氏の地盤であるこの飛鳥の地に壮麗な寺を建てる。その名を馬子はすでに決めていた。法興寺である。御仏のありがたい教えである「法」が今ここに――飛鳥の地に「興」隆すると天下に宣言する寺であった。

小御堂の中には、五人の僧侶がいた。一人は高句麗僧の恵便である。ほかの四人は馬子が百済から招いた僧侶であった。さらに尼が三人。司馬達等の娘嶋、漢人夜菩の娘豊女、錦織壺の娘である石女。それぞれ善信尼、禅蔵尼、恵善尼という法名を持っている。善信尼は十四歳であった。馬子は、物部守屋を降した暁には、この三人の尼を百済に仏教留学させるつもりだ。

「行ってまいる」馬子は彼らを見まわして云った。「貴僧らにおかれては、よろしく御仏の御加護をお祈りいただきたい」

「お任せくださいませ」恵便が高句麗語の訛が抜けきらぬ言葉づかいで応じる。「御仏は必ず我らの願いをお聞き届けになりましょう」

四人の百済僧がうなずいた。

「大臣さま、ご武運を」善信尼が祈りの声で云い、二人の尼も首を縦にふった。

馬子は御堂を出た。蠟燭の揺れる室内の薄暗さに慣れた目に、朝陽がまぶしく飛び込んできた。顔を顰めながらも、馬子は空を仰いだ。真夏の炎天。青はくっきりと青く、まだ夜が明けてまもないというのに白い積乱雲を早くも巨大城塞のごとく湧き立たせている。陽光を反射した雲は輝くばかり。蟬の鳴く声がかしましい。

御堂の階の下に、弟の境部摩理勢が待っていた。摩理勢は、馬子同様に甲冑を着こみ、満面に闘志を漲らせている。

「御仏は祈りに応えてくれたか、兄上」

「祈りの時間は終わった。後は戦うだけだ」

「そうこなくては」

仏像への礼拝は、まだ奇異な目で見られる。崇仏派というが、熱心な崇仏豪族はごく少数で、後は蘇我の権勢になびいて与した者たちばかりである。彼らの目には、祈りを捧げる馬子、仏像の前に頭を垂れる馬子ではなく、将軍としての馬子を見せたほうがよほど効果的だ。

屋敷にはあがらず、庭を辿って正門まで進んだ。衛兵たちに囲まれて、息子の蝦夷、娘の刀自古が立っている。

「お父さま、どうかご無事で」刀自古が固い顔、固い声で云った。

「心静かに吉報を待て、刀自古」馬子はやさしく云った。「仏に手を合わせれば心が落ち着く」

蝦夷のほうは凛々しく口を真一文字に結んだまま馬子の横に並んだ。まだ十四歳だが、甲冑姿のせいか大人びて見える。

「初陣であるな、蝦夷」

馬子はつとめて武人らしく見せかけようとし、云った後ですぐに苦笑した。馬子自身にとっても初陣――初めて臨む戦いであった。

――仏教を導入し、争いごとのない国にしなければ。

「父上」

幼い声がした。

背の高い衛兵たちの陰に隠れて見えなかったが、摩理勢の子、つまり馬子には甥にあたる毛津と阿椰の二人が進み出た。双子で十歳、いずれも甲冑を着こんでいる。

「よく似合うぞ、おまえたち」

　摩理勢が眼もとに笑みをにじませて声をかける。

「戦場へ連れてゆくつもりか」

「連れてゆけと申してうるさいでな」

「まだ子供ではないか」

「兄上の蝦夷とそうは違わん」

「しかし――」

「戦場を見せておきたい。いくさがどのようなものであるのかをな。さらにいえば、この子たちの姿を見せることで、蘇我が総力をあげているのだという決意も知らしめたいのだ」

「相わかった」

　馬子はうなずいた。摩理勢の云い分は、馬子が蝦夷を帯同するのと同じ理屈。蝦夷、毛津、阿椰が手勢を率いて交戦するわけではない。本陣で臨戦、観戦するだけなのだ。

「馬を」

　摩理勢が命じた。それぞれの騎馬が引かれてきた。馬子、摩理勢、蝦夷、毛津、阿椰は鞍にまたがった。毛津と阿椰の馬は仔馬である。下人が手綱をとり、正門を出る。

　馬を進めることしばし、飛鳥の大野に出た。北に耳成、西に畝傍、東に天香久山という大和三山を望む平地に大勢の軍兵(ぐんぴょう)が犇(ひし)めいていた。その壮観に、馬子は圧倒される思いで、自ずと気を引き締めた。ここに軍勢を揃えたのは、ただたんに開けた場所であるからという理由ではない。かつて馬子はこの地に仏塔を建てたが、先帝の勅命を勝ち取った守屋に燃やされてしまった。物部討伐軍が進発する地として、大野ほど相応しいところはあるまい。

馬子は鐙(あぶみ)を踏みしめ、鞍から伸びあがるようにして軍勢を見まわした。

崇仏軍——。

電撃の如く、その三文字が脳裏を搏った。崇仏派の連合軍であるから崇仏軍。いや、仏軍といっても可なり。仏の軍団である。今、視野におさめる崇仏軍は全体の半数である。大伴連嚙(おおとものむらじくい)、阿部臣人(あべのおみひと)、平群臣神手(へぐりのおみかむて)、坂本臣糠手(さかもとのおみあらて)、春日臣犬比古(かすがのおみいぬひこ)らの軍勢は北の志紀郡より生駒を越えることになっている。北と南の二手から河内に攻め入る戦法であった。馬子の目の前に隊列を組んでいるのは、蘇我氏を中核として、紀男麻呂宿禰(きのおまろのすくね)、巨勢臣比良夫(こせのおみひらぶ)、膳臣賀拕夫(かしわでのおみかたぶ)、葛城臣烏那羅(かずらきのおみおなら)らの軍団。主だった皇族も軍装に身を包んでいる。

「待ちかねたぞ、大臣」

勇ましい言葉づかいになって額田部皇后が馬を寄せてきた。

馬子は目を剝いた。馬子が皇后に望んでいた装いは、皇后としての盛装であった。輿(こし)に乗っている姿であった。頭上に乗せた金冠を陽光に輝かせ、豪奢(ごうしゃ)な錦繡(きんしゅう)の衣裳、それでいて巫女を思わせる神聖な姿こそが、担ぐに足る神輿であった。それでこそ物部討伐軍の象徴に相応しい。士気もあがろう。皇后は騎乗、甲冑に身を固めている。金冠の代わりに白布の鉢巻きを巻き、背中に弓まで背負っている。日頃、馬を乗り回しているだけあって、騎乗姿も板についている。背筋を伸ばし、全身から威光を放射しているかのようだ。

「乱暴者の素戔烏尊(すさのおのみこと)が高天原に昇って来た時」額田部皇后は云った。「天照大神は男装、武装して迎え撃った。わらわは神代の故事に倣った」

「……ご賢慮、深く感じ入ってございます」

意気やよし。馬子は気持ちを切り替えて反論を差し控えた。軍神というわけか。神輿でなくとも軍神であるならば変わりはない。装いの是非はさておき、額田部皇后が軍の先頭に立ってくれるのと、そうでないのとでは大きな違いがあるのだ。泊瀬部皇子は力不足であった。皇后だったという経歴はそれほどまでに重い。

皇族たちの中に紛れ込むようにいた泊瀬部を馬子は見つけ、思わず顔を顰めた。甲冑姿がまるでなってはいない。一兵士のほうが威厳があろうというものだ。兜(かぶと)の下の顔は青白く、不安そうにおどおどしている。

馬子を目にするや、泊瀬部皇子は不器用そうに手綱を操って馬を寄せてきた。

「大臣、いよいよその時が来たが、か、勝てるのであろうな。もし仮に――」

つかえながらも皇子がなおも続けようとするのをさえぎって馬子は云った。

「勝ってこそ、皇子さまは次なる天皇とおなりあそばします」

泊瀬部の皇子は口をつぐんだ。落ち着きがなく、曇っていた目に、わずかながら輝きが戻った。天皇という言葉が一種の気付け薬となったようだ。

額田部皇后の傍らには、甲冑姿の少年が馬にまたがっていた。皇后が先帝の渟中倉太珠敷天皇との間に儲けた竹田皇子である。竹田皇子は仏頂面だった。母に駆り出されたのが不満だとその顔に書いてある。竹田は厩戸皇子と同じく十六歳だ。事態の重要性が理解できぬ齢ではあるまいに。泊瀬部皇子と似通った頑是なさと、線の細さがある。

「皇子さま。ご苦労をおかけいたします」

馬子の言葉に竹田皇子はそっぽを向いた。

「これ」母の額田部皇后が叱りつけるように云う。「何度も云い聞かせたであろう。こたびの一戦は、我ら皇族が物部守屋の操り人形となってしまうか否かの大事ないくさであると。だからこそ、こうして母も女の身でありながら陣頭に立っておるのじゃ。皇子たるおまえがそのようなことで何とする」

額田部は息子の竹田を天皇位に即けたいのだ、と馬子は思った。次の天皇は泊瀬部皇子でほぼ決まりとはいえ、泊瀬部の後を狙っているに違いない。今回の戦闘に参加すれば、大いに箔がつく。

「ならば、なぜ厩戸がここにおらぬのです、母上」

従兄弟である厩戸を引き合いに出して竹田は云い募る。

「服喪中だからです」困惑した顔の額田部皇后に代わって馬子が答えた。「死者の汚れが持ちこまれては敗北につながりかねませぬ。厩戸皇子さまご自身は参戦をお望みでした」

「厩戸はどこにいるのだ、大臣（おおおみ）。われが母から洩れ聞いたところによれば、このところ姿が見当たらぬとのことではないか」

「厩戸皇子さまは仏教徒にあらせられます。竹田の皇子さまもお聞きおよびのことと存じますが、遠く漢土に渡り、深く仏道をお修めになってご帰国あそばされました。我が屋敷の持仏堂におこもりあそばされ、仏に祈る毎日をお送りでございます。亡き父帝の冥福と、我らの戦勝を祈願しておいでなのです」

これまで公式に表明してきた厩戸の不在理由を、ここでも馬子は繰り返した。

「われも」竹田は吐き捨てるように云った。「父帝を失くしてまだ二年になっていないのだがな」

この場にはいないが、ほかにも二人の皇族が参戦する手筈になっている。難波皇子（なにわのみこ）と春日皇子（かすがのみこ）の同母兄弟である。先帝の渟中倉太珠敷天皇の子で、母は老女子夫人（おみなごのおおとじ）。春日臣（かすがのおみ）仲君（なかつきみ）の娘である。蘇我氏を母とする額田部皇后、泊瀬部皇子の異母兄弟であるが、この二人の皇子は北進軍に配属されていた。春日臣犬比古は、大伴連囓、阿部臣人、平群臣神手、坂本臣糠手とともに北進軍の一翼を担う。甥である二人の皇子を神輿に迎えた犬比古は、勇躍して奮戦してくれるに違いない、というのが馬子の見立てだ。

紀男麻呂宿禰、巨勢臣比良夫、膳臣賀拕夫、葛城臣烏那羅が相次いで馬子のもとにやってきた。

「我らには三つの利あり」彼らを前に馬子は云った。「一つには、額田部皇后さまはじめ皇族の方々がこぞってお味方してくださっていること。すなわち我らは官軍、物部守屋は賊軍である。二つには、御仏の加護がある。漢土で仏道をご研鑽なされた厩戸皇子さまが、我が御堂において高句麗、百済の法師、倭国の三比丘尼とともに祈ってくださっておいでだ。利の三つ目は、我ら連合軍の豪族たちの旺盛なる戦闘心である。この三つが揃っているからには、こたびの物部討伐が成功しないということは万に一つもないであろう」

額田部皇后による物部討伐の詔は発布されていたが、紀、巨勢、膳、葛城の四豪族に対して馬子がぶちあげたこの言葉こそが、事実上の開戦の辞となった。

蘇我を中核とする対物部連合軍——崇仏軍は、生駒を越えるべく西に向かって進軍を開始した。

大和と河内を東西に分かつ生駒山系。南北に走るその山塊を、ついこのあいだまでは交渉のための馬子の使者と守屋の使者とが行き来していたものだが、今や双方の間諜が入り乱れて往来する修羅の巷と化した。というのも間諜たちの中には出会い頭に死闘に及ぶ者も少なくなかったからである。

蘇我を中核とする連合軍がついに大和を進発したという急報に接して守屋は軽く舌打ちした。もう少し後になることを期待していた。全国の八十物部の動員は遅れていた。河内に入った者は未だ一兵もない。さしあたっては手持ちの兵力で応戦しなければならない。淡路島の胆弓姫からは、二、三日のうちに天之瓊戈が稼働との報告が入っていた。今は防衛体制を強化するのが急務。守屋は軍議を開いた。

守屋は議論を主導せずに、各人の思うところを云いたいように云わせた。概ね考えは一致していた。

湖上戦である。河内湖を天然の要塞として迎え撃つ——この策あるのみ。河内湖の制湖権を奪われない限り敗北しない。馬は役には立たず、敵は通常とは異なる戦いを強いられる。舟いくさでは圧倒的に物部有利であった。

崇仏軍はその日のうちに大和平野を横切り、生駒山踏破にかかった。

馬子が恐れていたのは、生駒を登っている間に攻撃されることであった。敵は「高み」という地の利を得ることができる。弓矢を用いるだけでなく、投石し、巨岩を落とし、斬り倒した巨木を転がし、さまざまな手段を弄(ろう)することができる。兵士の犠牲はやむを得ない。額田部皇后をはじめ皇族に被害が出ては戦意が一気にしぼもう。皇族を出陣させたことはもろ刃の剣(つるぎ)であった。馬子は少人数の斥候を先行させた。行軍の足は鈍った。斥候は何も見つけなかった。人数不足によるものか守屋は生駒での抵抗をあきらめ、河内湖での抗戦、それのみに戦略を絞ったらしい。

「わたしは最後に山を登ろう」

泊瀬部皇子が声をふるわせ、おびえた顔で云った。

「たわけ」皇子を一喝したのは異母姉の額田部皇后であった。「皇位にのぼらんとする者が、さような惰弱をこいてどうする。皆の者、朕についてまいれと、率先して山を駆けのぼってこそ天皇ぞ」

泊瀬部皇子は周囲を見まわした。衛兵たちの目が自分にじっと注がれていることに気づくと、背筋を立て直し、馬の腹を鐙で蹴った。

額田部皇后が馬首を寄せて、馬子の耳に囁くように云った。

「臆病ぶりにも困ったもの。あれで天皇が務まるであろうか。我が子ながら竹田のたくましいこと」

馬子の脳裏を別の皇子のことがかすめた。この戦闘に参加しない皇子。蘇我につくことも、物部につくことも拒み通した皇子のことを。

——押坂彦人皇子。

その存在が不気味に感じられた。なぜ頑なに中立を保とうとする。いや、どうということはない、と馬子は思い直した。中立を標榜する者はどちらからも顧みられない。押坂彦人皇子も見向きもされなくなるということだ。

「いずれの勝者からも見向きされぬことと相成りましょう。それゆえにございます」

迹見赤檮（とみのいちい）は、ひたと目をすえて云った。声音は静かで、涼やかであった。

見つめられる押坂彦人皇子は腕組みして微動だにしない。蘇我馬子を中核とする物部討伐軍がいよいよ発向したとの報せが家人（けにん）によって伝えられ、もとより静謐（せいひつ）な皇子の屋敷は、今や誰もが一人残らず息を止めたかと思われるほどに静まり返っていた。

「されど――」

しばしの沈黙の後、押坂彦人皇子はかろうじて言葉を吐き出したが、すぐに詰まった。

「中立を続けてきた甲斐がない、そう仰せでございましょうか？」赤檮が言葉を引き取った。「事態は大きく変わりました。蘇我と物部の手切れが決定的となる前は、なるほど中立という保身術はあり得ましたが、この先はどちらかに与（くみ）せぬことには――正確には、勝者に与せぬことには、戦後、皇子さまのお立場はなくなります」

「…………」

「皇子さまのお心のうちはわかっているつもりです。蘇我腹の皇子の時代。雌伏し、時を待つ。しかし、だからこそ蘇我には恩を売っておくべき。そうでなくては皇子さまの重みはなくなってしまいます」

「重み、か」

「勝利は蘇我の手に帰しましょう。蘇我腹天皇の時代は今しばらく続く。雌伏するにしても、隠然とした重み、力というものをお持ちあそばさなくてはなりませぬ。蘇我大臣をして、押坂彦人皇子さまは端倪すべからざる人物であると、そう思わせねばなりませぬ」

「相わかった」皇子は深々とうなずいた。「やってくれると申すのだな。いや、わたしから頼むべきことであった」

「お手をお上げくださいませ、皇子さま。これはあくまで、迹見赤檮が個人の存念として申し出たこと。皇子さまのご裁許をいただきましたからには、命にも替えて見事果たして参りまする」

御前を退いた赤檮は、その足で厩に急いだ。

渋柿色の装束に身を包んだ七人の男たちが、藁の上に胡坐をかいたり、所在なげに歩きまわったり、己の馬の毛づくろいをしたりと、思い思いの姿で待機していたが、赤檮が入ってゆくと、一斉に熱い目を向けた。彼ら七人こそは赤檮が配下の遣い手たちの中から選びに選び抜いた精鋭であった。水練に秀でた者を選抜した。押坂彦人皇子の屋敷である広瀬宮は、大和川に臨む。彼らはそこで一日も欠かさず修練を積んできた。夏の盛りも、雪降る真冬の夜も。鍛錬の甲斐あって、水中にあっても地上のごとく動くことができる異能者たちであった。

「皇子さまの許しが出た」

赤檮は云った。皇子の前に出た時の平静さとは打って変わって、自らの興奮を隠さない。七人を焚きつけるような烈々たる声音である。「蘇我の手勢を尻目に、物部討伐の最高殊勲を横取りする――それが我らの使命だ。ゆくぞ」

生駒を越えたのは、馬子の南進軍よりも、大伴連嚙、阿部臣人、平群臣神手、坂本臣糠手、春日臣犬比古らからなる北進軍のほうが先だった。夜通し生駒山を登り、深更に登頂して、休むことなく斜面を下った。夜が明けたばかりの今、北進軍の兵士たちの眼前に広がっているのは、広大な河内湖の絶景である。湖岸に朝靄が漂い、水鳥が鳴き声をあげている。真夏の強烈な朝陽を反射して湖面は輝くばかりの黄金の波を走らせていた。

崇仏軍が南北に分かれたのは出発の便宜上に過ぎなかったが、結果、微妙な対抗心が生じていた。彼らが夜通し進軍したのも、南進軍より先に河内に攻め入りたいという対抗心のなせるわざであった。

大伴連嚙の昂りは群を抜いていた。かつて大伴氏は物部氏と並んで王権を支えていた。今の蘇我の立場にあったのである。それが嚙の父である金村の失策により立場を失った。物部が新興の蘇我と手を結び大伴の追い落としを図ったのだ。こたびの戦は、その物部に恨みを晴らす好機であり、復権の手立て。嚙が発奮しないわけがなかった。斥候からの報告で、今なお南進軍は生駒の頂上あたりにいると知って、嚙はしめたと喜んだ。馬子が戦闘を始める前に守屋を降せば、大伴の殊勲は大きい。戦後の恩賞、発言権など、すべてに於いて有利になる。北進軍の事実上の指揮官として、河内湖を眼下に望みつつ嚙は軍議を開いた。阿部臣人、平群臣神手、坂本臣糠手、春日臣犬比古、そして難波と春日の二人の皇子も駆けつけた。

「諸卿よ、如何せん」

嚙は問うた。物部守屋側の布陣については、間諜たちの報告により、ある程度まではわかっている。広大な河内湖を天然の要塞として守屋は迎え撃つつもりらしい。頭ではそれはわかっていたものの、いざ目にすると、途方に暮れざるを得なかった。湖で戦うには舟がいる。山を越えてきた彼らに舟はない。馬は無用の長物でしかない。最初からわかっていたことであったが、河内へ、ともかく河内へという急く思いばかりが優先されて、後回しにされてきた。

「舟を作らねばならぬ」阿部臣人が応じた。「木を切り出し、刳りぬき、あるいは筏にして、水に浮かべねばならぬわけだが……」

「手間取るな」平群臣神手が首を横に振る。「悠長なことをしている時間はない。すぐにも蘇我の南進軍が追いついてくるぞ」

「徹夜の行軍で兵たちは疲れている」難波皇子が口を挟んだ。「力を尽くして戦うことなどできまい。少し休ませる必要があるのではないか」

「戦闘は兵の士気が高いうちに行なってこそ吉なれ」噛の声には、名門軍事氏族の矜持が高らかに響いた。「敵の本拠地である河内湖を目にした今この瞬間こそ、彼らの士気は頂点に達しておりましょう。休んでいる場合ではありません」

　難波皇子は沈黙した。

「舟もなしに、水上の敵をどう攻めるというのだ」弟の春日皇子が口を開く。「兵の半分を休ませ、残る半分で木を切り出して舟を作る。それを交互に繰り返すのが上策ではなかろうか」

「いや、敵は水上ばかりとは限りません。ご覧ください、皇子さま」

坂本臣糠手が湖を指差した。「湖には、四方八方の陸地から半島が低い堤のように伸びておりましょう。その先にやつらは砦を築いております。あれを攻略するなら陸づたいに進むことができます。舟など不要。砦を取り、砦に付属する舟を奪えばいいのです」

「それだ」春日臣犬比古が同調した。「陸地の砦を落とし、手に入れた舟で湖を包囲する。湖中の阿都島にいる物部守屋を袋の鼠にする。さすれば後から追いついてきた馬子の大臣は指を咥えて見ているよりほかはない」

　敵は守屋なのか馬子なのかと疑われるほど、馬子への対抗意識を犬比古もあからさまにした。

「それがしも同意」阿部臣人が応じ、ほかの者たちの顔を見まわした。「諸卿は？」

「同意」と平群臣神手。

難波と春日の両皇子は顔を見合わせ、是非もないといったふうにうなずいた。

「決まりだ」

大伴連囓が総指揮官として断を下した。

次なる議題は、どの軍がどの砦を攻略するかであった。守屋が籠っていると見られる阿都島は、湖の中央にある。阿都島の近くにまで伸びた湖中半島の砦が何といっても一番人気であったが、結局それは総指揮官の権限で囓が手にした。

かくして北進軍は五つに分かれることとなった。大伴、阿部、平群、坂本、春日それぞれの族長たちは自らの部隊に戻り、それぞれの攻略地点を目指して進軍を開始した。

春日臣犬比古は、現在の位置から最も手近な湖中半島を受け持った。二皇子を擁しているため、移動に負担をかけないという配慮からであった。犬比古は兵を半島の付け根まで進め、本陣を設置した。何の抵抗も受けなかった。彼は内心に野望を抱いていた。難波、春日の兄弟皇子は彼の甥にあたるから、春日軍が手柄を立てれば兄弟王子の立場が皇族の中で上昇する。自動的に春日氏の力も強まる。戦闘が熾烈になり、次期天皇である泊瀬部皇子、額田部皇后の子である竹田皇子が相次いで戦死すれば、天皇の位につくのは難波皇子となる。春日腹の天皇の誕生である。犬比古は新天皇の叔父として今まで以上の権力を手にすることができる。

本陣の設営を終えた犬比古は、必要な兵士を残し、あとは惜しむことなく湖中半島に進軍させた。一気に砦を占領せんとする犬比古の気概が表われていた。

「我が春日軍団、一刻を経ずして敵の砦を落とすことでありましょう」

犬比古は、本陣中央に急拵え（きゅうごしら）した矢倉の上に立って二人の皇子に指し示す。

見わたせば、湖中半島の幅は狭く、青い湖に向かって長々と伸びているさまは、緑蛇がうねっているかのようでもある。高さは水面から一丈もない。その低い天然の堤の突端に、物部軍の砦があった。稲城（いなき）である。そこを目指して犬比古の軍勢は勇壮に進撃しているのだった。

難波、春日の二人の皇子は固唾（かたず）を呑んで見守った。陸続と進む軍団の先にあるのは小さな砦。犬比古の云うように、この勢いを以てすれば落城は時間の問題かと思われる。長い湖中半島は、さっきまでは緑の草に覆われていたが、今は甲冑をまとった兵士たちで埋め尽くされている。甲冑は真夏の陽光を反射して華麗に光耀き、龍の鱗もかくやと思わせる。緑の蛇が龍に化身したかのごとき趣である。

軍団の先頭が砦に迫った時、砦から一斉に矢が射かけられた。高く積みあげた稲の束の陰から盛んに射てくる。春日軍団の兵士たちは、手にしていた円形の盾を頭上にかざして身を護った。矢が盾に突き刺さる音は、一つ一つは小さくとも、それが合すると、不気味などよめきとなって聞こえた。盾は、その大きさからいって全身を完全に守ることはできない。間隙を縫って飛来した矢に身体を貫かれて転がる兵士が時間の経過とともに次第に数を増していった。半島自体が堤のような狭さなので、足場を失って湖に転がり落ちる者も続出した。そのたびに矢音、悲鳴に加え、水しぶきの音が湖面を走った。

春日軍団の兵士たちは応戦しない。腰に剣を佩き、背中に弓矢を負ってはいたが、片手で盾を握っていては弓を引けない道理である。それでも盾で身をかばいつつ果敢に前進する。

「大丈夫なのか」

思わずといった感じで弟皇子の春日が訊いた。湖中半島の幅が狭いのが致命的であった。横に広がることができず、敵の勢いを分散できないのだ。後方から応戦の矢を放ったとしても、射程距離ではないので、味方を射てしまうのがオチだ。

「しばらくの辛抱です」犬比古は余裕の声で云った。この程度の損害なら勘定ずみであった。「近接戦にもつれ込めば、数がものをいいますから」

春日軍団の前進は鈍りはじめた。敵は射角を二段階にとりまぜて攻撃してきた。頭上から矢が降りそそぐ曲射と、正面からの直射に。一つの盾で頭上と正面の二つを防御することは無理だ。頭を護ろうとすれば胸、腹、脚を射られ、身体の正面をかばおうとすると頭頂に矢が突き刺さる。

「あれを」

難波の皇子が指差した。矢いくさに目を奪われているうちに、いつのまにか半島の左右に敵舟が出現していた。砦の舟溜まりから出船したものか。右に五隻、左に五隻、細長い半島に沿って滑るように湖面を櫂走してくる。いずれも小さな舟ではあったが、前後左右に盾をめぐらせて完全な軍船仕様である。進撃する兵士は、砦から降りそそぐ矢を防ぐのに精いっぱいで、横合いの湖面を舟が漕ぎ寄せてくるのに気づいた様子もない。

盾と盾の隙間から、音を立てて矢が放たれた。側面から思わぬ攻撃を食らって、春日軍団の兵士たちは浮足立った。舟は前後に漕ぎまわって次々と新たな標的に近づきつつ、矢を射かけてくるのである。

犬比古の顔が蒼ざめた。あまりに無防備、しゃにむに攻め過ぎ。半島自体が幅狭で、充分な隊列をとれず、一本の糸のような進撃だった。春日軍団は限界に達した。応戦の気力さえ喪失し、兵士たちは雪崩を打って踵を返した。

「退くな、退くなーっ」

矢倉の上から犬比古は督戦する。死の恐怖におびえた兵士にその声が届くはずもない。退却を始めた前方の部隊と、事態がまだよく呑みこめずに前進を続けようとする後方の部隊が激突し、狭い半島は足の踏み場もなくなった。兵士たちは混乱し、次々と湖に転落していった。水面でもがく兵士たちを狙って舟から矢が飛来する。そこかしこで水が赤く染まった。

後方の部隊が事態を把握し、自主的に退却を開始した。彼らは本陣に雪崩込み、それでも止まらず、少しでも湖岸を離れねばとばかり本陣を駆け抜けていった。本陣は置き去りにされた。犬比古にしては、思いも寄らぬ結末であった。

と、その時、彼の鬢（びん）を一陣の疾風が鋭くかすめて過ぎた。鋭い音をたてて背後の丸太に矢が突き刺さった。矢羽の揺れの烈しさが、射手の膂力（りょりょく）の強さを物語って余りある。

「………」

犬比古は揺れる矢羽を凝視した。次いで、あわただしく湖面を見まわした。一隻の舟が半島の付け根近くまで忍び寄っていた。船から第二矢が飛来した。兜頂に装着した雉（きじ）の羽をちぎり取った。

「退却！」

矢倉を降りかけたが、二人の皇子を取り残すことになると気づき、踏みとどまった。

「皇子さま、早う！」

他軍も春日軍団と同様の運命に見舞われた。犬比古につづいて坂本臣糠手、平群臣神手、阿部臣人が敗退した。

坂本氏は河内最南部を根城とする豪族で、早くから蘇我氏に近づき、勢力の増大を図っていた。物部守屋によって河内を制圧され、本拠地から充分な兵力が充当できず、大和にいた兵士たちだけで参戦した結果、劣勢は目を覆わんばかりだった。敗れるべくして坂本軍団は敗れた。

平群氏は生駒山東麓、大和の最西部に蟠踞(ばんきょ)し、蘇我氏と太祖を同じくする皇族出身の豪族である。かつては大臣を出したが、大伴氏の画策により朝廷の要職から退けられて久しい。今、大伴連嚙の傘下に入っているのは、過去のいきがかりからして不本意だったが、この一戦に殊勲をあげて、かつての栄光を取り戻したいというのが平群神手の目論見だった。その野望はむなしく潰えた。

阿部氏は、蘇我氏、平群氏と同じく皇族出身の豪族ではあったが、過去に華々しい経歴がないという点で春日氏と同じく中堅の豪族にすぎず、その敗戦ぶりも春日氏を真似ているかの如く惨めだった。

大伴連嚙の目標は、五軍団のうち最も遠方にあった。湖岸に沿って進軍し、目的の地点に着いた時には、春日、坂本、平群、阿部の敗退が伝わっていた。

「不甲斐ないやつらだ」

嚙は苦笑した。苦笑するだけの余裕を彼は持っていた。こたびの戦争を制する者は、物部か大伴であろうというのが嚙の自負するところ。ともに二大軍事氏族として倭国の屋台骨を支えてきたからには、そうであるべきだった。世間では崇仏対排仏であるから蘇我対物部だなどと云っているが、こと軍事力に関する限りは大伴対物部と見るべきなのだ。戦争となれば蘇我も大伴の軍事力をあてにせざるを得ない。

湖中半島の根元に本陣をすえた嚙は、ただちに軍勢を進発させた。さほど幅のない堤の上を細い縦列となって行軍する大伴の兵士たち。その進軍は、敗れ去った春日、坂本、平群、阿部らと何ら変わりがないかのように見えたが、持っている盾が違っていた。ほかの豪族たちの兵の盾が円形の、申しわけ程度のものであったのに対し、長さも幅も充分に自分の身体を隠すことのできる大型の盾であった。

先鋒が半島突端の砦に近づくと、矢が射かけられてきた。大伴の兵士たちは、あわてなかった。一糸乱れぬ行動を取った。盾と盾を合わせて壁を作り、その内側では盾を手放した幾人かが弓を引き、矢を放った。矢による反撃――矢いくさとなった。大伴の弓兵が射たのは火矢である。

橙色の炎をあげる火矢は、蒼穹をかすめ、砦正面の堅固な木柵や、積みあげられた稲束に突き刺さった。時あたかも残暑きびしき初秋七月、うちつづく炎天下で乾ききった木材、藁からたちまち火の手があがった。

遠望していた春日、坂本、平群、阿部の敗残の将兵たちは舌を巻いた。

その時、砦からの矢攻撃が止み、代わって数十本の竹が突き出された。切り落とされた先端から勢いよくほとばしり出たのは水流であった。延焼するかに見えた炎は、次々と消されていった。湖であるから水には事欠かない。火矢による攻撃には不向きな条件であった。湖から消火用の水をくみ上げているのは、製鉄の際に使われる送風装置——鞴（ふいご）を液体に応用したものであった。

火矢と消火活動との応酬の間に、砦の舟溜まりを出た盾舟が左右に分かれて忍び寄っていた。指揮官は、手持ちの盾を湖に向けて防御するよう全軍に指示を下した。砦は消火活動に懸命で、矢を射る暇がない。だから頭上を防御する必要はなく、接近してくる舟からの矢攻撃にのみ対処すればそれでいいのである。

舟の上に張り巡らされた盾と盾との間から現われたのは、しかし矢ではなかった。細身の竹筒が突き出された。その先端から液体が噴射され、大伴の兵士たちの盾を濡らした。さらには射角を変え、放物線を描いて盾を飛び越し、彼らの頭上に降りかかった。

「油だ！」

その叫び声が起こるか起こらないかのうちに、竹筒は引っこみ、代わって盾と盾との間から現われたのは燃える鏃（やじり）——火矢であった。

盾は燃え、その内側の人間も炎に包まれた。彼らは次々と湖に飛びこんだ。もはや進撃どころではなかった。

——緒戦はこれでよし。

甲冑姿の物部守屋は、阿都島の屋敷に設営された矢倉の上から、すべての情況、展開を一望のもとにおさめていた。大伴連嚙の本陣が撤退していくのを見届けると、頬はゆるむどころか、かえって固くなった。気を引き締めて敵が再戦を挑んでくるのは自明の理。今度はそれに備えなければならなかった。

陽が西に傾いた。敗残の兵士たちは、うつろな目で眺めやる。大和にいれば、西陽は山陰に隠れるものと決まっている。春分、秋分の頃は二上山に、夏至（げし）ならば北の生駒に近く、冬至（とうじ）になると南の葛城寄りに没する。大和に生まれ大和に育った彼らに見なれた光景だ。河内では渺（びょう）たる難波の海に落下してゆく。空も海も黄金色に染まった中を、真っ赤に燃える太陽が沈んでゆく。見なれぬ光景は、異国に来ているのだとの思いを兵士たちに抱かせ、敗戦の衝撃をつのらせた。

陽が沈みきり、周囲は急速に闇に包まれていった。河内湖に点在する敵の砦に篝火が焚かれた。湖面を渡る舟の上でも火が焚かれている。湖を遊弋（ゆうよく）する舟の数は百隻を下らないと見えた。夜襲を警戒しての行動であろうが、水面を群れ飛ぶ蛍火さながらの妖しい光景であった。

大伴、阿部、平群、坂本、春日の各豪族は、思い思いの場所を占めて夜営に入った。こちらでも篝火がそこかしこで焚かれ、配給された夕餉を兵士たちは黙々と喰らった。戦いで友を、親兄弟を失った者たちの顔はいちように暗かった。闇の中、ところどころですすり泣きの声が聞かれた。彼らにとって戦いは非日常であった。六十年前に起きた筑紫の磐井征伐を体験している者は誰もおらず、遠い昔話になっていた。平和な時代がずっと続いてきたのである。戦いとはこういうものか。これほどのものだったのか――と、ほとんどの者が虚脱状態に陥っていた。

生駒を踏み越えて蘇我馬子が河内に到着したのは、その夜半であった。

西麓で馬子は進撃を止め、夜営させた。休息は充分にとるよう、明朝は日が高くなるまで起きるに及ばず、行軍の疲れを取るのが先決で、英気を養うように――という、出陣の将にしては珍しい触れを出した。僚将である紀男麻呂宿禰、巨勢臣比良夫、膳臣賀拕夫、葛城臣烏那羅からとりたてて異論は出なかった。

夜の熱気の中で、兵士たちは思い思いの姿で野宿した。暑くて眠れない者は、川辺で水浴びをして汗を流した。

兵士は休ませたが、馬子は一睡もしなかった。彼がまずしたのは、大伴、阿部、平群、坂本、春日それぞれの陣営に使いを出し、自らの河内着到を告げ、いくさの労をねぎらうことだった。待つことしばし、大伴以下の豪族たちから返答の使者が送られてきた。馬子は敗戦の情況を克明に聴き取った。

日が昇り、朝餉を終えると、馬子は供回りの者を連れて出発した。

大伴連嚙の陣営には、馬子の求めに応じて阿部臣人、平群臣神手、坂本臣糠手、春日臣犬比古が顔を揃えていた。五豪族は、馬子が単身現われたことに意外な表情を見せた。紀、巨勢、膳を帯同しなかったのは馬子の配慮である。馬子は彼らの健闘をたたえ、奮戦を称賛するに言葉を惜しまなかった。

「河内は敵地。我ら南進軍とて同じ結果だったであろう」

「必要なのは舟だ、大臣」大伴連嚙が一同を代表していった。阿部、平群、坂本、春日の首が一斉に振られる。

「勝てなかったのは」嚙の言葉を引き取るように阿部臣人が云う。「舟がなく、陸路と幸い、狭い半島の一本道を進んだことこそ愚かであった」

「大連は湖中の島だ」平群臣神手が云った。「舟がなくては、大連を倒すことはできぬ。舟いくさ以外にはない」

「舟を作るには時間がかかる」坂本臣糠手が口を開いた。「われわれが舟を作っている間に、大連は全国から援軍を呼び寄せることができる。大臣の考えをお聞かせ願いたい」

「舟を作ったとして」春日臣犬比古が云う。「河内湖は物部にとって庭のようなもの。舟をあやつるすべにも長けているはず」

「我らは数でまさる」馬子は云った。「結局は数がものをいう。舟作りに取りかかる前に、

「心得た」大伴連噛がうなずいた。「我らもお伴いたす」

これまで幾度となく河内湖を目にしてきた馬子だが、攻略すべき要地という軍事的観点から眺めたことは一度もない。

すぐに馬で出発した。湖岸での伏兵に備え、大伴連噛の騎馬部隊が先駆けした。馬子と五豪族は、それぞれ配下の親衛隊が連合して取り囲んで護衛した。

広大な河内湖は、ところどころで様相を変えた。遠浅の沼地になっている個所もあれば、わずかばかりの砂浜が現われもし、葦原ともなり、深く入りこんだ入り江が形成されてもいた。断崖絶壁となって湖面に垂直に落ち込んでもいる。それらの地形を馬子は自らも頭に入れるとともに、側近の者たちに命じて筆を走らせ、絵図を作らせた。

一行は湖の南岸を西に向かって騎行し、やがて台地に突き当たった。坂道を登ってゆくと、ほどなく尾根に到達した。海が眼下に広がった。難波津の海である。その先に、淡路島がかすんで見えた。

厩戸皇子は淡路に連れ去られたはず――という柚蔓の声が、ふいに甦った。今ごろ柚蔓と虎杖は、あの島に潜入し、皇子の奪還にかかっているのだろうか、という思いが脳裏をかすめる。

――ばかばかしい。

すぐに馬子はその思いを頭からはたき落とした。海から視線を百八十度、転換した。眼下に河内湖が視界いっぱい飛び込んでくる。先を進んでいる騎馬隊の使番（つかいばん）が、敵の存在はないと報告した。馬子たちは馬を進めた。岬となって伸びるこの台地の先には、かつて大別王の屋敷があった。王の死後はこれを継承する者もなく、廃墟となって打ち捨てられている。廃墟の中に馬子は馬を乗り入れたが、下馬しなかった。岬の先は断崖となって落ち込み、海と湖との水門となっていた。前方、北から南に向かって伸びてくる台地との間が開削されて、海と湖が相通じているのである。水門には物部の軍船が七、八隻ばかり我が物顔で航行している。

「ここを封鎖すれば、物部の援軍を断てるな」

馬子の声には無念の響きがある。さすれば守屋を袋の鼠にし、援軍どころか糧道さえも遮断し得る。

馬子は引き返した。これだけ見れば充分だった。

「やはり舟を作らねば話にならぬようだ」大伴連嚙の本陣に帰って馬子は同意した。「河内湖を視察してみてそれがよく呑みこめた。しかし、今から舟を建造していては、徒に時間を食うばかりだ。そこで――」

筏作りが始まった。山から大木が切り出された。運搬は容易だった。河内湖には幾筋もの河が流れ込んでいる。大木を投げ入れれば、あとは水流が運んでくれる。大木は河の流れに乗って河口に流れ着き、集積されるまでもなく、蔓や縄で結わえられて、面白いような速さで筏に形を変えていった。

物部側では、手を咥えてこれを見ているよりほかなかった。舟で河口に近づこうものなら、両岸から矢が雨のように浴びせられるのだから。二、三あった妨害工作は、すべて失敗に帰した。

馬子は辛抱強かった。筏の数がある程度に達するまで、攻撃命令を控えた。逐次投入の愚は避けるに如かず。河口の一つに自軍を進め、本陣をすえて、筏作りを督励した。紀、巨勢、膳、葛城、大伴、阿部、平群、坂本、春日らも競うように筏の製造に励んだ。

海岸線が見えてきた。太陽は昇ったばかりだ。星を頼りに舟を漕ぎ進めてきたが、もうその必要はない。見回せば北、東、南は朝陽に燦然と輝く大海原。西――舳先の向いた先は、白波が洗う磯が姿を現わした。

柚蔓と虎杖は海岸線に沿って慎重に航行する。単調に見えていた磯は、次第に入り組みはじめ、やがて格好の入り江が見つかった。入り江の中へ舟を漕ぎ入れると、湾曲した岬が波をさえぎり、海面は別物のように穏やかな顔を見せた。周囲に人影はない。

二人は舟を降りた。舟底にあった綱で、舟を岩の突起に繋留する。

「少し南に行きすぎた。上陸するところを誰かに見られるよりはましだけど」

地理を把握した柚蔓の答えに虎杖は満足した。「淡路島か」

「初めて？」

「霊力なんてものはからっきし持ち合わせていないが、この島には何か……その……何かが感じられる」

「何が感じられて？」

「そうだな……二つの相反するものが同時に迫ってくる感じといったらいいか。不快さと快さ、根源的な恐怖と心の底からの安心、すぐにもこの島を去りたいという思いと、島の人間になってしまいたいという欲求……」

柚蔓は虎杖の顔をのぞきこんだ。「この島が淤能碁呂島だからなの」

「どういうことだ」

「始原の島、倭国の始まりの島――だから相反するものも――相反するものが渾然一体となっている。あなたにもそれが感じられるということは……この島が、甦りつつあるのかも」

「島が甦る？」

「神代の昔に戻る……天之瓊戈が目覚めると、目覚めた天之瓊戈の所在する場が、天之瓊戈が用いられていた時代、神代に戻ることを意味するの。だから、あなたでもそれが感じとれたのだわ」

「天之瓊矛は確実に目覚めつつある、と？」

「急がなくては」

柚蔓は身を翻した。岩場を身軽に駆けてゆく。

磯辺はすぐに終わった。その先は鬱蒼とした原生林だった。太古の昔から斧一つ入れられたことのないような大密林。深くて暗い緑の濃密さは、虎杖にインド亜大陸のそれを彷彿させた。


幾日も経ずして出来上がった筏は千床を数えた。もはや準備は整った。一床の筏に十人の兵士を乗せる。周りは盾で囲む。各豪族たちは筏作りと並行させて、大伴軍団に倣い大型で堅固な盾を新調させていた。

夜明けとともに馬子は一斉出撃を命じた。彼は本陣に組みあげた物見やぐらからその様子を見守った。河内湖に流れ込むそれぞれの河口から、蘇我を含む十豪族の筏艦隊が次々に湖へと押し出していくさまは勇壮の一語につきた。

湖上に展開する物部湖軍の舟は、こちらの数に恐れをなしたものか、近づいてこようとはしない。遠巻きにして様子をうかがっているようだ。馬子は秘かに安堵のため息を洩らした。河口から湖に出るところを襲われる——それを恐れていたが、杞憂に終わった。

空には、昇ったばかりの真夏の太陽が烈々と輝き、白亜の積乱雲が成長をはじめている。

風はなく、湖面は平穏。筏の運用に支障はなさそうだ。やがて千床すべての筏が湖面に浮かんだ。馬子は声を呑む。壮観というしか言葉はない。千床の筏が櫂をあやつって湖を進んでゆく。それぞれが標的と思い定めた敵の舟に向かって漕ぎ進めてゆく。数では筏が圧倒に勝っている。一隻の敵舟に何床もの筏が群がるが如く殺到した。数で圧倒するという馬子の策は、今にも実現するかに思われた。その目的は唯の一つ、一隻でも多く敵の舟を奪取することである。

物部湖軍の舟から矢が放たれた。筏の周囲には頑丈な盾が並べられてある。矢は盾に突き刺さるだけだ。

——勝てる！

形勢を観望して馬子は勝利を確信した。湖面のあちこちで四方八方から筏が舟を十重二十重に包囲している。舟の動きを封じ込め、乗り移って奪い取るのだ。

その時、馬子の思いも寄らぬことが起きた。敵の舟は申し合わせたように矢攻撃を止め、烈しく櫂を使って速力をあげ始めた。そして手近の筏に体当たりした。衝突の勢いで、丸太と丸太を縛っていた蔓、縄に力がかかり、切れ、あるいは緩んだ。筏は分解した。乗っていた兵士たちは湖に投げ出され、丸太か盾にしがみついた。敵の舟は次々と体当たりを敢行した。筏は次第にその数を減じてゆく。

馬子は目を見張った。敵の舟に衝突されない筏までもが、そこかしこで解体していっているではないか。

——何が起きたというのだ。

遠望する馬子には見えなかったが、水練に習熟した物部の兵士たちが湖中を潜水して筏の底に接近し、手にした短刀で、筏のまさに命綱ともいうべき蔓や縄を切断してまわっていたのである。

筏はみるみる数を減らしていった。湖面におびただしい数の丸太が流木のように漂っている。それにしがみついて浮いているだけの兵士たちは、物部の舟からすれば、かっこうの標的だった。矢を射かけられ、舟がするすると接近してきては刀で斬られた。丸太の周囲は朱色に染まった。

筏は引き返しはじめた。しかし、速度において舟の敵ではない。舟は追撃し、体当たりを続行した。水中に潜む物部兵たちも、浮上して息継ぎしては、次なる獲物を目指して水にもぐった。

河口に引き返すことのできた筏はわずかだった。泳いで帰ってきた兵士の数も多くはなかった。

——これが戦いというものか。

馬子は空を仰いだ。

崇仏軍、排仏軍、そのどちらの陣営にも属すことなく湖上の戦いの一部始終を見守っている者たちがいた。河内湖を見おろす生駒東麓の小高い丘に、その姿はあった。大伴連嚙ら北進軍の五豪族が湖中半島先端の砦を攻略しようとして惨敗した先日の戦いも、彼らはここから観望していた。

「目も当てられぬとは、このことだな」

「筏で舟いくさができると考えること自体、そもそもどうかしているのだ」

「物部軍には水練に長けた者が相当数いるようだな。見事な戦いぶり」

「大連に分（ぶ）がありそうな気がして参った」

「我らの使命は、大連を討ち取ること。それが皇子さまのお望みである」

「大連は、あれなる阿都島に」

一本の腕が指差したのは、湖中に点在して浮かぶ大小幾つもの島のうち、最も面積があり、中央やや北寄りの中洲であった。

「いかにして警戒をかいくぐり、あの島に近づくか。水練に長じた手練（てだれ）の者が湖中も厳重に見張っていよう」

「大臣の軍は十豪族すべて南岸に布陣している。本来ならば全方位に陣を置いてこそ包囲というものなのだが。それが見ろ、南岸にのみ兵を置いているので、表裏ができてしまった」

「つまり、我らは裏を攻めればよいということだ」

「裏——北岸を。南側より警戒は薄いであろうから」

「蘇我大臣に感謝せねばならぬ。我らに便ならしめてくれたようなものだ」

　嘲りの、低い笑い声が重なって流れた。


　夕刻に開かれた軍議では、次なる戦術を論ずるよりも責任論がかまびすしかった。筏を以て物部の湖軍と戦うという馬子の軍略に反対した豪族は紀男麻呂宿禰だったが、男麻呂はこの期に及んで自説の正しさを力説する浅はかさとは無縁で、糾弾の急先鋒は泊瀬部皇子がつとめた。

「何だ、あの戦いぶりは」皇子は一方的にまくしたてる。「戦いとさえいえない。自らの失策で敗れたようなものではないか」

「……筏があのように脆(もろ)いものだとは、思ってもみなかったのです」

　膳臣賀拕夫が云った。弁解ではなく、敗戦の衝撃をそのまま口にしている。

「飯を上手く炊くようにはゆかぬというわけか」皇子が皮肉げに応じた。膳臣は古来より朝廷の食事を差配した豪族である。当てこすりであった。

「それは云いすぎというものじゃ、泊瀬部の」額田部皇后が声を荒らげた。皇后は甲冑姿のままで軍議に臨んでいた。額から汗をしとどに流している。それでも厚い甲冑を脱ごうとしないのが、彼女なりの決意を表わしていた。「戦いはやってみねばわからぬ。一つの教訓を得たと思えばよかろう。のう、そうではないか」

「そんな悠長なことを云っている場合ではございませぬぞ」

泊瀬部皇子が額田部に丁寧な口を利くのは、異母姉であるという以上に、彼女が皇后であったからだ。皇子は一同を見まわし、「いったん大和へ引き返し、人心を鎮め、陣容を立て直したうえで、あらためて再戦に挑むが得策と思うが」

「いま大和に戻っては」馬子より先に大伴連嚙が口を開いた。「敗走になる。皇軍が敵に敗れて逃げ帰るなど、あってはならぬこと。全軍の士気にかかわります」

「それがしも同意見にござる」

馬子が力をこめて云い、豪族たちの頭が次々と縦に振られてゆく。

なおも何か云い募ろうとする泊瀬部の機先を制して額田部皇后が言葉を浴びせた。「帰りたくば、そなた一人で帰りゃ。皇子は竹田がいる。竹田が総大将ということで充分じゃ。帰りゃ、帰りゃ」

泊瀬部皇子の狼狽ぶりは、滑稽なほどだった。

「いや、大和帰還は、あくまで一案として口にしてみたまで。諸卿らがたとえ思っていたとしても云い出しにくかろうと、あえてわたしが代弁役を買ってみたのだ。自分ひとり尻尾（しっぽ）を巻いて帰ろうなどと思ってもみないことです。どうか、誤解なさらぬよう」

「舟だ、舟」紀男麻呂が皇子など無視すると云わんばかりに声をあげた。「大臣、わしはこれより紀伊にもどり、船団を率いて参ろうと思う」

紀氏は、水軍の長として海を渡り、三韓、漢土までを股にかける海事氏族である。「我ら紀伊水軍、それを以て難波津の水門から河内湖に突入するで、その時までに諸卿らも自前の船を建造していてほしい」

「心得た」馬子はうなずいた。「時間はかかろうが、それが堅実というもの」

馬子たちが舟を作りはじめたという報告を受けて物部守屋はほくそ笑んだ。馬子め、こちらに対抗し得る舟数を揃えるのに、どれだけ時間がかかると思っているのか。しかも舟は揃えたとして、舟上での行動は陸地におけるそれとは違う。兵士の習熟度についてもこちらには一日(いちじつ)の長(ちょう)があるのだ。

「われらも舟を増やしてはいかがでしょうか」

側近の一人が懸念して、そう提案した。「幸い、材料には事欠かぬことですし」

敵軍の残してくれた筏の残骸——丸太がある。それを集めて舟材にすればよいのである。

「いや、それには及ぶまい」

守屋は思料の末に首を横に振った。「むしろ舟いくさの訓練を徹底させよ。勝敗を決めるのは練度だ。そのうえで湖上の見回りも、これまで以上に厳しくするのだ」

守屋のもとに、淡路島の胆弓姫（いゆみひめ）からの使者が遣わされてきたのは、それからすぐのことだった。使者は神官の一人だった。

「お喜びくださいませ、天之瓊戈（あめのぬぼこ）が完全に目覚めましてございます。おばばさまにおかれましては、最初の一撃につきまして、ご指示いただきたいとのことでございます」

「では、伝えよ」心中の昂りをおさえかねて、守屋の声は震えを帯びた。「敵は、河内湖の南岸に布陣している。天之瓊戈を用いて南岸一帯を広く突き崩し、やつらを挙（こぞ）って河内湖の湖底に沈めてほしい、と。皇族から一兵卒まで、こき混ぜにして」


虎杖（いたどり）は時間の感覚を喪失した。それだけ長く歩きつづけていた。鬱蒼とした木々は時に太陽を隠し、周囲を闇に包んだ。朝とも昼とも夜ともつかなかった。搦め手（からめて）からの接近。敵もこの原生林から何者かが近づくとは思ってもみないに違いない。しかし虎杖はへばりかけていた。

幸いにも、ほどなく密林は終わった。巨木と巨木の間に展望が開けた。のしかからんばかりの灰色の雲が垂れこめていた。風があり、空気は湿り気を帯びて、嵐の前触れのようだった。

「…………」

最初、虎杖は自分の目を疑った。これほどの巨大建築物が倭国にあること自体が信じられなかった。漢土で見た壮麗な伽藍、インドに点在していた石造寺院に何ら引けをとらない。破風の上で交差して天を衝く千木、棟木の上に横たえられた鰹木といったものが、その巨大さゆえに、かえって異国の建築物めいて映じた。

白い玉砂利を敷きつめた境内には、人っ子ひとり見られない。

「行きましょう」柚蔓がうなずいた。「事の成否は、剣の神のみぞ知る」決然とした足取りで密林の下生えを踏みにじり、跳躍して境内に着地する二人の姿を、巨木の枝から一匹の甲虫が見おろしていた。紅玉のような光を帯びる両眼で。

厩戸を連行すべく現われたのは、胆弓姫ではなく布都姫だった。顔に入念な化粧をほどこし、結いあげた黒髪からは焚きしめた香がただよう。身にまとった衣服は婚礼衣装のような豪奢さだ。その後ろに控えた十数人の巫女たちは、婚礼につき従う侍女の如くである。

「その時が来たわ」布都姫は媚を含んだ声で云った。「あなたとわたしが、伊奘諾尊と伊奘冉尊になる時が。天之浮橋に立って、天之瓊戈を操りましょう」

差しのべられた布都姫の手を厩戸は握った。自分の意志ではない。布都姫の意志。身体は、布都姫の思いのままに動く。

洞窟を通り、巨大空間に招じ入れられた。頭上に巨大な天之瓊戈、その下に、いつもならば二百人からなる神官、巫女の大集団が、浮揚する神器の下で同心円を作って覚醒の祝詞を唱えている。今日は違った。彼らは整列して出迎えた。儀式の参列者めいた面持ちで。先頭には、胆弓姫が立っていた。

「見よや」

晴れ晴れとした表情の老女は、今にも踊り出しそうな仕種で、手にした杖を頭上に振りあげた。空中に静止した天之瓊戈の表面には一片の赤錆もなかった。清浄かつ無垢、それ自体が一個の独立した発光体のようにきらきらとまぶしく輝いている。

「天之瓊戈は完全に覚醒した。天之浮橋に立った伊奘諾尊と伊奘冉尊が操った時の状態そのままに戻ったのじゃ」

厩戸も自らの霊力で感じていた。天之瓊戈が復活を遂げたことを。

——万事休す！

今こそ禍霊を呼び出すべき時では。厩戸の焦燥はつのる。彼らの王になることを肯んじるべきではないのか。彼らの力を以てして、この奇天烈な企てを阻止する以外に途はない。呼べ、呼べ、呼べ。そして王位に即け、水蛭子族の王位に。

「守屋どのから返事があった」

厩戸の逡巡をよそに、胆弓姫は言葉を継ぐ。「河内湖南岸に天之瓊戈を突き入れ、額田部皇后以下の皇族、蘇我馬子ら豪族ども、一兵卒に至るまで湖底に沈められたし、とのことじゃ」

言葉だけ聞けば、誇大妄想、戯言にしか思えない。だが、頭上に浮揚する瓊戈からは強大な力量の霊気が放たれ、神器であると実感される。天は成ったが地上はまだ渾沌であった神々の時代、渾沌から地上を作り出すために使用された神器、それが今の世に再び使われたならば、いかなる結果を招くか。甅戸はその情景を幻視する……天之瓊戈が突き立てられた瞬間、地が大いに鳴動する、大規模な地震が発生する。瓊戈の先端が地中で回転することにより大地が一気に流動化し、発生した土石流は高速の渦を巻いて地上を呑みこんでゆく、人も、物も。大地の変動によって河内湖の南岸が決壊し、湖水が奔流となって流れこんでゆく──誰一人として助からない。

「これを」胆弓姫が甅戸の顔をのぞきこみながら、にこやかに云った。「お目にかけておこうかの」

杖を振りあげ、空中に振りまわした。先端がかすめて過ぎた辺りから円形の空間が切り出されて浮かびあがった。首にかけていた古鏡が妖しい光を帯び、伸び上がった光が円筒形の光線となって放射されたのである。空中に切り取られた円形の突出部に、鮮明な映像が現われた。

「柚蔓！　虎杖！」

驚きの叫びが甅戸の口を衝いて出た。円形の映写幕に映し出されているのは、木陰から様子をうかがっているらしい柚蔓と虎杖の顔だった。

胆弓姫が云った。「上陸の時点ですぐにわかった。わらわの肉体は今やこの淤能碁呂島と一体化しておるのでな。膝の痒みとして感知されたのじゃ。それだけではない、島のあらゆる生物の眼とも我が眼はつながっておる。空を翔ける鳥の眼、地を這う蛇の眼、野を駆ける狐の眼、人間が気にもとめぬ小さき虫の眼を通し、あの二人をずっと追跡して参った。皇子よ、今そなたが眼にしておるのは、神木の樹蜜を吸う甲虫の両眼が捉えたものじゃ」

――来てくれたのか、柚蔓！　虎杖も！

「今にも泣きだしそうな顔ね、皇子さま」布都姫の声には嫉妬の響きがあった。「でも、たった二人で何ができて？」

「神聖なる神宮内に」胆弓姫は背後を振りかえって云った。「曲者（くせもの）が潜入して参った。あれなる両人を斬り刻み、天之瓊戈の稼働再開を祝福する贄（にえ）として捧げるのじゃ」

下命に応じる神官、巫女たちの声が空気をどよもした。

胆弓姫がまたしても杖を一振りすると、彼らの足もとの岩場が窪んだ。埋納されていた刀、剣、戈が現われた。神官、巫女たちは先を争うように手を伸ばし、己が得物を握った。柚蔓がそうであるように、物部の神官、巫女たちは武術の使い手でもあるのだ。

「ゆけ」

胆弓姫が命じた。思い思いの得物を引っ提げた一団は、神に仕える者らしからぬ雄叫（おたけ）びをあげ、洞窟から押し出していった。布都姫に仕える侍女役の巫女七人だけが残った。

「ここは閨となるでのう」胆弓姫が、からかうような声で云った。「そなたと布都姫の閨じゃ。となれば、大勢おらんほうがよかろう。人目が多くては、みとのまぐわいをするに落ち着かぬでな」

「その前に柚蔓と虎杖が来てくれる」

厩戸は声を励まさなければならなかった。二百対二。百倍の敵。

胆弓姫が空中映写幕を指し示した。「みとのまぐわいまでの余興というところじゃ」

柚蔓が、虎杖が、相次いで樹木の中から出るところだった。


虎杖が玉砂利を横断している時、前をゆく柚蔓がいきなり跳躍した。同時に背中の剣を抜き、空中を一閃。小さなものが降ってきた。柚蔓が剣先で甲虫を示した。角状突起の先端から尾部までを縦割に真っ二つにされた大型昆虫。真っ赤に点滅する両眼の光がすっと消えた。

「おばばさまの眼」柚蔓の声は固い。「やはり見られていたのね」

柚蔓は長剣を鞘に戻さない。握りしめたまま駆け出した。

眼の前に階段が迫った。本殿へと続く巨大階段だ。二人が駆けあがろうとした時、雲がわくように階段上部に大勢の人影が出現した。

「おでましだ」

　虎杖は背中に吊った鞘から剣を抜いた。

「油断しないで。遣い手ぞろいよ」

「心得た」

　二人は剣を構え、敵が一斉に階段を駆け下りてくるのを待つ。しかし相手は本殿正面に陣取ったままだ。自分たちから仕掛けてはこない。高みにいるほうが地の利が得られる。その数およそ二百人。上と下、長い巨大階段を挟んでの対峙となった。見おろす二百人、見あげる二人、湿り気を含んだ夏風が吹き抜けてゆく。

　二百人の中から一人の巫女が進み出た。白い上着にたすき掛け、赤い袴（はかま）を風になびかせている。

「裏切り者の女狐、早く登っておいでなさい。天之瓊戈はもう少しで発動するわよ」

「櫛香（くしか）」柚蔓の口から低い声がもれる。

「お呼びがかかったか、かつての仲間から」

「──虎杖」

「何だ」

「……い、いえ……これが終わったら、インドよ。忘れないで」

「インド？」

二人の足が同時に一段目にかかった。

階段のほぼ中央を柚蔓と虎杖は歩調を合わせて上がっていった。間隔は開いているが、いざとなれば相手の危急にすぐ駆けつけられる距離だ。ゆっくりと、決然と、二人は歩を進める。

階上で待つ物部剣士団はまだ動かない。登ってくる二つの影に呪い殺さんばかりのまなざしを注ぎつづける。

虎杖と柚蔓が階段の三分の一にまでさしかかった時、物部の剣士たちは鞘を払った。曇天のことゆえ刃のきらめきは鈍かったが、それでも二百本の鋼鉄が金属光を輝かす光景は、神殿を背景にしているだけに、神の光の発現かと思われた。

階段の半分にまで達した。虎杖は無意識のうちに段数を数えていた……二十七段、二十八段、二十九段、三十段。物部の剣士団が動いたのはこの時である。彼らは一斉に階段を駆け下りはじめた。二百人が雪崩を打つように動き出したさまは圧巻だった。大階段の上半分はたちまち人波で埋め尽くされた。

虎杖は落ち着いていた。数の多さに圧倒されるということはなかった。場数を踏んでいるからだ。インド洋の海賊として、あるいはベール・カ・ゴーシュト島で。変わらぬ足どりで歩を進め、ある程度まで距離が詰まると、にわかに速度をあげた。敵の不意を衝くべく斜めに駆けあがった。

前列のはずれに、目立つ大男がいた。男の顔を驚きの色がかすめた。虎杖が自分を初手（しょて）に選ぶとは思ってもみなかった、という表情。稽古は積んでいるが場数は踏んでいない者に特有の反応だ。男は憤然と虎杖に突きをくれた。自分より位置が下の相手には刀を振り下ろすより突きが効果的だ。

虎杖は前屈みになって背中の上に突きをやりすごすと、剣を水平に横薙ぎにした。鋭利な刃は、大男の両ひざをすぱっと切断した。突きを繰り出した直後だっただけに男の姿勢は前のめりになっていた。すなわち重心は前方にあった。絶叫とともに男の身体は膝を離れ、つんのめるように宙を泳いだ。虎杖の身体の上を飛び越え、階段をごろごろと転がり落ちていった。両ひざから噴き上がる二条の血流で神聖な階段を深紅に汚しながら。ひざから下を失った男の身体は、階段が終わってもなおも転がり続け、白い玉砂利をも染め、ようやく止まった。

大男のひざを切断した虎杖の剣は、なおも水平に動きつづける。ほとんどの者が大男と同じ運命を辿った。ひざから下を失って彼らは次から次へと階段を落下していった。階段は真っ赤に染まった。

虎杖は四、五段、素早く駆けおりた。敵の動きが止まらなかったからだ。一人では、押し出してくる流れに抗すべくはない。

「戈（ほこ）だ」

「戈を使え」

敵が叫んでいる。

戈――長柄の武器。自分を間合いの外に置いて相手に打撃を与えることができる。

戈を、戈を、の声に応じて、長柄の武器を手にした剣士たちがあわただしく前列に繰り出してきた。虎杖は、左に右に走って避けた。後退を余儀なくされたと見せかけ、肩先にやりすごした柄を左手で摑んだ。ぐいと引き寄せる。戈の持ち手がたたらを踏み、階段を踏み外し、身体が宙に泳いだ。大根でも引っこ抜くような容易さだったのは、戈を突いた慣性が前方向だったからだ。足もとが幅狭だったからでもある。

左手で引き寄せた物部の剣士の胴を、虎杖は剣で薙ぎ払った。血しぶきをあげて身二つにされた剣士は、絶叫をほとばしらせつつ階段を落ちていった。手から離した戈を虎杖に残して。

虎杖は戈を持ち直した。右手に剣を握ったまま、左手で戈を振るう。今度はひざでなく、さらに下、足首を狙った。素晴らしい切れ味だった。沓を揃えて物部の剣士たちは仲間の後追いをした。

その時になって、ようやく柚蔓に目をくれる余裕ができた。柚蔓もまた右手に剣、左手に戈を握って闘っていた。彼女の前方の階段に、下肢やら足首やらが散乱しているのも虎杖の情況とほぼ同じだった。

目が合い、柚蔓もこちらの情況を認め、微笑んだように見えた。次の瞬間、虎杖は左手から突き出されてきた戈先に、長柄の手元をすっぱりと斬り落とされた。

敵が左右から駆けおりてくる。虎杖の腕が上だと認めたのだ。このままの態勢では虎杖を仕留められないことを悟り、階段の途中で押し包もうということのようだった。

剣戟を継続させつつ虎杖は柚蔓に向かって移動を始めた。


物部剣士団は、男女別に自然と編制されていった。巫女剣士たちは我勝ちに柚蔓を倒したがった。さまで柚蔓の裏切りは彼女たちの憎しみを買っていた。淡路島に乗りこむと決意した時から柚蔓の覚悟はできていた。ともに巫女修行に励み、剣の修行に打ち込んだ。その彼女たちと命のやりとりをする。身も心も厩戸に、厩戸にだけ捧げつくすと自らに誓った柚蔓だった。それが自分の運命なのだと。

最初の一剣が峠だった。自分でも思わぬほど冷静に一撃をふるうことができた。斬り落とされた両ひざから下を階段に残し、信じられない表情を浮かべながら落下してゆく櫛香を、柚蔓は目で追うこともしなかった。そのまま剣を横薙ぎして、次々と櫛香の後を追わせてやった。噴きほとばしる血流、わきあがる悲鳴を聞くうちに、柚蔓はさらに冷静になってゆく。彼女たちはもう仲間でもなんでもない。敵、ただの敵だ、厩戸を捕らえ、その霊力を利用し、倭国を手中におさめようとする物部守屋の陰謀に与する敵でしかない。

繰り出される幾本もの戈を次々とかわし、奪って逆襲に転じ、戈の長柄を利用して足首を連続的に断ってゆく――その闘いぶりは虎杖とほとんど同じで、遠目には左右対称の相似形と見えたはずだ。

巫女剣士たちの顔に、焦りの色が斉しく刷かれてゆく。もとより柚蔓は剣の腕において彼女たちの間で抜きんでた存在だった。憧れの対象だった。柚蔓には歯が立たない。その焦りが隊列を崩した。左右から階段を駆けくだって上下左右、四方から柚蔓を包囲した。

四方八方から繰り出される剣を払いながら、虎杖は横移動を続けていた。乱戦の中、柚蔓との距離が思いのほか近づいている。してみれば柚蔓の意図も同じなのだ。白刃の渦巻きを引き連れながら、二人は二陣の台風の目の如く接近する。

やがて双方の距離は縮まった。と、二人は期せずして背を向け合った。ひと言も言葉を交わさず、一瞬の目配せもなしに。しかし二人の呼吸は一致し、考えも一致していた。この急場を切り抜けるには、これ以上の戦闘態勢はあり得ないのだ、と。もちろん、試したことは一度もなかったが、ベール・カ・ゴーシュト島で共に戦った稀有の経験が二人を知らずしらずのうちに結びつけていたとしかいいようがない――一対の戦闘者として。

一対――二人は合体したのだ。両者の背が、どちらからともなく引かれ合うように吸着した。

誕生したのは異形の剣士だ。この剣士には脚が四本あった。前に二本、後ろに二本の腕があった。前にも目、後ろにも目があった。いや、前が後ろであり、後ろが前だった。

物部剣士たちは、これに否応なく対応せざるを得なかった。二つに割れていたのを一つに合して異形の剣士を包囲する形となった。しかし彼らはさらに苦戦を強いられた。異形の剣士には、背中という死角がなかったからである。踏み込めば斬られ、ためらえば踏み込まれて斬られた。

異形の剣士は大階段を独楽（こま）のように走り回った。斬って、斬って、斬りまくった。縦横無尽の動きだった。それでいて二人の背中は膠（にかわ）で貼りつけたように離れることがないのである。流れる血で濡れに濡れ、真っ赤に波立ち、沸騰するかのようだった。足を滑らせて自ら転落する物部剣士が続出した。

物部剣士たちの数は半減していた。柚蔓と虎杖は百人を斬ったことになる。しかし、あと百人いる。斬っても斬っても新手が現われる、時間的に長く烈しい剣戟は、体力の損耗を二人に強いていた。体力の損耗は最初、呼吸の乱れとなって表われた。双方の呼吸が合わなくなり、密着していた背中がズレはじめた。それに気づき、意識して合わせようとすればするほど、ズレはひどくなる。二人が同時に踏みこんで、背中が完全に露呈することもあった。すぐに元の態勢に戻るのだが、それが幾度か繰り返されるうちに、二人は次第に別行動をとるようになっていった。

物部剣士たちがこの隙を見逃すはずがなかった。楔をうちこむようにして二人の連携を引き裂いた。二人の間は完全に分断されてしまった。虎杖と柚蔓は再び各自が一個の剣士として剣をふるわざるを得なくなった。最初に剣を肌肉に受けたのは虎杖が先であったか、それとも柚蔓が先であったか。気がつけば二人とも左右の袖を斬り裂かれ、返り血ではないものを腕から滴らせていた。

「勝負あったようじゃ」

胆弓姫が云った。結末がわかって、急に興味をなくしたと云わんばかりの声音。

厩戸は映像から目が離せない。柚蔓も虎杖も、見るからに疲れきっていた。息が上がり、肩をはげしく上下に波打たせている。剣の速度も目に見えて鈍っていた。もう長くは持ちそうになかった。柚蔓は頬に受けた傷から血を流している。

勝負あった——胆弓姫の言葉が厩戸の頭の中でこだまする。柚蔓が死ぬ、虎杖が死ぬ、死んでしまう。これまで自分を守ってくれた二人が、死ぬ。二人がいたから今の自分はある。いやだ。幼い頃に戻ったように厩戸は心の中で絶叫した。瞬間、脳裏に大淵蜷養と田葛丸の顔が甦った。あの時の衝撃と悲しみが明瞭に思い出された。悲しみは封印されていただけだった。癒されてはいなかった。

——出て来い、禍霊！

思いはその一念に向かって凝集した。おまえたちの望みを叶えてやる。力をぼくに貸してくれ！

禍霊は呼びかけに応じない。何の反応もない。呼ばれもしないのに現われ、その汚穢な姿で彼を苦しめ、王たれとさんざんに脅し、凄んできた彼らが。

——どういうつもりだ、禍霊！

「何をしておる、皇子よ」

胆弓姫は厩戸の表情から何事かを察したようだった。「その一途な顔、さだめし柚蔓に呼びかけておるのじゃろう。愛しい柚蔓に」

老婆の顔に淫らな色が浮かんだ。「無駄じゃ。この神宮には、わらわが張り巡らした霊的遮断装置が作動しておる。そなたの霊力がいかに強かろうとも、これなる遮断装置を突き抜けて外部と交信することは不可能なのじゃ」

厩戸は唇を嚙んだ。ここに閉じこめられてから禍霊が一度も出現しなかったのは、それゆえか。意識の集合体である彼らにして、ここにはやって来られないというのか。

「結末は自明なり」

胆弓姫が胸の古鏡に指を伸ばした。柚蔓は頰の傷をさらに増やしていた。その頭上に数本の白刃が閃いたところで映像はかき消えた。空中の円形突出部までも。

「我らのなすべきを果たすといたそう」

胆弓姫は、侍女役として居残らせた七人の巫女に目配せした。巫女たちは自分の役割を心得ていた。四人と三人――二手に分かれ、四人は布都姫の背後にまわって着ているものを脱がせ始めた。布都姫は頰を上気させ、巫女のなすがままにさせている。熱い視線を厩戸に注ぎながら。

厩戸も三人の巫女によって着衣を奪われていった。どうすることもできない。胆弓姫の霊力に繋縛されているからには。

落ち着くよう厩戸は自分に云い聞かせる。情況は絶望的だ。柚蔓と虎杖はやられてしまう。禍霊とも接触できない。布都姫と「みとのまぐはひ」を強いられ、媾合（こうごう）が生み出す霊的熱量を天之瓊戈の動力として使われてしまう。

己の陥った情況が絶望的であるほど、絶望を直視せよ、絶望的な現実と向き合えと、そう教えたのは誰だったか。

――ブッダ。

厩戸はまぶたを降ろした。半眼になる。

――現実と向き合え。

自分に命じた瞬間、サマーディの境地に厩戸は没入した。乱れていた感情が一気に平静になった。心を焼いていた炎が鎮まり、深山の渓谷の流れのように清浄化した。

厩戸は静かに目を見開き、眼前を見つめた。目の前に立つ布都姫を。衣裳が取り去られ、襯衣を肌から剝がされた布都姫は、一糸まとわぬ裸身を晒していた。厩戸は裸の布都姫を観察した。女の裸など見なれていた。アグニスーリヤが差配する娼館「ナーガの館」で、それこそ何千人と見てきた。交わってきた。

厩戸は現実を——布都姫の裸身を、正確に認識し、過去の経験、知見にもとづいて解析を始めた。物部布都姫、処女。多感症で、豊かな性感に恵まれている。それが歪に抑圧されて淫乱の気味あり。石上神宮の斎宮となるべく育てられた結果、生来の資質を抑えつけてきたゆえの歪み。この類型の女性ならナーガの館で何人も見た。相手もした。歓喜の極に導いてやった。目の前に全裸で立つ処女は、そうした女たちの一人に過ぎない。

布都姫のふくよかな乳房の頂で、野苺のような乳首が尖り立っている。初めての媾合に期待し、興奮しているのだ。

「布都姫は美しかろう。まぶしうて、まともには見れぬのではないか」胆弓姫が云う。「柚蔓のような年増の女とは較べものになるまい。この若く美しい肉体を、皇子はこれらから好きにすることができるのじゃ」

「姫さま」

布都姫に侍る巫女の一人がうながした。

空中に浮揚する天之瓊戈の下、布都姫がまとっていた豪奢な衣裳が敷き延べられている。しとね。布都姫は巫女に手を取られて進み、衣裳の上に裸身を横たえた。顔を起こし、期待に輝く目で厩戸を見つめる。

「皇子さまも」

彼を担当する三人の巫女が、手を引き、背中を押して彼を歩ませた。

「待ちや」

足早に追いついてきた胆弓姫が、左手に握った杖を水平に伸ばして厩戸の行手をさえぎった。杖は厩戸のへそ下にぴたりと当てられた。

「どれどれ、〝成り成りて成り余れる処一処(ところひとところ)〟を検分させてもらおうかの」

淫靡(いんび)な笑いを浮かべ、皺だらけの手を伸ばすと、厩戸の股間をまさぐった。

「まあ、おばばさまったら」

巫女たちが嬌声をあげた。くすくす笑いながら、老女の枯れ木のような指が少年の陰茎を弄(もてあそ)ぶのを見つめる。

にわかに、胆弓姫の眉がひそめられた。厩戸の性器は雄渾(ゆうこん)の兆しを見せていない。「緊張しておるのか。まあよい、力を抜いて、心を平静に保つがよい。男と女の道は、なるようになっておる。なるようにしかならぬ」

厩戸は微笑を浮かべた。なるようにしかならぬものを統御する、その方法を発見したのがブッダだ。

「おばばさま！」布都姫が眉を逆立てる。

「嫉くでない」胆弓姫は猫撫で声を出した。「齢の功というものじゃ。経験の浅い、若い男を一人前にするに、わらわの経験を貸してやろうと思ったまで」

胆弓姫は杖を手元に戻した。

甅戸は再び巫女に手を引かれた。背中を押され、布都姫の傍らに引きすえられた。

横たわった全裸の布都姫は、とろけるような笑みを浮かべて甅戸を誘っている。侍女たちは七人がかりで甅戸を布都姫の身体の上に重ねた。肌と肌が密着する。布都姫のよく発育した女体は、甅戸の重みを受け止めた。重みさえもが、彼女にとっては快感になったようだった。

「皇子さま」

我を忘れたように口走るや、すべすべした両腕を甅戸の背中にまわし、きつく抱きしめてきた。二つの裸身が正面から圧着すると、十六歳と二十三歳という若い肉体が押し合い圧し合い、みしみしと音をたてて軋むかのようだった。

突然、辺りがまぶしくなった。甅戸は首をねじって上を振り仰いだ。空中に浮揚した神器が発光の度合いを強めている。甅戸と布都姫のまじわりに連動するかのように。

「瓊戈に命が吹き込まれつつある」胆弓姫が断言口調でいう。「みとのまぐはひに没頭して、瓊戈に命を吹き込み続けよ」

胆弓姫は期待の目で見守る。だが、重なり合った二つの裸身は、しかるべき動きを示さない。

「何をしておる」胆弓姫は焦れたように口走った。「姫は奥手じゃ、何も知らぬのじゃ」

天之瓊戈を見あげれば今しがたより明るさが減じている。胆弓姫は片ひざをついた。右腕を伸ばし、厩戸と布都姫の媾合部分を手でまさぐる。

「皇子！　これは、何としたことじゃ！」

下腹部は密着しているが、結合してはいなかった。胆弓姫の手に摑みあげられた厩戸の陰茎はぐんにゃりと凋(しぼ)んだままだ。

「もしや男の、男としての機能が……」

厩戸は身を起こした。布都姫の両脚の間で、臆せず両ひざ立ちになる。厩戸は胆弓姫を見つめて云った。「おばばさまの指のほうが」

その言葉を裏書きするかのように、胆弓姫の老いさらばえた手の中で、厩戸の陰茎は体積を増していった。

胆弓姫は我を忘れて歓喜の声を放った。「これじゃ、この感触……男の感触じゃ！」

皺だらけの老女の指は、勃起した陰茎を愛しげに握りしめた。今にも頬ずりし、口に咥えんばかりだったが、夢見心地の表情から、はっと我に返った。己を取り繕うための咳払いを一つ。

「……わらわは、伊奘冉尊の役を演ずるには、齢を食いすぎておる。疑うて悪かった。そなたの身の成り余れる処をもちて、布都姫が身の成り合わざる処にさしふさぐのじゃ」

胆弓姫は、厩戸から手を引いた。すると、雄渾だったものが瞬時に力を失い、だらりと垂れ下がった。ブッダではなくなったが、欲望の制御は今なお厩戸の習性になっている。布都姫の裸身を見て何の反応も示さず、そのいっぽうで胆弓姫に握られた反応の如く勃起させるなど容易いことだった。

「これはいかぬ」胆弓姫は狼狽し、厩戸のそれを再び握った。一気に反りかえる。しかし、手を離せば——。

「どうすればよいのじゃ、これは」困惑しつつ、華やぎのある声で自問自答する。「わらわの指がよいのかえ」

「こうなさっては」介添え役の巫女の一人が興奮に上ずった声で云った。「おばばさまが厩戸皇子さまを握ったまま、布都姫さまの——」

「そは名案なるかな」

布都姫は仰臥したまま見つめていた。彼女の目には、敬愛すべきおばばさまと、自分に傅（かしず）くはずの巫女たちが、厩戸の一物（いちもつ）をめぐり、嬉々として戯れ、愉しみ、じゃれ合っているとしか映じなかった。布都姫の顔に怒りの色がさっと刷かれた。頬が醜く歪み、唇が引きあげられて、歯が剝き出しになった。

「皇子は、布都のものよ！」

起き上がり、胆弓姫の左手から杖をひったくった。

「何をする」よろめく胆弓姫に、布都姫は奪い取った杖を容赦なく振り下ろした。腰をしたたかに打ちすえられ、胆弓姫は悲鳴をあげて顚倒(てんとう)した。

「おまえたちもよ！」

布都姫は巫女たちにも次々と杖をふるう。巫女たちは後退した。

布都姫は杖を捨て、ひざ立ちの厩戸に飛びかかり、押し倒した。

「どうして男になってくださらないの。わたしは、皇子の女よ、布都だけの皇子さまでいて」

厩戸の顔に、胸に、そして凋んだままの陰茎に熱情的な接吻の雨を降らしつつ、布都姫は興奮の極に達したか、感極まったように恋慕の言葉を吐いた。神代の言葉で。伊奘冉尊たらんとするあまり伊奘冉尊の言葉そのままに。

「阿那邇爾夜志、愛袁登古袁」

――あなにやし、えをとこを。

「そ、それを云うてはならぬ！」

呻き声をあげていた胆弓姫が、布都姫の声を耳にするや、がばと上体を起こした。

布都姫の顔を狼狽の色がかすめた。嫉妬と劣情に我を忘れ、厩戸を自分に振り向けさせるため、考えもなく自らが先に求愛の言葉を口走ってしまった。伊奘冉の失言を知っていたにもかかわらず。

——女人先言不良。

女人先に言へるは良からず。

厩戸は微笑した。布都姫の失言を決定的なものにすべく一文字違いの言葉を口にした。

「阿那邇爾夜志、愛袁登賣袁」

——あなにやし、えをとめを。

胆弓姫が目を見開いた。白髪を振り乱し、周囲をあたふたと見やった。

「わらわの結界が」

彼女は霊眼で見た。そこかしこで空間が歪み、渦を巻き、亀裂が生じ、決壊して、圧倒的な力が入りこんでくるのを霊的に感覚した。

神話では、女神である伊奘冉尊が先に求愛し、男神である伊奘諾尊がそれに和した。結果として不祥の子が生まれた——不祥の子の名は水蛭子。この瞬間、胆弓姫が張っていた霊力結界を破って水蛭子族——禍霊が侵入した。

『——厩戸皇子』

禍霊の声が厩戸の脳内に響いた。

「要求を叶えよう」厩戸は素早く、決然と、単刀直入に云った。「ぼくはおまえたちの王だ」

歓喜を伝える合唱が嵐となって脳内を吹き荒れた。

「黙れ」

厩戸は云った。今やそれは王命だった。ぴたりと嵐はおさまった。わずかばかりの沈黙があって、禍霊は恭しく云った。

『──王よ、我らが父神よ、何なりとご下命を』

「助けてほしい、ぼくの柚蔓を。虎杖もだ」

『──承れり』

「だ、誰と話しているのじゃ」

胆弓姫は眦を裂かんばかりに両の眼を見開いて叫んだ。その目は恐怖の色に塗り潰されている。自分の力の及ばぬものに対する、根源的ともいえる恐怖の色に。

事態の急変がのみこめない布都姫は唖然と厩戸を見やり、布都姫の杖から逃れた七人の巫女たちは離れたところで身を寄せ合っている。

胆弓姫は、転がっていた杖を拾いあげると、空中に円を描いた。同時に、もう一方の手が胸の古鏡に触れる。虚空に再び現われた円形映写幕に、古鏡から放射された光が投影された。

厩戸は、覆いかぶさっていた布都姫を突きのけて立ち上がった。長く心身を繋縛していた胆弓姫の霊的な力が消失しているのを彼は感じた。身体が軽い。二、三度、跳躍してみる。虚空の映像に目を向けた。——今しも柚蔓と虎杖が追いつめられている映像に。

柚蔓と虎杖は大階段の半ばで物部剣士団に完全包囲されていた。四囲に閃く白刃を幾度となくかいくぐってきたが、もはや限界だった。まだ八十人近く残っている。素早く視線を交わした。別れを告げる視線を。

刹那、二人は目を見張った。自分たちに向けられていた白刃が引きあげられていった。方向を転じた剣、戈は、仲間内で乱れ舞った。悲鳴と絶叫が交錯し、血しぶきがほとばしる。物部剣士団の神官、巫女たちは、互いを敵として狂ったかのように殺し合いを演じはじめた。柚蔓と虎杖の存在など眼中にない。——九年前、筑紫で厩戸を崖上に追いつめた刺客八人を見舞った同士討ちの惨劇が、八十人の物部剣士の身の上に再現されたのだった。

八十人は四十人と半減し、四十人が二十人になり、十人、五人と減じ、三人になった。最後に残った一人は哄笑をあげて足を滑らせ、大階段を真っ逆さまに転げ落ちていった。

血と肉塊の修羅場を沈黙が支配した。柚蔓と虎杖は大階段に立っているのが自分たち二人だけであることを見出した。大階段は夥しい数の死体で埋め尽くされていた。

二人は死体を踏んで階段を登った。神殿の正面大扉は開かれたままになっている。虎杖は神殿の内部を見まわした。

柚蔓が先導した。その時、通路から声が聞こえた。二人は顔を見合わせ、足を止めた。

反響する声は大きくなってゆく。悲鳴のようだ。複数の跫音が入り乱れて重奏する。

うなずき合うと、通路入口の左右にぱっと分かれて飛びのいた。

通路から走り出てきたのは巫女装束の女だ。赤い袴の裾を乱しに乱し、今にも顚倒しかねないほど両足を縺れさせている。二人、三人、四人……七人。神殿の正面入口に向かった。柚蔓と虎杖に気づく余裕もなく、声をかける暇もあらばこそ。

遅れて、また跫音。八人目は一糸まとわぬ若い女だった。黒髪を逆立て、杖のような長い棒を振り上げて飛び出してきた。最後尾の巫女に追いつき、杖を下段に繰り出した。

足を杖にひっかけられ巫女は神殿の床に転がった。転がりながら、助けを求めた。前を走る六人の巫女が次々に振り返ったが、救いを求める声に応じる者は誰もいない。

全裸の女が杖を振り下ろした。頭蓋骨の割れる鈍い音が響きわたった。動かなくなった巫女を憎々しげに蹴りあげると、豊満な乳房を揺らし、げらげらと笑い、六人を追って走り出した。

「大連の娘じゃないか」

虎杖は驚きの声を放ったが、柚蔓は答えず、顔をそむけて洞窟に飛びこんだ。

広い空間に出た時、虎杖を驚かせるものが三つ待ち受けていた。一つは、頭上に浮揚する巨大な戈。次に、床で息絶えた老婆の死体。三つ目が、死体の傍に立つ甂戸だ。甂戸は全裸だった。

柚蔓は厩戸の前に片ひざをついた。剣を離し、手をつかえる。「ご無事で……」

厩戸を見つめる目が、みるみる潤んだ。透明なものが盛り上がり、揺れ、あふれた。次々とこぼれ出した熱い涙は、その顔にこびりついた血を洗い流した。頰に交錯する刀創(とうそう)が露わになった。

「これはいったい……」

虎杖は魂を抜かれたように云った。二百人の敵剣士団を相手に剣を振るっていたほうがまだしも現実感があった。

「物部胆弓姫」

死体をちらと見やって厩戸は云った。胆弓姫の白髪は朱に染まり、頭蓋は陥没、脳髄までもが飛び出している。

「布都姫の仕業だ」

厩戸の言葉に虎杖はうなずいた。先ほど目にした布都姫の姿が納得された。

「さあ柚蔓、立って」

厩戸は柚蔓の両腋に手を差し入れ、抱き上げるようにして立ち上がらせた。

「いけません、わたし、血が……」

厩戸の腕の中で柚蔓は身体を離そうともがいた。返り血が、厩戸の裸身になすりつけられる。厩戸は柚蔓を抱く腕に力をこめ、耳もとにささやいた。

「だったら、柚蔓も裸になれ」

「皇子さま！」

「胆弓姫は、布都姫を伊奘冉尊に見立てて、ぼくとみとのまぐはひをさせようとした」

柚蔓の身動きが止んだ。「そんなことだろうと思っていました」

「布都姫は気がふれた」

「代わりにわたしを？」

「おまえこそ、ぼくの伊奘冉尊だからだ」

「天之瓊戈の稼働を阻止するという皇子さまの願い、もう果たされたのでは？」

伊奘冉尊役の布都姫は気がふれた。瓊戈を操縦するはずだった胆弓姫は死んだ。大団円。

すべては終わったはず。

「馬子の大叔父が苦戦している」

禍霊がもたらした情報だ。

「皇子さまが天之瓊戈の操縦者となるのですね？」

「ぼくと、柚蔓が」

「…………」

「なってくれ、ぼくの伊奘冉尊に」

「……わたしで、本当によろしいのですか。わたしは唯の――」

その先を厩戸は云わせなかった。柚蔓に顔を重ね、唇を奪った。短い抵抗、長い応諾。時が止まったかに思われた。ひとしきり時間が過ぎ去り、二人の唇が離れると、柚蔓の目は霞がかかったようになっていた。

厩戸は云った。「阿那邇爾夜志、愛袁登賣袁」

柚蔓はこっくりとうなずいた。着ているものを脱ぎ捨ててゆく。裸身——傷つき、血まみれになった肌が露わになる。「阿那邇爾夜志、愛袁登古袁」

二人は烈しく抱き合った。熱烈な交わりを続けてゆく。どちらからともなくその場に身を横たえ、上になり下になり——。

虎杖は呆然とした。彼の目には、厩戸と柚蔓が歓喜のあまり人目も憚(はばか)らず媾合に突き進んだとしか映らなかった。虎杖の存在など無視し、自分たち二人だけの世界に、無心に、一気に、没入していったとしか。

「……勝手にするがいいさ」

自分だけ除者(のけもの)にされた、置き去りにされたという感覚に胸が痛い。踵(きびす)を返そうとして、目を見張った。重なり合った厩戸と柚蔓が床を離れたのだ。一つに結合した肉体は、ゆっくりと宙に浮き上がってゆく。最初はわずかな高さだった。まもなく腰の高さ、胸の高さにまでなった。横たわったままだったのが、空中で直立した。垂直の体勢で虎杖の眼前を通過し、さらに頭上へと上昇する。二人は我が身に起きている現象を認識しているのかいないのか、依然として情熱的な性交にふけり続けている。

——男神と女神！

そんな考えが虎杖の頭を搏った。性交する神。無理に笑おうとしたが笑えなかった。彼は振り仰ぎ、凝視した。神の性交、男神と女神の交わりを。

彼はまぶしさに目を顰めた。二人が光を帯び始めていた。男神と女神の情熱を可視化するかの如く、輝きはみるみる強烈になった。一体と化した男神と女神は天之瓊戈に向かって上昇し、尖端にまで到達した。

虎杖は声をあげた。鋭い戈先が二神の頭に突き刺さり、身体を貫いて串刺しにするかと思われた。が、そうはならなかった。二神は天之瓊戈の中に入り込んだのだ。透明な結晶体だから外からもそれとわかった。天之瓊戈に封じこまれたかにも見える。しかし男神と女神は、その透明な結晶体の中にあっても変わらず性交を継続しているのである。絶頂が近いのか、一つになった肉体は小刻みに痙攣をはじめた。その痙攣が光の粒子となって天之瓊戈から振りまかれるようだった。

天之瓊戈は輝きを強め、その輝きの中に二神は黒い影となり、呑みこまれるように、あるいは光そのものと化したかのように消えたが、虎杖は目を開けてはいられなかった。

蘇我馬子の憔悴(しょうすい)は深まる一方だ。陣営に深刻な厭戦(えんせん)気分が広がっている。それも急速に。

疫病さながら兵士たちの心を蝕み、蔓延しつつある。手の施しようがない。舟を造りはじめたことに問題は発していた。兵士たちは、にわか船大工に、船大工見習いになった。戦闘は中止となり、潮が退くように戦意が萎えてしまった。強制的に駆り出された農民たちが兵士の大半なのである。

物部側の妨害工作も頻繁に仕掛けられた。夜陰に乗じて忍び込み、製作中の舟に油をかけ、火をつけてまわるのだ。炎天下の乾材は勢いよく火の手をあげた。夜警が強化され、兵士たちは睡眠を奪われた。

馬子はつとめて工事現場をまわり、舟造りを督励したが、さしたる効果はなかった。兵士たちは不平不満を口にし始め、作業に熱を入れなくなった。監督官たちは激怒し、鞭をふるう。鞭打たれた者は怨嗟をいだく。ますます手を抜く。悪循環がはじまった。逃亡者が続出した。

その日、視察の途中で馬子は河内湖をにらんだ。物部の軍船は我が物顔で湖面を漕ぎまわっている。こちらの焦りを嘲笑っているかに思われた。

「申しあげます」馳せてきた伝令が馬子の前で手をつかえた。「皇子さまが軍議の開催をお望みであるとの由」

「皇子さま？　どの皇子さまだ？」とげとげしい声が出た。

「泊瀬部皇子さまにございます」

馬子は舌打ちした。次なる天皇の要求とあれば応じざるを得ない。

軍議は額田部皇后の行宮で開かれた。天皇不在の今、額田部皇后が天皇役を代行しているも同然で、彼女の幕舎は誰云うともなく行宮と呼ばれていた。

額田部、泊瀬部、難波、春日の皇族たちと、紀男麻呂をのぞく巨勢、膳、葛城、大伴、阿部、平群、坂本、春日の八豪族が馬子を待っていた。

「竹田が熱を出してな」額田部が不安げな顔を向けた。「暑さにやられたようじゃ。列席を望んだが、休ませることにした」

「大事ないのでございましょうか」

「数日も横になれば恢復しよう」

口調は強気だが、我が子の身を案じる母の愛情が翳りとなって表情に出ている。竹田皇子は生来身体が丈夫ではない。馬子は肚の底で呻き声をあげた。ここにも長期化の弊害が出ている。

「皇子は休むことができるが、兵士は休めぬ」泊瀬部皇子が云った。「休もうとすれば、鞭打たれるばかり――そんな声を耳にした。軍議を召集したのはそれあってのこと。兵士たちは戦いを厭うておる。しぶしぶ舟を作っている。作らされている。この有り様で戦いを継続するのは無理というものだ。いったん大和に引き返し、態勢を立て直してはどうか」

またそれか。馬子は腹立たしい思いが顔色に出ぬよう努めつつ反論する。「今は舟を作ることに専念すべき時。邪念を交えてはなりませぬ」

「邪念とは云いすぎであろう」

馬子は声のほうに視線を向けた。

「我らは水のいくさというものを軽く考えすぎていたようだ。どれほど舟を作ったところで、舟の操作に習熟しているのは物部のほうだ。筏で挑んで敗北したことが繰り返されぬとはいえない。泊瀬部皇子さまの仰せには一理も二理もある」

馬子は信じられぬ思いで大伴連嚙を見やる。「そなたも、大和に引き揚げを？」

「それについて話し合おうと申しておるのだ」

馬子は諸豪族の顔を見まわした。嚙の発言に異を唱える者はいないばかりか、うなずいている頭が幾つも数えられる。前回の軍議では、大和撤退を云い出した泊瀬部皇子が一蹴されたが、それが逆転して、自分が皇子の立場に立たされたことを馬子は悟った。

「かつて磐井が背いた時」嚙が続ける。「場所が筑紫と遠方であったので、遠征軍の苦労は並大抵ではなかったと聞く。我々は生駒の山一つ越えれば、すぐに本拠地に戻れる。陣容を立て直し得る。我々の強みはそれではないか」

「その通りだ」泊瀬部皇子は力強く云った。「皆の者の意見を聞きたい。忌憚なく発言してくれ」

豪族たちは互いに顔を見交わし合っていたが、巨勢比良夫が口を開いた。「それがしとしては――」

「失礼つかまつる」

大声で不調法を詫（わ）びながら軍議の場に入ってきたのは、馬子の弟境部摩理勢（さかいべのまりせ）だった。

「兄者――いや、大臣（おおおみ）。厩戸皇子さまがお見えだ」

馬子は椅子から立ち上がるや、幕舎の外に飛び出した。額田部皇后以下の皇族、豪族も続く。

ざわめきが起きていた。兵士たちが舟作りの手を止めて拝跪（はいき）しているのだ。その対象はと見れば、馬に乗った厩戸だった。背後に虎杖と柚蔓が従っている。仏と脇侍（わきじ）を馬子は連想した。

――ご無事でいらしたか！

あげかけた叫びを、危うく喉元にとどめる。無事も何も、厩戸は蘇我屋敷の持仏堂で戦勝を仏に祈願していることになっているのである。

厩戸は軍装だった。短甲の鎧をつけ、眉庇（まびさし）のある兜をかぶっている。虎杖と柚蔓は白い鉢巻きを巻いていた。

「それはもうひどいお姿でな」摩理勢が馬子に耳打ちする。「虎杖がいなければ、皇子さまとは信じかねたほどだ」

馬子の胸は騒いだ。厩戸の全身から神々しい気配が放たれていた。馬子が目にしたことのない厩戸、未知の厩戸、新しい厩戸であった。

そう思うのは馬子だけではないようだ。額田部皇后らは気圧（けお）されたように押し黙り、厩戸が近づいてくるのを見守っている。

厩戸が手綱を引き、馬は止まった。

「厩戸皇子さま」馬子は呼びかけた。

「大臣」

厩戸は微笑して応じた。馬子の大叔父ではなく、大臣と。

「祈りの時は終わった。御仏は、この厩戸の祈りに応じてくださった。頑迷固陋（がんめいころう）な大連をその偉大なる仏の力で打ち滅ぼしてやろう、と」

涼やかな声は、居並ぶ人々の耳を神託のように打った。

「わたしは大臣の屋敷で、仏に祈りを捧げてきた」気を呑まれたようになっている一同を見まわして厩戸は云った。「偉大なる功徳（くどく）の御仏は、我が祈りを嘉（よみ）し、仏力によるご加勢をお答えくださった。わたしは御仏の使者としてここへ来た」

脇侍のような虎杖と柚蔓がうなずく。

「大臣、ただちにいくさの支度を」

「は？　……いや、しかし、皇子さま、まだ舟ができておりませぬ。舟なくして守屋めの根城を攻めることは――」

「舟は不要さ。御仏の導きにより、大連の島には徒歩でゆける」

厩戸は湖面を指し示した。行宮は河内湖を一望する小高い丘陵に建てられている。

「何を云い出すかと思えば」泊瀬部皇子が笑った。他の者たちは途惑った表情。やはり子供だと、こっそり失笑を洩らす者も。額田部皇后だけが、かすかな興味の色をのぞかせている。

「大臣の仏具は？　仏像や、幡や、経典や、そういった類いのものだ」

「所持して参りました」

屋敷から持参した仏像に、馬子は日夜、勝利を祈願していた。

「ここに用意してほしい」

「何をお始めになります」

厩戸は短く答える。「祈り」

馬子は理解し、しかし厩戸を案じた。この戦場で仏に祈るという行為を演じる。それが結果を、祈りの効験を、仏の力の功徳を示さなくては、失笑を買うだけに終わる。仰々しく雨乞いの儀式をして雨が降らなければ面目を失うのと同じだ。

「是非にとあらば、取りにやらせますが」馬子は曖昧な応じ方をした。

「くだらぬな、仏の力などと」泊瀬部皇子が笑い声とともに云った。「子供につきあってはいられぬ。軍議をつづけよう。時間が惜しい」

　厩戸は馬子に云った。「では、これを用いるとしよう」

　軽やかに馬から飛び下りると、兜を脱いで、鞍に置いた。懐に手を入れて取り出したのは四体の仏像だった。高さ四寸ばかり、白膠木(ぬるで)を削り出したものだ。淡路神宮の原生林に生えていた白膠木の枝を折り取り、難波までの舟の中で自ら彫りあげた。

「それは何だ」

　真っ先に訊いたのは、幕舎に引き揚げようとしていた泊瀬部皇子である。他の者も物珍しげに厩戸を囲み、四体の小仏像に視線を注いだ。

「四天王です」

「四天王？」

「仏法の守護神。国を護ってもくれます」

「その四神が、物部守屋を倒してくれるとでも？」

　泊瀬部皇子の冷笑的な問いには答えず、

「——北方は多聞天(たもんてん)」

　一体目の仏像を総角(あげまき)に結った頭髪の前部に挿した。

「——東方は持国天(じこくてん)」

　二体目を頭髪の右に。

「——南方は増長天」

三体目は後頭部。

「——西方は広目天」

四体目を頭髪の左に挿した。頭髪の前後左右に挿入された仏像四体。厩戸の異様な姿に、皆、口をつぐんだ。

「では、祈ろう」

厩戸は北に向かって歩き出した。北——河内湖を望む丘陵の突端へと。脇侍の如く虎杖と柚蔓が従う。

呆気にとられていた馬子が、この時になってようやく気を取り直して後を追い、興味の色を隠さない額田部皇后もつづいた。泊瀬部らも首を傾げつつ従う。

厩戸の目に壮大な景観が広がった。頭上には白雲を載せる蒼天、眼下には渺々と広がる碧い湖水。湖水は蒼天を映し、上下ともに天空かとも思われる。

厩戸はひざまずいた。両手を合わせ、インドの言葉で経文を唱える。

天之瓊戈という神器の力を用いるのに、仏教的な演出を以てする。神の力を仏の力にすりかえる。罪悪感に厩戸の胸は痛む。この先、確実に押し寄せるであろう文明の衝撃を受け止め、その荒波を泳ぎ渡ってゆける国に倭国は生まれ変わらなければならない。倭国の存続のためには、こうするしかないのである。伊奘諾尊たる自分がやろうとするのは、新たな国生み、修理固成なのだと厩戸は自身に言い聞かせる。

経文を唱え終えると、倭国の言葉に切り替えた。「――多門、持国、増長、広目の四天王よ。今、もし我をして敵に勝たしめたまわば、必ず護世四王の御ために、寺塔を起立(きりゅう)せん」

自分も、と馬子は思った。自分も何か云わねば。撤退論に押し切られそうな急場に現われた厩戸の行なう演出に、崇仏派の領袖たる自分が乗らないでどうする。馬子はその場にひざまずいた。厩戸に向かって手を合わせた。髪に挿された四天王像に合掌したのだが、他の者の目には馬子が厩戸を拝んでいるかに見えた。拝みながら馬子は云った。

「凡(およ)そ諸天王・大神王たち、我を助け衛(まも)りて、利益(か)つこと獲しめたまわば、願わくは当に諸天と大神王との奉為(みため)に、寺塔を起立(た)てて、三宝を流通(つた)えん」

厩戸は再びインドの言葉による誦経(ずきょう)に切り替えた。誦経しながら、彼の霊力は西へと発信され、淡路神宮の洞窟に浮かぶ天之瓊戈を起動した。誦経と天之瓊戈の起動とは何の関係もない。天之瓊戈は完全に彼の掌中におさめられていた。柚蔓と〝みとのまぐはひ〟をしたことにより、厩戸は天之瓊戈の正式な所有者になったのだ。今、天之瓊戈は彼の霊力によって起動し、遠隔操縦されるのを待っているのである。

――我、国を得ん。

厩戸は念じた。それは伊奘諾尊の言葉だ。念じることが操縦することであった。

突如、周囲が暗くなった。不審に思った者たちが頭上に目をやれば、太陽は姿を消し、黒い幕が縦横にたなびくにも似た異様な空模様となっていた。暗い空に閃光が走った。稲妻は幾筋も幾筋も続けざまに空を裂いた。そのたびに世界は明るくなり、暗くなった。やがて特大級の稲妻が空から落ちてきた。屈曲はせず、何百もの光線を束ねたように太いその真一文字の稲妻は、見る人に戈を連想させた。巨大な戈が天空から差し伸べられてきた、と。光の巨戈は深々と突き刺さった――河内湖に。

物部守屋は阿都島の物見櫓（ものみやぐら）の上に立って、湖岸の敵陣を見すえていた。にわかに天が翳り、雷鳴をともなわぬ稲妻が幾筋も走った。

守屋の胸は躍った。この異変こそは天之瓊戈の発動される予兆であろう。天地が明滅する。稲妻、暗闇、稲妻、暗闇――。守屋は、我が娘布都姫と廐戸が全裸で抱き合う光景を脳裏に想像し、会心の笑みを浮かべた。二人の〝みとのまぐはひ〟により天之瓊戈の力が復活し、媾合する二人の傍らで胆弓姫が天之瓊戈を操縦している場面が、彼の脳裏に描かれた。

蘇我のみならず天皇家すらも打ち滅ぼされ、この国に仏教という異国の蕃神を入れようとする勢力は死に絶える。守屋が新たな天皇となってこの国を統（す）べ、神の国としての輝きを保ちつづける。

「来たれ、天之瓊戈よ！」

守屋は歓喜の声を張り上げた。彼は目にした。特大級の稲妻が空から降ってくるのを。それは垂直に落ちてきた。突き入れられるかの如くに。真一文字の太い稲妻が、巨大な戈としかいいようのない光の束が。

守屋は幻視した。光の巨戈が馬子の陣営に突き刺さり、大地の崩落を招く大惨事を。

歓喜の声は、一瞬後、驚きの絶叫に変わった。天之瓊戈の尖端が穿（うが）ったのは湖面だった。彼を護る天然の要塞、河内湖を貫いたのだ。天之瓊戈の光を吸い取ったように湖面が輝いた。輝きの中に守屋は見た。湖水の水位が徐々に下がってゆくのを。

湖面は揺れていた。波立っていた。河内湖が巨大な盥（たらい）で、巨人が周縁を摑んで揺さぶっているかに思われた。地震で湖に津波が発生したか、と守屋は考えた。物見櫓に立つ彼の足は、大地の揺れを少しも感知しなかった。揺れているのは水だけであった。揺れる、波立つ、そして水位を下げてゆく。

やがて周囲は自然な明るさを取り戻した。守屋は呆然自失した。自分の目が信じられなかった。湖が消えていた。眼下に広がるのは、凹凸する大地、露呈した湖底であった。奇景としかいいようがない。そこが一瞬前まで湖であった証拠は明白で、あちこちで大小の魚が飛び跳ねていた。舟が点在していた。進まなくなった軍船が。

夏の大気を揺るがす声が彼我であがった。

河内湖、消失す——。

敵も味方もどよめかずにはいられなかった。

戦いが始まった。野戦である。湖水という利を失った物部軍は押しまくられた。

守屋は、物部軍の先鋒が阿都島に迫る前に、矢で射られた。射たのは、北岸から忍び寄ってきた迹見赤檮（とみのいちい）である。赤檮とその配下の者たちは、警戒の厳重さに湖を渡れずに機会を窺っていたが、河内湖消失の奇蹟に乗じ、素早く行動を起こしたのだった。

終章

八月十五日夜――。

仲秋の名月が清雅な輝きを放っている。夜の大和盆地を五騎の馬影が静々と進んでいた。馬首は西に向いている。街道の左右は、刈り取りを待って重たげに揺れる稲穂が月明かりに海原かとも見え、前方に聳える山塊は生駒であった。

「この辺りで、そろそろ」

馬を止めて虎杖が云った。後ろに引いている馬は荷駄である。彼の懐には、厩戸を淡路神宮から救出した功績を認めてインド行きを許した馬子が、虎杖に最大の便宜を与えよと自ら記し、署名した書状が入っている。生駒を越え、難波津から船で筑紫へ。揚州へ渡り、インドを目指すというかつての旅程を取るつもりだった。

「もう少し先まで――」

厩戸は抗うように云った。

「なりません」

虎杖に馬首を添うように寄せて柚蔓が云った。柚蔓の馬も荷駄を引いている。

厩戸はなおも云おうとしたが、すでに言葉は尽きていた。別れのやりとりはもう充分すぎるほどしてしまった。言葉も、宴も、涙も、抱擁も。今さら何が云えただろう。こうして生駒の東麓まで来てしまったのも、見送りというよりは、未練だ。執着である。

「ナーランダーに戻るの？」

柚蔓は首を横に振った。「女海賊にでもなろうかと。なれるものなら――」

柚蔓に視線を向けられて虎杖はくすぐったそうに破顔する。「気が強い女首領の下で働く未来の自分が見えるようだよ」

柚蔓は声をたてて笑うと、

「皇子さま」視線を厩戸に向け戻し、厳しさをこめた声で先をつづける。「ゆくりなくも伊奘冉尊という身に余る大役を仰せつかることになりました。愛しき我が汝妹の命、吾と汝と作れる国、未だ作り竟えず――こと半ばにして、伊奘諾尊のもとを去らなければなりません。それが伊奘冉尊の運命なれば」

二人は馬腹を並べて駆け去った。荷駄を連れたその姿が生駒の山森の中に消えるまで、厩戸は微動だにせず見送った。

馬を駆って追いつきたいという衝動が幾度も幾度も胸を走り、そのたびに厩戸は堪えた。手綱を握る手が震えた。

虎杖が去る、柚蔓も去る。

身を切られるような辛さだった。しかし痛みには耐えなければならない。未練、執着は断ち切らねば。

倭国に仏教を導入する先頭に立つ。司令塔として采配をふるう。禍霊の王として彼らの要求に応じてやる。古来の神々を統制し、秩序立て、新米の仏たちとの混淆、融合の算譜を作成する。すべきことは山積している。法王、すなわち仏法の王の仮面をつけた伊奘諾尊になる。神代ならざる当代の伊奘諾尊として、新たな倭国を生み出さねば。

――戻ろう、飛鳥へ。

厩戸は馬首を巡らした。

〈完〉

解説

島田裕巳

仏教は、かなり不思議な宗教である。

というのも、開祖である釈迦(しゃか)が何を教えとして説いたのか、それが必ずしも明確になっていないからである。

つまり、原典が明らかではないのだ。

ユダヤ教からキリスト教、そしてイスラム教へと受け継がれてきた一神教の世界では、原典ははっきりしている。ユダヤ教のトーラー、キリスト教の聖書、イスラム教のコーランには神の教えが示されているとされる。

仏教にも膨大な仏典があり、それが原典にあたるはずだが、仏典は皆、釈迦が亡くなってから相当後になって作られたもので、そのなかに釈迦が直接説いた教えを見出すことは難しい。釈迦の教えは、ブラックボックスに入っているようなものなのだ。

実際、世界中の仏教徒が共通に原典として認めている仏典は存在しない。日本では般若(はんにゃ)心経(しんぎょう)や法華経(ほけきょう)が重要な仏典となっているものの、この二つの仏典をどの宗派も認めているわけではない。

釈迦の教えがはっきりないのに、仏教という宗教が存在し、それが長い歴史を経て受け継がれてきている。考えてみれば、これは宗教の歴史のなかでもっとも不可解な謎である。

ただ、仏教の原典ははっきりしていないものの、「原点」は明確である。

仏教の原点とは、釈迦が悟りを開いたということである。果たしてこれが歴史的な事実なのかどうか、それを明らかにすることは至難の業（わざ）だが、仏教徒であるということは、釈迦が悟りを開いたと信じることを意味している。

釈迦の悟りは高度なもので、凡人には到底理解がかなわないともされてきた。それでも、釈迦の弟子たちからはじまって、代々の仏教徒は、何とかその悟りに近づこうとしてきた。それが膨大な仏典を生むことにつながった。仏典はどれも「如是我聞（にょぜがもん）」ということばではじまる。これは、「私はこのように聞いた」という意味で、何を聞いたかと言えば、釈迦が説法するのを聞いたということである。つまり、仏典は、釈迦が説法したライブを記録したものなのである（般若心経には如是我聞が欠けているが、広本と呼ばれる拡大版にはそれがある）。

もちろん、実際の釈迦のライブが伝えられてきたわけではない。それは後世の仏教徒が想像したものであり、創作である。

仏典を創作した仏教徒は、釈迦の悟りはこうしたものに違いないと、その再現につとめたのである。

現実の仏教は、歴史が進むにつれて数多くの仏典を生み出すとともに、釈迦の遺骨、仏舎利への信仰を広めていった。仏舎利は、最初は8つに分けられ、それを納めるために仏塔が建てられた。これが、仏教寺院のはじまりとなり、仏塔の周辺には出家した仏教の僧侶が生活し、その頃は口伝えられていた釈迦の教えを学び、修行を実践するようになった。日本で規模の大きな寺院に三重塔や五重塔が建っているのも、その延長線上でのことである。仏舎利を祀り、それを崇拝すれば、救いがもたらされる。仏教を大衆化する上で、仏舎利に対する信仰は決定的な意味を持った。

しかし、いくら仏舎利が尊いものであったとしても、それは遺骨であり、ものを言うわけでもなければ、何らかの行動をして人を導くものではない。やはりそこには生きて活動する人間が必要になる。信徒たちは、遺骨ではなく、仏教の教えを体現した生身の人間を求めるのである。

日本で、その役割を最初に担ったのが聖徳太子である。

そのことは、「今昔物語集」を見れば明らかである。

今昔物語集は、中学や高校の古文の時間に習うことがあり、また、芥川龍之介がそこに見られる滑稽な物語を小説にしているため、楽しい説話集のイメージがある。

ところが、目次を見れば一目瞭然なのだが、その中心的なテーマは仏教の歴史を記述することにある。

全体は天竺部、震旦部、本朝部に分かれており、インド（天竺）に生まれた仏教が、どういう歴史を歩み、中国（震旦）を経て日本（本朝）にどのような形で伝えられたかが述べられている。滑稽な物語は、その最後に納められた「本朝世俗部」にあるものである。

その前に置かれた「本朝仏法部」では、日本に仏教がどのように伝来し、広まっていったかが語れるが、その冒頭は、「聖徳太子於此朝始鋼弘仏法語第一」である。簡単に言ってしまえば、日本における仏教の歴史は聖徳太子からはじまるとされているわけである。

それは平安時代に盛んに作られた往生伝にも共通する。往生伝の代表である慶滋保胤『日本往生極楽記』でも、最初に取り上げられているのは聖徳太子である。

これは、考えてみれば不思議なことである。というのも、聖徳太子は皇族の一員であり、政治家ではあっても、出家した僧侶ではないからである。

荒山徹『神を統べる者』は、聖徳太子にまつわるこの謎を出発点に構想された物語である。

たとえば、聖徳太子が仏典に通じていたことについては、ともに仏教の興隆に尽くした蘇我馬子だけではなく、むしろ仏教を信仰することに反対した物部守屋の屋敷にも大量の仏典が収集されており、それを聖徳太子が学ぶことができたのだというのだ。

崇仏派の蘇我氏と廃仏派の物部氏の対立については、「日本書紀」に記されているが、これについてはフィクションであったとする説もある。というのも、物部氏の別荘の跡とおぼしき土地にはかつて寺が存在していたからである。

この点について、『神を統べる者』では、物部守屋は敵を知るために、仏典を大量に収集していたという巧みな設定をしている。

『神を統べる者』のなかで、もっとも大胆な設定は、聖徳太子を中国に送り込み、さらにはインドに赴かせたことである。さすがにこれは、従来の聖徳太子の伝説にもない大胆なフィクションである。

ただ、聖徳太子には、中国で天台宗を開いた天台智顗の師であった南嶽慧思の生まれ変わりだという説があり、これは中国にも伝えられていたとも言われる。

聖徳太子は、中国に遣隋使を送っているが、自らは隋に渡っていない。ましてインドに赴いたなどという事実はまったくない。

インドは仏教発祥の地であり、古代にインド人僧侶が来日したことはあった。聖徳太子からは後の時代になるが、東大寺に大仏が建立されたときの開眼法要で導師をつとめたのはインド人の僧侶、菩提僊那である。この点では、日本はインドとつながっていた。

鎌倉時代になると、臨済宗（建仁寺派）を開く栄西は、2度中国の宋に渡っているが、その本来の目的は、インドを訪れ、本場の仏教について学ぶことにあった。しかし、その目論見は果たされなかった。

中国からインドへ赴くこと自体が至難の業で、仏典を求めてインドに向かった中国人の僧侶たちは、「西遊記」の三蔵法師のモデルとなった玄奘三蔵（げんじょうさんぞう）もそうだが、大変に苦労している。

もし日本人が、まだ仏教の信仰が盛んだったインドに渡っていたとしたら、いったい何を経験し、どういったことを日本にもたらしたのだろうか。それは私たちの好奇心を掻き立てる興味深い事柄である。『神を統べる者』は、その歴史上の「ｉｆ」に取り組んでいる。

インドに赴いた聖徳太子は、ナーランダの僧院で僧侶となり仏教を学ぶ。聖徳太子が中国に渡らなければならなかったのは、伯父にあたる敏達（びたつ）天皇に疎まれたからで、必ずしも自らの意志ではなかった。だが、思わぬ形で仏教の真髄にふれる機会を与えられたわけだ。『神を統べる者』では、ナーランダの僧院を出て、愛欲の世界のただ中に突き進んでいった聖徳太子が、その果てに悟りを開く場面が出てくる。聖徳太子は、悟りを開いた人間を意味する「ブッダ」となったのだ。

しかし、ブッダになったのであれば、後の聖徳太子の生涯とは結びつかない。太子はあくまで俗人として生涯をまっとうしたのであり、ブッダとして法を説き続けたわけではないからだ。

その矛盾(むじゅん)をいかに回避するか。それを太子の悟りの体験と結びつけたところに著者の卓見がある。それは、物語の世界を超えて、仏教とは何か、悟りとは何かを考えさせる重大な問題提起になっている。

それも、著者が物語を構想するにあたって、仏教について、さらには宗教について深く考えをめぐらした結果であろう。その点で、この作品は、現代にあらわれた新たな仏教文学になっていると言えるのではないだろうか。

（しまだ・ひろみ　宗教学者）

この作品は『神を統べる者　上宮聖徳法王誕生篇』（二〇一九年四月　中央公論新社刊）を改題したものです。

中公文庫

神を統べる者（三）
——上宮聖徳法王誕生篇

2021年4月25日　初版発行

著者　荒山　徹

発行者　松田陽三

発行所　中央公論新社
〒100-8152　東京都千代田区大手町1-7-1
電話　販売 03-5299-1730　編集 03-5299-1890
URL http://www.chuko.co.jp/

ＤＴＰ　嵐下英治
印刷　三晃印刷
製本　小泉製本

Published by CHUOKORON-SHINSHA, INC.
Printed in Japan　ISBN978-4-12-207055-4 C1193

中公文庫既刊より

あ-93-1
神を統べる者（一） 厩戸御子倭国追放篇
荒山徹
仏教導入を巡り蘇我馬子と物部守屋が対立を深める六世紀の倭国。馬子から仏教教育を受ける厩戸御子だが、異能ゆえに、時の帝から危険視され始める……。
207026-4

し-6-27
韃靼疾風録（上）
司馬遼太郎
九州平戸島に漂着した韃靼公主を送って、謎多いその故国に赴く平戸武士桂庄助の前途に待ちかまえていたものは。東アジアの海陸に展開される雄大なロマン。
201771-9

し-6-28
韃靼疾風録（下）
司馬遼太郎
文明が衰退した明とそれに挑戦する女真との間に激しい攻防戦が始まった。韃靼公主アビアと平戸武士桂庄助を軸にした壮大な歴史ロマン。大佛次郎賞受賞作。
201772-6

し-6-30
言い触らし団右衛門
司馬遼太郎
自己の能力を売りこむにはPRが大切と、売名に専念した塙団右衛門の悲喜こもごもの物語ほか、戦国豪傑を独自に描いた短篇集。〈解説〉加藤秀俊
201986-7

し-6-31
豊臣家の人々
司馬遼太郎
北ノ政所、淀殿など秀吉をめぐる多彩な人間像と栄華のあとを、研ぎすまされた史眼と躍動する筆でとらえた面白さ無類の歴史小説。〈解説〉山崎正和
202005-4

し-6-37
花の館・鬼灯
司馬遼太郎
応仁の乱前夜、欲望と怨念にもだえつつ救済を求めて彷徨する人たち。足利将軍義政を軸に、この世の正義とは何かを問う「花の館」など野心的戯曲二篇。
202154-9

し-6-40
一夜官女
司馬遼太郎
「私のつきあっている歴史の精霊たちのなかでもいちばん気サクな連中に出てもらった」（「あとがき」より）。愛らしく豪気な戦国の男女が躍動する傑作集。
202311-6

各書目の下段の数字はISBNコードです。978-4-12が省略してあります。